Michael Siefener

Die Zeichen der Finsternis

KBV

Originalausgabe

www.kbv-verlag.de
E-Mail: info@kbv-verlag.de
Telefon: 0 65 93 - 99 86 68
Fax: 0 65 93 - 99 87 01
Umschlaggestaltung: Ralf Kramp
unter Verwendung von:

Druck: Aalexx Buchproduktion GmbH, Großburgwedel
Printed in Germany
ISBN 978-3-940077-85-1

Für Silke

Prolog

»Wenn wir aber davon ausgehen, daß mit dem Ende unseres Lebens auch das Ende unserer Perceptiones gegeben sey, dann ist daraus zwingend nicht zu schliessen, daß kurz vor der Beendigung eine Resumatio über all diese Perceptiones möglich ist, insbesondere, wenn der Verstand nicht über die Krafft des Wortes verfüget.«

Petrus Scultetus, *Tractatus de Veritate Cognitionibus*, Köln 1583, deutsche Übersetzung von Caecilius Urban unter dem Titel *Ueber die Wahrheit der Erkänntniß*, Greifswald 1708.

Er lag im Sterben, das wusste er. Er mühte sich, den Kopf ein wenig zu heben und zur Seite zu drehen. Die klare Flüssigkeit aus dem Tropf neben ihm rann durch einen langen Schlauch in eine Vene an seinem Handrücken. Es fiel ihm schwer, klar zu denken. Sicherlich gaben sie ihm etliche Schmerz- und Beruhigungsmittel. Doch das, was er gesehen und erlebt hatte, stand ihm noch immer ganz klar vor Augen. Es war schrecklich gewesen, ungeheuerlich. Erst in jener Nacht war sein Haar weiß geworden. Er musste es jemandem erzählen, sonst konnte er nicht sterben. Aber das war schwierig. Niemand verstand ihn hier.

Er versuchte seinen Oberkörper anzuheben, doch er war zu schwach. Mit einem leisen Seufzen sank er auf das Kissen zurück.

Mit jedem Augenblick nahm die Kraft ab, sickerte sein Leben in dieses böse Ding, das sich in seiner Lunge ausgebreitet hatte. Sein Atem ging rasselnd, und trotz der vielen Medikamente brannte es in seinem Inneren. Für ihn war es wie die Vorahnung des Höllenfeuers.

Doch er musste weiterleben. Er musste es erzählen. Seit jener Nacht hatte er Angst. Angst, verrückt zu sein. Angst, nicht verrückt zu sein. Aber alle schauten ihn nur verständnislos an, wenn er davon redete. Er befürchtete, dass ihn niemand verstehen konnte. Niemals.

Er schloss die Augen und dachte an die Vergangenheit.

Erstes Kapitel

»Die Beendigung des Lebens mag jedoch all jene, die um uns sind, dazu führen, eine andere Resumatio über ihre Perceptiones zu machen, so wie eine andere Resumatio über die Perceptio, die sie von der gestorbenen Persohn hatten.«

Scultetus, *De Veritate Cognitionibus*

Übrigens, falls mir in der nächsten Zeit etwas zustoßen sollte, musst du unbedingt Petrus Scultetus einen Besuch abstatten und ihm – und nur ihm – von meinem Missgeschick erzählen«, sagte Peter Haenseling und tupfte sich mit der Stoffserviette den dünnlippigen Mund ab, der eine Linie der Bitterkeit in sein schmales, blasses Gesicht schnitt.

Victor Leclerc wäre beinahe das letzte Stück Pizza im Hals stecken geblieben. Er sah seinen Kollegen verständnislos an. Die italienische Schlagermusik aus den verdeckten Lautsprechern und das leise Gemurmel der anderen Gäste waren für ihn plötzlich verschwunden, und selbst die Sonne draußen vor den breiten Fenstern schien sich hinter einer Wolke versteckt zu haben. Victor legte das schwere, silberne Besteck auf den leeren Teller und nahm einen Schluck Rotwein. Was war plötzlich in Peter gefahren? Zuvor hatte er noch über sein Forschungsprojekt zum Stoizismus in der Frühen Neuzeit gesprochen und von den reichhaltigen holländischen Archiven geschwärmt, in denen er einen Teil der Semesterferien verbringen wollte, und nun machte er diese rätselhafte Bemerkung, die in Victors Denken einsank wie ein schwerer Stein in ein ruhiges Gewässer. »Was sollte dir denn passieren?«, fragte er.

»Ich bin so unwichtig, dass mir nie etwas zustoßen könnte, nicht wahr? Ich bin so langweilig, dass sich in meinem Leben niemals etwas Unvorhergesehenes ereignen kann. Das glaubst du genauso wie all die anderen.« In Haenselings blassen, fast grauen Augen loderte plötzlich ein Feuer, das Victor unbekannt war.

»Das würde ich nie behaupten«, wehrte er ab. Was war bloß mit Peter Haenseling los? Auf dem Weg zur Trattoria Siciliana hatte er über seine Studenten geschimpft, wie er es fast jedes Mal tat, wenn er mit Victor beim Italiener, beim Griechen oder in einem der kleinen Bistros im Universitätsviertel zu Mittag aß. Eine faule Bande sei das, und kaum eines klaren Gedankens fähig. Victor ertrug diese Tiraden gelassen, denn er schätzte Haenseling sehr, weil er einer der größten Kenner obskurer Philosophen der Renaissance und des Barock sowie ihrer sonderbaren Gedankenwelten war. Doch heute hatte seine trockene Gesprächigkeit mit jedem Bissen abgenommen, und er hatte nicht einmal bemerkt, dass ihm ein wenig Tomatensoße von seinen Spaghetti auf das braune, stets makellose Jackett getropft war. Spätestens in diesem Augenblick war Victor klar geworden, dass mit Peter etwas nicht stimmte. Seine immer etwas blass wirkende Haut war heute noch blasser; die grauen Augen schauten immer wieder an Victor vorbei in die Tiefe eines imaginären Raums. Heute waren sogar Peters glatte Haare ein wenig in Unordnung geraten. Für gewöhnlich kämmte er sich vor jeder Vorlesung, und sein wie mit dem Messer gezogener Scheitel war seit mehreren Studentengenerationen ein Gegenstand milden Spotts.

»Nein, ich meinte nur, es ist doch immer alles in Ordnung mit dir …«, stotterte Victor.

»Ach, alles in Ordnung? Du hältst mich für einen Pedanten, wie alle anderen auch.« Haenseling warf die Serviette auf den Teller. »Für jemanden, der vor vielen Jahren aus unerfindlichen Gründen an seine Professur gekommen ist und sich seitdem mit abseitigen Hobbys ein schönes Leben macht, zu dessen Vorlesungen die Studenten nur gezwungenermaßen kommen und der kaum etwas Bedeutendes veröffentlicht, aber an allem herummäkelt.«

»So etwas würde ich nie …« Der bitterböse Blick seines Kollegen, der nun wieder einen Fokus in der gegenwärtigen Welt gefunden zu haben schien, erstickte Victors weitere Worte. Er würde es zwar nie sagen, aber …

»Nein, sagen würdest du so etwas nie, aber du denkst es«, meinte Haenseling. »Ich kenne dich, Victor. Du bist ein höflicher und freundlicher Kerl, der niemandem auf die Füße treten will, und deshalb bist du einer der wenigen aus dem Fachbereich, die sich mit mir abgeben. Wahrscheinlich hältst du dich deswegen für einen Menschenfreund.« Haenseling lachte laut auf. »Und vielleicht bist du das sogar – ein naiver Menschenfreund!«

Mit hastigen, kantigen Bewegungen, die gar nicht zu ihm passten, sprang er auf und riss seine Geldbörse so heftig aus der Gesäßtasche, dass Victor hörte, wie der Knopf absprang und leise auf den gefliesten Boden fiel. Haenseling warf wütend einen Geldschein auf den Teller – neben die Serviette und mitten in den Rest der Tomatensoße. »Ich muss jetzt gehen. Ich habe einen Termin, von dem einiges abhängt. Auf Wiedersehen – vielleicht.« Er zwängte sich hinter dem Tisch hervor und verließ das Restaurant, ohne sich noch einmal umzudrehen.

Verdutzt schaute Victor Leclerc dem älteren Mann nach, dann betrachtete er den Geldschein, der allmählich von der Arrabiata-Soße durchweicht wurde. Etwas zustoßen … Pedant … Victor sah den Kellner fragend an, als dieser das Geschirr abräumte und den Geldschein mit spitzen Fingern ein wenig näher an den Tellerrand ins Trockene zog.

»Die Proffessore ist heute … nicht so gute drauf«, sagte der Italiener und grinste Victor an.

»Ich weiß auch nicht, was er hat. So kenne ich ihn gar nicht«, erwiderte Victor leise und kratzte sich am glattrasierten Kinn. Eine schwarze Locke war ihm in die Stirn gefallen – mit einer fahrigen Bewegung schob er sie zurück.

»Dase war … wie eine große Aufräumen«, meinte der Kellner und ließ Victor mit diesen Worten allein zurück.

Wie ein großes Aufräumen … allerdings. Was war bloß in ihn gefahren? Hatte er wieder Ärger mit seiner Frau? Victor wusste, dass sich die beiden nicht mehr besonders gut verstanden, aber die Spannungen des Ehepaars Haenseling hatten nie zuvor zu solchen

Reaktionen bei Peter geführt. War er etwa unheilbar krank? Doch eine Krankheit hätte er nicht als »Missgeschick« bezeichnet. Nein, etwas anderes musste dahinterstecken. Etwas völlig anderes.

Victor trank seinen Rotwein aus, winkte den Kellner herbei und zahlte. Er hob noch Haenselings Hosenknopf vom Boden auf, weil er ihn seinem Kollegen bei nächster Gelegenheit wiedergeben wollte. Dann verließ er das Lokal und trat hinaus in den Lärm der Zülpicher Straße.

Er wandte sich nach links, in Richtung Universität. Während er sich vom Verkehrslärm umspülen ließ, dachte er unablässig über die seltsamen Worte des älteren Professors nach. In der Tat wirkte es so, als seien vorhin die Enttäuschungen und Frustrationen vieler Jahre hochgekommen. Wie bei jemandem, der am Ende seines Lebens steht und ... *aufräumt*.

Die Frühlingsluft linderte seine Beklommenheit ein wenig. Die Platanen am Straßenrand spendeten Schatten, Vögel sangen den Sommer herbei, die Passanten gingen leicht und federnd, als berührten sie nur hin und wieder den Boden.

Aber in Victor wollte kein Gefühl des Schwebens aufkommen. Immer wieder dachte er an Peter Haenseling. Und allmählich drängten sich die Worte seines Kollegen in den Vordergrund, die am Beginn seines Gefühlsausbruchs gestanden hatten. Er hatte da noch etwas gesagt – etwas, das völlig unsinnig geklungen hatte. Der Hinweis auf Petrus Scultetus. Was hatte das zu bedeuten? Es gab keinen gemeinsamen Bekannten mit diesem Namen. Victor schüttelte den Kopf. Der einzige Scultetus, der ihm einfiel, war ein eher unbedeutender Philosoph des 16. Jahrhunderts, der hier in Köln gelehrt hatte und dessen Grab sich in der Nähe der Universität auf dem alten Geusenfriedhof befand. Haenseling hatte im letzten Semester ein Seminar über ihn abgehalten.

Aufgeregtes Hupen und das Quietschen von Reifen rissen Victor aus seinen Gedanken. Entsetzt fuhr er zusammen. Kaum einen halben Meter rechts von ihm war ein großer, dunkler Wagen mit einer Vollbremsung zum Stillstand gekommen. Der Fahrer fluchte und gestikulierte wild hinter der Windschutzscheibe. Victor war so in seine Überlegungen versunken gewesen, dass er die Straße bei Rot überquert hatte. Beschwichtigend hob er die Hände und trat zurück auf den Bürgersteig. Der dunkle Wagen fuhr mit heulenden Reifen an, nahm die lautlosen Beschimpfungen mit. Victor holte tief Luft und versuchte sich zu beruhigen. Heute war kein guter Tag.

Victor bog in die Universitätsstraße ein und sah in einiger Entfernung vor sich den langen, geduckten Klotz des Hauptgebäudes der Universität, in dem sich sowohl sein eigener Lehrstuhl als auch der seines älteren Kollegen befand. Dieser Anblick holte ihn in die Wirklichkeit zurück – in eine Wirklichkeit, in der es keine unlösbaren Rätsel gab, es sei denn, es handelte sich um philosophische Fragen.

Von dem in den Fünfzigerjahren errichteten Quader ragten – von der Vorderseite aus unsichtbar – etliche Seitenflügel in den rückwärtigen Campus hinein, wie Fangarme, wie Stein gewordene Gier des Geistes hinein ins Grün von Bäumen, Büschen und Wiesen. In einem dieser Flügel befand sich Victors Büro, während das von Peter Haenseling an der Vorderseite lag und auf den Albertus-Magnus-Platz hinausschaute.

Der Anblick des Hauptgebäudes stand für Victors Alltag. Er liebte seine Arbeit. Er liebte das Spiel der Gedanken und den Versuch, dieses Spiel in den Ernst des Gewöhnlichen zu integrieren. Er liebte die Forschungen, die Stimmen der Bücher, der Kollegen und der Studenten.

Als er den Albertus-Magnus-Platz erreichte, warf er einen Blick hoch zum Fenster von Peter Haenselings Büro, das im dritten Stock lag, ganz am Rande des Quaders. Victor blieb stehen, kniff die Augen zusammen. Hinter dem Glas glaubte er etwas Schwarzes zu sehen. Ein unbestimmtes Gefühl sagte ihm, dass das *nicht* Peter Haenseling war, der gerade aus dem Fenster schaute. Victor blinzelte. Es war, als habe sich ein Schleier vor seinem Blick ausgebreitet. Dort oben, in Haenselings Büro, befand sich – etwas. Etwas Pulsierendes. Es war nicht der Umriss eines Menschen. Es war eher wie der flackernde und zuckende Schatten, den eine Fackel wirft. Victor starrte weiterhin gebannt hoch. Um ihn herum liefen Studenten, Passanten, er wurde angerempelt, wie aus weiter Ferne hörte er den Lärm einer Schulklasse. Niemand schien einen Blick nach oben zu werfen, in den dritten Stock, und das zu sehen, was Victor gebannt beobachtete. Der zuckende Fleck wurde größer, quoll näher auf das Fenster zu, bildete Fortsätze aus, die entfernt an Arme und Beine erinnerten. Bald bedeckte er das Glas vollständig. Victor hielt die Luft an. Er spürte, wie ihm der kalte Schweiß auf die Stirn trat. Der Schatten wölbte sich gegen das Glas; die Scheibe barst, unzählige Splitter regneten wie kristallisierte Tropfen herab. Victor löste sich aus seiner Erstarrung und wich zurück. Er hörte Schreie überall um sich herum. Jetzt endlich war seine eigene, einsame Wahrnehmung auch zur Wirklichkeit seiner Umgebung geworden. Die Scherben schlugen mit einem hohen, fast zögerlichen Klimpern auf das Pflaster des Platzes.

Dann folgte der Schatten.

Er war wie eine wirbelnde Gewitterwolke, die immer kleiner wurde. Sie gerann zum Umriss eines Menschen, der fast wie in Zeitlupe der Erde entgegentaumelte. Fassungslos sah Victor zu.

Nur wenige Meter vor ihm schlug die Person auf das Pflaster. Der Aufprall verursachte ein schrecklich knackendes und berstendes Geräusch, wie von einem aufplatzenden Kürbis. Zwar war der Mann mit dem Gesicht nach unten aufgeschlagen, doch für Victor gab es keinen Zweifel, wer da vor ihm lag. Das graue Haar, das braune Jackett, die Hose mit den scharfen Bügelfalten ...

Die Schreie der Passanten erfüllten den Campus. Studenten liefen herbei. Victor fühlte sich, als öffne sich die Erde unter seinen Füßen. Alles drehte sich um ihn herum. Das Letzte, was er sah, war die rasch sich ausbreitende rote Lache unter Peter Haenselings Kopf. Die Welt wurde schwarz.

* * *

Er spürte, wie jemand ihn auffing. Victor öffnete die Augen und stellte verdutzt fest, dass er sich in den Armen einer jungen Frau befand. Sanft machte er sich von ihr frei und lächelte ihr dankbar zu. Irgendwo hatte er sie schon einmal gesehen. Sie schaute ihn mit verweinten Augen an und strich sich eine lange, blonde Haarsträhne hinter das Ohr. Ihr altmodisches, blaues Kostüm und ihre Bluse mit den drolligen Rüschen hoben sich auf groteske Weise von dem Leichnam und der Blutlache ab – als wäre sie aus einer alten Fotografie herausgestolpert.

»Im Film sind es immer die Frauen, denen es zu solchen Anlässen schwarz vor Augen wird«, sagte sie mit einer tränenschweren Stimme, die ihren leichten Worten Hohn sprach.

Victor hörte Sirenen. Polizei und Krankenwagen trafen gleichzeitig ein. Uniformen eilten umher, wichtig dreinblickende Männer riegelten den Ort des Aufpralls ab und trieben die mächtig angewachsene Menge der Neugierigen zurück. Victor trat neben die junge Frau, die fassungslos vor der Leiche des Professors stand.

»Bitte, gehen Sie beiseite!«, sagte ein Polizist mit barscher Stimme. Ein junger, schlaksiger Mann in Zivil, wohl ein Kriminalkommissar, streckte dem Mädchen den Arm entgegen.

Sie drückte ihn weg. »Ich habe gut ihn gekannt«, sagte sie leise. Lidschatten und Wimperntusche hoben die Blässe ihres Gesichts hervor, das wie eine Maske wirkte.

»Wer ist er? Wer sind Sie?«, fragte der Mann geschäftsmäßig und kratzte sich an seinem Dreitagebart.

»Nadja Kellermann. Ich war Professor Haenselings Assistentin.«

»Und Sie?«, herrschte einer der Polizisten Victor an. Seine Stimme klang heiser. »Brauchen Sie eine Extraeinladung? Oder waren Sie auch sein Assistent?«

»Ich bin ... ich war ein Kollege von ihm.«

»Gut. Dann kommen Sie beide bitte mit nach oben«, sagte der Kommissar, der es noch nicht für nötig befunden hatte, sich vorzustellen. Mehrere Uniformierte bahnten der kleinen Gruppe einen Weg durch die Menge der Schaulustigen. Die junge Frau folgte dem Kommissar zum Haupteingang; sie ging wie eine Schlafwandlerin. Victor trottete hinter den beiden her. Sein Kopf fühlte sich an, als hätte jemand alle Gedanken aus ihm abgesaugt und nichts als undurchdringliche Schwärze zurücklassen.

Pulsierende, zuckende Schwärze. Herabfallende Schwärze. *Falls mir etwas zustoßen sollte …*

Als sie endlich in dem weiten Foyer mit den kahlen, abweisenden Wänden standen, sagte der Kommissar zu der Assistentin: »Zeigen Sie mir bitte den Weg zu seinem Büro. Ich nehme an, er ist von dort gesprungen?« Er schaute zuerst die junge Frau und dann Victor fragend an; dieser nickte.

Nun ging Nadja Kellermann voran; ihr folgte der seltsam unfertig wirkende Kommissar mit zwei uniformierten Kollegen, und die Nachhut bildete Victor, neben dem ein Polizist mit tief ins Gesicht geschobener Mütze wie ein Wächter herging. Victor beobachtete den Kommissar. Er wirkte, als habe er gerade erst die Polizeischule hinter sich gebracht und versuche nun, so abgeklärt wie seine Kollegen aus dem Fernsehen zu wirken. Die teure Fliegerjacke, die er trug, machte den Eindruck, als sei sie künstlich abgewetzt, und die Jeanshose war an genau den richtigen Stellen ausgebleicht. Er war der einsame Wolf – in einer unübersehbaren Masse anderer einsamer Wölfe.

Studenten und Professoren, Assistenten und Besucher starrten der seltsamen Gruppe nach, die sich auf den seitlichen Treppenturm hinter der Glastür zubewegte, und erst als sie in die Stille des Turms eingetreten waren, konnte Victor wieder einen klaren Gedanken fassen.

Peter Haenseling hatte damit gerechnet, dass er sterben würde, und er hatte einen Termin gehabt – vermutlich in seinem Büro –, der diesen Tod herbeigeführt hatte. Victor dachte an den seltsamen Schatten hinter dem Fenster, und ihm wurde kalt.

Nadja Kellermann führte die Gruppe mit langsamen, mechanisch wirkenden Schritten durch die Glastür im dritten Stock. Hier lagen keine Hörsäle, sondern nur Büros, von denen jetzt, zur Mittagszeit, die meisten verwaist waren. Die blonde Assistentin ging zu der Tür, die dem Treppenhaus unmittelbar gegenüberlag, und drückte die Klinke herunter.

Die Tür war verschlossen.

Mit fahrigen Bewegungen suchte die junge Frau in ihrer Kostümjacke herum, fand endlich ihren Schlüsselbund und zog ihn hervor. Dabei machte er ein Geräusch wie ein ganzes Geläut aus winzigen Glöckchen. Sie war so nervös, dass sie drei Versuche benötigte, um die Tür zu öffnen. Als es ihr endlich gelungen war, drückte der Kommissar sie zur Seite und betrat als Erster das Büro. Die Polizisten folgten ihm, und zuletzt drängten sich Victor und die Assistentin in den schmalen Raum mit der hohen Decke.

Ein Windstoß drückte die Tür hinter ihnen mit einem lauten Knall ins Schloss. Jeder im Zimmer, auch der junge Kommissar, zuckte zusammen. Der schwache Widerhall wurde von den Büchern geschluckt, die die Wände in ihrer ganzen Höhe bedeckten. Neben dem Fenster stand der Schreibtisch, ein schmuckloses Exemplar, von dem allerdings nur wenig zu sehen war, denn er war über und über mit Büchern und Papieren bedeckt. Einige der Blätter waren von dem Windstoß, der durch das zersplitterte Fenster hereingedrungen war, hochgewirbelt und auf dem Boden verteilt worden.

Nadja Kellermann bückte sich wie unter einem unüberwindlichen Reflex und wollte bereits die Papiere aufheben, doch der Kommissar, der sich inzwischen durchsichtige Latexhandschuhe angezogen hatte, rief ihr mit seiner knarrenden Stimme zu: »Halt! Nichts anfassen!«

Nadja Kellermann erstarrte in ihrer Bewegung. Ganz langsam richtete sie sich wieder auf und sah Victor hilfesuchend an. Er zuckte die Achseln und wünschte sich, er könnte ihr helfen. Der Schock stand ihr noch ins Gesicht geschrieben; niemand schien sich Gedanken darüber zu machen, wie es ihr ging.

»Was haben wir denn hier?«, fragte der Kommissar, der inzwischen die Papiere aufgehoben hatte. Er hielt eines der Blätter in die Höhe und zog die Brauen hoch. »Damit wäre wohl alles geklärt. Bitte verlassen Sie den Raum. Wir werden noch die notwendigen erkennungsdienstlichen Maßnahmen ergreifen und dann den Fall abschließen.«

»Den Fall ... abschließen?«, fragte die Assistentin verständnislos.

Der Kommissar hielt sich das Blatt dicht vor die Augen und las vor: *»Ich kann nicht mehr. Mein Leben ist gescheitert. Ich verlasse es freiwillig und freudig. Professor Doktor Peter Haenseling.«* Mit einem zufriedenen Grinsen schob der Kommissar den Brief in eine Plastikhülle, die einer der Polizisten wie aus dem Nichts für ihn hervorgezaubert hatte. »Selbstmord. Ein eindeutiger Fall.«

»Das glaube ich nicht!«, platzte Nadja heraus.

Der Kommissar zog die Brauen zusammen und streckte ihr den von der Plastikfolie umschmiegten Zettel entgegen, wie man einem Pferd ein Zuckerstück unter die Nase hält. »Ist das etwa nicht seine Handschrift?« Als die Assistentin einen kurzen Blick darauf geworfen hatte, zog er den Brief wieder zurück. »Ja oder nein?«

»Ja«, sagte sie schließlich.

»Gut. Gehen Sie jetzt, und lassen Sie uns unsere Arbeit tun.«

»Selbstmord?«, fragte Victor und massierte sich die Schläfen. »Durch einen Sprung aus dem Fenster?«

Der Kommissar warf ihm einen abschätzigen Blick zu. »Warum nicht? Ist doch hoch genug hier«, antwortete er und machte eine Handbewegung, als wollte er eine lästige Fliege verscheuchen.

»Hätte er es nicht besser vorher geöffnet, das Fenster?«, gab Victor zu bedenken. »Er ist eindeutig durch das *geschlossene* Fenster gesprungen.« Im Zimmer lagen kaum Splitter, und überdies ließ der geborstene Holzrahmen keinen anderen Schluss zu.

»Hatte vielleicht Sinn für Theatralik, der Herr Professor. Außerdem werden Sie sich daran erinnern, dass die junge Dame vorhin die Tür aufschließen musste. Der Professor hatte sich also aus irgendwelchen Gründen eingesperrt. Und da wir vorhin niemanden hier angetroffen haben, muss er allein gewesen sein. Alles passt zusammen. Also, würden Sie uns jetzt bitte unsere Arbeit machen lassen ...«

»Kommen Sie«, sagte Victor zu der Assistentin und zupfte sanft am Ärmel ihrer blauen Jacke.

Sie folgte ihm wortlos nach draußen. Als sie sich bereits auf der Treppe nach unten befanden, blieb die junge Frau plötzlich stehen und sah Victor leerem Blick an. »Das kann nur ein Albtraum sein«, sagte sie. Die Tränen waren inzwischen aus ihren melancholischen, blaugrauen Augen gewichen. »Und dieser ... dieser ... Kommissar! Impertinent!«

Victor hatte den Eindruck, als sei dies das schlimmste Schimpfwort, das sie kannte. »Heute kann ich nicht mehr arbeiten«, sagte er. »Ich gehe irgendwo etwas trinken. Kommen Sie mit?«

Ein zaghaftes Lächeln entzündete sich in ihren Augen und flog wie ein schöner Gedanke über ihr zartes Gesicht. »Gern. Ich könnte es nicht ertragen, jetzt allein zu sein.« Sie atmete tief ein und stieß hervor: »Ich weiß, dass er keinen Selbstmord begangen hat.«

»Warum sind Sie sich da so sicher?«, fragte Victor und verschränkte die Arme vor der Brust.

»Weil es überhaupt nicht zu ihm passt. Außerdem habe ich vorhin noch mit ihm gesprochen. Haenseling wirkte wie jemand, der entsetzliche Angst hat.« Sie räusperte sich. »Todesangst.«

Haenselings Zorn beim Essen war der Zorn gewesen, den man über etwas Unausweichliches empfindet. *Falls mir etwas zustoßen sollte …*

Die Assistentin fuhr fort: »Er hat mich heute früher nach Hause geschickt, weil er noch einen Termin in seinem Büro hatte. So, wie er mich dabei angesehen hat, hätte man meinen können, dass er auf den Teufel persönlich gewartet hat.«

* * *

Victor führte Nadja Kellermann in ein kleines Bistro an der Zülpicher Straße, nicht weit von dem italienischen Restaurant entfernt, in dem er mit Haenseling zu Mittag gegessen hatte. Er bestellte einen halben Liter Bardolino. Gern hätte er etwas Stärkeres zu sich genommen, doch vor der jungen Frau wollte er nicht haltlos erscheinen. Schweigend tranken sie einen Schluck, dann brach Nadja in Tränen aus. Eine schwarze Make-up-Spur zog sich von ihrem rechten Auge über die Wange und verlor sich auf der blassen Haut.

Victor fühlte sich schrecklich. Auch er trauerte um Peter Haenseling – den pedantischen, trockenen, langweiligen, verlässlichen und zuletzt so verletzten und verbitterten Peter Haenseling – und er hatte keine Ahnung, wie er sich der Assistentin gegenüber verhalten sollte. Weinende Frauen machten ihn hilflos.

Nadja kramte aus ihrem Jackett ein besticktes Stofftaschentuch hervor und tupfte sich die Tränen ab, wobei sie ihr Make-up noch mehr verschmierte. »Was sollen wir jetzt tun?«, fragte sie mit erstickter Stimme.

»Ich begreife das alles nicht«, antwortete Victor ausweichend und fuhr gedankenverloren mit seinen langgliedrigen Fingern um den Stiel des Rotweinglases. »Vorhin haben wir noch in der Trattoria auf der anderen Straßenseite gesessen ...«

»Wie war er da? Was hat er gesagt? Hat er irgendwas gesagt?«, wollte Nadja wissen.

Victor sah sie erstaunt an. »Was soll er denn gesagt haben?«

»Irgendetwas über das, was ... was hinterher ...« Wieder schluchzte sie.

Gern hätte Victor sie in den Arm genommen und getröstet. Sie wirkte so verletzt, hilflos, zerbrechlich. Es wäre eine väterliche Umarmung gewesen, denn er war mindestens zwanzig Jahre älter als sie, aber er schreckte trotzdem davor zurück. Er wusste genau, wie er auf Frauen wirkte, und in diesem Augenblick verfluchte er nichts mehr als dies. Wie oft hatte er schon gehört, er sehe wie ein Filmstar aus. Seine dunklen Augen, die gerade Nase, das markante Kinn, die hohe Stirn, das volle, an den Schläfen etwas ergraute, schwarze Haar … Victor waren diese Äußerlichkeiten oft lästig. Er wollte nicht auf den ersten Blick abgeschätzt und katalogisiert werden. Deshalb kleidete er sich meistens etwas nachlässig; seine Sakkos waren alt und oft ein wenig fadenscheinig, er trug keine Krawatten, und seine Schuhe waren ausgelatscht. Dennoch bemerkte er häufig, wie er angestarrt wurde – als wäre er ein uneinheitliches, gebrochenes, widersprüchliches Wesen.

Und genau das war er.

Er saß weiterhin Peter Haenselings Assistentin reglos gegenüber, senkte den Blick und schwieg.

Trotz seines bestechenden Äußeren hielt er gern einen gewissen Abstand zu Frauen. Dafür waren vermutlich seine seltsame Mutter und ihr noch seltsameres Verhältnis zu ihrem Sohn verantwortlich – und natürlich auch Ingrid.

Vor einigen Jahren hatte er eine Frau geliebt, eine Skandinavistin. Er war über seinen eigenen Schatten – und den langen, über das Grab der Mutter hinausreichenden Schatten – gesprungen und nach mehreren unbeholfenen Affären zum ersten Mal eine ernste Beziehung eingegangen. Ingrid hatte alles im Griff gehabt, ihr Leben, ihre Karriere, ihren gemeinsamen Freundeskreis. Sie hatte die Abteilung für Sprachkurse an der Universität geleitet, und er hatte seine Seminare gehalten und gerade sein drittes Buch über die Geschichte der Erkenntnisphilosophie geschrieben. Das Leben war perfekt gewesen, nur dass sie ihm stets vorgeworfen hatte, er sei zu selbstgenügsam, überlasse ihr alle Entscheidungen und ziehe sich allzu oft in seinen Elfenbeinturm zurück. So sehr er sich um den Haushalt und den täglichen Kleinkram bemüht hatte, sie hatte alles immer schneller und müheloser geregelt als er. Und sie war unter seinem Primat der »fröhlichen Wissenschaft« unglücklich geworden, das hatte er bemerkt. Aber er hatte nicht bemerkt, dass der Austauschprofessor aus Norwegen ein Auge auf sie geworfen hatte. Als sie ihm sagte, sie werde mit ihrem neuen Freund nach Oslo ziehen, war er vollkommen überrascht gewesen. Und zerschmettert. Seither hatte er sich von allem ferngehalten, was nach dem Zuckerüberzug von Liebe und dem darunter lauernden Gift des Geschlechterkampfes roch. Mit der Zeit war ihm diese Zurückhaltung zu einer zweiten Haut geworden.

Die Assistentin beruhigte sich allmählich. Mit leiser Stimme fragte sie: »Was bringt jemanden dazu, durch ein geschlossenes Fenster im dritten Stock zu springen? Ich kann einfach die Angst in seinem Blick nicht vergessen, als er mir von seinem bevorstehenden Termin erzählt hat. In was für eine schreckliche Sache ist er da bloß hineingeraten?«

»Was ist, wenn Haenseling einfach ... verwirrt war?«, fragte Victor langsam. Er glaubte es selbst nicht.

»Verwirrt?«, brauste Nadja auf. Unter ihrer Nase und auf den Wagen machten sich rötliche Flecken breit. »Wollen Sie damit andeuten, dass er verrückt war?« Aus ihren graublauen Augen schossen Blitze.

»Nein ... es ist nur ... ich weiß nicht ...« Victor massierte sich das kantige Kinn.

»Er war nicht verrückter als Sie«, sagte Nadja giftig. »Das alles kann doch nicht wahr sein! Und die Polizei glaubt, es war Selbstmord. Selbstmord!« Sie schlug so heftig mit der Faust auf den Tisch, dass die Gläser klirrten.

Das Mädchen hinter der Theke sah zu den beiden herüber und hob missbilligend eine Braue. Eine Unterhaltung am Nebentisch verstummte. »Die Polizei gedenkt offenbar nichts zu tun, also müssen wir die Sache selbst in die Hand nehmen!«, sagte Nadja mit großem Nachdruck.

Victor sah sie stirnrunzelnd an. »Was sollen wir denn machen?«

»Na, den Mörder finden natürlich!«

Victor nahm einen Schluck Wein. Er hatte dieser jungen Frau ein wenig Trost spenden wollen, aber dabei hatte er ganz sicher nicht im Sinn gehabt, mit ihr auf Mörderjagd zu gehen. Damit hatte er nichts zu tun. Er wollte ihr widersprechen, doch die Assistentin kam ihm zuvor: »Haenseling muss Ihnen beim Mittagessen doch etwas gesagt haben! War er da schon so voller Angst gewesen? Hat er den Termin erwähnt? Hat er Ihnen vielleicht verraten, wen er in seinem Büro erwartete?« Die roten Flecken auf ihren Wangen dehnten sich aus.

Victor schüttelte den Kopf. Es war eher eine Reaktion auf ihre Beharrlichkeit als eine Antwort auf ihre Frage. Dann sagte er langsam: »Er hat mir nur verraten, dass er einen Termin hatte, von dem einiges abhing, wie er sich ausdrückte.«

»Sonst nichts?«

Er rang mit sich, ob er ihr Haenselings kryptischen Hinweis auf Petrus Scultetus mitteilen sollte. Vielleicht wusste Nadja etwas damit anzufangen. Wem konnte es noch schaden, wenn er es ihr sagte? »Nur ...«

»Nur was?« Sie stützte den Kopf in die Hände und beugte sich so weit vor, dass er ihr Parfüm riechen konnte. Es war ein sanfter, weicher Duft mit einem winzigen Unterton von Schärfe, von Hitze und Erwartung.

Er zögerte. »Nur ... nichts.« Victor hatte sich dagegen entschieden. Es war so etwas wie Haenselings Vermächtnis – seine letzte, eindringliche Bitte an Victor. Er hatte nicht das Recht, sich darüber hinwegzusetzen. Zumindest nicht, solange Victor nicht wusste, was damit überhaupt gemeint war. »Ja, ich glaube, er hatte Angst. Er war wütend, aber in seinen Augen stand das Entsetzen.«

»Wütend? Was genau hat er gesagt?«

»Warum wollen Sie das wissen?«, fragte Victor. Der Duft des Parfüms wurde immer intensiver.

»Es könnte uns einen Hinweis geben. Vielleicht hat er angedeutet, was ihm bevorstand.«

Victor seufzte und lehnte sich auf seinem Stuhl zurück. Nadja hockte da wie ein Falke in Lauerstellung. Als er das Parfüm nicht mehr so deutlich roch, kehrte seine Entschlossenheit zurück. »Nein, er hat gar nichts angedeutet«, sagte er.

»Sie wollen es mir nicht sagen! Sie verheimlichen mir etwas!«, brauste die Assistentin auf.

Victor zuckte die Achseln. Er war noch nie ein guter Lügner gewesen.

»Dann kann ich ja gehen! Aber verlassen Sie sich darauf: Ich werde auch allein herausbekommen, was passiert ist.« Sie sprang so heftig auf, dass Victor beinahe befürchtete, sie würde sich auf ihn stürzen und ihm die Wahrheit aus dem Herzen zu reißen versuchen. Doch er wurde verschont.

»Danke für den Wein!«, sagte Nadja Kellermann kalt, drehte sich auf den flachen Absätzen ihrer Schuhe um und lief aus dem Lokal.

Victor sah ihr kurz nach. Er bemerkte, wie ihn das Mädchen hinter dem Tresen angrinste. Die Unterhaltung am Nachbartisch wurde wieder aufgenommen.

Victor atmete tief durch und trank den Rest seines Weins. Dann verließ auch er das Bistro. Draußen stellte er fest, dass er Peter Haenselings Hosenknopf noch in der Tasche hatte. Er holte ihn hervor, betrachtete ihn – braun, unscheinbar, nutzlos geworden – und warf ihn in den nächsten Abfallkorb.

Innerlich krümmte er sich dabei zusammen. Gleichzeitig hätte er fast gelächelt. Der stets so korrekt gekleidete Peter Haenseling war mit einer kaputten Hose in den Tod gesprungen.

Auch das sprach gegen einen Selbstmord.

* * *

In seinem Büro machte sich Victor widerwillig an das, was er sein »Tagwerk« nannte. Er beantwortete die drängendsten Briefe und E-Mails und stellte einige Leistungsnachweise aus. Eigentlich hätte er ein Seminar über den Realitätsbegriff bei John Locke halten sollen, doch er ließ den Hausmeister am Veranstaltungsraum die Information aushängen, dass der Unterricht ausfalle. Er war jetzt nicht in der Lage, mit Studenten darüber zu diskutieren, ob die Behauptung angemessen sei, man könne nicht beweisen, dass etwas, das nicht wahrnehmbar sei, überhaupt existiert.

Beklommen machte er sich auf den Heimweg in den Stadtteil Ehrenfeld. Doch statt die Straßenbahn zu nehmen, die nur wenige Meter neben dem Hauptgebäude abfuhr, entschied er sich, zumindest einen Teil der Strecke zu Fuß zurückzulegen.

Dazu hatte er einen besonderen Grund. Immer wieder hatte er nach dem Gespräch mit Nadja Kellermann an Haenselings Bemerkung über Petrus Scultetus denken müssen. Wie konnte man einen Gelehrten aufsuchen, der schon seit Jahrhunderten tot war? Indem man zu seinem Grab ging.

Victors langer Heimweg führte am Geusenfriedhof vorbei, einem der kleinen, grünen Lungenbläschen Kölns, das versteckt unter riesigen Buchen und Platanen dem Vergessen entgegendämmerte. Als Victor bei dem schmiedeeisernen Gitter angekommen war, das die Wogen von Gras, Efeu und Gebüsch vor dem wuchernden Asphalt der Straße und des Bürgersteigs schützte, schaute er sich verstohlen um. Autos fuhren vorbei, Fahrräder schlingerten um Schlaglöcher herum, Passanten hetzten hierhin, dorthin. Studenten, Dozenten, Geschäftsleute, Frauen mit Kinderwagen – alles vermittelte den Eindruck vollkommener Normalität. Victor drückte das kleine Tor zum Friedhof auf.

Und betrat eine andere Welt.

Kühlere Luft wehte ihm entgegen. Es war, als atmeten die Bäume ihn an. Ihr Parfüm war sanfter, zugleich mächtiger und ehrlicher als das von Nadja Kellermann. Das Rauschen der frühlingsgrünen Blätter über ihm war wie ein Versprechen von Ruhe und Trost. Victor schloss das Tor hinter sich.

Der Geusenfriedhof war der erste protestantische Friedhof Kölns gewesen, der zur Zeit seiner Gründung weit draußen vor den Toren der Stadt gelegen hatte. Hier hatten die Anhänger des neuen Glaubens ihre letzte Ruhestätte gefunden, wo sie kein katholisches Auge zu belästigen vermochten. Schon seit dem achtzehnten Jahrhundert war niemand mehr auf diesem Friedhof beigesetzt worden; heute war er ein Freilichtmuseum, das kaum ein Kölner kannte. Alte Grabsteine standen oder lagen unter Efeu versteckt. Die Schrift auf den Monumenten war in vielen Fällen nicht mehr zu entziffern. Hier waren etliche Mitglieder der zum neuen Glauben übergetretenen Oberschicht beerdigt, und zu ihnen hatte auch Petrus Scultetus gehört, Professor für Dialektik und Metaphysik, der seine Stellung an der Kölner Universität hatte aufgeben müssen, als er sich öffentlich zu Luthers Lehren bekannte. Als gebrochener Mann war er 1585 gestorben, kaum vierzig Jahre alt. Sein Grab bestand nur aus einer der Länge nach geborstenen Platte, durch die sich allerlei Rankwerk aus der Tiefe ans Licht gearbeitet hatte. Die Inschrift war völlig unleserlich geworden. Erst vor einem Jahr hatte Haenseling herausgefunden, dass dieses unscheinbare, traurig vernachlässigte Grab dem alten Professor gehörte.

Victors Kollege hatte sich daraufhin mit dem schmalen Werk des Petrus Scultetus beschäftigt, das erst posthum im Jahre 1593 unter dem nichtssagenden Titel *Tractatus de Veritate Cognitionibus* veröffentlicht und von der Gelehrtenwelt kaum beachtet worden war. 1708 war allerdings eine deutsche Übersetzung herausgekommen, die ebenfalls so gut wie unbekannt geblieben war. Für Haenseling war die Beschäftigung mit dem vergessenen Denker zu einer kleinen Obsession geworden. Am Geburtstag des alten Philosophen, dem 14. November, hatte er Victor zu einem Umtrunk an dem von ihm wiederentdeckten Grab eingeladen. Es war ein windiger Tag gewesen, und der Regen war vom braunen und gelben Laub der Buchen und Platanen in die Sektgläser getropft. Bei dem Gedanken an jenen Tag im Herbst des vergangenen Jahres musste Victor lächeln.

»Was soll ich dir nur sagen, alter Denker? Dein einziger Freund in unserer Zeit ist nicht mehr…«, murmelte Victor, während er sich vor das Grab hockte und das Efeu ein wenig beiseite schob, damit er den Namen des toten Philosophen auf dem verwitterten Stein wenigstens erahnen konnte.

Ein Rabe flog aus einer Buche auf und krächzte den Abend herbei. Victor starrte auf den Spalt in der Grabplatte. Warum bin ich hier?, fragte er sich. Victor schloss die Augen. Der durch die Bäume gefilterte Verkehrslärm verblasste noch stärker. Amselgesang perlte herab. Warum hatte Haenseling ihn hierher gelenkt? Was war mit diesem Grab?

Was war *in* diesem Grab?

Victor kniff die Augen zusammen und beugte sich vor. Unter dem Spalt, durch den das Efeu hervorwuchs, lag Schwärze. Victor stützte sich mit den Händen auf der Platte ab und brachte den Kopf noch näher an den Riss. Ein feiner, erdiger Geruch drang ihm entgegen – wie von feuchtem Waldboden, doch mit einer entschieden scharfen Note. Zu sehen war noch immer nichts.

Er steckte die Hand in die Höhlung.

Er biss die Zähne zusammen, als er spürte, wie etwas über seinen Handrücken krabbelte und wieder verschwand. Langsam tastete er unter der Platte umher. Da berührten seine Finger etwas, das sich wie Papier anfühlte. Victor zerrte daran und zog die Hand hinaus. Zuerst kam ein fetter Tausendfüßler ans Licht. Angewidert streifte Victor ihn am Stein ab. Dann erhob er sich und betrachtete das, was er aus dem Grab gefischt hatte.

Es war ein gewöhnlicher Briefumschlag, ein wenig fleckig, aber völlig trocken. Lange konnte er da unten nicht gelegen haben. Mit fahrigen Fingern riss Victor den Umschlag auf.

Und zog einen Schlüssel hervor.

Zweites Kapitel

»Die vorgehabte Perceptio einer verstorbenen Persohn ist also verschieden, als die Perceptierenden verschieden sind. Dies lehret uns die Vorsicht gegenüber der Perceptio.«

Scultetus, *De Veritate Cognitionibus*

Sie hatte es bereits erfahren, aber sie verhielt sich so, als wäre nichts Außergewöhnliches geschehen. Ihr Make-up war perfekt wie immer, und ihre Haare waren so sorgfältig frisiert, dass diese Frau auf Victor den Eindruck einer Schaufensterpuppe machte. Einer sehr, sehr teuer gekleideten Schaufensterpuppe.

Victor hatte Haenseling länger als zehn Jahre gekannt, auch wenn er nicht behaupten konnte, der Professorenkollege sein ein enger Freund von ihm gewesen, doch zu seiner Frau Hedwig hatte er nie eine wie auch immer geartete Beziehung aufbauen können.

»Es muss schrecklich für Sie sein, das ist mir klar. Wir alle sind über das erschüttert, was gestern geschehen ist«, sagte Victor. Obwohl er sich mit Haenseling schon lange gedutzt hatte, redete er dessen Frau immer noch mit Sie an. Auf ihn wirkte sie trotz ihrer beeindruckenden Körpergröße wie eine ätherische Gestalt aus einem rätselhaften Pantheon, weit entfernt von den gewöhnlichen Menschen – und diesen nicht besonders wohl gesonnen.

Hedwig Haenseling nickte, verzog aber keine Miene. Sie saß mit zusammengepressten Beinen auf der Vorderkante des kostbaren Ledersofas, das bei jeder Bewegung knarrte. Die reglosen Hände hatte sie in den Schoß gelegt; sie wirkten wie abgeschaltet.

Victor hatte heute seine Vorlesung zu den ethischen Positionen des Empirismus ausfallen lassen und war stattdessen zu Hedwig Haenseling gegangen. Er beugte sich ein wenig vor und nahm einen Schluck Tee aus der hauchdünnen chinesischen Porzellantasse, die vor ihm auf dem Glastisch stand. Er mochte keinen Tee, aber Hedwig Haenseling hatte ihm nichts anderes angeboten. »Niemand von uns weiß, was wirklich vorgefallen ist. Es herrscht völlige Ratlosigkeit«, murmelte er in die Teetasse hinein.

»Das sehe ich anders«, erwiderte Hedwig Haenseling mit ihrer dunklen, festen Stimme. »Der Polizist, der mir gestern die ... die Nachricht überbracht hat, ist der Meinung, dass es sich um Selbstmord handelt. Er hat mir Peters Abschiedsbrief gezeigt.«

»Und Sie glauben das?«, fragte Victor und sah sie über die Teetasse hinweg an.

Sie hatte den Mund zu einem schmalen, feuerrot geschminkten Strich zusammengepresst und schaute auf einen Punkt unterhalb der gläsernen Tischplatte. Ihr kastanienbraunes Haar lag in einer langen, vollkommen gerundeten Welle über der rechten Schläfe und war im Nacken zu einem Knoten zusammengesteckt. Durch ihren feinen Blazer war nicht einmal zu erkennen, ob sie atmete.

»Warum sollte ich es nicht glauben? Ich habe den Brief gesehen, und ich habe das Ergebnis der polizeilichen Ermittlungen gehört.« Dann hob sie den Kopf und sah Victor mit ihren dunkelbraunen, stechenden Augen an. »Ich verstehe zwar nicht, warum er es getan hat, aber ich habe vieles an ihm nicht verstanden.«

Victor setzte die noch immer halbvolle Teetasse vorsichtig auf dem Tisch ab, nickte knapp, als ob er ihren Worten folgen könne, und sah an der Frau seines verstorbenen Kollegen vorbei auf das Bild hinter ihr an der Wand. Es stellte Adam und Eva im Garten Eden dar. Zwischen den beiden nackten, nur mit einem Feigenblatt bedeckten Figuren erhob sich der Baum der Erkenntnis, und aus seinem Gezweig züngelte eine schwarze Schlange hervor. Bei dem Bild handelte es sich um einen echten Cranach, wie Haenseling vor ein paar Jahren einmal stolz verkündet hatte. Welch ein Unterschied zwischen Cranachs Eva und der Frau des Professors! Während die eine mit ihrer rosigen Haut, den schwellenden Brüstchen, dem schelmischen Lächeln und den runden Hüften das Leben selbst zu sein schien, war die andere ein Abbild des erhabenen Unlebens, wie Victor es still für sich nannte, mit hochgeschlossener Kleidung, die kaum die Hände und nur sehr wenig von den Beinen zeigte. Der hochgestellte Kragen der Bluse wirkte wie eine Halskrause auf einem Gemälde aus der Renaissance.

Hedwig Haenseling fuhr fort: »Es ist wie ein schlechter Traum. Haben Sie auch manchmal das Gefühl, endlich erwachen zu müssen?«

Seit gestern Mittag andauernd, hätte Victor ihr am liebsten gesagt, doch er schwieg. Vor allem, seit er den Schlüssel im Grab des Petrus Scultetus gefunden hatte. Dieser Schlüssel war der Hauptgrund für seinen Besuch bei Hedwig Haenseling.

Victor hatte fast die ganze Nacht über dem Schlüssel gebrütet. Der Umschlag, in dem er gesteckt hatte, hatte leider keinen Hinweis auf das Schloss geliefert, zu dem der Schlüssel passte. Es blieb ihm nichts anderes übrig, als Hedwig Haenseling offen danach zu fragen.

Er holte den Schlüssel aus der Innentasche seines dunklen, etwas abgewetzten Jacketts und legte ihn auf den Tisch. Dort glitzerte er im Schein der Sonnenstrahlen, die durch ein Fenster rechts von ihm fielen. Das Licht wurde durch Bäume gefiltert, wie am Vorabend auf dem Geusenfriedhof. Irgendwie wirkte der Schlüssel auf Victor nun wie ein kleines Reptil, das sich in einem Sonnenteich aalte.

Hedwig Haenseling sah den Schlüssel an, aber sie hob nicht einmal eine Braue. Und erst recht fragte sie nicht.

Victor zerrte ein wenig am Knoten seiner ungewohnten, dunkelblauen Krawatte, die er extra für diesen Besuch angelegt hatte. In der vergangenen Nacht hatte er darüber nachgedacht, ob er den Schlüssel zur Polizei bringen sollte, doch das Verhalten des Kommissars gestern und seine Weigerung, in dem Fall etwas anderes als einen Selbstmord zu sehen, hatten Victor von der Sinnlosigkeit dieser Idee überzeugt. Gestern noch hatte er sich geweigert, mit Nadja Kellermann auf Mördersuche zu gehen, weil er bezweifelt hatte, dass es überhaupt einen Mörder gab. Doch der Schlüssel hatte alles verändert. Victor war es seinem toten Kollegen schuldig, dieser Spur zu folgen.

»Gehört dieser Schlüssel vielleicht Ihnen oder Ihrem Mann?«, fragte Victor leise.

Zunächst zeigte Hedwig Haenseling keine Reaktion. Doch dann stand sie langsam auf, drehte sich dabei elegant, strich mit einer unbewussten Bewegung den Rock glatt und verließ das Zimmer. Durch die geöffnete Tür hörte Victor, wie sie in einer Schublade herumkramte. Schließlich kam sie mit einem großen Schlüsselbund zurück, den Victor wegen des kleinen, silbernen Anhängers in Form eines Buches sofort als den ihres Mannes erkannte.

»Den hat mir die Polizei gestern zusammen mit seinen anderen Sachen gebracht«, sagte sie. Offenbar hatte sich der Kommissar aller Dinge aus dem abgeschlossenen Fall so rasch wie möglich entledigt. Hedwig Haenseling untersuchte den Bund, legte ihn wieder auf den Tisch – so vorsichtig, als könnte er ein Loch in das Glas schneiden – und sagte dann: »Der Schlüssel zum Banksafe fehlt. Ich schätze, das ist dieser hier. Wo haben Sie ihn gefunden?«

Victor hatte lange überlegt, was er antworten sollte, wenn sie diese Frage stellen würde. Er war zu dem Entschluss gekommen, ihr nur dann die Wahrheit zu sagen, wenn sie ebenfalls der Meinung war, dass ihr Mann keinen Selbstmord begangen hatte. Doch da sie die Einschätzung des Kommissars bereits widerspruchslos akzeptiert hatte, sah er keinen Grund, sie zu beunruhigen. Also bemühte er seinen Plan B. »Ich hatte Ihrem Mann vor einiger Zeit ein paar sehr wertvolle Dokumente zur Geschichte der Philosophie gegeben«, sagte er und kam sich dabei wie ein Verbrecher vor. Außerdem hörte sich die Geschichte in seinen Ohren schrecklich hanebüchen an. »Es handelt sich um Handschriften aus dem Briefwechsel zwischen Voltaire und König Friedrich II. von Preußen, die bisher noch unediert sind.« Er wusste, dass sie für die Arbeit ihres Mannes nicht das geringste Interesse aufbrachte, und hoffte daher, sie würde diesen Unsinn glauben. »Er hatte mir versprochen, sie in seinen Safe zu legen. Der Schlüssel befand sich in seinem Schreibtisch; die Polizisten haben ihn wohl übersehen. Ich war mir nicht sicher, ob es wirklich der Safeschlüssel Ihres Mannes ist …«

»Und nun wollen Sie, dass ich zur Bank gehe und Ihnen Ihre wertvollen Dokumente zurückgebe«, sagte Hedwig Haenseling tonlos.

»Es ist mir bewusst, dass jetzt eigentlich nicht der richtige Zeitpunkt dazu ist ...«

»Das stimmt.«

»Da ich nun weiß, dass der Schlüssel bei Ihnen gut aufgehoben ist, kann ich gern ein andermal wiederkommen«, beeilte sich Victor zu sagen und stand auf.

Sie sah ihn mit einem eiskalten Blick an; noch immer zuckte kein Muskel in ihrem Gesicht. Er konnte nicht einmal mit Bestimmtheit sagen, ob sie wütend auf ihn war. Als er schon beinahe die Zimmertür erreicht hatte, sagte sie harsch: »Bleiben Sie.«

Victor drehte sich um. Sie saß wie erstarrt auf der Kante des Ledersofas und sah ihn an. »Sie würden mich so lange belästigen, bis Sie das bekommen haben, was Ihnen Ihrer Meinung nach zusteht«, fuhr sie fort und mühte sich an einem schwachen, aufgesetzten Lächeln ab. »Sie sind hartnäckig. Da kann ich es auch jetzt gleich hinter mich bringen.« Mit steifen Bewegungen nahm sie den Safeschlüssel vom Tisch und betrachtete ihn, als wäre er eine giftige Schlange.

* * *

Schweigend verließen sie das Haus und traten auf den Bürgersteig, über dem ein Gitter aus Sonnenlicht und Schatten lag. Die hohen Kastanien auf dem Bürgersteig rauschten leise im Frühlingswind. Weiße Wölkchen zogen träge durch den Himmel.

Victor schaute sich immer wieder um, denn er hatte plötzlich das Gefühl, dass jemand ihnen folgte. Manchmal sah er aus den Augenwinkeln einen Schatten in Deckung huschen, mehr nicht. Sicherlich waren seine Nerven überreizt – kein Wunder angesichts der Ereignisse des Vortags.

Bald standen sie vor dem Bankinstitut an der Dürener Straße. Mit einem knappen Kopfnicken bat Hedwig Haenseling Victor, er möge vorangehen. Im Foyer umfingen sie dunkle Kühle, Marmor, Holztäfelungen. Bankangestellte huschten umher, die wie Kopien ihrer selbst wirkten. All die Blazer in gedeckten Farben, die knielangen Röcke und sorgfältigen Frisuren bei den Damen, die dunklen Anzüge, hellen Hemden, glatten Haare bei den Herren ... Auf den ersten Blick ähnelte Victor ihnen, wie er bemerkte, als er an sich hinunterschaute; solange man nicht die kleinen Zeichen des Verfalls, der absichtlichen Vernachlässigung wie den etwas zerknitterten Hemdkragen oder die ausgetretenen Schuhe erkannte, für die er dankbar war, denn sie grenzten ihn von diesen glatten Menschen ab.

Hedwig Haenseling ging zielstrebig auf einen der Schalter zu, hinter dem eine junge Frau gerade Zahlenkolonnen in ihren Computer hackte. Als sie die ältere, große Dame mit dem einschüchternden Äußeren erkannte, setzte sie ein falsches Lächeln auf. »Ah, Frau Professor! Was kann ich für Sie tun?«

Victor stellte sich neben sie und wurde jetzt erst von der Bankangestellten wahrgenommen. Das falsche Lächeln verwandelte sich in ein richtiges. Victor erwiderte es. So war es oft, wenn Frauen ihn zum ersten Mal sahen.

»Ich möchte an meinen Safe!«, sagte Hedwig Haenseling etwas lauter als notwendig.

Die junge Frau zuckte zusammen, sah ihre Kundin an und wirkte, als sei sie gerade unsanft aus einem Traum aufgewacht. »Selbstverständlich, Frau Professor!«, beeilte sie sich zu sagen und zog einen kleinen Block mit Vordrucken unter dem Schalter heraus. »Wenn Sie bitte hier Ihren Namen und das Kennwort ...«

»Ich kenne das Procedere«, schnitt Hedwig ihr das Wort ab. Rasch schrieb sie ihren Namen auf den kleinen Zettel, trug das Kennwort ein und schob der jungen Frau das Papier mit einer verächtlichen Bewegung zu, als ekle sie sich davor.

Die Bankangestellte führte sie und Victor durch eine in der Wandtäfelung geschickt verborgene Tür, die sie mit einer kleinen Codekarte geöffnet hatte, zu einer in die Tiefe führenden Treppe. Kleine Halogenlichter in den Wänden glitzerten wie gefangene Sterne.

Victor bildete die Nachhut und hörte, wie die Tür hinter ihm ins Schloss fiel.

Und auf einmal vernahm Victor Schritte, die ihnen folgten. War da noch jemand durch die Tür gehuscht? Er erstarrte und drehte sich um, doch niemand befand sich auf der Marmortreppe über ihm. Er schüttelte den Kopf und beeilte sich, wieder zu den beiden Frauen aufzuschließen.

Sie standen vor einem Gittertor, hinter dem sich in langen Reihen die Kundensafes befanden. Die junge Frau tippte eine Zahlenfolge in ein Kästchen neben dem Tor, das daraufhin mit einem leisen Surren zur Seite glitt. Dann ging sie mit wiegenden Schritten in die Reihe ganz rechts und blieb vor dem Fach mit der Nummer 68 stehen. Aus ihrem Blazer holte sie einen Schlüssel, der dem im Grab gefundenen täuschend ähnlich sah, steckte ihn in das untere Schloss und drehte ihn herum. Mit einem auffordernden Lächeln wies sie auf das obere Schloss.

»Wir wissen Bescheid«, sagte Hedwig Haenseling. »Sie können gehen.«

»Natürlich. Ziehen Sie dann bitte ...«

»... das Gitter hinter sich wieder ins Schloss«, beendete die Witwe Haenseling den Satz.

Die junge Frau schenkte Victor ein verschwörerisches Grinsen, zog gleichzeitig die Brauen hoch und zuckte die Schultern, während Frau Haenseling bereits die Klappe des Safes öffnete. Sie zerrte das Stahlkästchen dahinter heraus und bedachte die Bankangestellte mit einem bösen Blick. Diese wandte sich um und verließ die unterirdische Kammer.

Erst als ihre Schritte auf der Treppe verhallt waren, ging Hedwig mit dem noch immer geschlossenen Kästchen an einen kleinen Tisch, der zusammen mit zwei Stühlen aus dunklem Tropenholz am Ende des Gangs stand.

Victor wurde nervös. Was mochte sich in dem Kästchen befinden? Sicherlich kein Briefwechsel zwischen Voltaire und Friedrich II. Möglicherweise waren es gar keine Schriftstücke. Was sollte er Hedwig dann sagen?

Noch als er darüber nachdachte, hatte sie bereits die Klappe des Kästchens hochgeschlagen und starrte auf den Inhalt der silbernen Box.

»Ist es das hier, was Sie suchen?«, fragte Frau Haenseling.

Er sah zuerst sie und dann die Manuskripte an, die sie ihm entgegenhielt.

»Nehmen Sie die Papiere, und werden Sie glücklich damit. Ich kann mit diesem stinkenden Zeug sowieso nichts anfangen.«

Victor ergriff die Blätter und starrte sie verständnislos an. Sie strömten einen muffigen Geruch aus. Er hatte nicht erwartet, dass sich in dem Safe tatsächlich Schriftstücke befanden. Vor allem hatte er nicht erwartet, dass sie tatsächlich *ihm* gehörten.

Schon beim ersten Blick hatte er nämlich erkannt, dass die altersdunklen Dokumente, die er da in den Händen hielt, aus seiner eigenen Bibliothek stammten.

Drittes Kapitel

»Doch während des Lebens verlassen wir uns beym Bemessen und Bewerthen der Dinge sowie der Persohnen arg häufig auf dero Perceptio. In der Täuschung darüber lieget ein Weg zur Hinterfragung der Resumatio.«

Scultetus, *De Veritate Cognitionibus*

Auch als Victor bereits wieder im Arbeitszimmer seiner Wohnung saß und gedankenverloren aus dem Fenster schaute, konnte er es noch immer nicht begreifen. Er sah über die Schieferdächer des Stadtteils Ehrenfeld, die hier und da von einem Erker oder einem kleinen Turm unterbrochen wurden und die flüchtige Illusion einer alten Stadt erschufen. Dies war für Victor alltäglich, ein stets angenehmer Ausblick aus seiner großen Wohnung im vierten Stock eines Gründerzeithauses in der Eichendorffstraße. Dann senkte er den Blick auf die Lederplatte seines Schreibtischs und die beiden Dokumente, die darauf ausgebreitet lagen.

Heimgekehrt.

Victor hatte diese Papiere zusammen mit vielen anderen Büchern und Manuskripten vor etlichen Jahren von seiner verstorbenen Mutter geerbt, doch er hatte sie nie als besonders interessant empfunden und daher vor Kurzem als Teil eines großen Konvoluts zur Buchauktion bei Venator & Hanstein gegeben, weil er unbedingt Platz brauchte. Obwohl seine Wohnung fünf Zimmer hatte, war sie inzwischen mit Büchern so vollgestopft, dass er arge Bedenken hatte, ob die Holzböden das Gewicht noch tragen konnten. Aus diesem Grund hatte er in den letzten Semesterferien schweren Herzens alles aussortiert, von dem er wusste, dass er nie wieder einen Blick hineinwerfen würde. Darunter hatten sich auch die beiden Dokumente befunden, die nun auf seltsame Weise den Weg zu ihm zurückgefunden hatten. Er hatte völlig vergessen, dass die Auktion irgendwann in den letzten Tagen gewesen sein musste. Die Schätzpreise seiner Einlieferungen waren durchweg recht gering gewesen, und er hatte sich bisher nicht die Mühe gemacht, beim Auktionator anzurufen und die Ergebnisse in Erfahrung zu bringen. Er brauchte lediglich Platz und wollte keine Bücher und Manuskripte wegwerfen, die anderen Sammlern möglicherweise etwas bedeuteten.

Eines der Dokumente vor ihm stammte vom Beginn des neunzehnten Jahrhunderts. Es war mehrfach gefaltet und trug das unversehrte, rote Siegel eines Abtes, erkenntlich am Krummstab, der von zwei Fischen flankiert wurde. Um das Siegel war in zitterigen Buchstaben in brauner Tinte ein lateinischer Satz geschrieben. Victor las ihn heute zum ersten Mal. Als er den Nachlass seiner Mutter geordnet hatte, hatte er dieses Siegel zwar beiläufig wahrgenommen, sich aber nie die Mühe gemacht, die kreisförmig darum verlaufende Handschrift zu entziffern. Seine Mutter hatte einmal davon gesprochen, dass niemand aus ihrer Familie es zu brechen gewagt habe. Ihr selbst hingegen seien diese Dokumente herzlich gleichgültig; sie habe sie nur aus Pietät aufbewahrt und interessiere sich nicht im Geringsten für ihren Inhalt.

Sanctus aut damnatus sit qui sigillum iste rumpit.

Victors Lateinkenntnisse waren altersschwach und dürftig. Mit Hilfe eines Wörterbuchs und einer Grammatik übersetzte er schließlich: »Wer dieses Siegel bricht, sei entweder heilig oder verdammt.«

Bei dem anderen Dokument handelte es sich um etliche gefaltete Blätter in Folio, datiert von 1802, die einen Visitationsbericht des Klosters Lautenbach in der Eifel enthielten.

Victor nahm den verstaubten Bericht in die Hand und öffnete ihn. Zwischen dem Deckblatt und der ersten Seite lag ein kleiner Seidenpapierumschlag. *Für Victor* stand darauf in Haenselings steiler Altherrenschrift. Die persönliche Anrede rührte sein Herz. Mit zitternden Fingern öffnete er den Umschlag. Ein feines Blatt Schreibpapier kam zum Vorschein.

Lieber Victor,
wenn Du diese Zeilen liest, weile ich nicht mehr unter den Lebenden. Du warst der Einzige, dem ich vertrauen konnte. Ich habe diese Dokumente von hohem, wenn auch zweifelhaftem Wert im Auftrag einer Vereinigung ersteigert, der ich sie nicht mehr zu übergeben wage. Sie verfolgt furchtbare Ziele. Ich überlasse dir somit ein schweres Erbe. Wahre es gut und hab Acht.
Peter.

Nun verstand Victor gar nichts mehr. Neugier und Verblüffung hielten sich bei ihm die Waage. Es war wohl an der Zeit, endlich einmal einen Blick in diese Dokumente zu werfen, dachte er und nahm sich zunächst den Visitationsbericht vor.

Es bereitete ihm einige Mühe, die alte Handschrift des Benediktinerprovinzials zu entziffern, und der Text war auf den ersten Blick nicht dazu angetan, sein Interesse zu erregen. Es schien um Missstände im Kloster Lautenbach zu gehen, das damals bereits von Napoleons Truppen besetzt gewesen war, doch wer außer einem Kirchenhistoriker oder Heimatforscher sollte sich dafür begeistern?

Victor legte die ungehefteten, gebräunten Bögen zurück auf die Platte seines englischen Schreibtischs und sah wieder nach draußen – über die Dächer, in den Himmel, in dem die Wolken wie träge Gedanken schwammen, Gedanken an Peter Haenseling, an das letzte gemeinsame Essen mit ihm, an seine rätselhafte Anordnung, die Victor ausgeführt und die ihm den Weg zu diesen beiden Schriftstücken gezeigt hatte. Sie waren eine einzige Frage, mehr noch: ein Bündel von Fragen.

Victor wusste, dass seine Mutter Louise de Montfalcon, eine gebürtige Pariserin, aus einer Familie stammte, die sehr viel Wert auf ihren Stammbaum gelegt hatte. Einer ihrer Vorfahren war als napoleonischer Offizier ins Kloster Lautenbach in der Eifel geschickt worden, um dort einigen Unregelmäßigkeiten und Übergriffen der Soldaten auf die Spur zu kommen. Er hatte die Dokumente als Souvenirs mit nach Hause gebracht, und seitdem war in der Familie de Montfalcon das Interesse an der Eifel umgegangen. Der Vater von Victors Mutter – Edmond de Montfalcon, der schon kurz nach Victors Geburt verstorben war – hatte in den frühen Sechzigerjahren eine Eifelreise unternommen und natürlich vor allem die Ruinen der Abtei Lautenbach besichtigt. Bei dieser Reise war es zu einem für ihn höchst unangenehmen Zwischenfall gekommen: Seine Tochter Louise, die ihn nicht ganz freiwillig begleitet hatte, hatte sich in Arthur Leclerc, einen Bauunternehmer aus Wittlich verliebt, der zur selben Zeit ebenfalls die Ruine besucht und der anmutigen Pariserin galant bei einem gewagten Sprung über einen Graben geholfen hatte. Danach, als man sich bei einem guten Moselwein in dem Wittlicher Gasthaus, in dem Vater und Tochter de Montfalcon abgestiegen waren, mit spielerischen Wortfetzen aus Deutsch und Französisch nähergekommen war, wurde der Eifeler Unternehmer, der ebenfalls französische Vorfahren besaß, von einer flammenden Liebe zu der Französin ergriffen, die dazu führte, dass er ihr viel von der Eifel und bald auch einiges von sich selbst zeigte. Für beides hegte die junge Dame durchaus Interesse, was schließlich zu der bald unverkennbar sich ankündigenden Existenz von Victor führte, die einen hervorragenden Heiratsgrund abgab, sehr zum Leidwesen der Eltern der beiden Liebenden. Jedenfalls führte Arthur Leclerc seine junge, entzückende Frau – und mit ihr auch ihren Hausstand nebst vielen Kisten voller Bücher und Dokumente – heim in das Eifelstädtchen Wittlich. Der Visitationsbericht und das versiegelte Dokument hatten hingegen zu den ungeliebten Erbstücken ihres bald nach der Hochzeit verstorbenen Vaters gehört.

Victor seufzte und rieb sich die Augen. Seine Mutter und sein Vater waren schon seit einigen Jahren tot, und genau wie Louise hatte auch er sein Erbe eher widerwillig bewahrt und durch die Zeiten geschleppt – bis vor wenigen Wochen, als er sich schweren Herzens von etlichem getrennt hatte. Unter anderem von den beiden Dokumenten, die jetzt wieder vor ihm lagen.

Haenseling musste sie ersteigert haben. Ein kurzer Anruf bei Venator & Hanstein würde diese Frage beantworten.

Victor suchte aus seinem Notizbuch die Telefonnummer heraus und erfuhr rasch von einer Mitarbeiterin des Auktionshauses, dass der Bericht sowie eine Beigabe – bei der es sich bestimmt um das versiegelte Dokument handelte – zugeschlagen worden waren. Als Victor nach dem Namen des Ersteigerers fragte, hieß es, dass es aus Gründen des Datenschutzes nicht möglich sei, ihm Auskunft darüber zu geben. Beiläufig erkundigte er sich zum Schluss noch nach der Höhe des Zuschlags. Als die weibliche Stimme ihm die Summe mitteilte, stieß Victor nur knapp hervor: »Wie bitte?«

Die Frau am anderen Ende der Leitung wiederholte die Summe. Er dankte ihr geistesabwesend, legte auf und schaute abermals aus dem Sprossenfenster seines Arbeitszimmers.

Nun sahen die Wolken des Ehrenfelder Himmels ganz anders aus. Wie treibende Masken. Lachende, weinende. Verdutzte, böse oder sorglose Masken.

Er murmelte die Summe vor sich hin, immer wieder. »Eine Million und sechshunderttausend Euro.«

Abzüglich der Gebühr für den Versteigerer.

Victor war reich.

Er begriff es nicht. Woher hatte Peter Haenseling so viel Geld? Und wieso hatte er es für wertlose Dokumente ausgegeben? Auf welche Weise hingen sie – wenn überhaupt – mit seinem Tod zusammen?

Victor stützte den Kopf in die Hände. All das konnte nicht wahr sein. Er träumte; dies hier war ein Albtraum und ein Wunschtraum zugleich. Jetzt war er in der Lage, sich die Erstausgabe von Schopenhauers *Die Welt als Wille und Vorstellung* zu kaufen, die er vor einigen Wochen im Antiquariat Heuberger in Deutz gesehen hatte. Und auch die Erstausgabe von Kants *Kritik der reinen Vernunft*. Und … und … und … Aber er hatte das Empfinden, dass ihm dieses Geld nicht zustand. Dass er es unrechtmäßig erworben hatte.

Die Türklingel riss ihn in die Wirklichkeit zurück. Benommen schüttelte er den Kopf, stand langsam von seinem hochlehnigen Stuhl auf, verließ vorsichtig das Arbeitszimmer, als befürchtete er, die Dielen könnten unter ihm nachgeben, und ging wie ein Schlafwandler durch den langen, mit Regalen vollgestellten Flur zur Tür. Noch bevor er den Hörer der Gegensprechanlage abgenommen hatte, klingelte es erneut.

»Ja, bitte?«, fragte Victor leise in die Muschel.

»Verzeihen Sie die Störung«, schallte eine dunkle, volle und feste Stimme zurück. »Es geht um den Tod Ihres Kollegen, des Herrn Professor Doktor Peter Haenseling.«

Victor drückte auf. Sicherlich war es wieder ein Polizist, aber offenbar nicht jener unfertige Kommissar von gestern. Dessen Stimme war viel schriller gewesen.

Victor zog die Tür einen Spaltbreit auf. Von unten hörte er Schritte über die knarrende Treppe hochkommen. Und wenn es doch kein Polizist war? Hatte er voreilig geöffnet? Leise schloss er die Wohnungstür wieder, legte die Kette vor und wartete. Jetzt hatten die Schritte ihn beinahe erreicht, und ein Schatten erschien hinter dem mattierten Glas in der Tür. Der Schatten wuchs, nahm fast die gesamte Fläche der von geschwungenen Leisten umrahmten Scheiben ein – und erstarrte. Ein Schatten wie hinter dem Fenster von Haenselings Büro, kurz bevor dieser in den Tod gesprungen war. *Gestürzt worden war.*

Victor glaubte die Gestalt hinter der Tür atmen zu hören und wich instinktiv zurück. Erneute klingelte es. Als Victor nicht darauf reagierte, sagte der Schatten: »Bitte machen Sie auf, Herr Professor. Es ist wichtig.« Die Stimme klang nicht bedrohlich, allerdings sehr selbstbewusst.

Nun klopfte es, und Victor gab sich einen Ruck. Ohne die Kette zu lösen, drückte er die Messingklinke herunter und zog die Tür wieder einen Spaltbreit auf.

Der Schemen hinter ihr wich einen Schritt zurück, als ob er wüsste, dass er bedrohlich wirkte. Das Erste, was Victor von seinem Besucher sah, waren keine körperlichen Umrisse, war kein Gesicht, sondern eine Farbe.

Schwarz.

Es war, als bestünde der Besucher aus geronnenen Schatten. Nur ein schmaler, weißer Quersteifen lag wie ein winziger Schild vor seiner Kehle. Ansonsten trug der große Mann auf Hochglanz polierte schwarze Schuhe, eine schwarze Hose, ein schwarzes Hemd, ein schwarzes Jackett. Und ein kleines silbernes Kreuz am Revers. Vor Victor stand ein Geistlicher.

Peter Haenseling hatte nie viel für die römisch-katholische Kirche übrig gehabt, überdies war er protestantisch getauft gewesen. Es konnte also nicht um seine Beerdigung gehen.

»Ich möchte Sie um Entschuldigung dafür bitten, dass ich Sie unangemeldet besuche«, sagte der Geistliche, der immer noch starr wie eine Statue im Treppenhaus stand, zwei Schritte von Victors Tür entfernt. Er mochte etwa sechzig Jahre alt sein; in seinem hageren Gesicht zeigten sich viele Runzeln, und um Augen und Mundwinkel hatte sich ein wahres Kanalsystem von Lachfältchen in die Haut eingegraben. Die wässerig-blauen, ins Graue spielenden Augen bemühten sich, freundlich dreinzuschauen, aber die buschigen Brauen verliehen seinem Blick etwas Loderndes. Sein weißgraues, kurz geschnittenes Haar war glatt zurückgekämmt. Fast sah er aus wie jemand, der einem die himmlische Glückseligkeit verkaufen wollte – und der, wenn man keine Lust hatte, sie zu erwerben, sogleich mit der ewigen Verdammnis aufwartete.

»Mein Name ist Benno Jansen«, stellte er sich vor. »Ich bin Jesuit.«

Weiter kam er nicht. Victor hatte die Tür bereits wieder geschlossen. Wenn er etwas hasste, dann waren es Pfaffen. Und wenn es eine Gruppe von Pfaffen gab, die er besonders hasste, dann waren es die Jesuiten. Victor sah sich selbst als Vernunftmensch; ihm waren diese Volksverdummer und Angehörigen einer zum Glück untergegangenen Zeit einfach zuwider. Wenn er von Anfang an gewusst hätte, wer sein Besucher war, dann hätte er ihn erst gar nicht ins Haus gelassen.

Als er bereits wieder den Flur in Richtung Arbeitszimmer entlangging, klopfte es erneut gegen die Tür, diesmal härter und fordernder.

»Bitte machen Sie auf! Es ist wichtig! Es geht um den Tod Ihres Kollegen!«, drang die Stimme gedämpft durch Holz und Glas.

Was konnte ein verdammter Jesuit schon darüber wissen?

Es klingelte erneut – einmal, zweimal, immer wieder. Nun reichte es Victor. Seufzend drehte er um, ging wieder zur Tür und öffnete sie so weit, wie es die Kette zuließ. »Scheren Sie sich zum Teufel!«, rief er.

»Da komme ich bereits her.«

Victor vermochte nicht zu sagen, ob der Jesuit dies scherzhaft gemeint hatte oder nicht. »Was wollen Sie?«

Bevor der Geistliche antwortete, trat er blitzschnell an die Tür heran und schob einen Fuß in den Spalt. Wie ein dreister Hausierer, dachte Victor.

»Nur, dass Sie mir zuhören.«

»Ich höre.«

»Müssen wir wirklich durch diesen Spalt miteinander reden?«, fragte der Jesuit. »Glauben Sie mir, ich will Ihnen nichts antun. Nichts läge mir ferner.« Er sah Victor mit seinen grau-blauen Augen bittend an. Sein Lächeln aber wirkte wie das Lächeln einer Schlange.

»Haben Sie Peter Haenseling gekannt?«, fragte Victor barsch.

»Nicht direkt ...«

»Warum sind Sie dann hier?«

»Ich würde es Ihnen ja gern erklären, wenn Sie mir die Gelegenheit dazu gäben.«

Victor schaute auf den blitzblank polierten Schuh, der zwischen Tür und Rahmen stand, und überlegte, ob er vielleicht mit einem gezielten Tritt dafür sorgen sollte, dass der arme Jesuit ein paar Tage lang nur unter Schmerzen umherhumpeln konnte. Doch eigentlich wollte er ja selbst unbedingt wissen, was die verwirrenden und schrecklichen Ereignisse der letzten Tage bedeuteten. Vielleicht konnte der Pater wirklich Aufschluss darüber geben.

Widerstrebend nickte Victor, entfernte die Kette und öffnete die Tür weit. Der Jesuit schien zuerst seinem Glück nicht recht zu trauen. Er blieb auf dem Treppenabsatz stehen und sah Victor eindringlich an, als wolle er herausfinden, ob er diese Wohnung ohne Schaden an Leib und Seele betreten könne. Victor wich zur Seite. Der Jesuit atmete tief durch und schritt über die Schwelle.

Zögernd stand er in dem langen, büchergesäumten Flur und schaute sich um. »Ich bin gern dort, wo man liest«, sagte er und lächelte.

»Ich glaube nicht, dass unsere Lektüre die gleiche ist«, erwiderte Victor leise und führte seinen ungebetenen Gast in das Wohnzimmer.

»Das kann man nie wissen«, sagte der schwarze Mann, während er hinter Victor herging. »Ich glaube, wir nähern uns demselben Problem nur auf verschiedenen Wegen.«

Victor entgegnete nichts darauf. Er hatte keine Lust, weltanschauliche Fragen mit einem aalglatten Jesuiten zu diskutieren. Stattdessen wies er ihm einen der beiden Ohrensessel an, die neben dem Etagenkamin standen, in dem noch ein wenig blasse Asche lag. Victor setzte sich in den anderen. Er schlug die Beine übereinander, strich mit feingliedrigen Fingern über das braune, bereits ein wenig abgeschabte Leder und sah seinen Gast fragend an.

Benno Jansen hockte auf der Kante der Sitzfläche und wirkte sehr angespannt. »Ich danke Ihnen, dass Sie mich hereingelassen haben«, begann er und senkte den Blick auf den dunkelblauen Perserteppich. Dann rutschte er plötzlich im Sessel nach hinten, schlug ebenfalls die Beine übereinander und atmete auf. Nun wirkte er wie jemand, der an seinem Ziel angekommen war. »Das ist eine ganz furchtbare Geschichte«, meinte er und sah Victor fest an. Der Blick des Jesuiten hatte etwas von einem Reisenden, der in verbotene Regionen eingedrungen war und dort Unaussprechliches gesehen hatte. »Ein Universitätsprofessor stürzt durch das geschlossene Fenster seines Büros im dritten Stock. Man findet einen Abschiedsbrief und legt den Fall zu den Akten.« Er faltete die Hände unter dem spitzen Kinn. Sie hatten vernarbte Wunden wie von Brandverletzungen, und die Sehnen traten deutlich hervor. Alte, gequälte Hände, älter als das Gesicht. »Würden Sie sich umbringen, indem Sie durch ein geschlossenes Fenster springen?«

»Nein.«

»Haben Sie den Gesichtsausdruck des Toten gesehen?«

»Nein.«

»Angst«, sagte der Jesuit nur. »Schreckliche Angst.«

»Waren Sie am Tatort?«

»Ich war in der Gerichtsmedizin.«

»Wie sind Sie denn da hineingekommen?«, fragte Victor erstaunt. »Sind Sie etwa ein Verwandter von Haenseling?«

Der Jesuit lächelte. »Sind nicht alle Menschen Brüder?« Jansen legte die Hände auf die Lehnen des Sessels. In seiner Haltung war er nun fast ein Abbild Victors – ein schwarzes Abbild. »Sie haben sich um seine Witwe gekümmert«, fuhr er fort. »Das ist sehr lobenswert.«

Victor wurde ungeduldig. »Worauf wollen Sie hinaus?«

»Wissen Sie genau, was in Ihrer Bibliothek steht?«, fragte der Jesuit.

»Ja.«

»Kann es sein, dass sich in ihr auch Werke befinden, die ... wie soll ich sagen ... die jemand anderem gehören?«

Victor sah ihn mit großen Augen an. »Was soll denn das heißen?«

»Bitte verstehen Sie mich nicht falsch. Ich wollte damit keinesfalls andeuten, Sie hätten Bücher entwendet. Im Gegenteil! Ich nehme eher an, dass Frau Haenseling sie Ihnen zur Aufbewahrung gegeben hat ...«

Aha, daher wehte also der Wind! Dieser neunmalkluge Jesuit hatte irgendwie von den Dokumenten erfahren! »Hören wir auf mit dem Versteckspiel. Was wissen Sie über den Tod meines Kollegen?«

»Es war kein Selbstmord.«

»Kennen Sie den oder die Täter?«

Der Jesuit schüttelte den Kopf.

»Was wollen Sie von mir?«

»Was war in dem Banksafe, dessen Schlüssel Sie gefunden haben?«

»Ich glaube nicht, dass Sie diese ganze Sache etwas angeht«, sagte Victor schließlich.

»Es könnte äußerst wichtig sein«, beharrte der Geistliche.

»Für wen?«

Der Jesuit sah Victor eindringlich an. »Zum Beispiel für Sie selbst. Und für andere – für viele andere.«

Eine Million und sechshunderttausend Euro ... »Das ist mir zu vage«, sagte Victor.

»Bitte lassen Sie mich einen Blick hineinwerfen.«

»Ich weiß nicht, wovon Sie sprechen. Ich glaube, es ist besser, wenn Sie jetzt gehen.« Victor stand auf.

Jansen blieb sitzen und schaute trotzig hoch zu dem Professor. »Ich teile Ihren Glauben nicht.«

»Soll ich Sie durch die Polizei aus meiner Wohnung entfernen lassen?«

»Die Dokumente sind also in Ihrem Besitz«, murmelte der Geistliche. Auf seinem Gesicht zeichneten sich einander widersprechende Gefühle ab. Eifer, Verlangen, Zweifel – und Angst.

»Würden Sie jetzt bitte gehen?«, forderte Victor ihn noch einmal auf, diesmal mit deutlicherem Nachdruck in seiner Stimme.

Endlich erhob sich der Jesuit. Er warf einen letzten, kurzen Blick durch das bücherstarrende Wohnzimmer, nickte und sagte leise: »Das wird Ihnen noch leid tun. Gott stehe Ihnen bei.«

Victor geleitete ihn aus der Wohnung und verriegelte die Tür hinter ihm. Sofort begab er sich in sein Arbeitszimmer und starrte auf die beiden Dokumente. Es war ihm, als sehe er sie zum ersten Mal. Als sehe er nun den Schrecken und das Grauen, die sie bargen.

Viertes Kapitel

»So manche Perceptio erscheinet uns zunächst als Täuschung unserer Sinne. Erkänntniß ist daher offt nur zu finden, wenn Acht gegeben wird auf die Auswürckung dessen, was wir percipiret haben.«

Scultetus, *De Veritate Cognitionibus*

In der Nacht hatte er immer wieder Peter Haenseling gesehen. Manchmal hatte er Victor inständig angefleht, die Dokumente zu vernichten, dann wieder hatte er flüsternd mitgeteilt, es liege ein ungeheuerliches Geheimnis in ihnen verborgen, dem Victor unbedingt auf die Spur kommen müsse. Wegen dieser altersdunklen, spröden Manuskripte sei er getötet worden. In einer kurzen Traumsequenz hatte Victor seinen Kollegen in dessen Büro gesehen, kurz vor dem Sprung aus dem Fenster. Er hatte die unförmige Schwärze angestarrt, die allmählich zum Umriss eines Menschen gerann.

Zum Umriss des Jesuiten.

Gerade als sich dieser dem entsetzt zurückweichenden Haenseling nähern wollte, war Victor schweißgebadet aufgewacht. Draußen hatten schon die Vögel gezwitschert und die Dämmerung eingesetzt. Er war ins Arbeitszimmer gegangen und hatte die beiden Dokumente, die unangetastet auf dem Schreibtisch gelegen hatten, in seinen Aktenkoffer gesteckt. Kurz hatte er überlegt, ob er das Siegel des zweiten Schriftstücks brechen sollte, doch er hatte sich dagegen entschieden. *Sanctus aut damnatus sit* … Dann war er zurück ins Bett gegangen und hatte noch zwei Stunden tief und traumlos geschlafen.

Nun stand er in seinem Büro in der Kölner Universität und schaute aus dem Fenster über den von Erlen und Birken gesäumten Campus, auf dem die Studenten unter dem blauen Himmel wie bunte, bizarre Blumen im Gras lagen.

»War die Polizei noch einmal bei Ihnen?«, fragte die sanfte, tränenschwere Stimme.

Langsam drehte sich Victor um und sah hinüber zu dem schwarzledernen Sofa in der Besprechungsecke seines Büros. Unter Nadja Kellermanns blaugrauen Augen klebten kleine, schwarze Ringe. Sie trug dasselbe Kostüm wie gestern, doch jetzt war es zerknittert und sah aus, als habe sie darin geschlafen.

»Nein«, sagte Victor. Kurz überlegte er, ob er ihr von dem Besuch des seltsamen Jesuiten erzählen sollte, doch er ließ es sein. Ihre Augen, dachte er plötzlich. Beide – der Jesuit und die Assistentin – hatten blau-graue Augen. Nadja Kellermann wirkte wie ein Mädchen, das unbedingt die erwachsene Frau spielen wollte, Jansens Augen hingegen schienen schon so vieles in Himmel und Hölle gesehen zu haben, dass sie sich keinen Rest von Kindlichkeit hatten bewahren können.

»Ich hatte eine schreckliche Nacht«, sagte Haenselings Assistentin. »Immer wieder habe ich ihn vor mir gesehen. Das Blut unter seinem Kopf ... und die Bügelfalten seiner braunen Anzugshose. Er hat immer nur braune Anzüge getragen. Verrückt, nicht wahr? Was einem am deutlichsten in Erinnerung bleibt, sind Banalitäten.«

Victor nickte geistesabwesend und schaute wieder aus dem Fenster.

»Was sollen wir jetzt tun?«, fragte die Assistentin hinter ihm.

»Zum Glück fangen nächste Woche die Semesterferien an«, sagte Victor. »Ich vermute, Peter ... Herr Haenseling hat schon alle Scheine unterschrieben. Da ist eigentlich für Sie als Assistentin nicht mehr viel ...«

»Das meine ich nicht!« Sie klang trotzig und verzweifelt. »Ich habe heute Morgen die Polizei angerufen und mit diesem schrecklichen Kommissar von vorgestern gesprochen. Er hat mir mitgeteilt, dass der Fall abgeschlossen ist, ja dass es nie einen Fall gegeben hat! Ich soll ihn nie wieder belästigen! Wir können doch nicht einfach ...« Sie begann wieder zu schluchzen.

Victor riss den Blick von dem friedlichen Treiben auf dem Campus unter ihm los und machte einen zögerlichen Schritt in den Raum hinein. Nadja Kellermann knüllte ein weißes Taschentuch in ihren spinnendünnen Fingern zusammen und blinzelte eine Träne weg. Er musste etwas Ermunterndes sagen, doch ihm fiel nichts ein. Kurz dachte er an das, was in seiner Aktentasche lag. Doch es hatte keinen Sinn, ihr die alten Manuskripte zu geben. Nadja würde genauso wenig mit ihnen anfangen können wie er selbst. Eigentlich hatte er heute Morgen beschlossen, sie zur Polizei zu bringen, denn seiner Meinung nach stellten sie eine neue Spur dar. Aber nach dem, was Nadja kurz zuvor über diesen unmöglichen Kommissar gesagt hatte, zweifelte er daran, ob es etwas nützen würde. Trotzdem hatte sie recht. Sie mussten etwas unternehmen. Die Dokumente – und der unsinnig hohe Preis, der für sie bezahlt worden war – waren der Beweis dafür, dass es hier um etwas anderes ging als um den Selbstmord eines angeblich lebensmüden Professors. Um etwas *ganz* anderes.

»Ich werde noch einmal mit der Polizei reden«, versprach er.

Nadja Kellermann sah ihn erstaunt an. »Glauben Sie, Sie haben mehr Glück als ich?«

»Vielleicht«, meinte Victor ausweichend.

Es klopfte an der Tür, und Jens Falter, Victors Assistent, trat ein, ohne auf Victors Aufforderung zu warten.

»Verzeihen Sie, Herr Leclerc, aber die Fakultätssitzung ...«

Victor seufzte. Der akademische Alltag hatte ihn eingeholt. Er schenkte Nadja Kellermann, die sich rasch erhob und ihren Rock mit fahrigen Bewegungen glatt strich, ein entschuldigendes Lächeln, und sie verließ unter den bewundernden Blicken seines Assistenten das Zimmer.

* * *

Als Victor eine halbe Stunde später in sein Büro zurückkehrte, stellte er verblüfft fest, dass er schon wieder Besuch hatte.

Der Mann war groß, fast ein Riese, und er trug Schwarz, jedoch keinen Anzug, sondern einen beinahe bis zu den Schuhen hinunterreichenden Mantel, der in der Frühlingswärme sehr unpassend wirkte, und einen ebenfalls schwarzen, breitkrempigen Hut. Er hatte Victor den Rücken zugewandt und schien etwas zu studieren, das auf dem Schreibtisch lag. Victors geöffnete Aktentasche war achtlos auf den Boden geworfen worden. Mit einem Blick sah er, dass sich die Dokumente nicht mehr darin befanden.

»Was soll das?«, rief Victor wütend.

Die Gestalt erstarrte, drehte sich aber nicht um. Victor konnte ihr Gesicht nicht erkennen. Ein Beben durchlief sie, kräuselte den Stoff des Mantels, als sie hektisch die Arme ausstreckte und etwas an sich riss. Victor sah eine Ecke des vergilbten Visitationsberichts, der rasch unter dem Mantel verschwand.

Der Fremde wich mit grotesk langen und staksenden Schritten zurück, rammte Victor, drängte ihn beiseite und wirbelte herum. Der grobe, schwarze Stoff des Eindringlings fuhr ihm über das Gesicht, brachte einen muffigen, fauligen Geruch mit. Es war, als habe sich eine undurchdringliche, alles erstickende Schwärze über ihn gestülpt. Im nächsten Augenblick hob sich die Finsternis wieder, mit ihr verschwand der Gestank, und der Dieb war aus dem Büro gestürmt.

Verdutzt und entsetzt zugleich stand Victor da und rieb sich die Schulter, gegen die der Eindringling so heftig gestoßen war.

Victor spürte, wie die Wut in ihm hochkochte. Nein, so einfach durfte man ihn nicht übertölpeln.

Er hastete aus dem Büro. Sah den schattenhaften Wirbel aus schwarzem Stoff durch die Glastür des Treppenhauses schlüpfen. Er rannte hinter ihm her. Riss die Tür auf, deren Scheibe zornig klirrte. Trappelnde Schritte flogen unter ihm dahin, wurden leiser. Er nahm jeweils zwei Stufen auf einmal, sprang die Treppe hinunter. Holte auf. Der Schatten hatte das Ende der Treppe erreicht, stürmte durch die Tür. Es ertönte ein dumpfer Knall, als ob er mit jemandem zusammengestoßen wäre. Undeutliches Schimpfen tobte plötzlich da unten.

»Haltet den Dieb!«, brüllte Victor, während er den Absatz des ersten Stocks erreichte. »Haltet ihn auf!« Er hastete weiter, endlich kam er im Erdgeschoss an.

Ein älterer Herr stand dort und sammelte Papiere vom Boden auf. »Eine Unverschämtheit«, brummte er und sah Victor verdattert an.

»Wo ist er hin?«, fragte Victor atemlos und blieb kurz stehen.

Der Mann nickte in Richtung des Foyers. Victor rannte sofort weiter. Er sah gerade noch, wie der Schatten durch eine der Haupttüren verschwand. Victor nahm all seine Kraft zusammen, lief ins Freie. Da hinten war er. Der kahle Platz vor dem Hauptgebäude, unter dem die vierspurige Universitätsstraße entlangführte, bot ihm keine Deckungsmöglichkeit. Inmitten der Passanten war er deutlich zu sehen – ein schwarzer, wabernder Fleck unter der Sonne des Frühlings. Er wurde langsamer.

Victor schöpfte wieder Hoffnung. »Haltet den Dieb!«, rief er immer wieder, doch niemand folgte der Aufforderung. Der Schatten verließ den Platz, lief rechts an der stark befahrenen, wieder ansteigenden Universitätsstraße entlang, rempelte Passanten an, bahnte sich mit der Gewalt seiner schwarzen Masse einen Weg.

Victor spürte, wie ihm die Luft ausging.

Wie ein Eisbrecher pflügte der Schatten vor ihm durch die Menschenschar. Victor wurde vor Erschöpfung immer langsamer. Der Abstand vergrößerte sich.

Dann prallte der Schatten gegen einen bulligen Kerl mit Pferdeschwanz und Armen wie kleinen Fässern – und verlor das Gleichgewicht. Er stürzte, Papierbögen quollen unter dem Mantel hervor und verteilten sich auf dem Bürgersteig, der Hut glitt ihm vom Kopf. Victor erkannte schwarze Haare; der hochgestellte Kragen ließ sonst nichts erkennen. Victor fasste wieder Mut und strengte sich noch einmal an. Er rannte auf den am Boden kauernden Schattenmann zu. Der bullige Kerl, der wie ein Fels in der Brandung stehen geblieben war, schüttelte den Kopf und ging mit langsamen Schritten weiter.

Jetzt hatte Victor den Dieb erreicht, der ihm immer noch den Rücken zuwandte, auf dem Bürgersteig kauerte und hektisch die Manuskripte zusammenraffte. Victor streckte die Hand aus. Packte einen Zipfel des schwarzen Mantels. Der Schatten schreckte hoch, hatte alle Papiere aufgehoben, machte einen Ausfall zur Seite, auf die Fahrbahn, der glatte Stoff entglitt Victors Fingern. Eine Frau kreischte auf.

Quietschende Reifen.

Das Dröhnen einer LKW-Hupe, die alles andere übertönte.

Der Geruch von brennendem Gummi. Ein ekelhafter, dumpfer Knall. Schreie. Victor sah hin. Spuren auf dem Asphalt. Rot und schwarz.

Der LKW – ein Tanklaster – war zum Stehen gekommen; die Fahrertür auf der anderen Seite flog auf. Der Verkehr kam unter einem ohrenbetäubenden Hupkonzert zum Erliegen. Sofort bildete sich eine Menschentraube um den Unfallort. Victor war ein Teil davon.

Er sah die Blätter des Visitationsberichts und das noch immer versiegelte Schreiben auf der Straße vor dem LKW; niemand schien sie zu beachten. Victor schoss vor und sammelte die Papiere ein. Er warf einen kurzen Blick in die Runde. Offenbar hatte er alle Blätter erwischt. Vorsichtig wich er vom Unfallort zurück, tauchte in die Menschenmenge ein, über die sich ein erdrückendes Schweigen gelegt hatte. Das Hupen war einer unheimlichen Stille gewichen.

Allmählich löste sich Victor aus der Masse der Umherstehenden, er lief davon. Niemand beachtete ihn, niemand hielt ihn auf.

Doch er kam nicht weit.

Einige Meter von den Schaulustigen entfernt standen fünf Personen, die dem Dieb auf verblüffende Weise glichen. Schwarze Mäntel, schwarze Hüte. Wie eine zur Erde getriebene, unheilvolle Gewitterwolke. Eine Bewegung ging durch die Gestalten, die Mäntel bauschten sich auf wie Fledermausflügel, und plötzlich waren sie nicht mehr vor Victor, sondern hatten ihn umzingelt. All das war mit ungeheurer Geschwindigkeit und in vollkommenem Schweigen geschehen.

Victor stürzte zwischen zwei der Gestalten hindurch, die nicht mehr rechtzeitig zusammenrücken konnten. Sie waren sich ihrer Beute offenbar zu sicher gewesen. Er schoss an den schwarzen

Mänteln vorbei, roch denselben Moder und dieselbe Fäulnis wie zuvor bei dem Dieb in seinem Büro, und ihm war, als pflüge er durch einen gestaltgewordenen Albtraum. Sofort setzten sich die Mäntel in Bewegung und verfolgten ihn. Er warf einen raschen Blick über die Schulter. Sie waren wie Krähen, die auf Aas niederschossen. Und genauso schnell wie Krähen. Victor hatte keine Chance.

Neben ihm quietschte es wieder. Ohne es recht zu bemerken, war er auf seiner Flucht in eine ruhigere Seitenstraße eingebogen; die Verfolger wirbelten hinter ihm her. Hatten ihn beinahe erreicht. Ein Klappern drang von der Straße her. Er schaute hin. Ein Taxi. Mit geöffnetem Schlag.

»Schnell!«, drang eine Stimme aus dem Inneren.

Ohne nachzudenken, sprang Victor in den Fond des elfenbeinfarbenen Mercedes. Das Taxi fuhr mit kreischenden Reifen an; einer der Verfolger versuchte noch, in das Wageninnere zu greifen, doch die zuschlagende Tür drückte seinen Arm und den schwarzen Handschuh weg. Verwirrt blickte Victor aus dem Fenster; wie Krähen stoben sie auseinander – sie verflogen, als seien sie nie da gewesen.

Er drehte sich um. Neben ihm saß jemand.

Victor hielt den Atem an. Es dauerte eine Weile, bis er begriff, dass er in die wässrig-blauen, schattentiefen Augen von Benno Jansen schaute.

* * *

»Sie hätten mich gestern nicht so schnell abwimmeln sollen«, sagte der Jesuit, während das Taxi mit hoher Geschwindigkeit die Universitätsstraße in südlicher Richtung entlangfuhr.

Victor war so verblüfft, dass er zunächst nichts erwidern konnte. Instinktiv drückte er die Handschriften, die er gerettet hatte, fest gegen seine Brust und schaute sich immer wieder um. Niemand schien ihnen zu folgen.

»Wenn ich nicht rechtzeitig zur Stelle gewesen wäre, hätte Sie das gleich Schicksal ereilt wie Peter Haenseling«, fuhr Jansen fort und strich sich nachdenklich über die buschigen Brauen. Er warf einen Blick auf die Dokumente in Victors Händen, und Victor erkannte in den Augen des Jesuiten eine beängstigende Mischung aus Gier und Angst. Das Taxi schoss über eine rote Ampel; offenbar hatte der Fahrer die Anweisung, seine Gäste so schnell wie möglich ans Ziel zu bringen. An welches Ziel?

Häuser schossen vorbei, weitere Ampeln; die anderen Autos schienen auf der Fahrbahn zu stehen. Victor roch das Kunstleder der Sitze, er roch Schweiß, er roch Angst und Gewalt. Der Schall von wildem Hupen schlug überall gegen den Wagen wie Wellen in einer Sturmflut.

»Ich glaube, wir können jetzt etwas langsamer fahren«, sagte Jansen, nachdem er sich kurz umgedreht hatte.

»Sie sind der Boss«, murmelte der Taxifahrer, ein recht beleibter, kleiner Mann mit Halbglatze und nervös zuckenden Lippen, die eine Zigarette zu vermissen schienen.

Der alte Mercedes verschmolz allmählich mit dem Verkehr, und Victor atmete auf. »Wohin sind wir unterwegs?«, fragte er.

»Ich bringe Sie in Sicherheit«, antwortete Jansen.

»In Sicherheit? Ich will nach Hause.«

»Das ist unmöglich. Man würde Sie dort finden – Sie und das, was Sie so krampfhaft festhalten.«

Victor warf einen raschen Blick auf die Papiere in seinen Händen. »Nein«, sagte er, beugte sich vor und klopfte dem Taxifahrer auf die Schulter. »Halten Sie an. Ich will aussteigen.«

Der Fahrer reagierte nicht.

»Sie können nicht aussteigen. Sie stecken schon zu tief in der Sache drin«, sagte der Jesuit. »Bitte geben Sie mir die Dokumente.«

»Das könnte Ihnen so passen!«, brauste Victor auf. »Was ist hier eigentlich los? Warum ist dieses Altpapier plötzlich so interessant?«

Dieses Altpapier, das ihn unerwartet reich gemacht hatte …

»Das kann ich Ihnen erklären. Aber dazu müssen Sie mir die Schriftstücke erst einmal geben.«

Das Taxi fuhr auf der Militärringstraße in Richtung des Bonner Verteilers. Wenn sie erst einmal auf der Autobahn waren, würde Victor kaum mehr eine Gelegenheit haben, den Wagen zu verlassen.

»Und was ist, wenn ich sie Ihnen nicht überlasse? Bringen Sie mich dann auch um – so wie Peter Haenseling?«, fragte Victor und saß den Geistlichen böse an.

»Ich bringe niemanden um! Wohl aber die anderen«, erwiderte Jansen.

»Welche anderen?«

Das Taxi hielt vor einer roten Ampel. Die letzten Kilometer hatte die Straße durch den Stadtwald geführt; die dichten Baumkronen färbten das Licht dunkelgrün. So musste es auf dem Grund eines Sommersees aussehen.

Der Taxifahrer trommelte mit den Fingern auf dem Lenkrad herum, als zwei Jogger an der Fußgängerampel die Straße überquerten. Sie waren aus einem Waldweg gekommen. Aus einem Weg, der zu eng für jedes Auto war …

»Wenn ich jetzt um die Papiere bitten darf …«, sagte der Jesuit gerade, doch weiter kam er nicht.

Victor riss die Tür auf und sprang aus dem Wagen. Er hastete den Waldweg entlang und hörte, wie Jansen hinter ihm herrief: »Sie können nicht fliehen! Geben Sie auf!« Doch niemand folgte ihm.

Victor rannte, bis ihm der Atem ausging. Er war zwar schlank und drahtig, aber er trieb keinen Sport und besaß daher keine besonders gute Kondition. Er rang nach Luft, blieb stehen und sah sich um. Spaziergänger kamen an ihm vorbei, einige führten Hunde an der Leine; der Wald stand starr neben dem Weg, als gäbe es keine Stadt dahinter, und der Verkehrslärm von der Militärringstraße drang nur sehr leise bis hierher. Vögel sangen in den Bäumen; Lichtteiche schwammen auf dem Waldboden, alles Rätselhafte und Schreckliche schien plötzlich weit, weit weg zu sein. Während er weiter ging, warf er einen Blick auf den Visitationsbericht und das noch immer versiegelte Schreiben in seinen Händen.

Das Abtsiegel auf dem alten, vergilbten Papier schien ihn zu verhöhnen. Der Krummstab und die Fische bildeten ein grinsendes Gesicht. Was konnte schon in diesem Dokument stehen?

Etwas, das bereits zwei Menschen das Leben gekostet hatte. Er musste alles der Polizei übergeben. Aber zuerst wollte er das versiegelte Schriftstück lesen.

Zu Hause. Er ließ sich doch nicht von einem undurchsichtigen Jesuiten sagen, was er zu tun und zu lassen hatte!

Victor blieb stehen. War es wirklich eine gute Idee, in die Eichendorffstraße zurückzukehren? Sicherlich wussten die schwarzen Gestalten, wo er wohnte; schließlich hatten sie sogar gewusst, wo sich sein Büro befand.

Er schaute sich um. Niemand war ihm gefolgt, niemand beobachtete ihn, kein Schatten schien etwas Außergewöhnliches, Bedrohliches zu verbergen. Wäre es nicht dennoch besser, wenn er die Dokumente hier im Stadtwald las und sie dann sofort zur Polizei brachte?

Er spürte, wie Trotz in ihm aufstieg. Wenn er etwas auf den Tod nicht ausstehen konnte, dann war es der Versuch anderer Menschen, über sein Leben zu bestimmen. Er würde jetzt zu seiner Wohnung gehen, dort die alten Schriftstücke eingehend studieren und dann entscheiden, was mit ihnen geschehen sollte.

Victor machte sich auf den Heimweg.

Es dauerte eine Weile, bis er den grünlichtigen Stadtwald hinter sich gelassen hatte und zu einer Bushaltestellte gekommen war. Und es dauerte noch länger, bis ein Bus kam, der ihn zu einer Straßenbahnhaltestelle brachte. Nach mehrmaligem Umsteigen hatte er endlich Ehrenfeld erreicht, lief durch das Gewirr der engen, alten Straßen, schaute sich immer wieder um, aber er wurde offenbar nicht verfolgt. Vielleicht war es sogar das Klügste, was er tun konnte, denn wenn *man* ihm wirklich auf der Spur war, dann erwartete *man* vermutlich nicht, dass er sich in seine Wohnung zurückwagte.

Vor dem Haus in der Eichendorffstraße schaute er sich rasch um, niemand schien ihn zu erwarten. Kaum ein Passant war zu sehen; die Gründerzeitfassaden der Straße standen da wie Theaterkulissen.

Er stieg die knarrende Treppe bis zum vierten Stock hoch und zögerte vor der Wohnungstür erneut. Er hielt das Ohr an das kalte Holz und lauschte. Nicht der geringste Laut drang heraus. Er schloss auf.

Die Kette war von innen vorgelegt, so wie er sie am Morgen hinterlassen hatte. Erleichtert drehte er den Schlüssel im Zylinder, der die Kette hielt, und sie schlug mit einem unangenehm lauten Geräusch von innen gegen die Tür.

Victor trat ein und schloss hinter sich ab, was er sonst nie tat. Rasch schaute er in jedes Zimmer. Natürlich hielt sich niemand hier versteckt, und nichts deutete darauf hin, dass er während seiner Abwesenheit ungebetenen Besuch gehabt hatte. Alles lag an seinem Platz, die unzähligen Bücher an den Wänden begrüßten ihn wie Reihen von Wachsoldaten, kein Kissen war verschoben, kein Sessel verrückt. Es war richtig gewesen, herzukommen.

Und doch war etwas anders. Es war nur ein vages Gefühl. Victor schüttelte den Kopf, um es zu vertreiben. Als er im Arbeitszimmer stand und die beiden Dokumente auf den Schreibtisch legte, warf er wie üblich einen Blick aus dem Fenster auf die steilen Dächer der Nachbarschaft. Er kniff die Augen zusammen. War da nicht eine huschende Bewegung dicht vor seinem Fenster gewesen? Er umrundete den Schreibtisch und trat näher an das Fenster heran. Eine Elster flog auf.

Victor stieß erleichtert die Luft aus und grinste. Dieser verfluchte Geistliche hatte ihn ganz schön durcheinander gebracht.

Und der versuchte Diebstahl am Morgen.

Und der tödliche Unfalls des Diebs.

Und die schwarzen Gestalten, die sich auf ihn gestürzt hatten.

Doch. Etwas war anders hier. Aber er konnte es nicht benennen. Die beiden Schriftstücke auf seinem Schreibtisch waren wie unheilvolle Aufforderungen. Vor allem das versiegelte. Er nahm es in die Hand, wollte das Siegel brechen. Schloss die Augen. Legte es wieder beiseite. Er öffnete seinen Schank mit den wertvollen Büchern, genoss das Aroma des alten Papiers, nahm eine Ausgabe von Kants *Kritik der reinen Vernunft* heraus – die zweite, verbesserte aus dem Jahr 1787, die er sich im Gegensatz zur Erstausgabe hatte leisten können – und versuchte sich mit der Lektüre zu beruhigen, doch die Buchstaben tanzten vor seinen Augen. Er stellte das Buch wieder weg, nahm sein Telefon und setzte sich in den gepolsterten Ohrensessel, der in einer der Bücherecken seines Arbeitszimmers stand. Er wollte mit jemandem reden, wollte eine vertraute Stimme hören, wollte in die Wirklichkeit zurückfinden, bevor er sich daran machte, das rätselhafte Schriftstück zu lesen.

Es gab nur einen einzigen Menschen, dem er sich anvertrauen konnte und wollte – nur einen einzigen Menschen, der ihm nahe stand und gleichzeitig so fern war, dass Victor keine Scheu hatte, ihm alles zu sagen, egal, wie albern es war. *Ihr* alles zu sagen.

Er rief seine Freundin Maud an und hatte das Glück, sie auch sofort zu erreichen.

»London 7456741, Maud Gwynne speaking …«

Victor brauchte nur die erste Silbe seines Namens auszusprechen, und schon wurde am anderen Ende auf Deutsch umgeschaltet. »Victor! Wie lange hast du nichts mehr von dir hören lassen! Bestimmt eine Woche! Schäme dich!«

Maud kannte er länger als jeden anderen Menschen. Sie war Schottin, auch wenn ihr Nachname walisischen Ursprungs war, lebte in London und hatte fast zwei Jahre in Köln Germanistik studiert. Damals, als Victor sich bereits völlig in seine Philosophie vergraben hatte, waren sie von einer gemeinsamen Freundin einander vorgestellt worden, und obwohl sie völlig verschieden waren, hatten sie sich sofort gut verstanden. Maud war klein, ziemlich üppig, impulsiv und ein Ausbund an Kraft und Quirligkeit, reizvoll gepaart mit einer leicht melancholischen Neigung. Nach der ersten Begegnung mit ihr war es Victor gewesen, als wäre eine Naturgewalt im Miniaturformat über ihn hinweggebraust, und nach ein paar weiteren Treffen stand es für sie beide fest, dass sie Freunde fürs Leben bleiben würden. Ihre Ansichten, ihre literarischen, kulinarischen, künstlerischen, kulturellen Vorlieben und Abneigungen passten wunderbar zusammen, doch als noch wunderbarer empfand Victor eine andere Seite von Maud Gwynne.

Er hatte damals gerade eine halbherzige Affäre mit einer Kommilitonin beendet, mit der er sich nach anfänglich stürmischen

Wochen nur noch gestritten hatte, weil sie ihn von einer Party zur anderen geschleppt und er lieber zu Hause bei seinen Büchern gehockt hatte. Ihre Freunde waren nicht seine Freunde gewesen, ihr Leben nicht das seine, und nach der kurzen und schmerzlosen Trennung hatte er den Entschluss gefasst, sich erst einmal nicht mehr auf den Kampf der Geschlechter einzulassen. Dennoch hatten sich schon nach einer knappen Stunde in Mauds Gegenwart erste Zweifel an seiner Entscheidung geregt.

Sie hingegen hatte ihn vor einem inneren Konflikt bewahrt, indem sie ihm noch vor dem Ende des wunderschönen Abends auf ihre unwiderstehliche, forsche Art mitteilte, sie sei lesbisch. Victor erinnerte sich deutlich an das Gefühl des innerlichen Aufatmens, das ihn damals überkommen hatte. Freundschaft ohne Kampf und Ansprüche!

Und diese Freundschaft hielt nun schon über zwanzig Jahre; sie war durch die räumliche Ferne – Maud lebte seit ihrer Kölner Studienzeit wieder in London und arbeitete als angestellte Auktionatorin bei Sotheby´s – vielleicht sogar noch intensiver geworden. Nur selten besuchten sie einander, aber sie telefonierten oder schrieben sich regelmäßig.

»Ich muss mit einem vernünftigen Menschen reden«, sagte Victor heiser.

»Du klingst ja grauenvoll. Aber ich weiß nicht, ob du dir in diesem Fall den richtigen Gesprächspartner ausgesucht hast. Vernunft war nie meine Stärke.«

Victor musste grinsen. Maud war die Art Frau, die sich von einer leidenschaftlichen Affäre in die nächste stürzte und die Abgründe der Liebe mit beinahe selbstzerstörerischer Hingabe auskostete. Alles, was sie tat, tat sie aus ganzer Seele. Höchstes Glück und höchste Enttäuschung waren ihr Lebenselixier. Allein ihre Stimme zu hören, vermittelte Victor ein Gefühl von Bodenhaftung. Schon hob sich die Dunkelheit ein wenig.

Er berichtete ihr in knappen Worten alles, was in den letzten Tagen vorgefallen war. Sie hörte so gebannt zu, dass er sich mehrmals vergewissern musste, ob sie noch am Telefon war.

Als er zum Ende gekommen war, fragte sie sofort: »Und was

steht nun in diesem versiegelten Brief – oder was immer es ist?«

»Ich habe noch nicht ...« Er verstummte. Doch, da war etwas. Eindeutig. Die ganze Zeit hatte es im Hintergrund gelauert, und jetzt wagte es sich hervor. Es war kaum mehr als ein Schemen, und er klebte rechts neben dem Sprossenfenster – dort, wo der Bücherschrank mit seinen alten Ausgaben von Kant, Schopenhauer und Heidegger stand. Es war, als nehme der Schatten seinen Ausgang in dem verschlossenen Schrank und dringe durch die Scheiben langsam ins Zimmer. Victor schloss die Augen, öffnete sie wieder. Der Schatten war noch da.

»Was ist?«, fragte Maud am anderen Ende. Sie klang ein wenig besorgt.

»Nichts«, sagte er wie durch Watte hindurch. Jetzt kam es auch von der Decke seines Arbeitszimmers herunter – von der Lampe mit den biegsamen Tentakelarmen, die er wegen ihrer amorphen Formen so liebte.

Und da war ein seltsamer Geruch. Victor stand auf, trat an eines der Regale heran und schnupperte. Es kam aus den Büchern. Nein. Er sah Gespenster. Er *roch* Gespenster. Die Dielen knarrten, als er im Zimmer umherging. Das Knarren war kein Knarren. Es war ein Knurren. Ein Grollen.

»Victor?« Mauds Stimme drang kaum mehr zu ihm durch.

Er unterbrach die Verbindung. Der rote Knopf an seinem Telefon, den er jetzt drückte, als sei er ferngesteuert, schien warm zu sein. Heiß. Er schleuderte das Telefon von sich. Es fiel auf den Teppich, der den größten Teil des Bodens bedeckte. Wie ein Insekt kroch es unter den Schreibtisch.

Draußen auf dem Flur regte sich etwas. Victor sprang zur Tür, schaute in das Halbdunkel des langen, büchergesäumten Schlauchs. Er hatte das Gefühl, kleiner zu werden. In den Boden einzusinken. Als ob die Dielen ihn fräßen.

Dann setzte der Kopfschmerz ein. Und die Übelkeit.

Vor der Wohnungstür raschelte es. »Wer ist da?«, schrie Victor.

Schrie er wirklich? Drang überhaupt ein Laut aus seiner Kehle? Er konnte keinen Schritt mehr machen; er war schon bis zu den Knöcheln im Holz eingesunken.

Nadeln wurden in sein Hirn getrieben. Ihm drehte sich der Magen um.

Die Wohnungstür flog mit einem scharfen Knall auf, Holz splitterte, Schwärze drang von draußen herein. In der Schwärze regte sich etwas.

Sie sind da, dachte Victor. Unter entsetzlichen Anstrengungen gelang es ihm, die Füße aus dem Holz zu ziehen und in sein Arbeitszimmer zurückzuweichen. Doch es half ihm nichts.

Jetzt standen sie vor der Tür – eine Mauer aus Schwarz. Er konnte sie kaum erkennen. Sie trugen nicht mehr ihre breitkrempigen Hüte, ihre Gesichter waren nur weiße Flecken. Sie sagten etwas zu ihm. Er verstand sie nicht. Es klang wie ein viel zu langsam abgespieltes Tonband. Nur noch ein einziger Gedanke beherrschte ihn: die Dokumente! Er zog seine Füße aus dem klebrigen Sumpf der Dielenbretter hervor, hastete zum Schreibtisch, packte die Papiere. Dann wurde er gepackt. Sie versuchten nicht, ihm die Schriftstücke zu entreißen. Stattdessen nahmen sie ihn mit. Einer riss das Fenster auf, beugte sich weit hinaus, als wollte er sich in die Tiefe stürzen. Die anderen taumelten mit Victor auf die Wohnungstür zu. Zur Wohnungstür hinunter. Die Tür lag nicht vor ihm, sondern unter ihm. Er fiel. Fiel. Fiel … Speere wurden in seinen Kopf gerammt. Er fiel durch das waagerecht stehende Loch im Boden, hinein in die Unendlichkeit.

* * *

Es dauerte eine Weile, bis Victor etwas erkennen konnte. Noch immer war ihm schrecklich übel und schwindlig, aber die Kopfschmerzen waren verflogen. Das Erste, was er wahrnahm, war die Farbe Weiß. Sie war grell. Sie biss ihm in die Augen, die er sofort wieder schloss. Victor sank in einen schweren Schlaf …

Als er die Augen das nächste Mal öffnete, sah er wieder Weiß. Weiß an der Decke, Weiß vor sich an der Wand. Weiße Laken, steif, seltsam riechend. Antiseptisch. Langsam drehte er den Kopf.

Durch ein breites Fenster fiel trübes, vorabendliches Licht. Es gab keine Gardinen. Vor dem Fenster, neben Victor, stand ein leeres Bett. Ein Krankenbett.

Er wollte sich aufrichten, aber etwas hielt ihn zurück. In seinen rechten Handrücken fuhr ein stechender Schmerz. Verwirrt schaute er an sich hinunter. Eine Kanüle steckte in der Hand; er war an einen Tropf angeschlossen.

Allmählich kam die Erinnerung zurück. Das Telefonat mit Maud, die seltsamen Wahrnehmungen, der Überfall in seiner Wohnung.

Wo war er? Wohin hatten sie ihn gebracht? Und – wer waren *sie*?

Er trug seine eigene Kleidung. Nur die Schuhe hatte man ihm ausgezogen. Doch es fehlte noch etwas.

Mit der linken, freien Hand tastete er in seinem Bett herum. Suchte, fühlte überall.

Die Dokumente, die er in letzter Sekunde noch ergriffen und fest an sich gedrückt hatte, als er entführt worden war, konnte er nirgendwo entdecken. Sie waren verschwunden.

Viel zu spät empfand er Reue. Hätte er sich bloß nicht von seinem kindischen Trotz leiten lassen! Hätte er doch nur auf den Jesuiten gehört!

Fünftes Kapitel

»So wie nun beleget worden ist, daß unsere Sinne in ihren Perceptiones Täuschung bergen, so ist es auch mit der Sinnlichkeit, deren Perceptio uns zu einer richtigen oder falschen Bewerthung führen kann.«

Scultetus, *De Veritate Cognitionibus*

Eine junge, brünette Frau in einem makellos weißen Kittel kam ins Zimmer. Sie trug eine Spritze, die in ihrer Hand eher wie ein Speer wirkte. Victor zuckte zusammen. Die junge Frau lächelte ihn an. *Schwester Marga* stand auf einem kleinen, silbernen Schild an ihrem Revers. »Sie sind wach!«, sagte sie erfreut und lächelte ihren Patienten an.

»Wo … bin ich?«, flüsterte Victor. Er war erstaunt, wie schwer ihm das Sprechen fiel. Seine Zunge klebte am Gaumen, und ihr Umfang schien erheblich zugenommen zu haben.

»In guten Händen«, antwortete die Krankenschwester und hob die Spritze.

War sie wirklich eine Krankenschwester? Warum lag er allein in diesem Zimmer? Er versuchte der Schwester auszuweichen, die sich nun zu ihm herunterbeugte und kennerhaft seinen linken Arm nach einer Vene abtastete.

»Was ist … mit mir passiert?«, fragte er und versuchte den Arm zurückzuziehen. Es gelang ihm nicht. Er spürte den schwachen Schmerz, als die Nadel in sein Fleisch stach. »Nein …!«

»Sie müssen sich ausruhen«, sagte Schwester Marga sanft. »Sie müssen schlafen.«

»Wo … sind die …Dokumente?«, konnte er gerade noch sagen, dann verschwamm das Gesicht der jungen Frau vor seinen Augen.

»Alles ist gut«, sagte sie. »Alles ist gut. Alles ist bestens.« Ihre

Stimme wurde immer leiser, während sie die Spritze aus seinem Arm zog und einen Schritt nach hinten machte. Ihr weißer Kittel verschmolz mit den weißen Wänden, mit der weißen Decke, das Weiß kroch von allen Seiten auf ihn zu, hüllte ihn ein, wiegte ihn in den Schlaf, er trieb hinein in die weißen Wolken, trieb mit ihnen davon …

* * *

Als er erwachte, war ihm übel. Die weißen Wände drehten sich, sein Bett schien zu schaukeln. Er schaute an sich hinunter. Die Kanüle steckte nicht mehr in seinem Handrücken. Er war frei.

Aber er war nicht mehr allein.

Auf dem unbenutzten Bett neben ihm saß jemand. Zuerst konnte Victor ihn nicht deutlich erkennen; Schlieren trieben vor seinen Augen umher und ließen die Gestalt wie eine riesige Krähe erscheinen. Die Erinnerungen an den Dieb und an die Gestalten, die ihn gejagt hatten, kamen zurück, und instinktiv wich Victor zum Rand des Bettes.

»Geht es Ihnen besser?«, fragte die Gestalt. Er kannte die sanfte und zugleich feste Stimme. Sie gehörte zu … In seinem Kopf wirbelte es. Zu viel. Es war zu viel geschehen in den vergangenen Tagen. Die Stimme fuhr fort: »Sie haben Glück gehabt. Die Konzentration war schon sehr hoch, als man Sie aus Ihrer Wohnung geholt hat.«

Victor rieb sich die Augen und erkannte, dass es der Jesuit war, der neben ihm auf dem freien Bett saß und ihn unverbindlich anlächelte.

»Konzentration?«, fragte Victor verwirrt.

»Fragen Sie mich nicht, was für ein Gas das war, aber die Polizei hat gesagt, es sei in einer so hohen Dosis tödlich, wenn man es lange genug einatmet.«

»Gas? Was für ein … Gas?«

»Die Behälter waren hinter Ihren Büchern versteckt. Die Polizei hat sie alle sichergestellt. Ich glaube, es waren sechs oder sieben.«

»Aber … warum?«, fragte Victor leise. »Was soll das alles? Was ist hier los?«

»Man wusste natürlich, dass Sie nach Hause zurückkehren würden. Ich hatte Ihnen aus gutem Grund geraten, genau das nicht zu tun, aber Sie wollten ja nicht auf meine Worte hören. Man wollte Sie auf elegante Weise ausschalten – vielleicht sogar für immer – und Ihnen die Dokumente stehlen. Ach ja – wo sind sie eigentlich?«

Victor schwirrte der Kopf. Ächzend richtete er sich im Bett auf und lehnte sich gegen die Kissen in seinem Rücken. Das kalte Weiß seiner Umgebung rief in ihm den Eindruck eines Versuchslabors hervor. »Eines nach dem anderen«, sagte er müde. »Zuerst will ich wissen, wer Sie in Wirklichkeit sind, und wer ›man‹ ist. Und dann ...«

Die Tür würde geöffnet, und Schwester Marga kam herein. Wieder hielt sie eine Spritze in der Hand. Victor zuckte unwillkürlich zusammen.

»Würden Sie bitte draußen warten?«, bat sie den Geistlichen. Er warf Victor einen seltsamen, bohrenden Blick zu, bevor er der Aufforderung Folge leistete. Als er draußen war, sagte Schwester Marga: »Keine Angst, nur noch die Blutabnahme. Vertrauen Sie uns ...«

Sie setzte die Spritze an, füllte mehrere Plastikröhrchen mit seinem Blut, klebte danach ein Pflaster auf die Einstichstelle und lächelte ihn an, wie ein Kunstkenner einen Renoir anlächelt. Dann verschwand sie rasch.

Victor atmete erleichtert auf.

Sobald die Krankenschwester den Raum verlassen hatte, kehrte der Jesuit zurück. Während er sich wieder auf das benachbarte Bett setzte, fragte er mit einer Stimme, aus der jede Sanftheit gewichen war: »Wo sind die Dokumente?«

»Das wüsste ich auch gern«, gestand Victor und tastete in seinem Bett umher.

»Sie haben sie nicht bei sich«, sagte der Geistliche. Es war eine Feststellung. »Ich habe bereits im Stationszimmer gefragt; dort sind sie ebenfalls nicht. Einer der Ärzte in der Notaufnahme erinnert sich, dass Sie bei Ihrer Einlieferung einige Schriftstücke an sich gepresst hielten, aber auch er weiß nicht, wohin sie gekommen sind.«

Victor schüttelte den Kopf. »Wer hat mich überhaupt in dieses Krankenhaus eingeliefert?«

»Die Polizei.«

»Die Polizei?«, fragte Victor verblüfft. »Das Letzte, woran ich mich erinnern kann, sind etliche Personen, die in meine Wohnung eingebrochen sind ...«

»Das war die Polizei«, unterbrach ihn Jansen. »Ich hatte sie zu Ihnen geschickt, weil ich damit gerechnet hatte, Sie würden trotz meiner Warnung zurück in Ihre Wohnung gehen. Die Beamten sind gerade noch rechtzeitig gekommen. Aber die Dokumente scheinen verloren zu sein.« Der Geistliche sah Victor eindringlich an. Seine buschigen Brauen stießen über der Nasenwurzel fast zusammen und verliehen dem Gesicht ein habichtartiges Aussehen. Und das spitze Kinn verursachte den Eindruck, als befinde sich der schmale, hohe Kopf in einer andauernden, zustoßenden Vorwärtsbewegung.

»Was ist so wichtig an ihnen? Wer ist hinter ihnen her?«, fragte Victor.

»Nicht hier. Benachrichtigen Sie mich bitte, wenn Sie doch noch auf die Spur der Schriftstücke kommen. Hier ist meine Karte.« Er stand auf und reichte Victor eine weiße Visitenkarte mit seinem Namen und der Anschrift seines Konvents. *Marzellenstraße 42a* stand dort. Victor kannte die Straße unweit des Hauptbahnhofs, doch noch nie war ihm dort ein Jesuitenkonvent aufgefallen. Bevor Victor etwas sagen konnte, hatte der Jesuit das Krankenzimmer verlassen.

Seufzend fiel Victor in die Kissen zurück. Er begriff gar nichts mehr. Innerhalb weniger Tage hatte sich sein überschaubares Leben in ein unverständliches Chaos verwandelt. Was nützte ihm da noch seine gesamte Erkenntnisphilosophie, wenn er sein eigenes Leben nicht mehr verstand? Er fühlte sich, wie Adam sich kurz nach dem Genuss der verbotenen Frucht gefühlt haben musste: verwirrt und verängstigt. Die Welt um ihn herum war unbegreiflich geworden.

Kurz darauf erhielt er Besuch von Jens Falter, seinem Assistenten – der Himmel mochte wissen, woher er erfahren hatte, was mit Victor geschehen war. Victor bat ihn, ihm ein Telefon zu beschaffen, und nachdem dies erledigt war, besprach er einiges Organisatorische mit dem Assistenten, der die wenigen Tage bis zum Beginn der Semesterferien überbrücken würde. Dann entließ Victor den jungen Mann, der sichtlich erschüttert war, und schlief vor Erschöpfung ein.

Er erwachte, als Schwester Marga ihm das Essen brachte. Sie stellte das Tablett auf die ausfahrbare Platte des Tischchens neben Victors Bett und lächelte ihn entschuldigend an. »Der Bohneneintopf heute ist nicht besonders gut«, meinte sie. »Wenn Sie etwas anderes haben möchten, sagen Sie es mir ruhig. Ich werde es Ihnen besorgen.«

»Da wäre wirklich etwas«, sagte Victor, während er sich mühsam aufrichtete und auf den dampfenden, recht dünnen Bohneneintopf schaute.

Schwester Marga hob erwartend die Brauen.

»Als ich hierher gebracht wurde, hatte ich zwei alte Schriftstücke bei mir«, erklärte er. »Sie sind sehr wichtig. Haben Sie eine Ahnung, wo sie abgeblieben sein könnten?«

Für einen Augenblick legte sich ein Ausdruck sanfter Enttäuschung auf das Gesicht der zierlichen Krankenschwester; sie hatte wohl einen anderen Wunsch erwartet. Dann sagte sie: »Ich war nicht dabei, als man Sie eingeliefert hat. Jedenfalls hatten Sie keine Schriftstücke dabei, als Sie hier oben ankamen. Sie wären mir aufgefallen.«

»Wäre es Ihnen vielleicht möglich, auf die Suche danach zu gehen?«, bat Victor. »Sie bedeuten mir sehr viel. Bitte.«

»Ich werde sehen, was ich tun kann«, versprach die Krankenschwester. Sie schenkte ihm ein verwirrendes Lächeln und ließ ihn mit seinem dürftigen Essen allein.

Kurz nachdem er mit der Suppe fertig war, kam der Stationsarzt zur Visite. Er war ein junger, schlaksiger Mann mit einer runden Brille und einem dünnen Aktenordner, der Victors Namen trug. Er erklärte Victor, dass er eine Vergiftung erlitten habe, nun aber fast vollständig genesen sei und keine bleibenden Schäden davontragen werde. Er solle noch ein paar Tage zur Beobachtung hier bleiben und könne dann wieder nach Hause gehen.

Dieser Gedanke gefiel Victor nicht besonders. Nach Hause … Dort war er nicht mehr sicher; zerknirscht musste er zugeben, dass der Jesuit recht gehabt hatte. Aber wo war er noch sicher?

Überall.

Schließlich besaß er die Dokumente nicht mehr, auf die es seine Verfolger abgesehen hatten. Der Umstand, dass sie offenbar nicht mehr auffindbar waren, bedeutete bestimmt, dass die Häscher inzwischen bekommen hatten, wonach sie suchten – was immer es sein oder für sie bedeuten mochte.

»Hier kommt die Po-ost!«, flötete eine Stimme von der Tür her. Schwester Marga stürmte mit einem glücklichen Lächeln ins Zimmer. Gegen ihre Brust hielt sie die beiden Dokumente gepresst, die Victor bereits verloren geglaubt hatte. Victor wusste nicht, ob er sich freuen oder entsetzt sein sollte. »Sie waren unten in der Notaufnahme; Doktor Schmidt hatte sie in eine falsche Schublade gelegt«, erklärte Marga. »Doktor Schmidt ist der Arzt, der Sie entgiftet hat, als Sie eingeliefert wurden. Er ist ein prima Mediziner, aber auch ein großer Schussel. Ihr Priesterfreund hatte den Kollegen unten schon die Hölle heiß gemacht, aber selbst Doktor Schmidt hatte keine Ahnung mehr, wo er diese muffigen Sachen verstaut hatte.« Sie warf einen abschätzigen Blick auf die alten, vergilbten Bögen. »Ich kenne aber die eine oder andere Stelle, wo er wichtige persönliche Dinge hinlegt. Das hier war zwischen seine Oldtimer-Zeitschriften gerutscht. Wofür ihr großen Jungs euch so alles interessiert …«

Sie beugte sich zu ihm herunter und hielt ihm die Dokumente entgegen. Er roch ihr frisches Parfüm. Ihre Lippen kamen den seinen gefährlich nahe. Doch nachdem er sein Eigentum entgegengenommen hatte, richtete sie sich rasch wieder auf und strich sich den Kittel glatt.

»Wie kann ich Ihnen danken?«, fragte er.

»Laden Sie mich mal zum Essen ein.«

»Zur Bohnensuppe?«

Sie lachte glockenhell. »Mit Ihnen würde ich sogar in die Kantine unserer Klinik gehen.« Sie winkte ihm zu und verließ das Zimmer; ihr Lachen und ihr wundervoller Duft schienen noch einen Augenblick zu verweilen, dann lösten auch sie sich auf.

Die Papiere waren zu ihm zurückgekehrt. Das bedeutete, dass die Gefahr für ihn noch nicht vorüber war. Er musste von hier verschwinden, bevor man ihn fand. Bevor der Geistliche erfuhr, dass Victor die Dokumente wieder in seinem Besitz hatte. Aber wohin konnte er gehen?

Auf seinem Krankenhaustelefon wählte er Maud Gwynnes Nummer. Sie war nicht zu Hause. Also versuchte er es in ihrem Büro bei Sotheby´s. Dort hatte er Glück.

»Gott sei Dank, da bist du ja. Was ist bei unserem letzten Gespräch passiert? Ich habe andauernd versucht, dich zu erreichen. Ich habe mir solche Sorgen um dich gemacht!«

Victor erzählte ihr, was vorgefallen war.

»Du hast diese Papiere wieder in deinem Besitz? Das scheint sehr gefährlich zu sein«, meinte Maud.

Er stellte sich vor, wie sie jetzt die Stirn in Falten zog und ihre vollen Lippen spitzte. »Ich weiß. Ich wollte dich fragen, ob ich mich eine Weile bei dir verstecken kann«, flüsterte er in den Hörer. »Ich habe in den nächsten Tagen hier keine Verpflichtungen mehr ...«

»Komm sofort. Bring die Papiere mit. Und mach Kopien davon. Sofort.«

»Kopien? Warum?«

»Falls dir die Originale doch noch gestohlen werden, kann ich wenigstens erfahren, worum es bei dieser undurchsichtigen Sache geht.«

»Du?«

»Was denkst du denn? Du hast mich rasend neugierig gemacht. Und du weißt, was passiert, wenn meine Neugier erst einmal geweckt ist.«

»Ich weiß nicht, wo ich hier kopieren kann ...«

»Stell dich doch nicht so unbeholfen an! Hast du Geld und deine Kreditkarte dabei? Und deinen Ausweis?«

»Ja ...«

»Das reicht für die Kopien im Copyshop und ein Ticket nach London. Mach dich auf den Weg. Geh bloß nicht mehr nach Hause, um noch ein paar von deinen abgetragenen Kleidungsstücken zu holen. Wir kleiden dich neu ein. Ich erwarte dich heute Abend bei mir – keine Widerrede.« Sie legte auf.

Victor musste grinsen. Das war typisch für Maud. Sie hatte keine Angst davor, Entscheidungen zu treffen, und sie liebte es, anderen zu sagen, was sie tun sollten.

Er klingelte nach der Schwester.

Es dauerte keine Minute, bis Marga vor seinem Bett stand.

»Kann ich hier irgendwo ein paar Kopien machen?«, fragte er sie.

»Darf ich das für Sie erledigen?«, fragte sie zurück.

»Ich würde es lieber selbst tun«, meinte er ausweichend.

Das Aufstehen fiel ihm nicht leicht. Marga stützte ihn dabei. Als er mit zitternden Schritten auf den Krankenhausflur trat und sein Spiegelbild in der Scheibe des Schwesternzimmers sah, erschrak er. Seine Wangen waren eingefallen, der Schatten schwarzer Bartstoppeln lag auf ihnen, und unter den Augen befanden sich dunkle Ringe. Seine schwarzen Haare standen wild in alle Richtungen ab.

Das Schwesternzimmer, in das sie ihn geleitete, war leer. Hier roch es noch stärker nach Desinfektionsmitteln als draußen auf dem Flur. An den Wänden befanden sich Regale und Schubladenschränke mit unzähligen Arzneien, auf einem Tisch im hinteren Teil standen Überreste eines Mittagessens, und ein leichter Geruch nach Zigaretten lag in der Luft.

Der Kopierer befand sich links neben dem Tisch der Schwesternschaft. Marga stellte ihn für Victor ein und blieb dicht neben ihm, während er zunächst den Visitationsbericht ablichtete. Er nahm die Blätter aus dem Gerät, ordnete sie und legte sie in den Bericht. Dann betrachtete er das versiegelte Schreiben. Und las noch einmal die lateinische Warnung.

»Was steht da?«, fragte Marga, die sich neugierig zu ihm hinüberbeugte.

»*Wer dieses Siegel bricht, sei entweder heilig oder verdammt*«, übersetzte Victor.

»Das klingt ja gruselig«, sagte Marga mit einem Grinsen.

Victor brach das Siegel. Aus dem gefalteten Papier fielen etliche Blätter heraus, die mit derselben zittrigen Handschrift bedeckt waren wie der Umschlag. Victor warf einen Blick auf den Text, doch er war wie die Warnung auf Latein abgefasst. Es würde eine Weile dauern, bis er ihn übersetzt hatte. Rasch kopierte er die Blätter und legte sie wieder zusammen.

Schwester Marga hatte nicht versucht, sie sich anzuschauen. »Sie müssen mir unbedingt erzählen, was drinsteht«, sagte sie.

»Interessiert Sie das wirklich?«, fragte Victor zurück, während er sich Kopien und Originale unter den Arm klemmte.

»Es interessiert mich, Ihnen zuzuhören«, sagte sie leise.

Victors Rückzug aus dem Schwesternzimmer glich eher einer Flucht, allerdings auf wackligen Beinen. Als er sein Zimmer betrat, blieb er wie vom Schlag gerührt stehen.

Jemand war hier gewesen, hatte sein Bett durchwühlt, die Matratze dabei auf den Boden geworfen und die Laken im Zimmer verteilt. Jemand hatte seinen Schrank durchsucht; Victors Jackett lag zusammengeknüllt in einer Ecke des tiefen, ansonsten leeren Einbauschranks.

Sie waren ihm auf der Spur.

Victor hob das Jackett auf, faltete seine Kopien, steckte sie in die Innentasche, hielt die sperrigeren Originale vor die Brust gepresst und öffnete vorsichtig die Tür seines Krankenzimmers.

Auf dem Gang war niemand zu sehen.

Er schlich in Richtung des Schwesternzimmers, wollte Marga um Hilfe bitten, doch er sah sie nirgendwo. Rasch lief er weiter den Gang entlang bis zu den Aufzügen. Nervös wartete er auf einen, der nach unten fuhr. Als endlich die Türen zischend aufsprangen, hastete Victor in die enge, leere Kabine. Er atmete auf.

Im Erdgeschoss verließ er den Aufzug, durchquerte mit schnellen Schritten das Foyer. Niemand hielt ihn auf. Auf der Straße schaute er nach rechts, nach links. Er wusste, wo er sich befand. Man hatte ihn ins Franziskus-Hospital gebracht, das seiner Wohnung am nächsten lag. Von der stillen Seitenstraße, in der sich der Eingang befand, lief er zur belebten Subbelrather Straße. In der

Höhe von Sankt Peter, der neugotischen Backsteinkirche, befand sich ein Taxistand. Immer wieder sah sich Victor gehetzt um, aber niemand schien ihm zu folgen.

Das erste Taxi in der Reihe war ein älterer Opel mit einem ebenfalls älteren Fahrer, dessen graue Haare vor einiger Zeit einen militärischen Bürstenschnitt verpasst bekommen hatten und sich allmählich wieder in die Freiheit vorarbeiteten.

Als er sich auf dem Beifahrersitz niederließ, schlug ihm der typische Geruch von Kunstleder entgegen und erinnerte ihn an seine letzte Taxifahrt, durch die Jansen ihn vor seinen Verfolgern gerettet hatte.

»Wohin?«, fragte der Fahrer mit hartem, osteuropäischem Akzent.

»Zum Flughafen. Schnell, bitte.«

Der Taxifahrer nahm ihn beim Wort. Immer wieder schaute sich Victor bei der rasanten Fahrt um, aber er konnte nicht erkennen, ob ihnen jemand folgte. Einmal glaubte er, ein großer, dunkelgrauer Wagen halte sich für einige Zeit hinter ihnen, doch irgendwann bog er ab.

Auf der Autobahn gab der Fahrer Gas, und mit jedem Kilometer, den Victor sich von Köln entfernte, fühlte er sich leichter und befreiter. Wenn alles gut ging und er noch einen freien Platz in einem der nächsten Flieger fand, würde er schon heute Abend in London sein – weit genug weg, um alle Erlebnisse der vergangenen Tage zum Traum werden zu lassen.

Zum Albtraum.

Mit quietschenden Reifen bremste das Taxi vor dem Terminal. Victor bezahlte die Fahrt und sprang aus dem Wagen. Hinter ihm hatte ein weiteres Taxi angehalten. Victor warf nur einen kurzen Blick darauf und wollte schon mit schnellen Schritten in die Halle gehen, als er begriff, wer da aus dem zweiten Wagen ausgestiegen war.

Sie waren zu dritt.

Drei schwarze Gestalten, die mit unheimlicher Stille und Zielstrebigkeit auf ihn zukamen. Er presste seine Dokumente eng an sich. Sie hatten ihn erreicht, noch bevor er durch die Drehtür im

Inneren des Flughafens verschwinden konnte. Sie drückten eine junge Frau mit einem großen Rollkoffer rücksichtslos beiseite, einer versetzte Victor einen harten Schlag gegen die Schläfe, die beiden anderen zerrten an den Dokumenten. Sterne explodierten hinter seinen Augen. Er krampfte die Finger zusammen. Der nächste Schlag. Rot und schwarz und grün. Ihm wurden die Beine weggerissen. Er fiel. Instinktiv streckte er eine Hand aus, um den Sturz zu lindern, da spürte er, wie ihm die Papiere abgenommen wurden. Victor fiel zu Boden, versuchte sofort wieder aufzustehen, rutschte aus, saß benommen auf dem kalten Pflaster und sah sich um. Die drei Gestalten waren so schnell verschwunden, wie sie sich auf ihn gestürzt hatten.

Und sie hatten endlich ihr Ziel erreicht.

* * *

Als Victor in der großen Halle des Flughafens nach einem British-Airways-Schalter Ausschau hielt, stellte er erstaunt fest, dass er sich nun besser fühlte. Sein Kinn schmerzte noch von dem heftigen Schlag, und er war etwas benommen, aber für ihn war die Gefahr vorüber. Einige Passanten hatten ihm wieder auf die Beine geholfen. Sie hatten ihn in Ruhe gelassen, nachdem er ihnen mehrfach versichert hatte, ihm fehle nichts. Nein, man solle die Polizei nicht rufen, es habe keinen Sinn. Nein, ihm sei nichts Wichtiges oder Wertvolles gestohlen worden.

Vorsichtig tastete er in die Innentasche seines Jacketts. Er besaß noch die Kopien. Es war höchste Zeit, einen gewissen Abstand zwischen sich und die Geschehnisse zu bringen.

Rasch hatte er den British-Airways-Schalter gefunden. Er bahnte sich einen Weg durch die Schlangen von Reisenden mit Gepäckmassen, die eher auf eine kollektive Auswanderung als auf einen Urlaub schließen ließen, und stand endlich vor einer jungen Dame in einem blauen Kostüm. Er schob seine Kreditkarte über den Tresen, fragte nach dem nächsten Flug nach London und erfuhr, dass in einer Stunde eine Maschine nach Heathrow abging. Ja, es seien noch einige Plätze frei, teilte ihm die junge Dame mit.

»Geht es Ihnen gut?«, fragte sie dann und richtete den Blick auf Victors Kinn, das inzwischen sicherlich schon grün und blau angelaufen war.

Victor versuchte zu lächeln. »Alles in Ordnung. Ich bin gestürzt.«

»Sie Ärmster. Auch einen Rückflug?«

»Nein … ich weiß nicht …« Er wusste noch gar nichts. Er wusste gar nichts mehr.

* * *

Es war ein ruhiger Flug gewesen, auch wenn Victor mehrfach zur Toilette gegangen war, damit er auf dem Weg dorthin die anderen Passagiere betrachten konnte. Niemand war ihm verdächtig erschienen.

Nach der Landung nahm er von Heathrow einen Bus in Richtung Richmond, wo Maud wohnte. Er war schon lange nicht mehr bei ihr gewesen, aber den Weg kannte er noch sehr gut. Als er schließlich vor dem Shene Court ausstieg, einer eleganten, weitläufigen Anlage aus den Dreißigerjahren, in der Mauds Wohnung lag, schaute er sich auf der breiten, verlassenen Straße mehrfach um. Weder war ein Fußgänger zu sehen, noch parkte ein verdächtiges Auto in der Nähe.

Das schmiedeeiserne Tor zu der Wohnanlage, an dem stolz Plaketten für die gepflegteste Gartenanlage der Stadt hingen, war geschlossen. Namensschildchen gab es nicht, aber Victor kannte die Nummer von Mauds Wohnung – 175 – und gab diese Zahlenfolge in eine kleine Nummerntastatur neben dem Tor ein.

»Hello?«

»Victor.«

»Komm in meine Arme!«

Das Tor schwang elektrisch auf, und Victor drückte sich durch den entstehenden Spalt. Er lief an der Seitenfront eines der ockerfarbenen, dreistöckigen Backsteinhäuser entlang, vor dem teure Autos geparkt waren. Tief im Westen lag ein rotes Band über der Stadt, wie eine Schlange, die sich um die Welt wand und sie zu verschlingen drohte.

Das Haus war wie ein lang gezogenes »L« geformt. Dort, wo die beiden Balken zusammentrafen, befand sich der Eingang; auch hier gab es keine Klingelschildchen, sondern nur ein Tastenfeld mit Zahlen darauf. 175. Der Türöffner brummte, und bald stand Victor in dem engen, mit dickem Teppichboden ausgelegten Treppenhaus, das nach Gewürzen und ein klein wenig nach Feuchtigkeit roch. Ein vertrauter Duft. Wie lange war er schon nicht mehr hier gewesen? Zu lange. Er flog die knarrende Treppe hoch, deren Holz vollständig durch den Läufer verdeckt wurde, und im ersten Stock stand Maud bereits in der geöffneten Tür.

Sie hatte sich nicht verändert. So ähnlich stellte sich Victor einen Kugelblitz vor: immer in Bewegung, unvorhersehbar, strahlend. Maud machte einen raschen Schritt auf ihn zu, umarmte ihn so fest, dass ihm die Luft ausging, und drückte ihm einen heftigen Kuss auf die Wange. Dann trat sie einen Schritt zurück. »Was hast du mit deinem Kinn gemacht? Der Dreitagebart steht dir übrigens gut. Wann hast du dich zum letzten Mal gewaschen? Hast du in deiner Kleidung geschlafen?«

»Lass mich erst einmal hereinkommen«, sagte er und schaute verstohlen auf die Tür gegenüber.

»Jane und ihr Mann sind im Lake District«, erklärte Maud mit ihrer glockenhellen Stimme und umarmte ihn gleich noch einmal wie ein Schraubstock. »Das ist für deine Verletzung«, sagte sie. »Damit du noch eine bekommst.« Dann ließ sie von ihm ab, führte ihn in ihre Wohnung und musterte ihn in dem lang gestreckten Flur eingehend. Sie verzog den stark geschminkten, roten Mund und meinte: »Mit deiner Schönheit ist es vorübergehend vorbei, mein Lieber. Dein Kinn schillert wie ein Haufen Schmeißfliegen bei der Arbeit. Aber vielleicht deckt dein neuer Bart es schon morgen zu.« Ihre braunen Augen lachten, als sie zu ihm hochschaute.

Maud war etwa zwei Köpfe kleiner als er. Sie sei so rund, damit das Leben an ihr abprallen könne, hatte sie ihm früher einmal gesagt. Nun stemmte sie die Hände in die Hüften und sagte: »Wenn nicht, kriegen wir das mit ein wenig Make-up hin. Dann bist du wieder vorzeigbar. Tut´s weh?«

»Nur wenn ich lache«, antwortete Victor.

»Jetzt musst du mir unbedingt verraten, in welche Sache du da hineingestolpert bist«, drängte Maud und führte ihn ins Wohnzimmer.

Sie setzte sich auf einen der beiden weißen Ledersessel, und ihr Gast ließ sich in dem ebenfalls weißen Ledersofa nieder. Diese Garnitur kannte Victor noch nicht; sie wirkte im Gegensatz zu den früheren Laura-Ashley-Sitzmöbeln etwas kalt, wie er fand. Den Boden bedeckte ein Perserteppich in gedeckten Blau- und Grautönen, mit ein wenig Rot und Grün darin – eine dunkle Symphonie. Doch Victor kam nicht dazu, sich weiter in dem neu und kostbar möblierten Zimmer umzusehen.

»Erzähl endlich«, forderte Maud ihn auf.

Er berichtete ihr von dem Überfall vor dem Köln-Bonner Flughafen, und das Lächeln verschwand aus ihren braunen Augen. »Du scheinst Glück im Unglück zu haben«, sagte sie. »Aber wenn ich dich richtig verstanden habe, sind dir die Dokumente gestohlen worden. Hast du Kopien gemacht, wie ich es dir geraten habe?«

Victor nickte.

»Guter Junge«, meinte sie. »Worum geht es denn bei der ganzen Sache?«

»Ich weiß es doch auch nicht«, gestand Victor. »Ich bin noch nicht dazu gekommen, die Blätter aus der versiegelten Mappe zu lesen. Ich fürchte, wir müssen uns erst hineinvertiefen.«

Maud spitzte die vollen Lippen. »Zeig sie mir.«

Victor holte die Fotokopien aus der Innentasche seines Jacketts und legte sie auf den niedrigen Couchtisch. Hastig nahm Maud sie entgegen und blätterte zuerst den Visitationsbericht durch. Dann betrachtete sie das lateinische Schriftstück eine Weile; schließlich legte sie beides ab und sah Victor fragend an. »Der Bericht wirk völlig uninteressant, und leider bin ich des Lateinischen nur sehr wenig mächtig – zu wenig, um den Text zu übersetzen«, sagte sie mit einem enttäuschten Unterton in der Stimme. »Verstehst du ihn?«

Victor schüttelte den Kopf. »Dazu brauche ich ein Wörterbuch und eine Grammatik, und selbst dann bin ich mir nicht sicher, ob ich ihn übersetzen kann – zumindest nicht so genau, wie es möglicherweise nötig ist.« Er nahm die Kopien in die Hand, versuchte Satzfetzen zu verstehen, legte sie seufzend wieder beiseite. »Außerdem bin ich jetzt viel zu erschöpft.«

»Dann müssen wir die Lösung dieses Rätsels wohl auf morgen vertagen«, sagte Maud.

Victor nickte. Die Müdigkeit griff nach ihm, und am liebsten hätte er den Rest seines Lebens auf diesem bequemen, weißen Sofa verbracht. Nicht mehr denken, an keine Geheimnisse mehr rühren … Er schaute sich im Zimmer um. Die neuen, teuren Möbel, die vielen auserlesenen Accessoires wie zum Beispiel die silberne Art-Deco-Vase auf der Fensterbank, die kleine Giacometti-Skulptur auf einem der Beistelltische aus Walnussholz oder die Statuette des römischen Gottes Janus im Bücherregal …

Maud schien seine bewundernden Blicke bemerkt zu haben. »Seit deinem letzten Besuch hat sich hier einiges verändert. Im vergangenen Jahr war ich ziemlich erfolgreich«, meinte sie und rieb sich die sorgfältig manikürten Hände. Sie lächelte ihn an. Keine Runzeln, keine Falten zeigten sich auf ihrem sehr jugendlich wirkenden Gesicht, obwohl sie ein Jahr älter als Victor war. Mit einer fließenden Bewegung schob sie sich eine Strähne ihres blonden, knapp schulterlangen Haares aus dem Gesicht. »Wir haben ein paar schöne Gemäldesammlungen versteigert, gerade rechtzeitig, bevor die Preisblase geplatzt ist.«

Ihr Deutsch war noch immer erstaunlich, fand Victor. Ihr Wortschatz beschämte die meisten seiner Landsleute. Maud sprach Spanisch und Italienisch mit der gleichen Leichtigkeit, und auf Französisch konnte sie sich zumindest verständigen.

»Und nach dem Platzen habe ich mir diesen Pissarro dort über deinem Haupt gekauft. *Le Jardin du Paradis.*« Sie deutete auf die impressionistische Darstellung eines verwunschenen Gartens, die über dem Sofa hing und Victor bei seinem Eintreten zunächst gar nicht aufgefallen war. Als Victor genauer hinsah, erkannte er zwischen den krummen, knorrigen Stämmen der Obstbäume etwas Gewundenes, das ihn an eine Schlange erinnerte. »Er war ganz billig. Nun ja, sozusagen.« Sie kicherte. »Er stammt von einem höchst skurrilen Pariser Sammler namens Sepulchre. Weil er nicht wollte, dass die Bilder, die er auf die Auktion zu geben gedachte, in Frankreich versteigert werden, musste ich zu ihm reisen und seine Schätze begutachten. Irgendwann muss ich dir diese seltsame Geschichte einmal erzählen. Aber für mich hat sich der Aufwand gelohnt; den Pissarro konnte ich ihm sofort abkaufen, weil er dringend Geld brauchte. Ich habe das Bild mit ins Flugzeug genommen, und während ich in der zweiten Klasse saß, hat die Stewardess das Gemälde auf einem Sitz der ersten Klasse untergebracht. Wenn man an der Quelle sitzt, kann man hier und da ein kleines Tröpflein abschöpfen.«

Victor musste grinsen – sowohl über ihre Wortwahl als auch über die Gerissenheit hinter ihrem unschuldigen Mädchengesicht. Inzwischen war es dunkel geworden, die Jugendstil-Deckenlampe warf zartbuntes Licht auf das weiße Leder der Sitzmöbel und erschuf verwirrende Farbspiele auf dem Perserteppich. Fäden wurden zu Schlangen, zu Fabeltieren, die sich vorhin, im natürlichen Licht, versteckt hatten.

»Dein blühendes Kinn macht dich eigentlich noch interessanter«, sagte Maud und lenkte Victor damit von seiner Betrachtung des Zimmers ab. »Schade, dass du es nicht in einem romantischen Kampf um eine Frau erworben hast.«

Victor lächelte ein wenig wehmütig. »Du kennst mich doch gut genug …«

»Also immer noch nichts. Weißt du, ich habe dich so lange nicht mehr gesehen, dass ich schon beinahe vergessen hatte, wie gut du aussiehst. Wie kann ein so verboten schöner Mann wie du nur so grausam zu der Damenwelt sein?«

»Weil sie grausam zu ihm gewesen ist.«

»Nein, weil er Angst vor ihr hat. Stattdessen vergräbst du dich in deinen Büchern. Ich muss sagen, dass ich deiner Mutter sehr böse bin.«

»Sag nichts …«

»Doch, ich sage es. Ich habe deine Mutter ja noch kennen gelernt, damals in Köln, als sie zu Besuch in deinem Studentenzimmer war. Eine tolle Frau, zugegeben, ich war hingerissen von ihr, aber ihre Eifersucht auf jeden, der dir nahe kam, hat mich abgeschreckt. Sie hat dich in dem Glauben erzogen, jede Frau sei dein Feind.«

»Du übertreibst ...« Was war bloß in Maud gefahren? Sonst redete sie doch nicht so. Victor verschränkte die Arme vor der Brust.

»Doch, es ist wahr. Wann begreifst du endlich, dass sie dein Leben ... wie sagt man?« Wenn Maud sich aufregte, verließen sie manchmal die Worte.

»*Zerstört* ist wohl das Wort, das du suchst, Maud. Aber so ist es nicht. Wirklich nicht. Ich bin ...«

»... Professor für Erkenntnisphilosophie und Ethik, ich weiß. Und das ist eine ganze Menge. Aber das ist der äußere Victor. Und wie geht es dem inneren? Wenn er in seiner Wohnung sitzt und die Wände anstarrt?«

»Ich starre nicht ...«

»Oder wenn er die Bücher anstarrt?«

»Mir geht es gut ...«

»You are angst-ridden, my friend!« Immer wenn sie richtig wütend war, fiel sie in ihre Muttersprache zurück. *»And your damned French mother is to blame and no one else!«*

»Ich habe keine Angst ... ach komm, lass das jetzt!« Er kannte das. Seit dem Desaster mit Ingrid versuchte sie immer wieder, ihn in die Liebe zu prügeln, und er blockte immer wieder ab. Meist war es ein spöttisches Spiel, doch heute schien sie besonders aufgebracht zu sein. »Kann es sein, dass du vor Kurzem wieder einmal eine Liebschaft beendet hast, Maud?«

»Nun gehst du aber ganz schön weit. Du weißt genau, dass ich seit einem Jahr allein bin, und ich habe auch nicht vor, das in der nächsten Zeit zu ändern. Es wäre einfach nur gut, wenn du jemanden an deiner Seite hättest, aber du hast nie gelernt, eine funktionierende Beziehung aufzubauen. Und daran ist nun mal deine Mutter schuld.«

Victor atmete ein paar Mal schwerfällig ein und aus. Seine Mutter ...

»Entschuldige.«

Sie hatten es beide gleichzeitig ausgesprochen. Und mussten lachen.

Maud redete als Erste weiter: »Entschuldige, aber ich fürchte, ich mache für alles, was dir zustößt, deine Mutter verantwortlich. Aber jetzt bist du erst einmal hier, weit weg von zu Hause und von dir selbst. Und ich habe einen guten Rotwein.« Sie sprang auf und verschwand in die Küche. Victor hörte das leise *Plopp*, mit dem die Flasche geöffnet wurde, und kurz darauf kam Maud mit dem Wein und zwei Gläsern zurück. Sie stießen an; der Wein – ein kräftiger Bordeaux – war hervorragend.

Als die Flasche leer war, ging es Victor deutlich besser. »Maud, du hast ja recht. Aber seit Ingrid habe ich endgültig die Nase voll von Missverständnissen und Kleinkriegen. Und meine Mutter – Friede ihrer Asche – hat damit gar nichts zu tun«, sagte er mit einem schiefen Lächeln.

Auch Maud hatte ihre heitere Ruhe wiedergefunden. »Na ja ... Aber im Augenblick gibt es wirklich Wichtigeres. Wir werden dir morgen erst einmal ein paar nötige Dinge kaufen – Unterhosen, Zahnbürste, Deo, ein paar Kleidungsstücke zum Wechseln und Ähnliches, das wird ein Vergnügen. Und dann kannst du so lange bei mir bleiben, wie es dir möglich ist«, sagte sie. »Aber jetzt würde ich gern zu Bett gehen; ich hatte einen anstrengenden Tag – und du auch.«

* * *

In der Nacht, in Mauds kleinem, gemütlichen Gästezimmer, lag er noch lange wach. Manchmal schaute er aus dem Fenster in den Nachthimmel, unter dem die Flugzeuge beim Anflug auf Heathrow so nahe an den Häusern vorbeizogen, dass man deutlich die erleuchteten Fenster und die kleinen, schwarzen Umrisse von Köpfen dahinter sehen konnte. Schwarze Umrisse, auf dem Weg hierher ... Er stand auf und zog die Vorhänge zu.

Die Unterhaltung mit Maud spukte ihm im Kopf herum. Immer

neue Erinnerungen aus seiner Kindheit kamen ihm in den Sinn und überlagerten die Gegenwart mit all ihren Ängsten. Seine Mutter, diese waschechte Pariserin, hatte es immer sehr schwierig gefunden, in dem kleinen Eifelstädtchen Wittlich zu leben, in das sie nach der Hochzeit mit Arthur Leclerc gezogen war und in dem sich seine Bauunternehmung befunden hatte. Stets war sie die Ausländerin gewesen, auch wenn ihr Deutsch hervorragend gewesen war. Sie hatte Victor früh das Französische beigebracht, damit sie jemanden hatte, mit dem sie sich in ihrer Muttersprache unterhalten konnte. Sein Vater war häufig auf Geschäftsreise gewesen, und überdies schienen sich die beiden ungleichen Eheleute schon sehr bald nicht mehr viel zu sagen zu haben. So war der junge Victor immer mehr zum einzigen Vertrauten seiner Mutter geworden – zu einem Menschen, der für sie wichtiger war als ihr Ehemann. Victor hatte seine schöne, stets hochelegant gekleidete Mutter angehimmelt und vor seinen Mitschülern zu verteidigen versucht, für die sie nur »die Froschfresserin« war. Erst spät hatte er begriffen, dass die Liebe seiner Mutter etwas Ungesundes an sich gehabt hatte, doch er hatte sich nicht davon befreien können.

Unruhig drehte er sich auf dem weichen Bett hin und her. Warum kamen gerade jetzt all diese Gedanken? Warum hatte Maud es gerade jetzt angesprochen? Gab es nicht schon genug Schwierigkeiten in seinem Leben? War es nicht genug aus den Fugen geraten?

Irgendwann fiel er in einen schweren Schlaf.

* * *

Am anderen Morgen schien die Sonne des späten Frühlings durch einen Spalt zwischen den Vorhängen. Der Gesang der Vögel war lauter als das Brummen der Flugzeuge. Victor rieb sich die Augen, reckte und streckte sich, und schon klopfte es an der Zimmertür. »Aufstehen! Shopping!«, rief Maud von draußen. »Ein herrlicher Tag!«

Victor hatte in seiner Unterwäsche geschlafen und fühlte sich alles andere als frisch, auch wenn er am Vorabend noch geduscht hatte. Er stand auf, streifte sich das Jackett über und verließ das Gästezimmer.

Maud stand in der Tür zur Küche. »Ah, die Sonne geht auf«, sagte sie und lächelte ihn an. »Ich werde heute mit dem schönsten Mann Europas Herrenmode einkaufen gehen. Welch ein Genuss.« Sie kicherte und verschwand in die Küche. Victor roch gebratenen Speck. Erst jetzt bemerkte er, dass er lange nichts mehr gegessen hatte.

Er duschte und war danach gezwungen, seine verschwitzte Wäsche wieder anzuziehen. Es war wirklich höchste Zeit für einen kleinen Einkauf.

Nach dem Frühstück, das Victor mit Heißhunger verspeist hatte, fielen ihm wieder die Kopien ein. »Sollen wir uns nicht erst den lateinischen Text vornehmen?«, fragte er.

Maud machte eine abwehrende Handbewegung. »Ich habe die halbe Nacht versucht, ihren Sinn herauszubekommen, aber es ist mir nicht gelungen. Ich kenne da jemanden, für den die Übersetzung ein Leichtes wäre, und ich habe ihn auch schon anzurufen versucht, aber er war nicht zu Hause. Daher sollten wir zuerst einkaufen gehen. Es dauert nicht lange. Hier in Richmond finden wir alles, was du brauchst.«

Maud verließ die Küche und kam kurze Zeit später mit den Kopien zurück. Victor nahm sie, faltete sie und steckte die Blätter wieder in die Innentasche seines Jacketts. Die Vorstellung, dass noch jemand von diesen Dokumenten erfahren sollte, gefiel ihm nicht besonders, aber wenn Maud sich etwas in den Kopf gesetzt hatte, konnte nichts und niemand sie umstimmen.

Sie brachen auf, nahmen den Bus ins quirlige Stadtzentrum und kauften Kleidung für Victor bei *House of Fraser* sowie Drogerieartikel bei *Boots*. Victor legte sich sogar einen Anzug samt Weste und einen Koffer zu, in dem er das alles nach Deutschland bringen konnte. Am liebsten wäre er nie zurückgekehrt. Hier fühlte er sich sicher. Die niedrigen Häuser der Kleinstadt hatten mit ihren verspielten Backsteinfassaden, ihren Erkern und Türmchen und den altertümlichen Schaufenstern etwas Anheimelndes an sich. Victor empfand ein Gefühl tiefer Befreiung und Ruhe. Glücklich lief er mit seinen Einkäufen hinter Maud her, an Menschentrauben vorbei, kurz darauf durch überraschend stille Seitengassen und Höfe, nur um dann wieder in das Gewirbel der Hauptstraße einzutauchen.

Schließlich gelangten sie zu der Haltestelle des Busses, der sie zurück zum Shene Court bringen würde. Gerade als der Bus kam und Maud ihm heftig zuwinkte, damit er anhielt, sprach jemand Victor von hinten an.

Auf Deutsch.

»Glauben Sie nicht, dass Sie in Sicherheit sind. Es ist noch nicht zu Ende. Es hat gerade erst begonnen.«

Sechstes Kapitel

»Wenn auch der Verstand den Wortsinn wahrhafft wahrnimmt, so kann er getäuschet werden durch unlauteres Wort und Menge von Worten oder ein Gemisch von Perceptiones anderer Sinne, das sei zu benennen mit dem Worte Misstrauen.«

Scultetus, *De Veritate Cognitionibus*

Victor hätte beinahe seine Einkaufstüten fallen lassen. Ruckartig drehte er sich um und sah in das hagere, faltige Gesicht des Mannes, den er hier am wenigsten erwartet hätte.

Jansen.

Der Bus hielt, Maud stieg ein, ohne sich nach Victor umzuschauen. Der Jesuit schob ihn vor sich her in den Bus und raunte ihm dabei ins Ohr: »Versuchen Sie nicht, eine Dummheit zu machen.«

Im Bus war kein Sitzplatz mehr frei. Maud hatte sich mit ihren Tüten auf den Kinderwagenplatz gestellt und lächelte Victor an. »Schaffst du es noch, oder brichst du gleich unter deinem Einkauf zusammen?«, fragte sie fröhlich.

»Maud, ich möchte dir jemanden vorstellen«, sagte Victor tonlos, während er sich vor sie stellte und der Bus ruckelnd anfuhr. »Das ist Herr Jansen, ein Jesuit aus Köln; ich habe dir schon kurz von ihm erzählt.«

Mauds Gesicht nahm einen maskenhaften Ausdruck an – einen Ausdruck, den Victor nicht an ihr kannte.

Jansen stellte sich ihr vor, wobei er sich leicht verbeugte. »Wie ich höre, hat Professor Leclerc Ihnen schon mitgeteilt, wer ich bin«, sagte er mit seiner leisen Stimme. »Das macht die Sache leichter für mich, denn so muss ich nicht um den heißen Brei reden. Ihr Freund hat sich in eine heikle Lage gebracht.«

Victor wollte schon etwas gegen Jansens Wortwahl vorbringen, was seine Beziehung zu Maud anging, doch sie war schneller.

»In diesem Land ist es nicht üblich, fremde Menschen ohne Präliminarien mit seinen eigenen Problemen zu belästigen«, sagte sie eisig.

»Wir haben keine Zeit für Floskeln«, gab der Jesuit zurück und strich sich mit der einen Hand über die buschigen Brauen; mit der anderen hielt er sich während der Busfahrt an einer Halteschlaufe fest. Immer wieder schaute er vor und zurück und warf rasche Blicke aus dem großen Fenster. »Professor Leclerc, Sie sind in Gefahr. Und Sie jetzt auch, meine Dame.«

»Ich habe die Dokumente nicht mehr«, wandte Victor ein. »Man hat sie mir am Flughafen gestohlen.«

»Ich weiß«, sagte der Geistliche. »Ich habe den Überfall auf Sie beobachtet. Und ich habe Ihre Angreifer abgelenkt und in die Flucht geschlagen, sonst hätten Sie den Angriff nicht überlebt.«

Victor sah ihn mit großen Augen an. »Ich habe Sie gar nicht bemerkt.«

Der Jesuit lächelte traurig. »Sie bemerken vieles nicht, wenn ich mir diese Bemerkung erlauben darf.« Der Bus hatte die Haltestelle *Shene Court* erreicht, und Maud wollte bereits aussteigen, doch Jansen zischte sie an: »Tun Sie das nicht. Wir fahren eine Haltestelle weiter und gehen zu Fuß zurück. Dann können wir besser feststellen, ob wir verfolgt werden.«

»Wir befinden uns nicht in einem James-Bond-Film«, gab Maud zurück, aber sie zögerte. Schon schlossen sich die Türen des Busses wieder, und er fuhr weiter.

Beim nächsten Halt sprang Maud so schnell wie möglich hinaus. Victor folgte ihr mit seinen Taschen und Beuteln, und der Jesuit glitt hinter ihnen her wie eine schwarze Nemesis.

Der Bus fuhr davon. Sie standen auf der breiten, stillen Shene Road. Jansen sah sich schnell um und nickte dann den beiden zu. Maud ging los, zurück in Richtung ihrer Wohnung.

»Was hat das Ganze zu bedeuten?«, fragte Victor den Geistlichen, der leichtfüßig neben ihm herlief.

»Nicht hier«, wehrte der Jesuit ab.

Über ihnen setzten die Flugzeuge beinahe im Minutentakt zur Landung nach Heathrow an; sie hatten das Konzert der Vögel zum Verstummen gebracht. Bei jedem Auto, das an ihnen vorüberfuhr, ruckte Jansens Kopf herum.

»Wie sind Sie auf meine Spur gekommen?«, fragte Victor, als vor ihnen das hohe, schmiedeeiserne Tor und die weißen Gartenmauern von Shene Court sichtbar wurden.

»Das war nicht weiter schwierig. Als Geistlicher wirkt man recht vertrauenerweckend«, meinte Jansen und lächelte. Plötzlich machte er den Eindruck eines schelmischen Jungen; das Harte und Bohrende in seinem Blick wich ein wenig. »Ich habe bereits im Franziskushospital erfahren, mit wem Sie telefoniert hatten. Der Rest war ein Kinderspiel.«

»Ihre Tätigkeit scheint Ihnen viel Freizeit zu lassen, wenn Sie einfach so durch die Welt fliegen können. Haben die Jesuiten denn kein Armutsgelübde abgelegt?«

»Meine Tätigkeit ist der Grund, warum ich hier bin«, erwiderte er.

* * *

Victor und Maud saßen auf dem Sofa, dem Jesuiten war einer der beiden weißen Ledersessel zugewiesen worden. Immer wieder warf er einen Blick auf den Pissarro über der Couch und kniff die Augen zusammen.

»Ich glaube, es ist jetzt die richtige Zeit, uns zu berichten, zu welchem Zweck Sie hier sind«, sagte Maud, die ihrem zweifelhaften Gast nicht einmal ein Glas Wasser angeboten hatte. An ihrem stärker werdenden Akzent bemerkte Victor ihre Ungeduld.

Jansen saß angespannt da, hielt die Beine zusammengepresst und die brandnarbigen Hände um die Lehnen des Sessels gekrampft. »Es ist nicht einfach …«, begann er.

»Es wird einfacher, wenn Sie erst einmal angefangen haben«, drängte Maud ihn. Sie hatte sich in die Lederpolster zurückgelehnt und betrachtete den Geistlichen eingehend. Victor warf ihr verstohlene Seitenblicke zu. Er war so froh, dass sie da war. Dass er dem Geistlichen nicht allein gegenübersitzen musste.

»Ich bin hier, weil ich um die Kopien bitten will, die Sie im Krankenhaus gemacht haben«, sagte Jansen zögernd.

»Warum sind sie so wichtig?«, fragte Victor.

»Bitte geben Sie sie mir.«

»Beantworten Sie zuerst meine Frage«, beharrte Victor.

»Ich weiß es selbst nicht«, antwortete Jansen. »Ich kann es Ihnen nicht sagen, bevor ich sie gelesen habe.«

»Wer hat Ihnen den Auftrag erteilt, die Texte an sich zu bringen?«, wollte Maud wissen.

Der Jesuit seufzte. »Das darf ich nicht sagen.«

»Dann können wir Ihnen leider die Dokumente nicht geben«, entgegnete Maud und warf Victor einen Seitenblick zu. *Wage es bloß nicht, etwas anderes zu tun*, besagte dieser Blick. »Arbeiten Sie auf eigene Rechnung? Oder weiß Ihr Abt – oder wie immer Ihr Vorgesetzter heißt –, dass Sie hier sind?«

»Mein ›Vorgesetzter‹, wie Sie es so nett ausdrücken, junge Dame, trägt die Bezeichnung Superior, und ich muss Ihnen gestehen, dass ihm mein gegenwärtiger Aufenthaltsort nicht bekannt ist.« Er seufzte noch einmal und senkte den Blick, als ob er mit sich ringen würde. Schließlich sagte er: »Meinen Auftrag habe ich nicht von ihm, sondern vom General persönlich erhalten.«

»Vom Schwarzen Papst?«, sagte Victor erstaunt.

»Wer ist das?«, fragte Maud verwirrt.

»So nennt man den Ordensgeneral der Jesuiten; über ihm steht nur noch der Weiße Papst, also das Oberhaupt der katholischen Christenheit«, erklärte Jansen.

»Was genau hat er Ihnen befohlen?«, fragte Maud.

»Ich sollte die beiden Dokumente ersteigern, deren Kopien Sie besitzen«, sagte der Geistliche und sah Victor fest an. »Dazu hat mir eine ungeheure Geldsumme zur Verfügung gestanden. Aber ich wurde überboten.«

»Von Peter Haenseling?«, fragte Victor.

»Ja. Ich hatte ein Pro-forma-Limit, und zwar ein so hohes, dass es eigentlich keine Schwierigkeiten damit hätte geben dürfen. Das stellte sich während der Auktion allerdings als Irrtum heraus, und ohne weitere Anweisung konnte ich nicht mehr mitbieten.«

»Was wollte mein Kollege mit diesen Schriftstücken?«

»Als ich meinen Auftrag in Rom erhielt, wurde mir nur gesagt, dass es eine Gruppe gebe, die hinter diesen Dokumenten her sei und die man als sehr gefährlich einstufen müsse. Ob Peter Haenseling zu dieser Gruppe gehörte oder von ihr nur benutzt wurde, vermag ich nicht zu sagen. Es existieren sehr widersprüchliche Aussagen über sie.«

»Was sollten Sie mit den Dokumenten tun?«, wollte Maud wissen.

»Mir wurde aufgetragen, sie nach der Ersteigerung unverzüglich in Rom vorzulegen.«

»Was ist das für eine rätselhafte Gruppe, die Sie vorhin erwähnten?«, fragte Maud. Nachdenklich spitzte sie den geschminkten Mund und runzelte die Stirn. Ihr Gesicht war ein einziges Fragezeichen. Ihre Worte klangen nicht mehr scharf und schneidend, sondern interessiert. Victor kannte diesen Tonfall nur zu gut. Sie hatte die Witterung aufgenommen.

»Angeblich nennen sie sich die ›Quaeriten‹«, teilte Jansen ihnen mit. »Das lateinische Verb quaerere bedeutet ›Suchen‹. Es sind also gewissermaßen die Suchenden.«

»Und was suchen diese Leute?«, fragte Victor.

»Das weiß ich nicht«, gab Jansen zu und richtete den Blick wieder auf Victor. »Die Antwort wird in den Dokumenten liegen. Ich glaube, es ist an der Zeit, sie einer genaueren Einsicht zu unterziehen.«

Victor warf Maud einen raschen Seitenblick zu. Sie nickte. Also zog er die Kopien aus der Innentasche seines Jacketts und legte sie auf den niedrigen, gläsernen Couchtisch.

Jansens vernarbte Hand schoss auf sie herunter wie ein Bussard, der eine fette Maus erspäht hatte. Zuerst überflog er den Visitationsbericht, dann vertiefte er sich in das lateinische Dokument, dessen Entzifferung ihm keine großen Schwierigkeiten zu bereiten schien. Mit einem billigen Werbekugelschreiber, den er aus seinem schwarzen Jackett gezogen hatte, machte er sich ein paar Notizen an den Rand, fuhr sich immer wieder mit der Hand über das spitze Kinn und warf die Stirn in Falten. Was er las, schien ihm gar nicht zu gefallen und höchst verwirrend zu sein.

Währenddessen saßen Victor und Maud vor ihm und beobachteten ihn neugierig. Sie sagten kein Wort. Eigentlich hatte Victor erwartet, der Jesuit würde mit den Kopien aus der Wohnung fliehen, sobald er sie an sich genommen hatte. Doch daran schien Jansen gar nicht zu denken. Gespannt wartete Victor, bis der Geistliche schließlich den kleinen Blätterstapel wieder auf den Glastisch vor sich legte und sich vorsichtig in seinem Sessel zurücklehnte.

»Wie sind diese Dokumente in Ihren Besitz gelangt?«, fragte er Victor.

»Sie stammen aus dem Nachlass meiner Mutter«, erklärte Victor und berichtete dem Jesuiten von ihr und ihrer französischen Herkunft.

»Nun klären Sie uns endlich darüber auf, was in diesen Papieren steht«, drängte Maud.

Der Jesuit schloss die Augen. »Es ist alles viel schrecklicher, als ich befürchtet hatte«, murmelte er. »Ich glaube, Sie beide haben ein Recht zu erfahren, was hier steht. Es könnte jedoch erhebliche Folgen für Sie haben.« Er öffnete die Augen wieder und nahm den Blätterstapel abermals an sich. »Sind Sie bereit?«

Victor und Maud nickten gleichzeitig.

»Ich habe Sie gewarnt«, sagte Jansen.

* * *

»Schon der Visitationsbericht über das Benediktinerkloster Lautenbach ist sehr merkwürdig«, sagte Jansen. Er hockte steif in dem ausladenden Sessel und wirkte wie ein schwarzer Fleck, wie ein dunkler Gedanke, der sich auf dem weißen Leder niedergelassen hatte. »Lautenbach ist wie alle anderen Klöster westlich des Rheins nach Napoleons Einmarsch säkularisiert worden, doch es scheint vorher wie nachher ein seltsamer Ort gewesen zu sein.«

»Wo liegt das Kloster?«, fragte Maud.

»Bei Wittlich in der Eifel«, erklärte der Geistliche. »Es wurde nach seiner Aufhebung nicht wieder besiedelt, wie es bei vielen anderen Klöstern der Fall war, zum Beispiel im gar nicht so weit entfernten Kloster Himmerod oder in Springiersbach. Lautenbach blieb eine Ruine, nachdem die Gebäude auf Abbruch verkauft worden waren.«

»Ein malerischer Ort«, warf Victor ein. »Ich bin als Kind manchmal dort gewesen, zusammen mit meiner Mutter.«

»Der Visitationsbericht, den wir hier haben, wurde vom Provinzial der rheinischen Benediktiner verfasst und stammt aus dem Jahre 1802«, fuhr Jansen fort. »Damals stand das Rheinland bereits unter französischer Herrschaft, und die linksrheinischen Konvente waren entweder geflohen oder versuchten sich gegen die Eroberer zu behaupten. In Lautenbach scheint man der Ansicht gewesen zu sein, es sei besser, auszuharren und mit den Besatzern zu verhandeln. Allerdings stand zu dem Zeitpunkt, zu dem der Provinzial in Lautenbach war, bereits der Räumungstermin für das Kloster fest.«

»Warum wurde diese Visitation dann überhaupt noch durchgeführt?«, fragte Victor.

Jansen zuckte die Achseln. »Sie war bereits vorher festgesetzt worden, unter anderem vermutlich wegen der Todesfälle. Und was die katholische Kirche beschlossen hat, das führt sie auch aus – selbst wenn kurz danach die zweite Sintflut kommt.«

»Einer der Gründe für die Effektivität der Kirche«, murmelte Victor. »Ich weiß schon, warum ich mit ihr nichts zu tun haben will.«

»Was für Todesfälle?«, fragte Maud.

»Dazu komme ich gleich«, sagte der Geistliche. »Aus dem Visitationsbericht geht nicht hervor, ob die schlimmen Gerüchte um das Kloster von den Franzosen oder von Einheimischen herrührten. Jedenfalls machte sich der Provinzial die Mühe, das bereits unter Fremdherrschaft stehende Kloster zu besuchen. Dabei scheinen einige sehr unangenehme Dinge zur Sprache gekommen zu sein, die in dem Bericht nur angedeutet werden. Offenbar wurden Gelder veruntreut, einige Mönche waren angeblich besessen, und

Unkeuschheit war nicht unbekannt. Es wurde sogar von Satansmessen gemunkelt. Und dann waren da die seltsamen Todesfälle. Auf mehr als Gerüchte stieß der Provinzial nicht; das Einzige, was sich beweisen ließ, waren unzüchtige Handlungen. Die betreffenden Mönche wurden unverzüglich exkommuniziert und aus dem Kloster entfernt. Der Abt, Ludolf von Germersheim, wurde streng ermahnt, auch unter den schwierigen Umständen der damaligen Zeit die klösterliche Zucht nicht zu vernachlässigen.« Der Jesuit holte tief Luft, als wolle er noch etwas sagen, doch er schwieg und senkte den Blick.

»Das ist alles?«, fragte Victor nach einer Weile.

»Eines finde ich seltsam«, warf Maud ein. »Wie ist der Bericht in den Besitz deiner Mutter gekommen, Victor? Hatte der Provinzial ihn nicht mitgenommen?«

»Soweit ich weiß, kam der Provinzial nie aus dem Kloster heraus«, erklärte der Jesuit. »Ich habe mich vor der Versteigerung informiert: Die Quellen sprechen davon, dass der Provinzial in Lautenbach eine Treppe hinunterfiel und sich das Genick brach. Ich vermute daher, dass sowohl der Visitationsbericht als auch das versiegelte Schreiben zunächst im Kloster verblieben und beim Abzug der französischen Truppen mitgenommen worden sind, vielleicht als Souvenir.«

»Soweit ich weiß, stimmt das«, sagte Victor. »Die Familie meiner Mutter war sowohl an ihren Ahnen als auch an Religion und anderen abergläubischen Dingen interessiert – im Gegensatz zu meiner Mutter, die ihr Erbe nur aus Achtung vor ihren eigenen Wurzeln aufbewahrt hatte. Dass das versiegelte Schreiben nie gelesen wurde, zeugt für den Aberglauben meiner französischen Vorfahren – sie werden wegen des warnenden Satzes schlicht und einfach Angst davor gehabt haben, das Siegel zu brechen. Wie dem auch sei, ich habe diese Dokumente zusammen mit etlichen religiösen Büchern und Dokumenten aus dem Besitz meiner Mutter auf die Auktion gegeben.« Victor sah den Geistlichen eindringlich an. »War der Tod des Provinzials ein Unglücksfall?«

Jansen zuckte die Achseln. »Jegliche Spekulation darüber ist aus heutiger Sicht müßig.«

»Wieso ist dieser Bericht so wichtig?«, wollte Maud wissen und spitzte nachdenklich die Lippen. »Warum sind für ihn Menschen gestorben?«

»Nicht für ihn, sondern für das versiegelte Schreiben. Der Bericht bildet lediglich den Rahmen für das, was wirklich wichtig ist«, sagte Jansen und warf einen Blick auf die Kopien, die auf dem niedrigen Glastisch lagen. »Anlässlich der Visitation wurde allen Mönchen vom Provinzial die Beichte abgenommen – nur dem Abt nicht. Er wollte das, was er zu sagen hatte, nicht in Gegenwart des Provinzials äußern, sondern ihm einen schriftlichen Bericht übergeben. Das ist zwar ein vollkommen unüblicher Vorgang, aber der Provinzial stimmte zu, auch wenn dies bedeutete, dass er dem Abt keine Absolution spenden konnte. Bei dem versiegelten Schreiben handelt es sich um eben jene Beichte des Ludolf von Germersheim. Wenn man sie gelesen hat, weiß man, warum er diese Worte nicht laut aussprechen wollte. Kurz darauf starb der Abt. In der Chronik des Klosters ist übrigens der Verdacht vermerkt, dass der Abt Selbstmord begangen haben könnte, nachdem er seine schriftliche Beichte dem Visitator übergeben hatte. Dennoch hat man ihn in geweihter Erde bestattet, da man den Selbstmord nicht zweifelsfrei nachweisen konnte.« Der Geistliche räusperte sich.

»Leichen über Leichen«, murmelte Victor.

»Nun spannen Sie uns doch nicht so auf die Folter«, drängte Maud. »Haben Sie den Text vollständig übersetzen können?«

»Ja.«

Maud sah ihn erwartungsvoll an.

Jansen beugte sich vor, nahm die Kopien wieder an sich, durchblätterte sie und sagte schließlich: »Ich werde Ihnen eine Übersetzung des Textes geben, die so genau ist, wie es mir unter den gegebenen Umständen möglich ist. Die antiquierten und komplexen Satzkonstruktionen des Originals habe ich ein wenig geglättet.« Er begann:

»Ich, Ludolf von Germersheim, Abt des Benediktinerklosters Lautenbach im Bistum Trier bekenne vor unseren Schutzheiligen Johannes, Martinus, Quirinus und Leodegar, dass ich die schrecklichste aller Sünden begangen habe. Ich habe vier meiner Mitbrüder getötet. Doch tat ich

dies ausschließlich zur höheren Ehre Gottes und zur Erhaltung der verehrungswürdigsten Sakramente der heiligen Mutter Kirche. Möge Gott mich so strafen, wie ich es verdient habe.

Die vier Mitbrüder, die ich dem Tode überantworten musste, waren üble Gesellen. Überdies waren sie in den magischen Künsten erfahren und haben versucht, den Satan und seine höllischen Heerscharen zu beschwören. Manche Mitbrüder behaupten, es sei ihnen gelungen.

Schon seit fünf Jahren leben die französischen Teufel unter uns. Bisweilen beschleicht mich der Eindruck, dass sie das Ergebnis der Beschwörungen sind, die meine Confratres vorgenommen haben. Die Mächte der Hölle könnten nicht schlimmer wüten. Sie bespucken das Abbild der Jungfrau Maria, sie schlagen ihr Wasser im Altarraum ab und lachen dabei, sie beten im Scherz ihre Pferde an, so wie wir Gott anbeten. Sie verhöhnen unseren allerheiligsten Gott und stören unsere Messen. Jeder neue Vorfall zeigt uns aufs Deutlichste, dass alles noch schlimmer kommen kann. Ich weiß nicht, wie es uns gelungen ist, die vergangenen Jahre durchzustehen. Es war nur Gottes Hilfe, die uns geleitet hat. Und es war die Fürsprache unserer Heiligen, die uns immer nahe sind.

Doch nun wurde uns damit gedroht, uns auch diese Fürsprache zu nehmen. Vor einer Woche erließ die wortbrüchige französische Regierung für die vier rheinischen Departements ein Säkularisationsgesetz, das zum Konkordat von 1801 im Widerspruch steht. Aber das schert diese gottlosen Gesellen nicht. Damit wird unser Kloster unter die Verwaltung der Präfektur gestellt. Präfekt Ormechville hat bereits den Tag der Räumung auf den 26. Juli festgesetzt. Bis dahin muss alles geschehen sein.

Bis dahin müssen sich die größten Schätze unseres Klosters in Sicherheit befinden.

Dabei handelt es sich nicht um die Bücher, wie unser Bruder Bibliothekar meint. Und auch nicht um den Inhalt des Weinkellers, wie es die Ansicht des Cellerars ist.

Nein, ich musste unverzüglich tätig werden, um das Heiligste, das wir besitzen, vor den Teufeln zu retten.

Eines Nachts schlich ich, um Hilfe, Rat und Beistand betend, in die Kirche und entfernte aus der Mensa des Altares die vier Reliquiare, welche die Gebeine und andere Reliquien des heiligen Johannes, des heiligen Martinus, des heiligen Quirinus und des heiligen Leodegar enthalten.

Dies sind die heiligsten Dinge in unserem Konvent, und ich hoffte, ich könnte sie schützen, aber mir war noch nicht bewusst, wie ich dies erreichen sollte. Dann geschah etwas, das ich nicht erwartet hatte.

Ich weiß nicht, ob es die heilige Macht aller vier Reliquien oder nur die einer einzigen war. Jedenfalls wurde ich bewusstlos, nachdem ich das letzte Reliquiar auf den Altar gelegt hatte und sie sich alle nebeneinander befanden. Ich habe schon viele Reliquien gesehen und auch in meinen nichtswürdigen Händen gehalten, doch ich wusste mit so großer Sicherheit, wie ich weiß, dass es einen Gott gibt, dass diese Reliquien – oder eine von ihnen – etwas Besonderes waren. Hier lag die Wahrheit vor mir, das Älteste des Ältesten, das Rätselhafte, das Überwältigende, der Abglanz der Gottheit.

Rasch kam ich wieder zu mir, aber ich befand mich nicht mehr in unserer Kirche. Ich schwebte in einem ungeheuer großen Raum, der von Feuerschein erhellt wurde. Unter mir erstreckte sich ein See aus brennenden Leibern, und schreckliches Stöhnen und Wehklagen drang zu mir herauf. Dann wurde ich hinabgestürzt in diesen Höllenpfuhl, und ich erfuhr die Schmerzen und die Verzweiflung der Verdammten am eigenen Leibe.

Wie lange dieser Zustand anhielt, vermag ich nicht zu sagen. Ich erwachte vor dem Altar, auf dem noch die Reliquiare lagen. Ich tat gut daran, sie vor den Teufeln zu schützen, damit sie nicht im Sündenpfuhle untergingen. Ich musste es tun, und ich wusste, wie ich dies erreichen konnte. Ich kann nicht sagen, woher diese Erkenntnis in mich strömte. Es können nur jene göttlichen Zeugnisse gewesen sein, jene Beweise der ungeheuerlichen Macht, die über uns wacht – gütig und zornig zugleich.

Ich benötigte also einen mächtigen Schutz für die heiligsten Gegenstände. Ich brauchte Hilfe, und ich wusste durch die Einwirkung Gottes auf mein sündiges Hirn, welche dies zu sein hatte. Denn welcher Schutz gegen den drohenden Teufel ist wirksamer als der Teufel selbst?

Ich steckte die Reliquiare unter meine Kutte und begab mich in der Stille der Nacht zur Bibliothek. Natürlich ist mir bekannt, wo Bruder Lambertus die Bücher verborgen hält, die nicht für die Augen der gewöhnlichen Mönche bestimmt sind. Ich fand das Buch mit den schwarzen Ritualen, das mit den Worten incipit liber artis magicae *beginnt und das unser Konvent vor langer Zeit von den Himmeroder Zisterziensern als Gegengabe für das* De anima mundi des Avicenna *erhielt. Zitternd las ich die furchtbaren Anweisungen durch, die ich würde ausführen müssen. Währenddessen stärkte ich mich immer wieder durch Gebete zu den Heiligen und zur allerheiligsten Jungfrau.*

Noch in derselben Nacht suchte ich die vier Brüder, die ich zum Schutze der Reliquien auserwählte, in ihren Zellen auf und tötete sie so, wie es das Ritual vorschreibt. Es waren die schlimmsten Gesellen, die je in unserem Orden weilten: Saufbrüder, Hurenbrüder, Mordbuben. Dem ersten trieb ich zwei lange Nägel durch die Augen. Er war so betrunken, dass er es vermutlich kaum bemerkte. Dem zweiten entnahm ich das Herz; ihn musste ich zuerst mit seinem Kissen ersticken. Dem dritten schnitt ich den Kopf ab. Den vierten erwürgte ich, danach nahm ich seinen Oberschenkelknochen an mich. Die Leichname steckte ich samt allen blutigen Laken und Tüchern in die groben Säcke, in denen wir für gewöhnlich unsere Mitbrüder beerdigen. Das andere trug ich zur Kirche. Vor dem Altar führte ich das Ritual durch, mit dem ich die Dämonen erweckte, die fortan über die Reliquien wachen werden. Jeder, der ihnen zu nahe kommt – auf welche Weise auch immer – wird ihre verderbliche Macht spüren.

Am Morgen ließ ich die vier Brüder beerdigen, über deren Tod ich ungeheuerliche Geschichten in Umlauf brachte. Keiner stellte sie infrage. Dann stahl ich mich fort und ging auf eine Reise, von der ich erst am nächsten Tag zurückkehrte. Ich habe die Herzen geborgen und die Körper so bearbeitet, dass sie den Weg zum Allerheiligsten demjenigen weisen, der Augen hat zu sehen, und dessen Glaube stark genug ist, um zu vertrauen und zu finden. Die Körper werden ausgesandt werden, und wenn die Zeit reif ist und die Teufel wieder in der Hölle gebannt sind, dann wird das Allerheiligste im Triumphzuge zurückkehren.

Alles geschah zur höheren Ehre Gottes.

Ich werde nun den einzigen Weg gehen, der mir noch übrig bleibt, und ich weiß, dass es so sein muss. Mein Grabstein ist errichtet. Der Herr sei meiner armen Seele gnädig.«

Jansen lehnte sich zurück und seufzte. Schweigen senkte sich über das Zimmer; nicht einmal die zur Landung ansetzenden Flugzeuge waren mehr zu hören.

Victor schüttelte den Kopf. Was für eine wirre und schreckliche Geschichte! Er sah Maud von der Seite an. »Seltsame Ebenen des Wissens und der Erkenntnissicherheit«, murmelte er und fragte sich, woher aufgeklärte Zeitgenossen des Abtes wie Immanuel Kant nur die Kraft genommen hatten, sich ihres Verstandes zu bedienen, während der Mönch durch den frömmelnden Wahnsinn zum Mörder geworden war.

Maud fuhr sich langsam und nachdenklich mit der Hand durch ihre Haare. »Was weiß man über die Reliquien, die der Abt benennt?«

Jansen massierte seine buschigen Brauen. »Bevor ich diesen Text gelesen habe, wusste ich nicht einmal, dass es sie gibt«, gestand er. In seinen hellblauen Augen lag dieselbe Verständnislosigkeit, die auch Victor verspürte.

»Also ist ihr Aufenthaltsort unbekannt«, folgerte Maud. »Könnte es sein, dass die Quaeriten hinter diesen Reliquien her sind?«

»Oder hinter den Reliquiaren?«, fragte Victor. »Vielleicht sind sie sehr wertvoll.«

»Ich glaube nicht, dass es hier um materielle Werte geht«, meinte Jansen. »Es stimmt zwar, dass manche Reliquiare sehr kostbar sind, aber das trifft meist nur bei äußerst wichtigen Heiligen zu. Denken Sie zum Beispiel an das Kopfreliquiar Karls des Großen oder an den Schrein der Heiligen Drei Könige in Köln. Ich kann mir allerdings nicht vorstellen, dass die in der schriftlichen Beichte genannten Heiligen in den Genuss so wertvoller Reliquiare gelangt sind, vielleicht mit Ausnahme des heiligen Johannes.«

»Dann wird es wohl eher um die Reliquien gehen«, sagte Maud und fügte die Finger unter dem Kinn zu einem Dach zusammen. »Der Abt nennt sie etwas ganz Besonderes. Und gegen Ende seiner Beichte spricht er von Herzen und von Körpern. Sind damit die ermordeten Mönche gemeint?«

»Ich habe keine Ahnung«, gestand Jansen ein.

»Der Abt schreibt, er habe nur einem der Mönche das Herz entfernt«, warf Victor ein und kratzte sich an den Stoppeln seines Dreitagebartes. »Später spricht er aber von Herzen. Könnte es sein, dass es eine blumige Umschreibung für die Reliquien selbst ist? Nach dieser Lesart wären die Körper die Umhüllungen, also die Reliquiare.« Er sah den Geistlichen fragend an.

Jansen warf einen Blick auf das Ende des Textes. »Hier steht *deprompsi corda*. Ja, das wäre möglich.«

»Er schreibt weiter, dass er die Körper bearbeitet hat, damit sie den Weg zu den Herzen, also zu den Reliquien weisen«, führte Maud den Gedanken fort. »Also können wir davon ausgehen, dass diese Reliquiare Hinweise auf den Aufenthaltsort der Reliquien enthalten, die der Abt versteckt hat – irgendwo in der weiteren Umgebung seines Klosters, da er nur eine Tagesreise dafür benötigte.«

Jansen hob anerkennend die Brauen. »Das ist einleuchtend«, gab er zu. »Professor Leclerc, Sie sagten, Sie sind in der Nähe von Lautenbach aufgewachsen. Sind Ihnen irgendwelche Legenden über das Kloster bekannt, die im Zusammenhang mit unseren Dokumenten stehen könnten?«

»Nein«, antwortete Victor. »Wir haben in der Schule lediglich gelernt, dass es sich um ein Benediktinerkloster gehandelt hat, das unter Napoleon aufgelöst wurde.«

»Das ist alles?«, fragte der Jesuit.

»Nun ja, einmal haben wir mit der Klasse einen Ausflug dorthin gemacht«, sagte Victor. Es war keine angenehme Erinnerung. Hannes und Paul, die beiden schlimmsten Rabauken der Klasse, hatten ihm auf dieser kleinen Reise das Leben zur Hölle gemacht. In den Ruinen hatten sie versucht, ihm Angst einzujagen. Das allerdings war ihnen nicht gelungen. Dann wollten sie ihn verprügeln, und er war ihnen geschwind entwischt – auf den Friedhof des Klosters. Victor erinnerte sich an etwas Seltsames, das mit diesen Misshandlungen in Verbindung stand. Paul und Hannes hatten ihn wahllos zu einem der Gräber getrieben, und er war vor ihnen zurückgewichen, bis er den Grabstein im Rücken gespürt hatte. Als er schon befürchtet hatte, heftig verprügelt zu werden, hatten die beiden plötzlich die Augen aufgerissen und waren schreiend davongelaufen. Später hatten sie sich beschwert, Victor habe sie zu Tode erschreckt – aber wie und wodurch, vermochten sie nicht zu sagen.

»Einige Schüler behaupteten, in dem Gemäuer spuke ein schwarzer Abt, dessen Seele unerlöst sei. Das sei zweifelsfrei bewiesen, denn er sei schon von vielen gesehen worden. Ich habe den toten Mönch jedoch nie gesehen, und ich kenne auch niemanden, der diesem Gespenst je begegnet ist.« Nach dem lästigen

Klassenausflug war er noch einige Male allein zu der Klosterruine gewandert, wenn nicht die Gefahr bestand, dass seine Mutter die Abwesenheit ihres Sohnes bemerkte. Auch hatte er den Friedhof und das Grab immer wieder aufgesucht und sich an das Gefühl von Macht und Glück erinnert, das er dort empfunden hatte.

»Es würde zu den Taten des Abtes Ludolf passen«, sagte Jansen leise. »Andererseits hat fast jedes Kloster eine solche Legende zu bieten.«

»Und was sagt unser Erkenntnistheoretiker zu alldem?«, fragte Maud Victor halb scherzhaft, halb ernst. Er sah sie an. Ihr rundliches Gesicht war eine einzige Frage, ihre Lippen waren spöttisch gespitzt, aber über ihren Augen lag ein verwirrender Schatten.

Victor zuckte mit den Schultern. »Kant sagt zwar, dass der Skeptizismus der Tod jeder gesunden Philosophie sei. Aber er sagt das Gleiche über den dogmatischen Trotz. Dieser Bericht macht mich nur skeptisch, bis sich sein Wahrheitsgehalt zumindest partiell bestätigt.«

»Gut gesagt, Her Professor«, meinte Maud. »Könnte eine partielle Bestätigung vielleicht in dem Umstand liegen, dass nachweislich bereits zwei Menschen im Zusammenhang mit diesem Dokument gestorben sind – die vier armen Mönche nicht eingerechnet?«

»Nein. Eine Verbindung zwischen diesen Ereignissen und den Behauptungen des Abtes ist nicht zwingend gegeben.« Victor saß auf der Kante des Sofas und hatte den Kopf auf die Hände gestützt. »Ich sehe nicht, wieso diese Beichte oder der Visitationsbericht für den Tod von zwei Menschen verantwortlich sein sollen.«

»Ihre rationalistisch-aufgeklärte Haltung mag Ihnen diesen Zusammenhang nicht verdeutlichen«, sagte der Jesuit, der abwehrend die Arme vor der Brust verschränkte und nun wie ein Sinnbild von Starre und Kälte wirkte. »Ich hingegen muss immer wieder an zwei Sätze aus dem Bericht des Abtes denken.« Er sah in den Kopien nach und zitierte: *»Vor dem Altar führte ich das Ritual durch, mit dem ich die Dämonen erweckte, die fortan über die Reliquien wachen. Jeder, der ihnen zu nahe kommt – auf welche Weise auch immer – wird ihre verderbliche Macht spüren.«*

* * *

Als Jansen mit den Kopien der Dokumente die Wohnung verließ, verabschiedeten ihn Maud und Victor mit den besten Wünschen für seine Heimreise.

»Nun wird sich für Sie und den Schwarzen Papst sicherlich alles klären«, sagte Victor, während er dem Jesuiten die Hand reichte.

»Das bezweifle ich. Ich hoffe, dass die Spezialisten in Rom mehr mit den Texten anfangen können, aber ich glaube, wir stehen erst am Anfang des Rätsels. Jedenfalls danke ich Ihnen dafür, dass Sie mir die Kopien überlassen haben.«

»Ich brauche sie nicht mehr«, meinte Victor und lächelte Jansen an. »Ich verstehe sie nicht, und sie haben mir nicht die erhofften Aufschlüsse über den Tod meines Kollegen gegeben. Außerdem werden sie die Kölner Polizei wohl kaum dazu veranlassen, Peter Haenselings Tod noch einmal zu untersuchen. Daher sehe ich keinen Sinn darin, mich weiter mit ihnen zu beschäftigen. Für mich ist diese verwirrende Angelegenheit zu Ende.« Er stellte fest, dass er bei diesen Worten eine tiefe Traurigkeit empfand. Würde Haenselings Tod nun für immer ungeklärt bleiben?, fragte er sich, als er in der offenen Wohnungstür stand, den Jesuiten ansah und seine Hand zurückzog. Erst jetzt bemerkte er, wie weit Haenselings Tod in den letzten Tagen von ihm abgerückt war.

»An Ihrer Stelle wäre ich weiterhin vorsichtig«, sagte Jansen, als er sich langsam zur Treppe umdrehte.

»Warum?«, fragte Maud, die bisher schweigend dabeigestanden und den Geistlichen nachdenklich angesehen hatte.

»Die Quaeriten mögen keine Mitwisser. Ich wünsche Ihnen beiden viel Glück.« Er betrat die Treppe, und es war, als würde er vom Haus verschluckt. Kurz winkte er ihnen noch einmal zu, dann bog er auf dem nächsten Absatz um die Ecke und war verschwunden. Kurze Zeit später hörten Maud und Victor, wie unten die Haustür ins Schloss fiel.

Victor atmete auf und machte einen Schritt zurück in die Wohnung. Maud folgte ihm. Sie begab sich kurz in die Küche und kam mit einer Flasche Wein sowie zwei Gläsern zurück. Draußen dämmerte es bereits; die Flugzeuge im Landeanflug krochen wie kleine, schwebende Städte mit unzähligen Lichtern durch den blauen Himmel.

Victor nahm in dem Sessel Platz, in dem vorhin noch der Geistliche gesessen hatte, und Maud machte es sich auf dem Sofa bequem.

Nachdem sie einander zugeprostet und einen Schluck genommen hatten, fragte Victor seine Freundin: »Was hältst du von der ganzen Sache?«

Maud stellte ihr Glas auf den niedrigen Tisch vor ihr, legte die Arme auf die Rückenpolster des Sofas und schlug die kurzen Beine übereinander. »Das ist das Verrückteste, das mir je untergekommen ist«, gestand sie und sah abwechselnd Victor, die grüne Weinflasche und die Bücherwand hinter ihrem Gast an. »Wenn du es nicht wärst, der sie mir erzählt hat, und wenn nicht eben noch auf dem Platz, auf dem du jetzt hockst, ein rätselhafter Jesuit gesessen und uns eine unglaubliche Geschichte vorgelesen hätte, dann würde ich das alles als ... wie sagt man ... Spinne abtun.«

»Spinnerei«, verbesserte Victor sie grinsend. Es tat ihm gut, wenn sie einmal einen Fehler machte. Im Vergleich zu ihrem Deutsch kamen ihm seine Kenntnisse der englischen Sprache jämmerlich vor.

Sie erwiderte sein Grinsen. »Und jetzt geht uns das alles nichts mehr an, denn die Kopien sind auf dem Weg zum Schwarzen Papst. Was für ein Titel! Er klingt gruselig, nicht wahr?«

Victor nahm noch einen Schluck Wein und schaute aus dem Fenster. Drüben, im nächsten Haus jenseits des Rasens und der niedrigen Eiben, sprangen Lichter an, und Personen bewegten sich in Zimmern, die für ihn völlig andere Lebenswelten darstellten. Was wusste man schon von dem, was in der eigenen unmittelbaren Nähe vor sich ging? Konnte man es überhaupt erkennen? George Berkeley hatte angenommen, man wisse nur das sicher, was man gerade wahrnahm. Nur Gott, schrieb der alte irische Bischof, nahm alles wahr. *Wollte* ein Mensch denn alles wissen? Nach Aristoteles strebten alle Menschen von Natur aus nach Wissen. Victor hatte diesen Satz vor seinen Studenten oft genug angezweifelt; als Grund für den Zweifel hatte er zumeist genau diese Studenten angeführt. Ihre oft desinteressierte Haltung war ihm immer als unverständlich erschienen, doch jetzt fragte er sich selbst, ob er *wissen* wollte.

»Ich würde gern wissen, ob es diese Quaeriten wirklich gibt«, sagte Maud mitten in seine verschwommenen Gedanken hinein und stand auf. »Komm, wir befragen die Zaubermaschine.«

Sie lief in ihr Arbeitszimmer – ein kleiner Raum am äußersten Ende der großen Wohnung, in dem es im Gegensatz zu den übrigen ordentlichen und aufgeräumten Zimmern aussah, als hätte eine Bombe eingeschlagen. Kataloge, Notizen und Bücher lagen verstreut auf dem Schreibtisch, dem abgeschabten Ohrensessel, auf der kleinen rosafarbenen Anrichte aus ihren Kindertagen und auf dem Boden, sodass kaum ein Platz unbedeckt war. Leichtfüßig tänzelte Maud über das Chaos hinweg, während Victor vorsichtshalber in der Tür stehen blieb.

»Keine Angst, hier beißt nichts«, rief Maud ihm zu, als sie ihren Laptop aufklappte und einschaltete. »Komm her.« Sie schob ein paar Auktionskataloge von Christie's – der Konkurrenz – mit einer vehementen Handbewegung von ihrem Stuhl und setzte sich vor den Computer.

Victor wagte sich an die Durchquerung des Meeres aus Farben und Formen und achtete sorgsam darauf, dass er auf nichts trat. Schließlich hatte er Mauds Stuhl erreicht und stellte sich daneben. Gedankenverloren legte er die Hand auf ihre Schulter. Maud schien diese Berührung gar nicht wahrzunehmen; sie war im Internet, war eingetaucht in die virtuellen Welten von Google & Co. Er ließ die Hand auf ihrer Schulter, denn ihr lebendiger, warmer Körper fühlte sich beruhigend an. Und tröstend.

»Nichts«, schimpfte sie nach einer Weile. »Ich sage es immer, dass dieses Internet-Ding nicht so groß ist, wie sie alle sagen.« Sie drehte sich ihm zu, und er nahm sofort die Hand weg. »Keine Quaeriten.« Sie surfte noch ein wenig, aber es ergaben sich nicht die geringsten Hinweise auf eine Geheimgesellschaft dieses Namens.

Aber Maud wäre nicht Maud gewesen, wenn sie nicht eine weitere Idee gehabt hätte. Sie huschte ins Wohnzimmer, tätigte einen langen Anruf und kehrte schließlich seufzend in ihr Arbeitszimmer zurück, in dem Victor noch immer neben dem Schreibtisch stand. »Morgen wirst du einen sehr seltsamen Menschen in dieser an seltsamen Menschen reichen Stadt kennen lernen«, sagte sie und zwinkerte ihm zu. »Er ist die größte Koryphäe des Absonderlichen und besitzt eine Bibliothek, um die ihn sogar die British Library beneidet. Aber er ist nicht ganz einfach.«

»Nicht ganz einfach?«

»Du wirst schon sehen …«

* * *

Am nächsten Morgen standen Victor und Maud vor einer mit Graffiti besprühten Eisentür in einem Hinterhof an der Kay Street im Londoner East End. Maud erklärte jetzt, woher sie den Mann kannte, der ihnen nach langen Verhandlungen seine Bibliothek zur Verfügung stellen wollte. »Vor sieben Jahren haben wir einen wesentlichen Teil der Sammlung Lenkiewicz versteigert. Das war ein Maler aus Plymouth und dazu ein Bibliomane. Seine Bibliothek hatte einen Gesamtwert von mehreren Millionen Pfund, und während mein Kollege Paul die okkulten Bücher bearbeitet hat, war es meine Aufgabe, mich um die Kupferstiche zu kümmern. Lenkiewicz war an einige wundervolle Stiche Hans Baldung Griens gekommen, die nirgendwo verzeichnet sind; es waren hauptsächlich Darstellungen Adams und Evas im Paradies. Paul nannte mir den Namen des Mannes, den wir heute besuchen – und den ich dir nicht verraten werde, denn darum hat er mich gestern am Telefon inständig gebeten –, und er konnte mir mitteilen, dass es sich um Fälschungen aus dem 18. Jahrhundert handelt. Es wäre höchst peinlich für mich gewesen, wenn ich sie in den Katalog gesetzt hätte.«

Maud drehte sich um, und Victor folgte ihrer Bewegung. In dem fernen Durchgang zu diesem schäbigen Hinterhof war der Schatten eines Jungen auf einem Fahrrad zu sehen, bevor der Sonnenschein draußen ihn fraß.

Die Tür schwang auf. Maud machte einen Schritt hinein in einen hell erleuchteten Korridor, und Victor folgte ihr rasch, nachdem er einen Blick zurück auf die sich wieder schließende Tür geworfen und den Eindruck gehabt hatte, etwas Finsteres, Unförmiges sei mit ihnen in den kahlen, aus Beton gegossenen Gang geschlüpft.

Der von Neonröhren an der Decke beleuchtete Gang endete vor einer geschlossenen Tür. Während Maud behutsam klopfte, schaute sich Victor um. Er sah nichts und niemanden, aber er hatte den Eindruck, als ob das Licht schwächer geworden sei – als ob ein Schleier vor den Neonröhren liege.

Die Tür schwang auf; niemand stand hinter ihr. Maud machte einen raschen Schritt hinein in den Raum; Victor schlüpfte hinter ihr durch die Tür, die sich wieder wie von Geisterhand schloss. Sie standen in einer anderen Welt.

In einer Welt der Bücher. Es war unmöglich zu sagen, wie groß der Raum war, in dem sie sich befanden. Es war unmöglich zu sagen, welchen Umriss er hatte und wo die Wände waren. Überall reichten die Regale bis an die etwa vier Meter hohe Decke. Sie standen in regelmäßigen Abständen zueinander, bildeten Gevierte mit je einer offenen Seite, und diese Gevierte schienen sich bis in die dämmerige Unendlichkeit fortzusetzen. Alte Ledereinbände schimmerten zwischen neuen Büchern mit grellbunten Umschlägen, ehrwürdige Goldprägungen wetteiferten mit schreiender moderner Typographie. Unmittelbar vor ihnen führte ein Gang zwischen den Bücherkojen hindurch, der sich ebenfalls im Dunkel verlor. Nirgendwo war ein Fenster zu sehen; das einzige Licht drang aus zweckmäßigen Strahlern, die sowohl an der Decke als auch an den Betonpfeilern befestigt waren, welche die Decke zu tragen schienen.

Und nirgendwo war der Hausherr zu sehen.

»Er hat Angst vor Einbrechern – natürlichen und übernatürlichen«, flüsterte Maud. »Irgendwo in diesem Labyrinth werden wir auf ihn stoßen. So war es auch beim letzten Mal.«

Als sie den Gang entlangschritten, warf Victor immer wieder Blicke nach links und rechts in die bücherstarrenden Kubikel. Hier und da bemerkte er einen Sessel oder ein Sofa, einmal sogar einen Fernseher mit Flachbildschirm.

»Warum zeigt er sich nicht?«, fragte Victor leise.

»Er will uns zuerst beobachten. Hier sind überall Kameras versteckt.«

Victor schaute sich mit Unbehagen um. Nirgendwo entdeckte er eine verräterische Linse. Einmal blieb er stehen, ging in eine Koje zu seiner Linken und betrachtete kurz die Buchrücken. Es waren Werke über den Teufel und über Dämonen. *De la Démonialité, The Life of the Devil, Traktat über den Teufel, Satan: A Portrait, History of the Devil* ... Nicht die Titel entsetzten ihn, sondern ... der Geruch ... die Atmosphäre ... die Schattennester hinter und über den Büchern ... Victor machte einen Schritt zurück.

»Komm«, sagte Maud.

Victor hatte den Eindruck, als wandle er durch einen beklemmenden Traum. Eine solche Sammlung in Privathand hatte er noch nie gesehen. Aber sie war nicht beeindruckend, sondern beängstigend. Ihm war, als habe die Zusammenballung des Irrationalen in diesem fensterlosen Gemäuer zu einer Art von kritischer Masse geführt, die jederzeit zu einer unstofflichen, atmosphärischen Explosion führen konnte.

Victor schüttelte den Kopf und lief hinter Maud her, die schon einige Regale weiter gegangen war.

»Guten Tag.«

Die Stimme kam von links, aus dem Halbdüster. Sie war sehr leise und klang, als sei sie durch irgendetwas gedämpft. Maud bog nach links ab, und schließlich trafen sie in einem der Kubikel auf ihn.

Drei Ledersessel, ein kleiner Tisch, zwei alte Bücher darauf.
Und ein Halbwesen.

Halb Mensch, halb Ziegenbock.

Maud nahm mit zitternden Bewegungen in einem der Sessel Platz. Sie schien einiges erwartet zu haben, aber nicht das. Victor tastete sich vorsichtig zu dem anderen Sessel, während er das erschreckende Geschöpf nicht aus den Augen ließ. Es war grotesk.

Auf einem menschlichen Körper, der in einem eleganten Zweireiher steckte, saß ein zotteliger Bockskopf mit beeindruckendem Gehörn. Verstohlen schaute Victor auf die Füße des Wesens und erwartete bereits, auch einen Bockshuf zu sehen, doch stattdessen sah er nichts anderes als teure Maßschuhe.

»Ich kann nicht behaupten, dass ich mich freue, Sie wiederzusehen, Miss Gwynne«, sagte das Wesen mit seltsam gedämpfter Stimme. Victor bemerkte, dass sich das Bocksmaul nicht bewegte. »Und vor allem ist es mir nicht lieb, dass Sie einen Begleiter mitgebracht haben. Aber der Grund Ihres Besuchs rechtfertigt vieles.«

Natürlich. Es war eine Maske. Oder ob es doch ein echter Bockskopf war? Victor spürte, wie ihm übel wurde.

Das Wesen sprach weiter: »Sie sagten am Telefon, dass es um die Quaeriten gehe?«

Maud nickte. »Was wissen Sie über diese Geheimgesellschaft?«

»Sie sind keine Geheimgesellschaft.«

Fast glaubte Victor, nach dem letzten Wort ihres rätselhaften Gastgebers ein leises, meckerndes Lachen zu hören.

»Was sind sie dann?«, fragte Maud.

»Sie bedienen sich etlicher Menschen zum Erreichen ihrer dunklen Ziele, aber es heißt, dass sie selbst nichts anderes als Dämonen sind.«

Die Worte des Wesens waren genauso verrückt wie sein Äußeres. Was tun wir hier?, fragte sich Victor. Aber er konnte nicht leugnen, dass es ihm bei den Worten des Hausherrn kalt über den Rücken lief.

»Dämonen?«, fragte Maud ungläubig und beugte sich ein wenig vor.

»Man sagt, sie sind halbstofflich.«

»Dafür haben sie aber einen ziemlich harten rechten Haken", warf Victor ein, als er sich an den Überfall im Flughafen erinnerte. Musste er sich diesen Unsinn wirklich noch länger anhören?

»In der Literatur gibt es kaum Hinweise auf sie«, fuhr der maskierte Mann fort und nahm das oberste Buch von dem kleinen Tisch vor ihm. »Hierbei handelt es sich um *The Secret Societies of Europe in Mediaeval and Early Modern Times* von David Thom, das

1848 als Privatdruck in London erschienen ist. Thom schreibt lediglich, dass ungefähr zu der Zeit, in der Ignatius von Loyola den Jesuitenorden gründete, erstmals in Italien und kurz darauf auch im deutschen Reich eine geheimnisumwobene Sekte aufgetreten sei, die sich die *Querites* nannte. In Italien sei die Inquisition auf sie aufmerksam geworden, weil es Gerüchte über angebliche Teufelsanbetungen ihrer Anhänger gab, und sie wurde ab dem Jahre 1540 verfolgt und angeblich ausgerottet.« Er legte das Buch beiseite und nahm das nächste. »Der einzige andere Hinweis stammt aus einem anonym erschienenen deutschen Lexikon mit dem Titel *Die Sekten und religiösen Institutionen der Gegenwart*, das 1873 bei Manz in Regensburg erschienen ist. Verstehen sie Deutsch?«

Maud und Victor nickten.

Der Mann las mit starkem Akzent vor: »*Quaeriten (von lat. quaerere) – Sekte, deren Ursprünge angeblich im 16. Jh. liegen (südl. der Alpen nach Thom), zu Beginn dieses Jahrhunderts in Paris und Rouen wieder hervorgetreten, beschäftigt sich nach Aussage eines Abtrünnigen mit Teufelskult und Dämonenverehrung.*«

»Das ist alles?«, fragte Maud ungläubig.

Das Bockshaupt nickte.

»Woher haben Sie denn Ihre Informationen über die Halbstofflichkeit der nichtmenschlichen Wesen?«, wollte Victor wissen.

Ein Seufzen drang aus dem reglosen Bocksmaul. »Ich gehöre zu ihnen.«

Diese Worte sanken wie Steine in Victors Bewusstsein ein. Er spürte, wie er sich versteifte. Flucht war sein erster Impuls. Er warf Maud einen raschen Blick zu. Sie hatte die Augen aufgerissen.

»Bleiben Sie«, beeilte sich das Bocksgesicht zu sagen. »Ich bin nicht einer von ihnen. Sie haben meine Bibliothek benutzt. Sie sind nicht allwissend, aber sie sind sehr mächtig. Sie haben mich in der Hand. Ich habe mich auf einer anderen Ebene mit ihnen eingelassen.«

»Wo sind sie?«, fragte Maud. »Was kann man gegen sie tun?«

Das Bocksgesicht lachte meckernd. »Ich habe keine Ahnung. Sie kommen und gehen wie der Wind. Wie sind Sie mit ihnen in Berührung gekommen?«

Maud berichtete von der Suche der Quaeriten, deren Gegenstand ihnen noch unbekannt sei.

»Ah, die Suche«, sagte der Mann. »Die ewige, die große Suche. Sie ist größer, als Sie es sich vorstellen können. Und Sie sind darin verwickelt worden?«

»Worum geht es?«, fragte Victor, dessen Wut allmählich seine Angst überwog.

»Es ist besser, wenn Sie es nicht wissen. Im Unwissen liegt Ihre einzige Chance, auch wenn sie gering ist. Aber da Sie noch leben, sind Sie bereits ein Teil der großen Suche geworden. Die Quaeriten töten jeden, der ihre Kreise stört. Und jeden, der um ihre Existenz weiß.«

»Und warum leben Sie noch?«, fragte Victor, der sich wie in einem Traumgespinst gefangen vorkam. Die Bücher um ihn herum schienen auf ihn niederzuglotzen, ihn zu verhöhnen, in seiner Seele zu wühlen. Sie erstickten ihn. Er stand auf, er konnte nicht anders. »Sinnlos, alles sinnlos«, murmelte er. »Komm, Maud, wir gehen.«

»Ich bin der Hüter der Weisheit. Ich bin wertvoll für *sie*«, sagte der Bockskopf. »Ich werde nicht sterben. *Nie.*« Wieder stieß er sein meckerndes Lachen aus.

Maud erhob sich ebenfalls, und sie flohen in den Gang zwischen den Bücherregalen, durch den sie hergekommen waren. Das Lachen hinter ihnen schwoll an.

»Das war keine gute Idee von dir!«, sagte Victor, während er halb ging, halb lief, auf die Tür zu, die weit vor ihm zu sehen war. Sie war geschlossen.

»Ich weiß nicht ...«, murmelte Maud. »Beim letzten Mal war er völlig anders ... oder ... jemand anderes.«

Sie waren bei der Tür angekommen. Bei der geschlossenen Tür. Sie hatte keine Klinke. Hinter ihnen war alles still geworden. Victor warf sich gegen die Tür, aber sie gab nicht nach.

Etwas geschah hinter ihnen. Es war ein Zischen wie von einer gigantischen Schlange, und plötzlich fiel ein rötlicher Schein auf die Tür. Maud und Victor wirbelten gleichzeitig herum. In einiger Entfernung von ihnen loderten grellrote Feuerzungen auf. Sie kamen näher. Schossen näher.

Die Tür flog auf.

Maud und Victor stürzten hindurch; sofort schloss sie sich wieder. Hinter ihr ertönte eine Explosion, die den Gang erschütterte, durch den Maud und Victor nun rannten. Das Licht aus den Neonröhren an der Decke schien zu verblassen. Schatten flossen um sie herum, und Victor glaubte wieder den Modergestank zu riechen, den er auf seiner Flucht in Köln wahrgenommen hatte.

Die klinkenlose Tür nach draußen war geschlossen. Victor spürte, wie es in dem Gang immer heißer wurde. Er stellte sich das Inferno vor, das nun in der gewaltigen Bibliothek toben mochte. »Da hat sich der Bocksgesichtige wohl zu sicher gefühlt«, brummte er.

Die Tür hinter ihnen wurde aus den Angeln gerissen, und die Hitze, die in den Gang quoll, war unerträglich. Die Luft selbst schien zu brennen. Victor versuchte verzweifelt zu atmen. Feuerschatten tanzten an den Wänden und auf der geschlossenen Tür. Er hämmerte gegen sie. Maud half ihm verzweifelt. Die Tür wurde heißer, heißer, immer heißer. Victors Augen tränten. Er schloss sie. Und hörte ein Klacken vor sich.

Die Tür schwang auf. Er öffnete die Augen. Taumelte nach draußen. Hörte es hinter ihm brüllen. Das Feuer. Er zog Maud mit sich, zur Seite, sie warfen sich auf den Boden. Der Gang wirkte wie ein Kamin, die Feuerwalze schoss daraus hervor. Dann schwang die Tür wieder zu, schnitt das Feuer ab, es erstarb, bevor es sich irgendwo festbeißen konnte.

Victor und Maud blieben lange im Schmutz des Hinterhofes liegen, keuchend, nach Luft ringend. Alles war still. Sie starrten die geschlossene Tür an. Nichts verriet, welches Inferno hinter ihr tobte.

Wortlos standen sie auf, verließen den Hinterhof und die Kay Street, die in die belebte Hackney Road mündete. Sie war für Victor wie ein fremder Planet. Maud winkte ein Taxi heran, und sie ließen sich nach Richmond fahren.

Während der ganzen Reise sagten sie kein einziges Wort.

* * *

»Ist das wirklich geschehen?«, fragte Maud, als sie in der Sicherheit ihrer Wohnung im Shene Court saßen.

Sicherheit? Was war Sicherheit?, dachte Victor. »Ich will das alles nur noch vergessen«, sagte er. Sie saßen nebeneinander auf dem weißen Sofa, hielten sich fest, wie Ertrinkende, wie Treibende auf einem Meer der Ungewissheit und des Entsetzens.

»Vergessen ...« Mauds Stimme erstarb. Nach einer Weile sagte sie: »Damals, als ich ihn zum ersten Mal in seiner Bibliothek getroffen habe, war er ein etwas linkischer Mann, der aus Angst vor Bakterien einen Mundschutz trug. Aber er schien durchaus erfreut zu sein, jemandem seine Kenntnisse zur Verfügung zu stellen.«

»Offenbar hat er sie irgendwann danach den Falschen zur Verfügung gestellt«, meinte Victor und hielt Maud noch fester.

* * *

Am nächsten Tag machte er sich auf die Heimreise. Maud musste wieder arbeiten; eine große Sammlung mit sakraler Kunst war für die nächste Auktion zu katalogisieren. Inzwischen hatten sie und Victor sich wieder ein wenig beruhigt – und zweifelten immer stärker an dem, was sie erlebt hatten.

»Vielleicht war es wieder einmal ein Gas, so wie bei mir. Vielleicht war es nur eine Halluzination ...«, sagte Victor kurz vor seinem Aufbruch.

»Vielleicht«, gab Maud zurück.

Vielleicht ...

Siebentes Kapitel

»So unterliegen wir häuffig der Täuschung durch Vermischung der Perceptiones unserer Sinne sowie unserer Sinnlichkeit, wenn unser Verstand erschöpffet ist durch viel erfolgloses Thun.«

Scultetus, *De Veritate Cognitionibus*

Wie fühlen Sie sich?«, fragte Victor, während er angestrengt in das Rotweinglas vor ihm blickte. Dabei wusste er nicht einmal, wie er sich selbst fühlte. Wenn er an das Erlebnis in der Bibliothek des Bocksmannes zurückdachte ... Er war sich nicht mehr sicher, ob er das alles vor wenigen Tagen wirklich erlebt hatte. Maud hatte ihm am Telefon gesagt, dass nichts über die Feuersbrunst im Fernsehen gezeigt worden war, und es stand auch nichts in der Zeitung. Es war, als sei das alles gar nicht geschehen. Sie hatte versucht, den Bocksmann anzurufen. Die Leitung war tot gewesen.

»Ehrlich gesagt geht es mir sehr schlecht«, antwortete Haenselings Assistentin und fuhr sich mit der Hand durch die bereits in Unordnung gebrachten, langen, blonden Haare. Nadja Kellermann wirkte blass und zerfahren. Sie trug wieder ein Kostüm, diesmal ein graues. Es war genauso zerknittert wie das blaue, in dem er sie zuletzt gesehen hatte, und ein kleiner, dunkler Fleck prangte am linken Revers. »Ich kann das alles noch immer nicht glauben«, sagte sie mit gesenktem Blick.

Zwei Tage nach Victors Rückkehr aus England hatte eine außerordentliche Fakultätssitzung stattgefunden. Und wie Victor es erwartet hatte, war ihm zunächst Haenselings Lehrstuhl kommissarisch übertragen worden, bis entschieden war, wann und wie er neu ausgeschrieben wurde. Das bedeutete, dass er auch Haenselings Assistentin übernehmen musste. Und jetzt, einen Tag nach dieser Sitzung, hatte er sie wieder in das kleine Bistro unweit des Campus eingeladen.

Victor hob den Blick und sah Nadja an. Sie schien in den letzten Tagen viel geweint zu haben; ihre melancholischen Augen waren stark gerötet. Jetzt trug sie kaum Make-up, wodurch sie mädchenhafter wirkte. Das Gehabe der geschäftsmäßigen, erfolgreichen jungen Frau, das sowieso eher zu einer Jura-Studentin gepasst hätte, war von ihr abgeplatzt wie spröde gewordene Farbe.

»Sie sollten sich ein paar Tage Ruhe gönnen«, sagte Victor.

Nadja schüttelte den Kopf. »Es müssen für einige Nachzügler noch Scheine ausgestellt und Referate benotet werden, und dazu kommt eine Menge organisatorischer Kram.«

»Das alles kann warten«, sagte Victor sanft. »Es ist wichtig, dass Sie erst einmal an sich selbst denken. Verzeihen Sie mir, wenn ich das sage, aber Sie sehen schrecklich aus.«

Nadja mühte sich mit einem Lächeln ab. »Das war zwar nicht sehr galant, aber es ist wohl wahr«, sagte sie. Das Lächeln schlug in ein Schluchzen um.

Victor saß ihr gegenüber und zwang sich, nichts zu tun. Er hörte der leisen Jazzmusik zu, die aus den Boxen unter der Decke kam.

Nadja beruhigte sich wieder. Sie zog ein Papiertaschentuch aus ihrem Jackett und wischte sich durch die Augen. »Wahrscheinlich verstehen Sie nicht, warum ich so sehr um ihn trauere«, sagte sie leise und nahm einen Schluck Rotwein. Vorsichtig stellte sie das Glas wieder ab und drehte es in ihren langen, perfekt manikürten Fingern hin und her. *»Peter und ich …«* Sie seufzte.

Victor sah sie verblüfft an. Peter und ich … Seit Menschengedenken hatte kein Student Haenseling je beim Vornamen genannt.

»Peter und ich hatten ein Verhältnis«, sagte sie schließlich. Sie spuckte die Worte aus wie einen großen, sperrigen Klumpen.

Victor war zu verblüfft, um etwas darauf sagen zu können.

»Seine Frau und er hatten sich schon lange auseinandergelebt«, fuhr sie fort und richtete den Blick angestrengt auf den Stiel des Glases, das sie immer noch hin und her drehte. »Er war … er war ein wunderbarer Mann, wenn man ihn erst einmal näher kannte. So zärtlich und zuvorkommend. So klug und väterlich. So ganz anders als all diese linkischen, lärmenden Studenten.« Sie lächelte, als sie in ihren Erinnerungen versank.

Peter Haenseling hatte ein Verhältnis gehabt! Victor konnte es nicht fassen. Dieser Moralapostel? Dieser spröde Kerl? Dieser Langeweiler? Er beobachtete Nadja, die den Blick noch immer gesenkt hielt. Ja, sie war eine sehr schöne Frau, und auch sie hatte etwas Sprödes, Abweisendes an sich. Es lag nicht nur an ihrer strengen Kleidung. Die fehlende Schminke jedoch war wie ein Loch in der Festung ihres Selbst. Vielleicht war sie einmal verletzt worden, bevor sie Haenseling kennen gelernt hatte, und er hatte ihr Bewunderung und Schutz geboten. Vielleicht waren sie beide füreinander ein Bollwerk gegen die Welt gewesen. Victor dachte an Peters Frau – an die kalte, überhebliche, beherrschte Hedwig. Würde *er* mit einer solchen Frau zusammenleben können?

»Ich darf also behaupten, dass ich ihn *sehr* gut gekannt habe«, fuhr Nadja fort. »Und deshalb weiß ich, dass er nicht der Mensch war, der einen Selbstmord begeht.«

»Haben denn die Nachforschungen der Polizei noch irgendetwas ergeben?«, fragte Victor und fügte entschuldigend hinzu: »Ich bin einige Tage außer Landes gewesen.« Er schloss die Augen. Nein, das alles konnte nicht wirklich geschehen sein. Das Feuer … *Sie töten jeden, der ihre Kreise stört …*

»Ich habe diesen impertinenten Kommissar gestern noch einmal angerufen«, sagte Nadja und sah ihn aus verweinten Augen an. Sie machten ihn schwindlig vor Schmerz. »Er hat wieder gesagt, es liege ja ein Abschiedsbrief vor, und der Fall sei abgeschlossen. Eine Wiederaufnahme kommt nur in Frage, wenn sich neue Fakten ergeben.« Sie hielt inne. In ihren zerquälten Blick stahl sich eine Frage. Eine bohrende, deutliche, drängende Frage. »Sie haben ihn nicht mehr aufgesucht, wie Sie mir versprochen hatten, oder?«

Victor wand sich peinlich berührt auf seinem Stuhl. An das Versprechen, das er Nadja Kellermann gegeben hatte, hatte er nach dem ganzen Aufruhr der letzten Zeit nicht mehr gedacht.

»Ich … es ging nicht …«, stotterte er und sah nacheinander die

Wand hinter Nadja, sein Weinglas, die Gäste am anderen Ende des Bistros und das Mädchen hinter der Theke an. Er besaß nichts mehr, was er der Polizei vorlegen konnte. Ob der Jesuit die Kopien wieder herausgeben würde? Oder ob er Victor erlauben würde, von ihnen weitere Kopien zu machen? Sollte er Nadja von den Quaeriten erzählen? *Sie töten jeden, der um ihre Existenz weiß ...*

»Ich kann so nicht weiterleben«, sagte Nadja leise. »Ich weiß, dass Peter ermordet wurde, und das Wissen, dass seine Mörder frei herumlaufen, macht mich verrückt.«

Und ihr Leid machte ihn verrückt. Dieses Häuflein Elend, das da vor ihm saß, brach ihm das Herz. »Vielleicht gäbe es da etwas ...«, begann Victor und verstummte. Wenn der Bocksgesichtige ihnen ein Märchen aufgetischt hatte, war es egal. Und wenn er die Wahrheit gesagt hatte, war es ebenso egal, denn dann waren sie dem Untergang geweiht. Victor spürte, dass er sich dagegen sträubte, wie ein Opferlamm zur Schlachtbank geführt zu werden. Nein, er wollte sich wehren. Er *würde* sich wehren. Sein grimmiger Entschluss überraschte ihn selbst.

»Ja?«, fragte Nadja. In ihre blassen Augen trat ein Hoffnungsschimmer. »Werden Sie mir helfen? Wissen Sie mehr als ich? Mehr als die Polizei?«

»Vielleicht könnte ich ja doch noch einmal mit dem Kommissar reden«, meinte Victor.

»Ich wäre Ihnen so dankbar«, sagte Nadja und strahlte ihn an. »Sie wissen gar nicht, wie sehr Sie mir damit helfen würden!« Sie sprang auf, umrundete den Tisch und drückte ihm einen heftigen Kuss auf die Wange. »Ich muss jetzt weg, ich habe noch einen Termin. Bitte rufen Sie mich an, wenn Sie auf dem Kommissariat waren.« Sie rannte aus dem Bistro.

Victor rieb sich nachdenklich das Kinn und die inzwischen wieder glatt rasierte Wange und konnte sich ein Lächeln nicht verkneifen.

* * *

Es dauerte eine Weile, bis Victor in dem unübersichtlichen Polizeigebäude das richtige Stockwerk gefunden hatte, und es dauerte noch länger, bis er in den labyrinthischen Gängen das richtige Kommissariat entdeckt hatte. Man hatte ihm am Empfang gesagt, er solle sich im Vorzimmer von Herrn Kommissar Heinze – offenbar war das der Name des einsamen Wolfes – melden, und genau vor diesem Vorzimmer stand er nun und klopfte.

Er wurde von einer jungen, weiblichen Stimme hereingebeten und öffnete vorsichtig die Tür. Nie zuvor war er in einem Polizeigebäude gewesen, und die vielen Gänge, die geschäftig umhereilenden Uniformierten und die überall aushängenden Plakate mit gesuchten Straftätern riefen in ihm ein vages Gefühl hervor, selbst zu den Schuldigen zu gehören. So trat er sehr leise ein.

Eine kaum erwachsen wirkende Frau schaute zu ihm auf, während ihre Hände weiter über eine Computer-Tastatur flogen. »Was kann ich für Sie tun?«, fragte sie geschäftsmäßig. Sie sah ihn zwar mit ihren grünen Augen an, aber sie schien ihn gar nicht wahrzunehmen.

»Ich suche Herrn Kommissar Heinze«, sagte Victor, der in der geöffneten Tür stehen blieb.

»Der hat jetzt keine Zeit.« Die junge Frau richtete den Blick wieder auf den Bildschirm.

»Es geht um Mord.«

»Hier geht es immer um Mord.«

»Ich habe neue Erkenntnisse.«

»Sind Sie ein Zeuge?«

»Nicht wirklich ...«

»Dann richten Sie ihr Anliegen bitte schriftlich ...«

Die Tür zum Nachbarzimmer ging auf, und der einsame Wolf erschien. Er trug seine Bomberjacke über dem Arm, und seine Haare waren kunstvoll zerzaust. Sein Dreitagebart hatte keine weiteren Fortschritte gemacht. »Was ist los?«, brummte er und sah Victor an. In seinem Blick lag kein Funke des Erkennens. »Wer sind Sie?«

Victor räusperte sich. »Ich komme wegen des Mordes an Professor Haenseling«, sagte er.

Kommissar Heinze kniff die Augen zusammen. »Sie meinen den Selbstmord? Die Akte ist geschlossen.«

»Ich habe neue Erkenntnisse.«

Der Kommissar seufzte, warf der jungen Dame einen raschen Blick zu und sagte: »Schönchen, sag dem Chef, ich komme fünf Minuten später, ja?« Ohne ein weiteres Wort winkte er Victor zu sich heran und verschwand in sein Büro.

Victor folgte dem Kommissar zögerlich. Das Büro wirkte wie aus dem Ikea-Katalog. Glatt, hell, unbenutzt. Nur die schmierigen Fenster, die kaum den Blick auf eine riesige Platane und die dahinter liegende belebte Straße zuließen, zeugten von so etwas wie Wirklichkeit. Der Kommissar warf sich in seinen Bürostuhl und legte lässig die Beine auf den Schreibtisch. Victor sah, dass die Sohlen einseitig abgetreten waren. Plattfüße.

»Also?« Heinze deutete auf den unbequem aussehenden Besucherstuhl.

Victor nahm vor dem Kommissar Platz und erzählte seine Geschichte von den Dokumenten und den Quaeriten. Der Polizist hörte schweigend zu, und als Victor zum Ende gekommen war, fragte er: »Wo sind denn die Dokumente?«

»Gestohlen. Aber ich habe sie, wie ich ebenfalls vorhin schon sagte, in Kopie gelesen.«

»Und wo sind die Kopien?«

»Ich habe sie dem Jesuiten überlassen.«

»Sie sind also mit nichts anderem als mit dieser wirren Geschichte zu mir gekommen und verlangen jetzt von mir, dass ich nur deswegen den Fall neu aufrolle?«

»Es war kein Selbstmord. Haenselings Geliebte kann das bestätigen.«

»Geliebte?«

»Seine Assistentin.« Victor fühlte sich nicht wohl dabei, dass er dem Kommissar diese sehr persönliche Information preisgab, aber seiner Meinung nach verlieh sie Nadja Kellermanns Einschätzung ein größeres Gewicht.

»Aha, seine Assistentin. Geht lustig zu bei Ihnen in der Uni, was?« Kommissar Heinze grinste anzüglich. »Wo ist denn diese

Assistentin? Ich sehe sie nicht. Wartet die etwa draußen?«

»Würden Sie den Fall wiederaufnehmen, wenn sie zu Ihnen kommt und eine Aussage macht?«

»Nein.«

Wenn er jetzt noch von seinem schrecklichen Erlebnis im Londoner East End berichtete, würde ihn der Kommissar gleich in die geschlossene Abteilung einweisen lassen. Es hatte keinen Sinn. Hier kam er nicht weiter.

»Dann wäre das wohl alles«, sagte der Kommissar und nahm die Beine vom Schreibtisch. »Ich habe Wichtigeres zu tun, als mir Ihre Gruselmärchen anzuhören. Wenn Sie mich bitte entschuldigen wollen …« Er deutete auf die Tür.

»Das heißt also, dass Sie nichts zu tun gedenken«, sagte Victor.

»Sie sind ein Blitzmerker«, brummte der Kommissar und schob Victor vor sich aus dem Büro und durch das Vorzimmer.

Die junge Sekretärin schaute nicht einmal auf.

»Einen schönen Tag noch«, sagte der Kommissar, während er sich seine Jacke überstreifte und mit hallenden Schritten den Gang entlanglief.

Victor begab sich zum Aufzug und fuhr hinunter ins Erdgeschoss. Von hier durfte er keine Hilfe erwarten.

Eine Stimme hinter seinem Rücken sprach ihn an, als er vor dem Polizeigebäude stand.

»Wie war es?« Eine weibliche Stimme.

Er zuckte zusammen, drehte sich rasch um – und stand vor Nadja. »Haben Sie hier auf mich gewartet?«, fragte er verblüfft.

Sie lächelte ihn an; jetzt trug sie wieder Make-up. Ihr dunkelroter Blazer und die dazu passende eierschalenfarbene Hose waren frisch wie aus dem Laden. Sie wirkte fremd. Wie eine unsichere Interpretation ihrer selbst. »Ja«, sagte sie. »Wird der Fall neu aufgerollt?«

»Nein.«

Ihr Gesicht wurde zu einer Maske der Enttäuschung. »Warum nicht?«

»Ich habe dem Kommissar die neuen Fakten in allen Einzelheiten mitgeteilt, aber …«

»Die neuen Fakten? Was für neue Fakten? Verschweigen Sie mir etwas?«

»Nein …«, wand sich Victor. Er hatte sich verplappert.

»Haben Sie mir etwas zu sagen?« In ihrer Stimme lag jetzt eine gewisse Schärfe.

»Nicht hier.« Er sah sich rasch um. Der Verkehr umtoste das Polizeirevier in der Innenstadt, das wie ein monolithischer Block aus dem Häusermeer der Umgebung aufragte. Vereinzelte Platanen und Linden versuchten vergeblich den Eindruck von grüner Ruhe zu vermitteln, und die romanische Kirche Sankt Georg gegenüber sah gelassen dem Treiben einer ihr fremden Zeit zu. Victor nickte in ihre Richtung. »Kommen Sie. Ich muss Ihnen etwas mitteilen. Der Kreuzgang von Sankt Georg ist ein sehr ruhiger Ort.«

Sie überquerten die lärmende Straße, und als sie die Kirche betraten, war es, als weiche die Gegenwart zurück. Kühl war es hier – und dunkel. Victors Augen benötigten eine Weile, bis sie sich an das Zwielicht gewöhnt hatten.

Links neben einer Madonnenstatue und unzähligen Votivtafeln befand sich eine schmucklose Tür mit einer Glasscheibe darin. Dahinter lag der kleine Kreuzgang. Victor hielt Nadja die Tür auf, und sie setzten sich auf die erste Bank unter einer schmalen Überdachung. Bunte Mosaike mit den Kreuzwegstationen waren in die weißen Wände des Hofs eingelassen; sie stammten von Jan Thorn Prikker. Die Innenfläche des Hofgevierts bestand aus Rasen, einige Grabsteine wuchsen aus dem Grün hervor.

Victor sah Nadja nachdenklich an. Ihre blassblauen Augen blickten besorgt und ängstlich zu ihm auf.

»Worum geht es hier überhaupt?«, fragte sie. »Ich kann kaum mehr schlafen. Die Gedanken an Peter und das, was mit ihm passiert ist, lassen mich nicht mehr los.«

»Wann ist eigentlich seine Beerdigung?«, fragte Victor in der Hoffnung, sie von ihrem Anliegen abzulenken.

»Morgen.« Ihre Augen füllten sich wieder mit Tränen. Sie holte ein Taschentuch hervor.

In der Fakultätssitzung war der Termin noch nicht bekannt

gegeben worden; sicherlich hatte Victor den Aushang übersehen. Er würde an der Beisetzung teilnehmen müssen. »Wo wird er beerdigt?«, wollte er wissen.

»Auf dem Melaten-Friedhof. Ich vermisse ihn so.« Sie sah ihn an. Das sanfte Blau war nun rot umrahmt. »Sie haben neue Erkenntnisse?«

Victor zog die Schultern hoch. »Ich weiß nicht, was ich von alldem halten soll«, sagte er vorsichtig. Er gab sich einen Ruck und erzählte ihr von dem Einbruch in sein Büro, von dem Überfall auf ihn, von den Dokumenten und von Jansen. Als er damit fertig war, fühlte er sich leichter. Und leer. Sein Erlebnis in London hatte er ihr verschwiegen – er wollte sie nicht noch mehr aufregen.

Nadja saß eine Weile still da. Über ihnen sang eine Amsel, die auf dem schmalen Schindeldach des Kreuzganges saß. »Das bestätigt meine Vermutungen«, sagte sie. »Ich wusste, dass Peter in etwas Schreckliches verwickelt war. Ganz deutlich sehe ich ihn vor mir, wie er beiläufig seine Verabredung erwähnt – an seinem Todestag. Ich sehe noch die Angst in seinen Augen. Ich vermute, dass er nicht zu diesen Quaeriten gehörte, ihnen aber durch die Ersteigerung der Dokumente geholfen hat – helfen musste, um genauer zu sein.«

»Gab es etwas, womit man ihn erpressen konnte?«, fragte Victor.

Nadja schüttelte den Kopf. »Ich weiß es nicht. Ich kann es mir nicht vorstellen. Vielleicht war es unsere Beziehung. Vielleicht bin ich schuld an allem. Ich ertrage das nicht mehr ...« Sie verstummte und kämpfte wieder mit den Tränen. »Wir müssen die Mörder finden. Das ist sein Vermächtnis an uns! Sie kennen die Dokumente, wegen denen er sterben musste. Sie müssen sie wiederbeschaffen.«

Die Amsel flog weg, nahm ihr Lied mit, und als wäre ein Vakuum übrig geblieben, füllte sich der kleine Kreuzgang mit Stille.

Achtes Kapitel

»So mancher, der ob erfolgreichen Thuns glaubet, sich stets auff die Perceptio seiner Sinne und die Thätigkeit seines Verstandes verlassen zu können, lauffet ebenso in die Irre wie der Ermattete. So mancher jedoch, der ob vorher gegangener Misserfolge seinen Perceptiones und seinem Verstande nur wenig Zutrauen darbringet, vermag ob seines Zweiffelns in anderen größtes Vertrauen auszulösen.«

Scultetus, *De Veritate Cognitionibus*

Das Erste, was ihn überfiel und ihm beinahe den Atem nahm, als er das Flughafengebäude verließ, war die Hitze. Das Zweite war der Lärm. Hupen, laute Stimmen, knatternde Motoren, quietschende Bremsen, aufheulende Reifen. Benno Jansen hätte sich am liebsten in das kühle Innere der Ankunftshalle zurückgeflüchtet und den nächsten Flieger nach Köln genommen. Aber er hatte klare Anweisungen.

Also nahm er sich ein Taxi und nannte dem Fahrer, einem untersetzten, schwitzenden Mann mittleren Alters, seine Zieladresse. Der Fahrer brummte etwas Unverständliches, das Taxi fuhr los.

Vom Flughafen in Fiumicino bis in die Innenstadt war es ein weiter Weg. Jansen kurbelte das Fenster ein wenig herunter, und warmer Wind drang in das Innere des etwas säuerlich riechenden, älteren Fiat. Sie rasten auf einer dreispurigen Autobahn auf die Stadt zu; bisweilen machte der Fahrer eine vierte Spur auf, wenn es ihm zu langsam voranging. Der kleine Wagen schaukelte und schlingerte gefährlich. Irgendwann bog er von der Autobahn ab und fraß sich durch hässliche Vorstädte, Industriegebiete und brachliegende Flächen. Die Sonne brannte; der angenehme Londoner Frühling war einem unerträglich heißen südländischen Sommer gewichen. Jansen spürte, wie er in seinem schwarzen Anzug immer stärker schwitzte. Er zerrte an dem weißen Kragen, aber auch das brachte keine Linderung. Schweißflecken bildeten sich auf dem kleinen Koffer, den er in den verkrampften Händen hielt. Darin befanden sich neben wenigen Notwendigkeiten des täglichen Lebens sowie einigen Kleidungsstücken die Fotokopien, die der Professor ihm überlassen hatte. Jansen freute sich darauf, sie loszuwerden und wieder in sein liebgewonnenes, ruhiges Leben als Ordenshistoriker zurückzukehren, an das er sich nach den furchtbaren Jahren in Nicaragua so sehr gewöhnt hatte.

Mehrfach ertappte er sich dabei, dass er aus dem Rückfenster schaute, aber niemand schien den immer noch mit halsbrecherischer Geschwindigkeit dahinrasenden Fiat zu verfolgen.

Nun drangen sie in das Straßengewirr des lauten, wunderschönen, beängstigenden, beeindruckenden, heiligen, sündigen Rom ein. In der Ferne erkannte Jansen die Kuppe des Petersdoms. Kurz darauf überquerten sie den grün schillernden Tiber und fuhren geradewegs in die Altstadt hinein.

Es dauerte lange, bis das Taxi die verstopften Straßen hinter sich gelassen hatte und auf den Largo Argentina einrollte, einen Platz unweit des Pantheons, an dem Jansens erstes Ziel lag. Der Wagen hielt in der Via di Torre Argentina vor der Hausnummer 47, wo sich die Pensione Barrett befand, in der Jansen auch bei seinem letzten Rom-Besuch abgestiegen war.

Er stieg aus dem Wagen, bezahlte den Fahrer und sah sich um, nachdem das Taxi hupend und quietschend davongebraust war. Jansen betrachtete die Säulen und Überreste der römischen Mauern auf der Piazza Argentina, über die inzwischen die Schatten der benachbarten Häuser schlichen. Jansen kniff die Augen zusammen. Regte sich da nicht etwas zwischen den Mauerresten, etwas Schwarzes, dunkler noch als die Schatten des allmählich herankriechenden Abends? Die großen Zypressen und Eiben auf dem eingezäunten Platz wirkten wie Wächter eines uralten Geheimnisses.

Jansen packte seinen Koffer fester und betrat die Pension.

Er wurde bereits erwartet; ein Zimmer war für ihn gebucht. Die Signora erkannte ihn sogar wieder – »*Ah, il signore tedesco*« – händigte ihm den Schlüssel aus und führte ihn über die knarrende Treppe in den ersten Stock des alten Hauses.

Es war dasselbe Zimmer wie beim letzten Mal. Als die Pensionswirtin den Raum verlassen hatte und Jansen endlich allein war, ließ er die Jalousie vor dem Fenster herunter, das auf den Platz mit den römischen Tempelresten blickte, und zog sein Jackett aus. Er setzte sich in den alten Polstersessel und starrte das Bett an, auf dem er seinen Koffer abgelegt hatte.

Früher war er gern gereist, hatte Missionsarbeit geleistet und sich stets um den Einsatz im Ausland beworben, aber seit Nicaragua war alles anders geworden. Er betrachtete die Brandnarben an seinen Handflächen, die von den Folterungen der Contras herrührten. Es war schon so lange her, aber die Wunden schmerzen immer noch; sie hatten sich bis in seine Seele gefressen. Er schloss die Augen.

Und sofort waren die Bilder wieder da. Der Commandante, der versuchte, aus ihm Informationen über die Lager der Sandinisten herauszupressen, die er in seiner Eigenschaft als Geistlicher gelegentlich besuchte, die Fliegen, die sich auf dem von glühenden Zigarrenspitzen verbrannten Fleisch niederließen, der Lärm irgendwo draußen auf der Straße, dann seine Flucht in einem unbeobachteten Augenblick. Er war bis zu einem Jeep der Contras gekommen, der hinter dem verfallenden Haus geparkt war; der Schlüssel hatte gesteckt, denn niemand würde es je wagen, eines dieser Autos zu stehlen. Einige Bewaffnete hatten sich ihm in den Weg gestellt.

Und er hatte sie einfach überfahren, während die Kugeln aus ihren Maschinengewehren die Windschutzscheibe zertrümmerten und ihm um die Ohren flogen. Später erfuhr er, dass er bei seiner Flucht drei Menschen getötet hatte.

Diese Wunde schwelte noch stärker als die Brandnarben an seinen Händen. Seitdem hatte er sich nie wieder hinter das Steuer eines Wagens gesetzt. Und seit seiner Rückkehr aus Nicaragua hasste er Reisen – egal wohin.

Aber er war zu Gehorsam verpflichtet, und wenn man ihm auftrug, eine Reise zu unternehmen, dann tat er es. Er kannte die Notwendigkeit und den Nutzen des Gehorsams. Er gab Kraft und machte das verbleibende Leben ein wenig erträglicher. Jansen öffnete die Augen wieder und sah sich im Zimmer um.

Die verblichene Blumentapete. Der durch das ein wenig geöffnete Fenster hereinströmende Straßenlärm. Die kreischende Straßenbahn, die vor dem Haus entlangfuhr. Der alte Teppichboden. Die Einsamkeit.

Jansen stand auf und drehte den Schlüssel von innen zweimal herum, dann setzte er sich wieder. Es wäre vernünftig, noch etwas zu essen, aber sein Magen war wie zugeschnürt. Morgen würde er dem Schwarzen Papst höchstpersönlich die Dokumente übergeben und vermutlich erfahren, worum es bei dieser ganzen Sache ging. Denn auch er wusste kaum mehr als das, was er dem Professor und seiner resoluten Freundin berichtet hatte. Doch möglicherweise erfuhr er gar nichts; möglicherweise war es besser, wenn er nichts wusste. Er hatte seinen Auftrag vom Schwarzen Papst erhalten, hier in Rom, vor etwa zwei Wochen, und er hatte zunächst versagt, denn es war ihm nicht gelungen, die Dokumente zu ersteigern. Aber jetzt besaß er die Kopien. Hoffentlich reichten diese aus.

Wenn es ihm gelang, sie morgen auszuhändigen. Wenn sie ihm nicht noch in letzter Minute abhanden kamen. Doch die Quaeriten besaßen bereits die Originale. Warum sollten sie also auch noch die Kopien an sich bringen wollen? Der Ordensgeneral hatte Jansen eindringlich vor dieser geheimnisumwitterten Organisation gewarnt. Jansen ging davon aus, dass der General wusste, wovon er sprach.

Er stand wieder auf, zog die Jalousie hoch und warf einen kurzen Blick durch das Fenster. Die Ruinen auf dem Platz gegenüber der Pension waren nun angestrahlt, und die Nachtschatten lagen starr um die Lichtkegel herum. Nichts regte sich dort.

Er schloss das Fenster, ließ die Jalousie herunter und setzte sich wieder in den Sessel. Hier wollte er die Nacht verbringen; wach, im Gebet, um nicht einzuschlafen und möglicherweise überfallen zu werden. Er holte sein Brevier hervor und versuchte sich in die Psalmen, die Lesung und die Tagesgebete zu vertiefen.

Jansen zuckte hoch. Etwas hatte geknackt. Benommen rieb er sich die Stirn. Von draußen drang der Schein der Strahler von der

Piazza Argentina an den Rändern der Jalousie vorbei und malte Schatten auf das unbenutzte Bett, die kleine Kommode und die Tür. Offenbar war er doch eingeschlafen. Ächzend stand er auf und begab sich zum Lichtschalter. Sogleich verströmte die Deckenlampe matte Helligkeit. Vermutlich hatte nur ein Dielenbrett geknarrt. Er schlurfte zurück zu seinem Sessel und ließ sich schwer in das Polster fallen.

Er wurde alt. Zwar hatte er schon seit seinem fünfunddreißigsten Lebensjahr graue Haare, und sogar seine Mitschüler hatten bereits gelästert, er sei als alter Mann aus dem Mutterleib gekrochen, aber nur selten hatte er sich bisher wirklich alt gefühlt.

Wieder knackte es.

Jansen erstarrte.

Das Knacken kam vom Flur; es war nicht weit von seiner Tür entfernt. Er wagte kaum zu atmen. Wurde da nicht die Klinke ganz leicht niedergedrückt? Oder spielte ihm das ungewisse Licht nur einen Streich?

Nichts geschah. Kein Laut drang mehr herein.

Irgendwann musste Jansen wieder eingeschlafen sein, denn als er erneut hochfuhr, war es draußen bereits hell. Sonnenschein umrahmte die Jalousie, und der Verkehrslärm drang durch das schlecht schließende Fenster. Mühsam stand Jansen auf; seine Knochen schmerzten von der unnatürlichen Haltung im Sessel. Er reckte und streckte sich, ging hinüber zum unbenutzten Bett, auf dem noch sein Koffer ruhte, und öffnete diesen.

Nichts fehlte.

Jansen lächelte. Wie hätte es jemandem gelingen sollen, in der Nacht unbemerkt an ihm vorbeizuschleichen und den Koffer zu durchwühlen? Doch dann erinnerte er sich an das, was Victor Leclerc in seiner eigenen Wohnung zugestoßen war, und das Lächeln verging ihm wieder.

Er machte eine knappe Morgentoilette, nahm den Koffer und verließ sein Zimmer.

Auf der sonnigen Straße zeigte ihm ein kurzer Blick in alle Richtungen nichts Verdächtiges. Rasch ging er an der Piazza Argentina vorbei, und schon nach zehn Minuten hatte er die Piazza del

Gesù erreicht, an der die Hauptkirche der Jesuiten lag. Vor ihr warteten die blauen Touristenkutschen mit den roten Speichenrädern und nahmen ihr ein wenig von ihrer grellweißen Strenge. Einige Kutscher sprachen Jansen an und wollten ihn zu einer Fahrt überreden, doch er schüttelte lächelnd den Kopf. Er wollte nirgendwo mehr hin.

Nicht die Kirche mit ihren eckigen Blendsäulen und den ausladenden Voluten war sein Ziel, sondern das große, eher unscheinbare Gebäude daneben. Hier residierte der Schwarze Papst, der Generalobere der Jesuiten. Jansen schritt auf das kleine Portal zu, betätigte den schweren Messingklopfer, und sofort sprang es mit einem elektrischen Brummen auf. Jansen drückte gegen die schwere Tür und war froh, als ihn dahinter Marmorkühle umfing.

Unmittelbar hinter der Tür lag links ein kleiner, durch eine Glasscheibe abgetrennter Raum, in dem ein Pförtner saß. Jansen trat an die Glasscheibe heran und teilte dem recht jungen Priester mit offenem, freundlichem Gesicht und hellen Augen auf Italienisch mit, der General wünsche ihn zu sprechen.

Der junge Pförtner, den Jansen noch nicht kannte, blickte höchst erstaunt drein und stammelte: *»No … no … impossibile …«*

»Bitte rufen Sie im Sekretariat des Generals an. Ich nehme an, dort weiß man Bescheid.«

»Si, si.« Er nahm den altmodischen, knochenförmigen Telefonhörer auf, redete aufgeregt und schnell in die Muschel, wobei er die hohle Hand um sie hielt, als müsse er sie vor einem Unwetter schützen. Am anderen Ende wurde kurz etwas gesagt und anscheinend aufgelegt, denn der junge Priester hielt den Hörer vor sich, starrte ihn an, als wäre dieser eine Schlange kurz vor dem Biss und legte ihn schließlich auf. »Sie werden abgeholt«, teilte er Jansen erstaunt mit und wies auf einen Stuhl an der Marmorwand gegenüber der Pförtnerloge. Rasch machte sich der junge Priester wieder an seine Arbeit – wobei auch immer es sich dabei handeln mochte – und senkte den Kopf, den er aber immer wieder neugierig hob, als wolle er sich vergewissern, dass Jansen immer noch der unscheinbare Jesuit aus dem kalten Deutschland und nicht plötzlich zu einem Ungeheuer geworden war.

Jansen schaute hinunter auf seinen abgewetzten Koffer, den er mit beiden Händen fest umschlungen hielt, und schüttelte den Kopf. Er wusste noch immer nicht, worin der Wert dieser Kopien lag. Aber er würde es gleich erfahren.

Kurze Zeit später kam jener alte japanische Priester die Treppe herunter, der Jansen auch beim letzten Mal ins Allerheiligste des Hauses geführt hatte. Pater Izogiro sprach ein ausgezeichnetes Deutsch – sowie Italienisch, Russisch, Englisch, Französisch, Spanisch und ein weiteres Dutzend lebender Sprachen sowie etliche bereits tote – und streckte die feingliedrigen Hände zum Gruß aus. »Ah, wie schön, Pater Jansen. Wir freuen uns, Sie zu sehen. Der General hat Zeit für Sie, er freut sich schon sehr auf Ihren Besuch. Kommen Sie.«

Jansen stand auf und folgte dem Japaner über die breite Marmortreppe mit dem Brokatläufer in den zweiten Stock, in dem sich die Arbeits- und Wohngemächer des Schwarzen Papstes befanden. Im Gegensatz zu Jansens letztem Besuch führte ihn der Japaner nun sofort in ein Vorzimmer, das offensichtlich zu den eher privaten Räumen des Generals gehörte.

»Bitte nehmen Sie einen Augenblick Platz«, sagte der Japaner und lächelte kryptisch. Er verschwand wie ein flüchtiger Nebelgeist durch eine hohe, reich beschnitzte Tür und ließ Jansen mit seinen Gedanken allein. Er sah sich kurz um.

Hinter den Sprossenfenstern lag das in der Frühlingshitze brütende Rom so fern, als sei es nichts als eine Luftspiegelung. Kaum ein Laut drang in diese Gemächer, die zur Gartenseite hin lagen; in der Ferne erkannte er die Simse des gewaltigen klassizistischen Vittorio-Emmanuele-Monuments, das wie eine Vision des wiederauferstandenen antiken Rom wirkte. Dazu stand die barocke Einrichtung des Vorzimmers in seltsamem Kontrast. Geschwungene Stühle mit unruhigen Damastbezügen standen an den Wänden; dazwischen hockten einige Kommoden mit ebenfalls geschwungenen Linien, und den Boden bedeckte ein riesiger Perserteppich, der an einigen Stellen schon etwas fadenscheinig war und Laufstraßen ausgebildet hatte – vor allem zu jener Tür, durch die der japanische Priester verschwunden war. Von der Decke hing ein

Kristalllüster, in dessen geschliffenem Glas das Licht der Sonne zu unzähligen Farbschattierungen gebrochen wurde.

Die hohe Tür öffnete sich wieder, der Japaner trat hervor und bat Jansen mit einer kleinen Verbeugung einzutreten; er selbst blieb im Vorzimmer und schloss die Tür leise hinter dem Gast aus Deutschland.

Pater Breitenbach, der langjährige Jesuitengeneral aus Jansens Heimatland, erhob sich hinter seinem ausladenden Schreibtisch, umrundete ihn und kam auf seinen Gast zu.

»Ich freue mich sehr, Sie wiederzusehen«, sagte der General mit seiner volltönenden, warmen Stimme und reichte Jansen die Hand. Dieser setzte zuerst seinen Koffer ab, dann erwiderte er die Geste.

»Bitte setzen Sie sich«, sagte der General, deutete auf einen filigran wirkenden Stuhl vor dem Schreibtisch und nahm selbst wieder hinter ihm Platz.

Jansen gehorchte, stellte den Koffer neben sich und sah den General an. Immer wieder faszinierte ihn der durchdringende und gleichzeitig sanfte Blick des mächtigsten Jesuiten, der zu Vertrautheit und Entspannung einlud und dennoch große Autorität ausstrahlte. Pater Breitenbach zog es vor, sich stets nur in einem einfachen schwarzen Anzug zu zeigen, dessen Stoff jedoch weitaus besser als der war, den Jansen trug.

Der Schwarze Papst legte die breiten, beinahe klobigen Hände auf die mit reicher Intarsienarbeit geschmückte Platte seines Schreibtisches, beugte sich ein wenig vor und sagte: »Sie bringen uns etwas, Pater Jansen?«

Jansen nickte. »Ich hatte bisher keine Gelegenheit, Ihnen auf abhörsichere Weise mitzuteilen, dass ich in den Besitz von Kopien der gewünschten Dokumente gelangen konnte.«

Der General zog eine Augenbraue hoch und sah Jansen fragend an. Dieser berichtete nun in allen Einzelheiten, was ihm und Victor Leclerc in den letzten Tagen zugestoßen war. Pater Breitenbach hörte schweigend zu, nickte manchmal, schüttelte manchmal den Kopf, enthielt sich aber eines Kommentars.

Erst als Jansen zum Ende gekommen war, sagte der General: »Das ist eine schlimme Sache, und es gefällt mir gar nicht, dass diese Agenten des Bösen die Originale in ihrem Besitz haben. Zumindest deuten diese Ereignisse an, dass wir auf der richtigen Spur sind.«

»Auf welcher Spur?«, fragte Jansen.

Der General lächelte ihn an. »Darf ich die Kopien sehen?«

Jansen legte seinen Koffer auf den Schoß, holte die Blätter hervor und schob sie dem Schwarzen Papst zu. Dieser warf zunächst keinen Blick auf sie, sondern sah Jansen ununterbrochen an. Die Milde war aus dem Blick des Jesuitengenerals gewichen.

»Haben Sie die Dokumente begutachtet?«, fragte Pater Breitenbach.

»Ich habe sie gelesen, aber ihr Inhalt hat mich verwirrt«, gab Jansen zu. »Ich verstehe nicht recht ...«

»Ich danke Ihnen sehr für Ihre Mühen«, unterbrach der General ihn. »Sie haben uns außerordentlich geholfen – wie sehr, kann ich zu diesem Zeitpunkt noch gar nicht abschätzen.«

»Darf ich fragen, was es mit dieser Sache auf sich hat?«, bat Jansen. »Oder ist meine Aufgabe hiermit beendet?«

Der General lächelte ihn an. »Auf beide Fragen kann ich Ihnen im Augenblick keine Antwort geben«, sagte er und zuckte bedauernd die Schultern. »Sie sollten die Gelegenheit ergreifen und sich ein wenig in Rom umschauen. Ich sähe es gern, wenn Sie sich in den nächsten Tagen zu unserer Verfügung hielten. Es wäre möglich, dass wir nach Durchsicht der Dokumente die eine oder andere Frage an Sie haben.«

»Ich glaube nicht, dass ich Ihnen ...«

»Bitte tun Sie mir den Gefallen«, unterbrach ihn Pater Breitenbach. »Das Ganze ist sehr wichtig. Und Sie werden die Aufklärung erhalten, die Ihnen zusteht. Weiß Ihr Superior, dass Sie hier sind?«

Jansen schüttelte den Kopf.

»Sehr gut. Wir werden ihn davon in Kenntnis setzen, dass Sie wohlauf sind; sicherlich macht man sich in Köln schon Sorgen um Sie. Haben Sie ein Mobiltelefon?«

Abermals schüttelte Jansen den Kopf. Er hielt nichts von dauernder Verfügbarkeit und hatte daher seinen Superior bisher nicht um ein solches Gerät gebeten.

»Dann bekommen Sie eines von uns. Bleiben Sie noch ein paar Tage in Ihrer Pension. Sind Sie mit der Unterbringung zufrieden?« Jansen nickte.

Pater Breitenbrach stand auf; die Audienz war beendet. »Sehen Sie es einfach als kleinen Urlaub an«, sagte er, während er Jansen zur Tür geleitete. »Wir nehmen Kontakt mit Ihnen auf, wenn es uns nötig erscheint. Bis dahin wünsche ich Ihnen einen angenehmen Aufenthalt in der Ewigen Stadt.«

Jansen verabschiedete sich von ihm. Im Vorzimmer erwartete ihn Pater Izogiro und hielt ihm eines dieser teuren Klapp-Handys und einen kleinen, schwarzen Gegenstand mit einer langen, schlangenartigen Schnur hin. »Hier ist der Adapter, mit dem das Gerät alle zwei Wochen aufgeladen werden muss. Jetzt ist es voll, und vermutlich brauchen Sie es nicht so lange. Wenn das Telefon klingelt, brauchen Sie nur das Display aufzuklappen, dann sind Sie schon verbunden. Zum Beenden des Gesprächs klappen Sie es einfach wieder zu. Das ist schon alles, was Sie wissen müssen.« Dann brachte ihn der Japaner zurück zur Pforte.

Jansen verabschiedete sich kurz von dem jungen Priester hinter der Glasscheibe und stand bald darauf wieder in der Sonne vor dem Generalspalast und der Chiesa del Gesù. Er war verwirrter als zuvor. Eigentlich hatte er keine Lust, länger in dieser lauten und heißen Stadt zu bleiben, aber Befehl war Befehl. Und außerdem hoffte er, dann endlich die ersehnten Erklärungen zu erhalten.

* * *

Jansen floh vor der Mittagshitze in das kühle Innere von Il Gesù. Auch bei seinem letzten Besuch in Rom hatte er die Mutterkirche der Jesuiten besichtigt, und wie beim letzten Mal stand er nun unter dem hohen Tonnengewölbe, dessen Deckenfresko die Verherrlichung des Namens Jesu darstellte und einen umwölkten Himmel zeigte, der geradewegs in das Kirchenschiff herabzusteigen schien. Die gemalten Wolken verdeckten das größte Geheimnis.

Doch diesmal war alles anders. Die Wolken über ihm schienen grauer und drohender geworden zu sein – wie Gewitterwolken. Und die vielen Heiligenfiguren schienen ihn anzustarren, ihm mit ihren Blicken zu folgen.

Nicht nur sie.

Die Blicke waren überall.

Jansen sah sich rasch um. Außer ihm war niemand in dem großen Gotteshaus. Und doch war er nicht allein. Er hielt den Atem an. Stille. Sie waren hier! Trotz der Kühle zwischen den Marmormauern trat ihm der Schweiß auf die Stirn. Dort hinten, beim Eingangsportal, regte sich etwas. Eine Tür fiel mit lautem, von den Wänden widerhallendem Knall zu. Und das Gefühl der Bedrückung war verschwunden. Erleichtert stieß Jansen die Luft aus.

Sie waren hier gewesen. Sie beobachteten ihn.

Unsinn, sagte er sich. Seine Nerven waren überreizt. Er wollte Kraft im Gebet finden.

Langsam schritt Jansen durch den Mittelgang bis zur Vierung, über der sich die gewaltige Kuppel erhob, dann begab er sich in die linke Seitenkapelle, die dem heiligen Ignatius von Loyola, dem Gründer des Jesuitenordens, geweiht war. Jansen kniete in der ersten Bank vor dem mächtigen, säulenbewehrten Altar nieder, in den eine Darstellung des Heiligen eingelassen war, wie er von Gott persönlich den Auftrag zur Gründung des Jesuitenordens erhält.

Jansen verrichtete sein Stundengebet vor den Reliquien des heiligen Ignatius und flehte den Ordensgründer zusätzlich an, er möge Licht in das Dunkel der letzten Tage und Wochen schicken. Und jede Bedrohung von ihm abwenden.

Hinter ihm ertönten verstohlene Schritte. Es war, als brächten sie Eiseskälte mit. Jansen bekam eine Gänsehaut. Sie waren wieder da. Waren vermutlich nie weg gewesen. Langsam drehte er sich um. Aus den Augenwinkeln heraus erkannte er, dass sich ihm etwas Schwarzes näherte.

Er schloss die Augen.

»Per favore, Padre …«

Es war eine raue, kratzende Stimme. Jansen fuhr zusammen. Er öffnete die Augen wieder, und die Schwärze gerann zur Gestalt eines stoppelbärtigen Sakristans mit einem schief auf dem Kopf sitzenden, kleinen Barett. Er machte eine knappe Handbewegung in Richtung des Hauptportals und deutete dann auf seine Armbanduhr. Offenbar wurde die Kirche zur Mittagszeit geschlossen, wie alles andere auch in Rom. Seufzend erhob sich Jansen, lächelte den Sakristan erleichtert an und schritt durch den Mittelgang nach draußen ins gleißende Sonnenlicht.

Gegenüber der Kirche befand sich eine kleine Trattoria. Erst bei ihrem Anblick bemerkte Jansen, dass er seit Längerem nichts mehr gegessen hatte. Er ließ sich an einem runden Tisch unter einem Sonnenschirm vor dem Lokal nieder, bestellte einen Feldsalat mit kalten Filetstücken und dazu ein Mineralwasser. Immer wieder tastete er nach dem Handy, das er in seine Rocktasche gesteckt hatte, nach seinem Menetekel. Er hoffte, es würde bald klingeln, ihn aus seinen Grübeleien reißen und ihm die Wahrheit offenbaren, aber es blieb stumm.

Das Mahl war gut, und Jansens Stimmung hob sich. Den Rest des Tages verbrachte er im Museum des Vatikans, nachdem er vor dem Eingang eine halbe Stunde in der Besucherschlange gestanden hatte.

Auch in den kommenden Tagen streifte er durch Rom wie ein müßiger Tourist. Er hatte nur wenig Geld dabei, besuchte einige Museen und Kirchen und wusste am Ende des Tages kaum, was er besichtigt hatte. Immer wieder schien es ihm, als werde er aus Hauseingängen, von hochgelegenen Fenstern oder aus Autos heraus beobachtet. Seine Nervosität nahm zu. Er wünschte sich weit, weit weg. Das Mobiltelefon blieb weiterhin stumm.

* * *

Erst am folgenden Mittwochnachmittag, als er wieder in der Trattoria gegenüber von Il Gesù saß, klingelte sein Handy. Jansen zuckte unter dem ungewohnten Laut zusammen, ließ die spaghettiumwickelte Gabel fallen und zerrte nervös das kleine Telefon aus der Außentasche seines Jacketts. Er klappte das Display auf, wie Izogiro es ihm gezeigt hatte, meldete sich und presste das Gerät dicht an sein linkes Ohr; das rechte war taub, seit einer der Contra-Rebellen in dem kleinen Ort nördlich von Esteli, in dem Jansen als Jesuitenmissionar eingesetzt war, unmittelbar neben ihm eine Pistole abgefeuert hatte.

»Pater Jansen, kommen Sie bitte im Laufe des Nachmittages zu mir«, sagte die volle Stimme des Generals. »Wir haben einiges zu besprechen.« Ohne eine Antwort abzuwarten, legte der Schwarze Papst auf.

* * *

Als Jansen abermals das Büro des Schwarzen Papstes betrat, sah er sofort, dass auf Breitenbachs Schreibtisch die Kopien der Abtsbeichte und des Visitationsberichtes lagen, daneben ein offenbar altes Aktenfaszikel, ein Stapel weiterer Kopien und ein kleiner, länglicher Bleibehälter. Pater Breitenbach bat seinen Besucher, ihm gegenüber Platz zu nehmen; dann drehte er den uralt wirkenden Gegenstand zwischen seinen dicken Fingern hin und her. »Um die Existenz dieses Behälters wissen nur drei Menschen: der Papst, ich und jetzt auch Sie«, sagte er versonnen.

»Es scheint mir ein Reliquiar zu sein«, sagte Jansen und musste sogleich an das Kloster Lautenbach denken.

»Sie haben die Dokumente gelesen; also können Sie sich vorstellen, woher dieses Reliquiar stammt.«

Jansen nickte.

»Es enthielt einige Reliquien des heiligen Quirinus«, fuhr der General fort und öffnete den Deckel des kleinen Schreins. Darin lagen ein Tüchlein aus rotem Samt und ein Pergamentstreifen. Pater Breitenbach entrollte ihn und las: *»Oriel pean aphorsy chamersyn peanos penarizo ianothiel uriel.«*

»Das Ritual«, murmelte Jansen in sich hinein und senkte den

Kopf. Fragen über Fragen wirbelten in ihm umher wie Herbstblätter in einem starken Wind.

»Überdies besitzt das Reliquiar Einritzungen, die einen okkulten Charakter haben, deren tiefere Deutung uns bisher unmöglich war«, sagte der General, während er das Kästchen zuklappte und zurück auf den Schreibtisch legte. »Wir waren sicher, dass es mit der ganzen Sache zusammenhängt – so sicher, wie wir zum damaligen Zeitpunkt sein konnten.«

Jansen hob den Kopf und sah den General fragend an.

Breitenbach lächelte. »Das alles muss für Sie ungeheuer verwirrend sein. Ich bitte um Entschuldigung. Sie müssen wissen, dass wir dieses Reliquiar vor etwa zehn Jahren in Moskau erworben haben.«

»In Moskau?«, fragte er nur. Er wünschte, ihm fielen klügere Fragen ein. Er kam sich vor wie ein kleiner Junge, dem ein Lehrer geduldig den Satz des Pythagoras zu erklären versucht.

»Auch die Kirche kauft bisweilen bei ganz gewöhnlichen Antiquitätenhändlern ein«, meinte Pater Breitenbach und grinste. »Durch einen unserer Patres vor Ort erfuhren wir von diesem Reliquiar und seiner Beziehung zum Kloster Lautenbach. Wir dachten, wir wären nun endlich näher an unser großes Ziel gerückt, und vor allem wollten wir natürlich verhindern, dass die Quaeriten das Reliquiar in die Hände bekommen.« Der General rieb sich die Augen, als wollte er eine unangenehme Erinnerung verscheuchen. Leiser fuhr er fort: »Zwei Tage, nachdem unser Pater das Reliquiar gekauft hatte, bekam der Antiquitätenhändler Besuch. Noch am selben Tag fischte man ihn mit durchgeschnittener Kehle aus der Moskwa.«

»Die Quaeriten?«, fragte Jansen.

»Ich hatte Sie bei Ihrem letzten Besuch in Rom ja vor ihnen gewarnt, ohne Ihnen Einzelheiten mitzuteilen. Ich bin froh, dass Sie unbehelligt hierher gefunden haben.«

»Der Moskauer Bruder scheint es immerhin auch geschafft zu haben«, meinte Jansen, der inzwischen das Gefühl hatte, als säße er auf Treibsand.

»Nein.« Der Ordensgeneral sah ihn an, tiefe Trauer lag in seinem Blick.

»Aber … wie ist denn das Reliquiar hierher gekommen?«, wollte Jansen wissen.

»Sie werden es nicht glauben: Mit der Post. Und zwar als Warensendung. Sie war vier Monate unterwegs, und niemand hat Verdacht geschöpft. Pater Ladislaus – unser Mann in Moskau, wenn ich mit einer gewissen Frivolität, die meiner Verzweiflung entspringt, so sagen darf – wollte das Reliquiar zunächst persönlich nach Rom bringen, aber er hatte bemerkt, dass er verfolgt wurde, und so entschloss er sich zu diesem Geniestreich, der in der Tat hervorragend funktioniert hat. Einen Tag später hat man ihn an einem Baum in Lossiny Ostrov am nördlichen Rand Moskaus gefunden. Erhängt. Die örtlichen Behörden haben den Fall sofort als Selbstmord zu den Akten gelegt.«

»Wie bei Professor Peter Haenseling«, warf Jansen ein.

»Ja, die Bilder gleichen sich. Sie stammen schließlich vom selben Maler.« Er schob Jansen das Reliquiar zu. »Nehmen Sie es in die Hand. Berühren Sie es.«

Jansen ergriff den kalten Bleibehälter. An den Längsseiten befanden sich kleine, kaum erkennbare Einritzungen, die seltsame, zackige, verwinkelte Muster ergaben. Doch nicht das war es, was Jansen einen kalten Schauer durch den ganzen Leib schickte. Es war ein gestaltloses Gefühl des Schreckens, der tiefsten Hölle, der abgrundtiefen Verzweiflung. Beinahe hätte er das Reliquiar fallen lassen. Vorsichtig legte er es wieder auf den Schreibtisch und dachte dabei an die Worte des Abtes: *Jeder, der ihnen zu nahe kommt, wird ihre verderbliche Macht spüren.*

»Wer sind die Quaeriten?«, fragte Jansen schließlich. Obwohl er fröstelte, bemerkte er, dass seine Hände schweißnass waren. Und auf seiner Stirn sammelten sich kalte Tropfen.

»Ein Geheimbund, der sich angeblich um die Mitte des sechzehnten Jahrhunderts hier in Rom gründete, kurz nachdem Herzog Albas Truppen vor der Stadt standen«, erklärte Pater Breitenbach und faltete die Hände auf der Tischplatte. Er schien froh zu sein, diesen historischen Exkurs machen und die Gegenwart aus Tod und Gewalt hinter sich lassen zu können. »Man sagte ihnen Dämonenverehrung und das Feiern schwarzer Messen nach, aber ich glaube, das waren nur Vorwände zur Verschleierung ihrer wahren Absichten. Jedenfalls wurden die Mitglieder dieser Sekte von der Inquisition gejagt, und schon bald gab es nicht einmal mehr Gerüchte um sie. Aber sie wurden in den Zwanzigerjahren des 19. Jahrhunderts in Paris neu gegründet, und jetzt waren sie aktiver und gefährlicher denn je. Und sie sind es noch.«

»Was suchen diese Quaeriten?«, fragte Jansen. »Was hat das Kloster Lautenbach damit zu tun? Was ist mit diesen Reliquiaren los? Wieso hat der Abt sie versteckt? Wo sind die anderen drei?«

Pater Breitenbach lächelte großherzig. »Ich hatte schon befürchtet, Sie wären gar nicht neugierig«, sagte er schließlich. Er räusperte sich und fuhr fort: »Neugier ist eine sehr positive Eigenschaft, denn ohne sie gäbe es keinen Fortschritt. Ohne sie würde nichts entdeckt, nichts herausgefunden, nichts wiedergefunden.«

Jansen kniff die Augen zusammen. Er fühlte sich wie bei einem Katz- und Mausspiel. »Warum bin ich noch immer hier?«, fragte er leise.

»Weil Sie uns bei der Suche helfen werden«, sagte die volle Stimme Breitenbachs in Jansens Dunkelheit hinein. »Sehen Sie es einmal von der angenehmen Seite. Sie werden etwas wissen, was sonst nur dem Papst und mir bekannt ist, natürlich abgesehen von den Quaeriten. Jeder Papst seit Paul dem Vierten wurde darauf hingewiesen, und jeder Ordensgeneral erfuhr es von seinem Vorgänger. Die Jahrhunderte hindurch war es lediglich ein zwar betrübliches, aber eigentlich rein akademisches Wissen ohne jede praktische Auswirkung. Das änderte sich erst mit der Neugründung der Quaeriten und der Säkularisierung des Klosters Lautenbach in der unwirklich fernen, rauen Eifel.«

»Wonach suchen Sie?«, fragte Jansen und sah den Schwarzen Papst fest an. Deutlich spürte er, dass es hier um etwas ging, das unendlich groß war – viel größer jedenfalls als das Reliquiar auf dem Schreibtisch des Generals.

»Wir hatten immer schon den Verdacht, dass das Kloster Lautenbach der Ort war, an den wir uns wenden mussten, denn dort häuften sich die seltsamen Begebenheiten, nachdem im Jahre 1555 einer der größten Schätze der Christenheit vor Albas Truppen über die Alpen in Sicherheit gebracht worden war«, fuhr der Schwarze Papst fort, als hätte er Jansens Frage gar nicht gehört. Er hatte zwar den Blick auf seinen Besucher gerichtet, aber er schien ihn nicht mehr zu sehen. »Damals war eine Überquerung der Alpen alles andere als ungefährlich. Der Vatikan verlor den Kontakt zu dem Träger, und der Papst weinte drei Tage lang über den schrecklichen Verlust. Die Jesuiten wurden in die Suche einbezogen, denn sie hatten sich, wie Sie als einer der Historiker unseres Ordens nur zu gut wissen, rasch auch jenseits der Alpen ausgebreitet und waren als humanistisch geprägter Orden gerade recht, Wissen zu sammeln und auszuwerten. Zuerst gab es ja nur die Niederlassungen in Köln und Wien, aber die Ausbreitung wurde nach 1560 unter anderem deshalb so forciert, weil man sich davon Aufschlüsse bei der Suche erhoffte. Doch alles war umsonst. Wir Jesuiten lancierten die Informationen so, dass kein einfaches Mitglied des Ordens wusste, worum es uns in Wirklichkeit ging, was angesichts der üblichen menschlichen Neugier nicht einfach war. Lange Zeit trafen hier keinerlei verwertbare Erkenntnisse ein. Wir waren der Verzweiflung nahe.« Der Schwarze Papst seufzte, als wäre er persönlich durch die Jahrhunderte an der rätselhaften Suche beteiligt gewesen. Er machte eine kleine Pause und sah Jansen forschend an, dann fuhr er fort: »Lediglich im frühen 17. Jahrhundert gab es Berichte über ein Benediktinerkloster westlich des Rheins, in dem sich Fälle von Besessenheit und Wunderheilungen häuften. Dazu kam die Aussage des damaligen Cellerars, er habe Himmel und Hölle mittels eines rätselhaften Gegenstands bereist, der im Kloster Lautenbach aufbewahrt werde und von dessen Existenz nur er allein wisse. Nachdem der Cellerar durch mehrere Einwohner des nahe gelegenen Dorfes als Teufelsanbeter besagt worden war, starb er im Verlaufe der peinlichen Befragung durch ein weltliches Gericht, das die Untersuchung an sich gezogen hatte. Ich weiß nicht, wie oft Gesandte des Vatikans und der Jesuiten im Zuge dieser Vorfälle nach Lautenbach gegangen sind und dort offen oder verdeckt herumgeschnüffelt haben, aber nie haben sie etwas gefunden. Bald glaubten wir, dass wir auf dem Holzweg seien.« Pater Breitenbach lächelte müde. »Ich weiß, es ist eine lange Geschichte«, sagte er, »haben Sie bitte noch etwas Geduld mit mir. Nachdem das Kloster im frühen 19. Jahrhundert aufgehoben wurde, ist es mehrfach gründlichst durchsucht worden – sowohl von uns als auch von den Quaeriten, wie wir feststellen konnten. Wir haben alle Dokumente über Lautenbach an uns gebracht, derer wir habhaft werden konnten, fast zwei Jahrhunderte lang. Irgendwann hatte die Suche wieder einmal keine Priorität mehr. Das änderte sich erst, als wir durch die Versteigerung von Dokumenten in Köln erfuhren, die das Kloster betreffen. Das ist der Punkt, an dem Sie ins Spiel gekommen sind.«

»Warum eigentlich ich?«, fragte Jansen heiser.

»Sie sind, abgesehen von Ihrer Arbeit an der Geschichte des Ordens, zeitlich nicht gebunden. Dazu kommt Ihre Erfahrung als Missionar in Mittelamerika zu Zeiten der Contra-Rebellen. Ich weiß, dass Sie Schreckliches durchgemacht haben und ein Mann der Tat sind. Deshalb sind Sie für uns der Richtige.« Der General nickte ihm anerkennend zu und fuhr fort: »Allerdings hätten wir es niemals für möglich gehalten, dass Sie bei der Versteigerung überboten werden, denn schließlich hatten wir Sie mit ziemlich großen Geldmitteln ausgestattet. Dass jemand anderes die Dokumente für diese irrwitzige Summe ersteigern könnte, haben wir nicht vorhergesehen. Ich muss gestehen, dass wir der Meinung waren, die Quaeriten seien inzwischen nicht mehr sonderlich aktiv. Aber der Umstand, dass der Ersteigerer kurz nach der Auktion unter mysteriösen Umständen verstorben ist, hat uns eines Besseren belehrt.« Pater Breitenbach schüttelte den Kopf. »Doch nun haben wir den Text der Dokumente – den leider auch die Quaeriten besitzen. Also wird es ein Wettrennen geben.«

»Ein Wettrennen. Worum denn?«

»Verzeihen Sie, ich dachte, das sei Ihnen inzwischen klar«, sagte der General und sah Jansen eindringlich an. »Um die verbliebenen drei Reliquiare natürlich. Aus dem Bericht des Abtes geht eindeutig hervor, dass sie – und zwar sie alle *zusammen* – den Weg weisen. Da verständlicherweise weder der Papst noch ich in dieses Rennen gehen können und wir den Kreis der Mitwisser so klein wie möglich halten müssen, bleiben nur noch Sie übrig.«

»Ich glaube, es ist endlich an der Zeit, dass Sie mich über das wahre Ziel dieser Suche aufklären. Es geht doch wohl nicht bloß um drei mittelmäßige Kunstgegenstände!«

Der Schwarze Papst seufzte tief und deutete mit seiner fleischigen Hand auf den Stapel alter Papiere, der neben den Kopien lag. »Das hier ist in gewisser Hinsicht ein Dossier, zusammengestellt durch die Jahrhunderte, in dem Sie alles Wissenswerte darüber finden werden. Sie werden Kopien davon mit nach Köln nehmen. Morgen werden sie heimreisen. Ich werde Ihnen ein ausreichendes Spesenkonto einrichten, denn Sie werden noch die eine oder andere Reise unternehmen müssen und vielleicht auch weitere Auslagen haben. Lesen Sie das Dossier, und Sie werden wissen, was wir suchen. Die Dokumente werden klarer zu Ihnen reden, als es mir möglich ist. Passen sie gut darauf auf. Auch wenn es nur Kopien sind, könnten sich die Quaeriten doch für sie interessieren – falls sie das Dossier nicht schon längst haben.« Der Schwarze Papst zuckte mit den Schultern. »Wir wissen einfach zu wenig über sie. Ich wünsche Ihnen eine gute Reise.«

Der General stand auf und reichte Jansen über den Schreibtisch die Hand. Dieser erhob sich ebenfalls und ergriff sie verständnislos. Dann drückte ihm der Ordensgeneral den Stoß Kopien in die Hand. »Ich wünsche Ihnen einen guten Flug«, sagte er. »Reden Sie mit niemandem über Ihren Auftrag. Es geht um Ihr Leben – und nicht nur um Ihres.«

Am liebsten hätte Jansen die Blätter hier in diesem Zimmer durchgesehen, aber er traute sich nicht. Die Aufforderung, den Sitz des Schwarzen Papstes zu verlassen, war unmissverständlich gewesen. Also verneigte er sich leicht, drehte sich um und trat aus dem Arbeitszimmer.

Im Vorzimmer wartete bereits Izogiro auf ihn und reichte ihm einen flachen, dunkelbraunen Lederkoffer. »Für Ihre Unterlagen«, sagte er mit seinem asiatischen Lächeln. »Außerdem ist ein Ticket für einen Flug von Rom nach Köln/Bonn morgen früh darin. Die Maschine geht um sechs Uhr Ortszeit. Anders war es leider in der Kürze der Zeit nicht möglich. Ich wünsche Ihnen eine gute Reise.«

Jansen nahm den Koffer entgegen, dankte rasch und legte seine

Dokumente hinein. Dann ließ er sich von dem Japaner abermals zum Ausgang führen.

* * *

In der Pensione Barrett warf er den Koffer auf das Bett, öffnete ihn und nahm das kopierte Dossier mit zitternden Fingern heraus. Nachdem er das Fenster geschlossen und die Jalousie heruntergelassen hatte, schaltete er das Deckenlicht ein und setzte sich in den Polstersessel.

Er las bis tief in die Nacht. Das Dossier war zwar nicht besonders dick, doch manches war schlecht zu entziffern, manches war auf Latein abgefasst, und vor allem dauerte es drei Durchgänge, bis Jansen allmählich begriff, worum dieses mörderische Wettrennen entbrannt war.

Irgendwann begriff er es zwar, aber er konnte es nicht glauben.

In dieser Nacht schlief er nicht.

Neuntes Kapitel

»Die größte Erkänntniß jedoch ist stets zu finden
in der warhafftigen Weitergabe des Wortes,
dessen Sinn durch den Verstand erschlossen wird.«

Scultetus, *De Veritate Cognitionibus*

Regen drohte aus dunklem Gewölk, als die große Gruppe der Trauernden, einer schwarzen, erdgebundenen Wolke gleich, unter den Eiben des Melaten-Friedhofs zu Köln hinter dem Sarg, dem Priester und den Messdienern einherging. Ganz vorn schritt die Witwe aufrecht und steif, das Gesicht weiß wie eine Puppe, wie die Vorspiegelung eines menschlichen Antlitzes, hinter dem sie selbst unsichtbar blieb. Victor und Nadja hatten sich ungefähr in der Mitte eingereiht; Victor bemerkte, dass seine neue Assistentin unablässig gegen die Tränen ankämpfte.

Die Menge der Trauernden floss über die nadelweichen Wege, bis sie in einem düsteren Rund das offene Grab umgab, das sich neben dem verwitterten Sensenmann befand, dem berühmtesten und düstersten Grabmal des Friedhofs.

Der Sarg wurde auf einige Bohlen gelegt, und der Priester brachte einem toten Gott Worthülsen dar. »Asche zu Asche …«

Da regte sich etwas hinter dem Sensenmann. Als ob ein schwarzer Wolkenfetzen zur Seite getrieben worden wäre und sich in der mehr als mannshohen Skulptur verfangen hätte. Victor kniff die Augen zusammen.

»Staub zu Staub …«

Niemand sonst schien es zu bemerken. Alle Erinnerungen an die Quaeriten, an die Verfolgungen, an die Dunkelheiten der letzten Zeit quollen wie aschgrauer Dunst wieder in ihm hoch.

Etwas Weißes riss ein Loch in die Schwärze hinter dem Sensenmann. Darüber zeigte sich ein grauer Fleck.

Verschwunden.

Der dumpfe Aufprall einer Handvoll Erde auf dem Holz des Sarges. Neben Victor schluchzte Nadja kurz auf, schien ihre Tränen, ihre Trauer mit aller Kraft in sich hineinzusaugen.

Victor hörte den Worten des Geistlichen kaum zu. Als dieser sein Amt erledigt hatte und sich mitsamt den Messdienern zurückzog, kondolierte Victor kurz der Witwe, auf deren weißem Puppengesicht sich nicht die kleinste Träne zeigte, und ging dann mit Nadja in Richtung des Nebenausgangs an der Weinsbergstraße; von dort aus hatte er es nicht sehr weit bis zu seiner Wohnung in Ehrenfeld.

Er wollte jetzt allein sein, wollte nicht den Mittag mit Nadja verbringen, die ganz in den Kokon ihrer Trauer eingesponnen war und nichts und niemanden an sich heranließ, aber er wusste nicht, wie er ihr das verständlich machen sollte. Glücklicherweise kam sie ihm zuvor und sagte, sie wolle nur noch nach Hause. Erleichtert reichte er ihr die Hand und sah ihr nach.

Dann hatte ihn der schwarze Nebel eingeholt.

»Herr Professor, bitte!«

Er kannte die Stimme – und er kannte die Schwärze.

Victor drehte sich um. »Wo sind Sie gewesen?«, fragte er leise, nachdem er kurz die Straße hinauf- und hinuntergeblickt hatte. »Ich habe jeden Tag im Konvent nach Ihnen gefragt.«

Jansen sah ihn erstaunt an. »Warum?«

»Weil … weil meine neue Assistentin unbedingt herausfinden will, warum Peter Haenseling gestorben ist. Die Polizei hat die Akten endgültig geschlossen.«

»Wie im Fall von Lossiny Ostrov«, murmelte Jansen.

Victor sah ihn fragend an. Der Jesuit wirkte noch verhärmter, dürrer und raubvogelartiger als bei ihrer letzten Begegnung in London. Er trug einen teuer aussehenden Aktenkoffer aus braunem Leder bei sich und hielt den Griff so fest umklammert, dass seine Fingerknöchel weiß und spitz hervortraten. »Was wissen Sie?«, fragte Victor geradeheraus.

»Zu viel«, antwortete Jansen leise. »Kann ich mit zu Ihnen kommen? Dann werden Sie es erfahren.«

* * *

Nach einem kleinen Fußmarsch, während die regenschwangeren Wolken beständig über ihren Köpfen schwebten, kamen sie bei dem Gründerzeithaus in der Eichendorffstraße an, in dessen oberstem Stock Victor Leclercs Wohnung lag. Als sie die schwere Haustür durchschritten, setzte der Regen ein. Rasch schwoll er zu einem Wolkenbruch an; im Treppenhaus hörte Jansen, wie draußen bereits die Tropfen gegen die Fensterscheiben trommelten.

Er war dankbar, dass Professor Leclerc ihn diesmal ohne Umschweife in seine Wohnung einließ. Der Professor bat ihn in das bücherschwere Wohnzimmer und wies ihm denselben Sessel an, in dem er schon bei seinem ersten Besuch in dieser Wohnung gesessen hatte. Er schaute hoch zu dem Kristallleuchter, der wie eine stark verkleinerte Kopie desjenigen im Vorzimmer des Schwarzen Papstes wirkte. Alles war Abbild, aber wo war das Urbild? War das, was er suchte – was der Schwarze und der Weiße Papst suchten – ein Teil dieses Urbildes, die Manifestation der Platon'schen Ideen? Oder war es nur eine Chimäre?

Jansen hatte während der gesamten Rückreise aus Rom überlegt, was er tun sollte. Der Schwarze Papst hatte ihm strengstes Stillschweigen geboten, aber nach der Durchsicht des Dossiers in seinem Pensionszimmer war er zu der Erkenntnis gekommen, dass er bei dieser Sache Unterstützung brauchte. Es war ein Konflikt, der ihn zerriss: Gehorsam gegen Überzeugung. Aber seit er das Reliquiar des heiligen Quirinus berührt hatte, wusste er, dass hier eine Kraft wirkte, die jedes Menschenmaß überstieg.

Er vertraute diesem seltsamen Philosophie-Professor, der sich seiner selbst so wenig bewusst zu sein schien, aber einen glasklaren Verstand besaß. Deshalb war Jansen zu der Beerdigung gegangen, und deshalb hatte er den Kontakt zu Victor Leclerc gesucht.

Der Professor hatte es sich in dem anderen Sessel gemütlich gemacht. Draußen prasselte der Regen weiterhin gegen das Fenster. Jansen hatte den Aktenkoffer auf seinem Schoß abgelegt und öffnete die Schlösser mit einem schnappenden Geräusch. Als er die darin liegenden Kopien sah, zögerte er kurz. Er atmete tief durch, schloss die Augen – und wieder befiel ihn das Gefühl der Kälte und Verzweiflung, das er bei der Berührung des Reliquiars gespürt hatte. Diese Aufgabe war zu groß für einen einzelnen Menschen – zumindest war sie zu groß für ihn, Jansen, auch wenn er schon vieles hinter sich und vieles überstanden und gemeistert hatte. Er dachte daran, wie seine Gemeindemitglieder bei einem Überfall der Contras vergewaltigt, verstümmelt, ermordet worden waren. Er hatte das Blut gesehen, hatte die Verzweiflung in den Gesichtern beobachtet, die Hilfeschreie gehört, und er hatte nichts tun können. Als der Angriff vorbei gewesen war, hatte er Erste Hilfe geleistet, hatte einige Leben retten können, aber für andere kam jede Hilfe zu spät. Kurz darauf war er selbst von den Contras entführt und gefoltert worden. Nach seiner geglückten, aber blutigen Flucht hatte man ihn auf seinen Wunsch hin an den Kölner Konvent versetzt. Seitdem arbeitete er als Wissenschaftler, als Historiker – sein Gnadenbrot, wie er es immer nannte.

Doch nun war es ihm weggenommen worden, und er befand sich abermals im Mittelpunkt schrecklicher Ereignisse. Jansen öffnete die Augen.

Nachdem er den Koffer wieder geschlossen und neben dem Sessel abgestellt hatte, schaute er hinunter auf das Dokumentenbündel in seinem Schoß.

»Noch mehr Schriftstücke?«, fragte Leclerc und zog die hohe Stirn kraus. »Haben sie etwas mit den Papieren aus Lautenbach zu tun?«

Jansen nickte gedankenverloren, und nach einem weiteren, sorgenschweren Seufzer erzählte er Victor Leclerc von seiner Reise nach Rom.

Irgendwann unterbrach ihn der Professor: »Das alles ist ja schön und gut, und ich finde Ihre Schilderung des Ordensgenerals und seiner Residenz sehr interessant, und die kleine Lektion in Kirchengeschichte ist durchaus spannend, aber ich glaube, es ist an der Zeit, dass Sie mir endlich sagen, was die Jesuiten und die Quaeriten suchen.«

Jansen nickte und senkte den Blick wieder. »Sie werden es genauso wenig glauben wie ich, als ich diese Schriften in meinem Pensionszimmer durchgesehen habe.« Er schluckte. »Sie werden es gleich selbst lesen wollen, wie ich vermute, aber ich will es Ihnen zuerst mit meinen eigenen Worten sagen.« Er blätterte den Stapel nachdenklich durch. »Bei dem Gegenstand, der 1555 aus Rom herausgeschmuggelt und über die Alpen gebracht wurde, handelt es sich um nichts Geringeres als um den Apfel vom Baum der Erkenntnis.«

Der prasselnde Regen fiel in ein Schweigen, das tiefer als der Abgrund der Hölle war.

Zehntes Kapitel

»Die Ansammlung neuer Perceptiones durch den Wechsel von Orten mag zu neuen Resumationes führen, was so manchem erstrebenswerth erscheinet.«

Scultetus, *De Véritate Cognitionibus*

Ich muss verrückt sein«, sagte Victor eher zu sich selbst als zu dem Jesuiten, der neben ihm in dem kleinen Ford saß, während der Regen gegen die Windschutzscheibe trommelte und die Scheibenwischer kaum die nasse Last bewältigten. Sie befanden sich in einem Leihwagen auf dem Weg in die Eifel. Genauer gesagt, auf dem Weg zur Klosterruine Lautenbach.

Schon seit vielen Jahren war Victor nicht mehr in seiner alten Heimat gewesen. Er besaß kein eigenes Auto, und es zog ihn selten hinaus aus Köln. Es war ein merkwürdiges Gefühl, an diesem Nachmittag, an dem er eigentlich an einer langweiligen Verwaltungssitzung hätte teilnehmen müssen, durch den Regen in seine Kindheit zu fahren. »Ich weiß nicht, warum ich das hier mache«, sagte er leise.

»Zumindest bin ich Ihnen sehr dankbar für Ihre Hilfe«, sagte der Jesuit, der die Hände im Schoß gefaltet hatte und Victors Fahrkünsten nicht ganz zu vertrauen schien. Seinen Koffer hatte er widerstrebend auf dem Rücksitz des Zweitürers abgelegt. »Ein Besuch in Lautenbach ist die einzige Idee, die mir in dieser Sache gekommen ist. Schließlich kenne ich diesen Ort noch nicht. Vielleicht hilft uns die Atmosphäre dort weiter, oder wir entdecken irgendetwas, das uns möglicherweise auf eine Spur führt.«

»Auf eine Spur, die den vielen anderen, die sich dort bereits umgeschaut haben, entgangen ist? Das ist äußerst unwahrscheinlich. Genau so unwahrscheinlich wie die Existenz dieses legendären Apfels. Ich war der Meinung, Adam und Eva hätten ihn aufgegessen. Wie kann er da überhaupt noch existieren?«, fragte Victor mit einer gehörigen Portion Spott in der Stimme. Die »große Suche«, wie das Bocksgesicht sie genannt hatte, erschien ihm angesichts dieser Enthüllung verrückter und unglaublicher denn je – und damit auch die Bemerkungen des Maskierten über die dämonische Natur der Quaeriten, die er Jansen bisher nicht mitgeteilt hatte.

»Zum einen haben beide nur hineingebissen, und zum anderen trug der Baum noch weitere Früchte. Es geht nicht um den Apfel, von den Adam und Eva gegessen haben, sondern grundsätzlich um eine Frucht vom Baum der Erkenntnis. Sie alle besitzen die gleiche Macht«, wandte Jansen gereizt ein. »Sie argumentieren gerade wie einer der von Ihnen sicherlich zutiefst verachteten Scholastiker. Dass es einen solchen Apfel gibt, beweist das Dossier, das mir Pater Breitenbach gegeben hat.«

»Ich gebe zu, dass die Dokumente, deren Kopien Sie mir gezeigt haben, vermutlich von beträchtlichem Alter sind, aber das allein ist für mich noch lange kein Grund, ihnen zu glauben«, meinte Victor. Inzwischen hatten sie den Kölner Autobahnring hinter sich gelassen und fuhren auf der A 61 in Richtung Koblenz. »Und Sie können mir nicht weismachen, dass Sie tatsächlich an die Existenz dieses Apfels – oder eines dieser Äpfel – glauben.«

»Die Texte sind eindeutig«, wandte der Jesuit ein.

»Texte kann man fälschen.«

»Jahrhundertelang?«

»Warum nicht?«

»Warum?«

»Die Römische Kirche hatte schon immer einen Sinn für Mysterien und deren künstliche Herstellung«, sagte Victor. Allmählich ließ der Regen nach. »Wichtig ist ihr doch nur, dass die Gläubigen der Meinung sind, die Kirche sei im Besitz der absoluten und letzten Wahrheit. Und was könnte mächtiger sein als der Apfel vom Baum der Erkenntnis, wenn man von Reliquien Jesu absieht? Was macht unangreifbarer als der Besitz der vollkommenen Weisheit?

Da ist der Kirche jeder Mythos recht, sei er noch so lächerlich.« Victor drückte auf das Gaspedal und überholte einen Lastwagen, auf dessen Anhänger ein großflächiges Bild für Obst prangte, das angeblich direkt aus dem Garten Eden kam. »Da haben Sie Ihren Apfel der Erkenntnis«, meinte Victor und deutete mit der rechten Hand auf die andere Spur. »Eine Werbebotschaft, nichts anderes. Und das ist es auch für die Kirche.« Er packte das Lenkrad wieder mit beiden Händen, denn als er den LKW überholt hatte, drückte eine plötzliche Windbö den kleinen Wagen kräftig nach links.

»Es ist mehr«, erwiderte der Jesuit mit einer kalten Bestimmtheit, wie sie nur ein Geistlicher in Glaubensdingen an den Tag legen konnte.

»Soweit ich weiß, sind sich die Theologen nicht einmal einig darüber, dass es tatsächlich ein Apfel war, den Eva Adam zum Genusse gab.«

»Das stimmt«, gab der Jesuit zu. »Der Rabbiner Barcephas glaubte, es sei eine Traube gewesen, denn der Rebensaft verwirre den Geist, und der Genuss dieses Saftes stelle den Menschen noch unter die Tiere. Aber das ist nicht zwingend so, denn schließlich kann man den Saft auch unvergoren trinken oder die Traube essen, und dann sind die Wirkungen völlig anders. Theodorus, Prokopius und der heilige Isidor waren der Meinung, es habe sich um eine Feige gehandelt.«

»Wenn man bedenkt, dass das biblische Paradies das Zweistromland zum Vorbild hatte, erscheint eine Feige wahrscheinlicher«, gab Victor zu bedenken.

»Tostatius und Goropius hingegen haben die Frucht aus der Genesis als Kirsche angesehen«, fuhr der Geistliche fort. »Aber: War es eine Knorpelkirsche, eine Sauerkirsche, eine Süßkirsche? Es gibt sogar eine Theorie, die in dem Apfel eine Ähre sehen will. Fragen über Fragen.«

»Dabei ist die Antwort so einfach«, meinte Victor. »Es handelt sich lediglich um ein Symbol. Ein Symbol für das Erlangen von Reife und Selbsterkenntnis.«

»Nein, das glaube ich nicht«, entgegnete Jansen. »Der Apfel vom Baum der Erkenntnis – oder die *Frucht*, wenn Ihnen diese Bezeichnung lieber ist – findet sich keineswegs nur in der Bibel, sondern auch in einer Apokryphe mit dem Titel *Das Leben Adams und Evas*. Im Vatikan liegt eine aramäische Handschrift dieses Textes, die zwischen dem 29. und dem 30. Vers einen Einschub besitzt, den es bei keiner der vielen edierten Fassungen gibt.«

»Ja, ich habe es in Ihrem Dossier gelesen«, sagte Victor, während er den Wagen wieder auf die rechte Spur lenkte. Er blieb einfach hinter dem nächsten Lastwagen; bei diesem verworrenen Gespräch wollte er nicht andauernd auf den Verkehr achten müssen. »Sie meinen die Stelle, wo die Schlange eine Samenkapsel vom berühmten Baum der Erkenntnis zwischen die Falten von Adams Kleidung fallen lässt. Eine schöne Legende, zweifellos, aber wohl kaum mehr.«

»Derselben Quelle nach wuchs aus dieser Kapsel in ungeheurer Geschwindigkeit vor den Toren des Paradieses ein Baum, schwer an Früchten.«

»Was soll das beweisen?«

»Das wäre eine Möglichkeit, wie die Früchte aus dem Paradies herausgekommen sind«, betonte Jansen. »Dann sind da noch die Hinweise in der *Picatrix* und in der *Nigromancia* des Roger Bacon. Und denken Sie an die Stelle in der anonymen *Ars Magica* aus dem Jahre 1631, die angeblich dem Reisebericht des Johannes von Montevilla entnommen ist.«

»Hatten Sie vorher schon einmal etwas von dem Reisebericht gehört?«, fragte Victor.

Jansen schüttelte den Kopf. »Ich kenne mich mit dieser Art von Literatur nicht aus, und ich hatte bisher keine Zeit für eigene Recherchen. Aber eine Abschrift davon befindet sich in unserem Dossier.«

In *unserem* Dossier, dachte Victor mit Unbehagen. Wo war er da bloß hineingeraten? »Ich habe die betreffende Stelle nicht eingehend gelesen«, entschuldigte sich Victor.

»Johannes de Montevilla schreibt in seiner *Peregrinatio in terram bifluvialiam* von einer örtlichen Legende, derzufolge Adam einen seiner Söhne – es ist nicht bekannt, ob es sich dabei um Kain oder Abel handelte – zu den Pforten des Paradieses zurückgeschickt hat, um Öl vom Baum des Erbarmens zu holen. Ein Engel gab Adams Sohn dieses Öl und dazu noch drei Apfelkerne. Die *Ars magica* berichtet übrigens ausdrücklich von Apfelkernen. Diese drei Kerne sollten Adam von seiner Krankheit heilen, wenn sie ihm nach dessen Tod ins Ohr gelegt würden.«

»Ein wenig spät für eine effektive Behandlung«, meinte Victor sarkastisch.

»Spotten Sie ruhig«, beschwerte sich der Jesuit. »Spötter wissen immer nur die Hälfte. In dieser Legende ist mit Krankheit kein irdisches Gebrechen, sondern die Entfernung Adams von Gott gemeint, und diese kann auch noch nach dem Tode aufgehoben werden. Das ist schließlich unser Konzept vom Himmel.«

»In der Tat: *Ihr* Konzept«, meinte Victor. »Das Konzept des Trostes für alle zu kurz Gekommenen – und auch für alle Täter hier auf Erden. Ein gefährlich einfaches Konzept.«

Der Jesuit erwiderte nichts darauf, sondern fuhr fort: »Als der Sohn nach Hause kam, fand er seinen Vater Adam tot vor. Er tat, wie ihn der Engel geheißen hatte, und begrub Adam. Schnell wuchsen danach aus den Kernen in seinem Ohr drei Apfelbäume. Aus ihren Stämmen wurde später angeblich das Holz für das Kreuz Christi genommen.«

»Tausende Jahre später! Dann passt ja alles hervorragend zusammen«, meinte Victor. Allmählich reichte es ihm. Er war froh, dass er nur einen sehr oberflächlichen Blick auf die Kopien geworfen hatte, von denen viele dieselbe Handschrift trugen. Wer wusste schon, was der unbekannte Kompilator hinzuerfunden oder falsch abgeschrieben hatte? Das alles hatte in seinen Augen nicht den geringsten Wert.

»Es gibt noch viele andere und neuere Zeugnisse«, sagte Jansen und griff hinter sich zu dem Koffer auf dem Rücksitz. Nach einigen Verrenkungen hatte der hagere Jesuit das Aktenfaszikel wieder auf dem Schoß liegen. Er blätterte darin herum. »Hier«, sagte er. »Tertullian erwähnt den Apfel in einer ungedruckt gebliebenen, im Vatikan aufbewahrten Schrift zur Apologie des Christentums; angeblich hat er die Frucht mit eigenen Augen gesehen.«

»Und nicht hineingebissen?«, fragte Victor. »Vermutlich war sie damals schon ein wenig schrumpelig.«

»Tertullian wurde im Jahre 195 zum Christentum bekehrt; da dürfte die Frucht allerdings schon nicht mehr genießbar gewesen sein«, sagte der Jesuit.

Victor hatte keine Ahnung, ob er einen Scherz machte oder die Sache todernst nahm. Vermutlich war das Letztere der Fall.

»Angeblich hat der Vatikan die Veröffentlichung dieser Schrift abgelehnt, nachdem sie im siebzehnten Jahrhundert wiedergefunden wurde; man habe Angst vor einem neuen Wettlauf um die Frucht gehabt. Leider gibt Tertullian nicht an, wo ihm diese *maxima reliquia christiana* gezeigt wurde.«

»Äpfelchen, wohin rollst du …«, murmelte Victor.

»Wie bitte?«

»Ach, das war nur ein Zitat …«

Beide schwiegen. Inzwischen hatte Victor die A 61 verlassen und fuhr auf gut ausgebauten Landstraßen eine Abkürzung zur A 48, die geradewegs in die Eifel hineinführte. In weniger als einer Stunde würden sie ihr Ziel erreicht haben.

»Wieso ausgerechnet Lautenbach?«, fragte Victor nach einiger Zeit.

»Als die Truppen des Herzogs Alba 1555 vor Rom standen, befürchtete der unsichere und ängstliche Papst Paul IV, der Apfel könne dem Feind in die Hände fallen. Deshalb ließ er die Reliquie – wenn wir sie so nennen dürfen – aus Rom fortschaffen. Ein Prälat erhielt den Befehl, sich um diese Aufgabe zu kümmern, und es ist bekannt, dass es ihm gelang, den Apfel aus Rom herauszuschmuggeln und in irgendeinem Kloster unweit der Stadt zu verstecken. Doch auch dort wurde die Lage gefährlich, und der Prälat, der sich wegen der Belagerung nicht mehr mit dem Papst beraten konnte, entschied eigenmächtig, den Apfel über die Alpen zu seinem Bruder zu bringen. Von diesem Bruder wissen wir aufgrund der Akten nur, dass er Abt irgendeines deutschen Klosters war. Der Apfel gelangte heil über die Alpen, aber dann verliert sich seine Spur. Schließlich wurden die Jesuiten damit beauftragt, den Apfel wieder nach Rom zu bringen. Doch obwohl man angestrengt suchte, fand man nichts. Alle deutschen Klöster wurden unter verschiedenen

Vorwänden immer wieder von Jesuiten besucht. Schon seit dem frühen siebzehnten Jahrhundert hatte man das Kloster Lautenbach im Verdacht, weil sich dort rätselhafte Dinge abspielten und es mehrfach einerseits zu Fällen von Besessenheit und andererseits zu Wundern kam. Aber seit dem späten achtzehnten Jahrhundert wurde die Suche nicht mehr besonders ernst genommen. Die Aufklärung hatte sogar die Ansichten etlicher Geistlicher beeinflusst.«

»Nicht genug, wie mir scheint«, warf Victor ein. Inzwischen befanden sie sich wieder auf der Autobahn, und die nächste Abfahrt war bereits Daun. Sie näherten sich ihrem Ziel, seiner Heimat, dem Ort seiner Kindheit.

»Und dann erfuhren wir, dass sich die Quaeriten in Frankreich neu gegründet hatten«, fuhr Jansen fort. »Damit lebte auch das Interesse an der Geschichte des Apfels wieder auf. Doch erst mit Ihren Dokumenten, Herr Professor, hat die Suche neuen Schwung bekommen, wenn ich so sagen darf.«

»Wenn Sie unter Schwung auch die Vernichtung von Menschenleben verstehen …«

»Ich bitte um Entschuldigung«, sagte Jansen kleinlaut. »Gerade ich sollte etwas so Frivoles nicht sagen.« Victor warf einen raschen Blick zu ihm hinüber. Er war rot geworden und schaute auf seine vernarbten Hände. Nun, immerhin schien er noch zu menschlichen Empfindungen in der Lage zu sein.

»Wieso waren sowohl Sie als auch die Quaeriten der Meinung, dass meine Dokumente neue Aufschlüsse geben?«, fragte Victor. Weit vor sich, im Westen, sah er die Nacht herankommen. Die Regenwolken hatten sie hinter sich gelassen, und Samt bedeckte den Himmel.

»Es war nur eine Vermutung«, antwortete der Jesuit.

»Wenn ich es richtig sehe, hat sich Ihre Vermutung bisher aber nicht bestätigt«, meinte Victor. »Oder verschweigen Sie mir etwas?«

»Nein.«

»Das heißt also, wir jagen einer Chimäre nach.«

»Eher dem größten Geheimnis dieser Welt.«

»Was immer es auch sein mag, es tötet«, sagte Victor und schaltete die Scheinwerfer ein.

»Gott wird uns schützen«, bemerkte der Jesuit mit fester Stimme.

»Da können wir nur hoffen, dass wir diesen Schutz nicht nötig haben«, erwiderte Victor.

* * *

Der Samtglanz des Abends umgab die Ruinen der Klosterkirche von Lautenbach wie ein sanfter Schleier, der den Verfall zu einem Bild der Schönheit und Ruhe umwandelte. Die schartigen Reste des Turmes ragten in den sternenübersäten Himmel, und die mächtigen Mauern mit ihren gotischen Fensternischen warfen tiefe Schatten unter dem Silberlicht des beinahe vollen Mondes. Victor und Jansen standen im hohen Gras des Kirchenschiffs, hatten den Himmel über sich und die Ungewissheit in sich. Ein schwacher Wind fuhr durch die leeren Spitzbogenfenster mit dem teilweise erhaltenen, feinen Maßwerk und strich wie mit leiser Hand über das Gras.

»Was suchen wir?«, fragte Victor und zerriss damit das zarte Gewebe der Dämmerstunde. »Was hoffen wir, zu finden?«

Der Jesuit ging mit langsamen, vorsichtigen Schritten zu der Stelle im Chorraum, an der früher der Altar gestanden hatte. Er drehte sich um die eigene Achse, betrachtete die mit Efeu überwucherten, bröckelnden Mauern, die Fensterhöhlen und den zugewachsenen Boden, auf dem kein Menschenwerk mehr zu erkennen war. Ganz kurz ließ er die Schultern sinken und wirkte plötzlich ungeheuer verletzlich. Erstaunt stellte Victor fest, dass er in diesem Augenblick so etwas wie Mitleid mit dem Geistlichen empfand, der auf eine unbegreifliche Suche geschickt worden war, bei der er keinen Erfolg haben konnte. Er näherte sich dem Jesuiten, der sofort wieder die Schultern hochzog und das Kinn reckte. Seine wässerig-blauen Augen sahen Victor trotzig an.

»Hier ist es geschehen, hier in diesen Mauern«, sagte der Jesuit leiser, als es seine Haltung hätte erwarten lassen. Der Mond war über die ausgezackten Mauern gestiegen, die nun wie die Zinnen einer Burg wirkten. »Hier hat der Abt seine Mitbrüder ermordet, das Ritual durchgeführt und die Reliquiare entnommen. Von hier aus sind sie auf die Reise geschickt worden. Eines ist bis nach Moskau gekommen, aber inzwischen befindet es sich im Besitz des Ordensgenerals. Es scheint so etwas wie ein Schlüssel zu sein – oder der Teil eines Schlüssels.«

»Ach ja? Wie wäre es, wenn Sie mir nicht nur hin und wieder kleine Informationsbröckchen hinwerfen würden?«, beschwerte sich Victor. »Was hat es denn mit diesem Moskauer Reliquiar auf sich?«

»Es liegt ein Pergamentstreifen mit unverständlichen Worten darin, die nach einer Dämonenanrufung klingen, und außerdem sind seltsame Zeichen in die Seitenwände eingeritzt«, sagte Jansen. »Bisher konnte niemand etwas damit anfangen, aber aufgrund der schriftlichen Beichte des Lautenbacher Abtes glaubt der Schwarze Papst nun, dass alle vier Reliquiare zusammen den Weg zu dem Apfel weisen.«

»Warum sind wir dann hier?«, fragte Victor und zog den Kragen seines Jacketts zusammen. Allmählich wurde es kalt. Es war, als hauchte das Gebäude einen eisigen Atem aus. »Sollten Sie nicht eher nach den drei anderen Reliquiaren suchen?«

»Wo denn?«, fragte der Jesuit zurück. »Nirgendwo ergibt sich auch nur der geringste Anhaltspunkt, wo sie sich befinden könnten.«

»Ist Ihnen bekannt, wie das Reliquiar nach Moskau gekommen ist?«

Jansen nickte. »Ein französischer Soldat hat auf dem Rückzug von Napoleons Truppen aus Russland ein Reliquiar, das er als Amulett mitgeführt hatte, gegen Brot für sich und seine Gefährten bei einer Gräfin Wiborodwa eingetauscht. Es verblieb in ihrer Familie, bis die letzte Ahnin der Gräfin, die angeblich wahnsinnig war, 1917 von den Bolschewiki hingerichtet wurde. In ihrem Besitz, von dem es eine Bestandsliste gibt, fand man das Reliquiar. Zunächst sollte es vernichtet werden, doch offenbar hat es einer der Revolutionäre an sich gebracht. Dann verliert sich seine Spur, bis es einige Zeit nach dem Zusammenbruch der Sowjetunion im Moskauer Antiquitätenhandel auftauchte.«

»Wenn ich mich recht erinnere, schreibt der Abt in seiner Beichte, er werde die Reliquiare aussenden«, meinte Victor. »Möglicherweise hat er dafür gesorgt, dass die französischen Truppen sie mit nach Hause nehmen.«

Der Jesuit steckte die Hände in die Tasche seiner schwarzen Hose. Auch ihm schien kalt zu sein. »Die Franzosen waren für ihn doch der Erzfeind«, gab Jansen zu bedenken. »Denken Sie an das, was er in seiner schriftlichen Beichte über sie geschrieben hat. Das scheint mir deshalb nicht sehr wahrscheinlich zu sein.«

»Auch unter den Besatzern – zumindest unter den Offizieren – gab es gebildete Leute mit einem Gespür für Religion, Geschichte und Kunst«, wandte Victor ein. »Wie dem auch sei, Spekulationen darüber sind müßig, denn wir wissen nicht, was der Abt mit den Reliquiaren angestellt hat. Und wir wissen nicht, ob der Zettel mit den rätselhaften Worten in dem Moskauer Exemplar nur eine Beschwörungsformel ist oder noch eine andere Bedeutung hat und was es mit dem eingeritzten Zeichen auf sich hat. Es steht keineswegs fest, dass all das Hinweise auf Ihren Apfel sind.«

»Es ist nicht *mein* Apfel«, wehrte sich der Jesuit. Er warf einen letzten Blick auf die halbrunde Chormauer und schritt durch ein großes Loch in der Wand, ohne Victor weitere Aufmerksamkeit zu schenken.

Victor dachte an seine Kindheit – an jenen Ausflug mit der Schule hierher, bei dem er so gehänselt worden war. Er dachte an seine einsamen Besuche in dieser Ruine und auf dem angrenzenden Friedhof, wenn es ihm wieder einmal gelungen war, von seiner Mutter wegzukommen, und an das Gefühl des Friedens und der Kraft, das ihn hier oft durchströmt hatte.

Der Jesuit hatte das verfallene Kirchenschiff verlassen. In der Ferne bellte ein Hund, ein Auto fuhr irgendwo vorbei, das leise Brummen verblasste rasch. Ruhe setzte wieder ein. Nur der Hauch des Windes flüsterte von den Dingen, deren Geheimnis diese Mauern verbargen.

Dort, wo früher der Altar gestanden hatte, schwebte ein Schatten. Aufrecht. Verhüllt. Wie ein Mönch mit Kapuze. Victor kniff die Augen zusammen. Öffnete sie wieder. Der Schatten war verschwunden.

Weit hinten stand der Wald, eine schwarze Mauer unter dem tiefen Blau des Himmels, der nächste Ort – Lautenbach – war mehr als fünf Kilometer entfernt. Es war ein langer Weg von Victors Elternhaus bis hierher gewesen – und ein langer Weg zurück in diese Gegend der schlimmen Erinnerungen, der Melancholie und der verlorenen Hoffnungen.

Victor umrundete die Apsis, die von einigen Pappeln flankiert wurde. Jemand kam ihm entgegen. Hatte der Jesuit die Gestalt nicht bemerkt? Victor blieb wie erstarrt stehen. Die Person näherte sich mit langsamen Schritten, und sie hielt einen unförmigen Gegenstand in der Hand. Nun hatte sie Victor erreicht.

Der Mann hob die Hand zum Gruß an seine Schiebermütze und ging vorbei. Er mochte etwa sechzig Jahre alt sein, hatte ein verrunzeltes, wettergegerbtes, irgendwie fremdländisch anmutendes Gesicht, und er hatte einen altertümlichen, mechanischen Rasenmäher dabei. Verdutzt sah Victor ihm nach, als die Starre von ihm abgefallen war. Dann beeilte er sich, Jansen einzuholen.

Er fand den Jesuiten vor den Gräbern der Mönche. Sie waren nicht deutlich umrissen, sondern wurden nur durch eine lange Reihe von verwitterten, schlichten Grabsteinen im sauber gemähten Gras markiert. Offensichtlich waren sie soeben einem der Bewohner der umliegenden Dörfer begegnet, die diesen Ort noch immer pflegten. Auf emaillierten, in die Steine eingelassenen Tafeln standen die mehr oder minder leserlichen Namen der Mönche. Vier von ihnen waren die Opfer des Abtes. Nun hatte dieser Friedhof für Victor eine ganz andere Atmosphäre als damals.

»Vier …«, sagte Jansen leise, als befürchtete er, jemanden mit seiner Stimme zu stören. Oder zu wecken. Offenbar dachte er gerade dasselbe wie Victor. »Wenn man hier steht, ist man noch eher geneigt zu glauben, dass alles wahr ist.«

Anscheinend hatte auch Jansen seine Zweifel, dachte Victor. Wie tröstlich. Er sagte nichts, sondern schaute hinüber zu dem Grabstein, gegen den ihn seine Schulkameraden damals gedrängt hatten. Und vor dem sie in Panik geflohen waren. Victor ging dorthin. Es war der Grabstein des Abtes Ludolf von Germersheim. Rasch wandte Victor der Grabstelle den Rücken zu. Fast glaubte er ebenfalls einen Anflug von Panik verspürt zu haben – zumindest war es kein solches Gefühl wie damals. Er sah nicht nur Gespenster, er fühlte sie auch schon, dachte er und versuchte zu schmunzeln.

»Ist es für Sie als Philosoph und Erkenntnistheoretiker denn nicht ganz besonders reizvoll, den Apfel vom Baum der Erkenntnis zu suchen?«, fragte der Jesuit, der die Hände wie im Gebet gefaltet hielt.

»Welche Erkenntnis sollte er denn bringen?«

»Vielleicht verschafft er die Möglichkeit, die Dinge, die wir sehen, auch zu durchdringen, also bis in ihr Letztes hinein zu erkennen. Das würde einen Blick in Platons Reich der Ideen bedeuten.«

»Eigentlich hätte ich von Ihnen als Theologe eine andere Antwort erwartet.«

Jansen sah ihn fragend an und verschränkte die Arme vor der Brust. »Etwa die, dass mit seiner Hilfe das Gute vom Bösen geschieden werden kann?«

»Ja.«

Der Jesuit lächelte. »Gut und Böse sind nur Kategorien, bezeichnen aber nicht das innerste und tiefste Wesen der Dinge.«

»Eine erstaunliche Antwort für einen Geistlichen«, meinte Victor und schaute auf die Grabkreuze, deren helle Emailletafeln schwach in der Dunkelheit leuchteten. »Ist für Sie denn Gott nicht der Inbegriff des Guten, den es zu erkennen gilt?«

»Gott ist größer.« Der auffrischende Wind nahm seine Worte mit.

»Erinnern Sie sich noch an die Namen der Heiligen, deren Reliquien der Abt entfernt hat?«, fragte Victor.

»Johannes, Martinus, Quirinus und Leodegar«, antwortete der Jesuit sofort.

Victor schritt an den Grabkreuzen entlang und beugte sich bei jedem tief zum Namensschild hinunter. Es gab zwar einen Johannes und einen Martinus, aber weder einen Quirinus noch einen Leodegar.

»Glauben Sie, in diesen Gräbern liegt die Antwort?«, fragte Jansen.

»Es war nur ein flüchtiger Gedanke«, meinte Victor, nachdem er alle Namen gelesen hatte. »Aber er scheint ebenfalls zu nichts zu führen.«

»Nun käme uns eine kleine Portion Erkenntnis ziemlich gelegen, nicht wahr?«, sagte der Geistliche und lächelte schwach.

Victor richtete sich auf und erwiderte das Lächeln. Der Mond kroch auf den fernen Wald zu; unter seinem Schein wirkten das Gras, die Kirche und die Felder jenseits der Straße wie mit geronnenem Silber überzogen. »Einerseits sagt Thomas von Aquin: ›Nichts ist im Verstand, was nicht vorher in den Sinnen gewesen ist‹, aber andererseits ist die Wahrnehmung, also die Sinneserfahrung, nach Aristoteles eine zwar notwendige, aber keineswegs hinreichende Bedingung von Wissen. Kurz gesagt, die Wahrnehmung hängt vom Wissen genauso ab wie das Wissen von der Wahrnehmung.«

»Könnten Sie das etwas weniger professoral formulieren?«, fragte Jansen. Der Wind spielte in seinen glatten, grauen Haaren und brachte sie durcheinander, sodass sie plötzlich ein wenig seinen verwegenen, buschigen Brauen ähnelten.

»Verzeihung«, meinte Victor. »Solange wir nicht wissen, wonach wir in diesen Ruinen suchen sollen, werden wir auch keine Hinweise finden, weil wir sie nicht erkennen würden, selbst wenn wir unmittelbar vor ihnen stehen.«

»Jetzt weiß ich nicht mehr, wie ich die Suche fortführen soll.« In Jansens Stimme lag etwas Verzweifeltes, Gehetztes. »Es gibt keine Anhaltspunkte, es gibt keine Hoffnung. Das Gras hat alles zugedeckt. Ich weiß selbst nicht, was ich hier finden wollte.« Resigniert zuckte er mit den Schultern.

Der Mond sank allmählich hinter die Wipfel des Waldes in der Ferne, und das silberne Licht versickerte. »Es wird Zeit für den Rückweg«, sagte Victor leise.

Elftes Kapitel

»Die Neugierde ist die Krafft des Verstandes, durch welchselbige er die Sinne antreibet, stets neue Perceptiones zu ergreiffen, um zu Resumationes und endgültig zur Confirmatio zu gelangen.«

Scultetus, *De Veritate Cognitionibus*

Während Maud in dem schmucklosen Vorzimmer zu einem der Kuratorenbüros im British Museum wartete, fragte sie sich, was wohl Victor in diesem Augenblick tat. Drei Tage waren seit seiner Abreise vergangen, und in der Zwischenzeit hatte sie sich ein wenig beruhigt. Die Erlebnisse in der Bibliothek ihres Informanten hatten einen unwirklichen Schimmer angenommen, ein irrationales Schillern, das ihre Erinnerung immer stärker überzog. Mehrfach hatte sie in den letzten Tagen vor der Eisentür im Hinterhof der Kay Street gestanden. Von einem Feuer war dort nichts zu sehen, aber die Tür war verschlossen. Und die Telefonleitung war weiterhin tot.

Die Arbeit zwang ihr andere Gedanken auf – zum Glück. Und es war die Arbeit, die sie heute hierher geführt hatte. Sie brauchte für die nächste Auktion einen kunsthistorischen Rat.

Die Tür des Zimmers flog auf. »Bitte entschuldigen Sie, dass ich Sie habe warten lassen«, sagte die Kuratorin. »Ich hatte noch eine Besprechung wegen der kommenden Mittelalter-Ausstellung, aber jetzt habe ich Zeit für Sie.« Die große, schwarzhaarige Frau lächelte ihr zu und deutete in das dunkle Innere ihres Büros.

Maud erhob sich und betrat das makellos aufgeräumte Zimmer, in dem alle Bücher und Dokumente in Schränken mit breiten Glastüren eingesperrt waren. Auf dem Schreibtisch lagen zwei säuberlich aufgeschichtete Aktenberge: Eingang und Ausgang. Sylvia

Morris-Berman, eine der Kuratorinnen des British Museum, war eine vielbeschäftigte Frau, aber sie wirkte so beherrscht und organisiert, als würde sie kaum mehr in der Woche tun, als die eine oder andere Dinner-Party zu geben. Sie lehnte sich auf ihrem knarrenden Bürostuhl zurück und sah Maud mit strahlend blauen Augen an, die in einem interessanten Kontrast zu den schwarzen Haaren und der beinahe weißen Haut standen.

Da war wohl eine Menge keltisches Blut im Spiel, dachte Maud. Sie war der Kuratorin vor einiger Zeit schon einmal begegnet, als sie kunstgeschichtliche Informationen über eine Einlieferung byzantinischer Kunst benötigt hatte. Schon damals – es mochte inzwischen etwa vier Jahre her sein – hatte diese Frau sie sehr beeindruckt. Sie war ein wandelndes Lexikon, stellte ihr Wissen aber nicht zur Schau.

Und genau dieses wandelnde Lexikon benötigte Maud nun wieder. »Es freut mich, dass Sie Zeit für mich gefunden haben«, begann sie. »Ich weiß nicht, ob Sie sich noch an mich erinnern …«

»Durchaus, Miss Gwynne.« Die Kuratorin lächelte Maud an. Es lag vieles in diesem Lächeln: Wiedererkennen, Anerkennen, Belustigung, Aufmunterung. Sie hatte einen dunklen Lippenstift aufgelegt, der hervorragend zu ihrem dichten, glänzend schwarzen Haar passte. »Bevor Sie weiterreden«, sagte die Kuratorin mit ihrer recht hohen, aber angenehm weichen Stimme, »möchte ich vorschlagen, dass wir das Gespräch verlagern. Es gibt hier in der Nähe ein ausgezeichnetes indisches Restaurant, und ich muss gestehen, dass ich inzwischen ein Mittagessen gebrauchen könnte.«

Maud hatte nicht das Geringste dagegen einzuwenden, und so saßen sie bald an einem kleinen, weiß eingedeckten Tisch in einem winzigen Lokal an der geschäftigen Bloomsbury Street. Von draußen drang der Verkehrslärm durch die nur angelehnte Tür und kämpfte mit der indischen Sitar-Musik, die aus verborgenen Lautsprechern perlte. Maud wählte Chicken Korma, und Sylvia Morris-Berman bestellte Lamm-Tikka, dazu Reis und Naan-Brot.

»Mrs. Morris-Berman, ich …«, begann Maud.

»Bitte nennen Sie mich Sylvia«, unterbrach sie die Kuratorin und strich sich eine Strähne ihres pechschwarzen Haares hinter das linke Ohr.

Maud spürte, wie sie leicht errötete – für sie ein höchst ungewöhnlicher Vorgang. Diese Frau vor ihr wirkte in ihrem streng geschnittenen, blauen Hosenanzug fast majestätisch. »Danke … Sylvia. Also, es geht um eine Einlieferung, die wir bekommen haben und die mir ziemliche Kopfschmerzen bereitet.«

Maud hatte einige Fotografien der Stücke mitgebracht, bei deren Datierung und Schätzung sie höchst unsicher war – es handelte sich um koptische Schriften sowie zwei Kreuze, von denen eines die Reliquien des heiligen Chrysoprasias enthielt, dessen Namen Maud nie zuvor gehört hatte. Als sie dieses Kreuz – dessen Korpus aus einer geschnitzten, vollständig bekleideten Christusfigur bestand, über deren Kopf und Arme die Balken des Kreuzes wie Fortsätze des Körpers hinausragten – vor zwei Tagen in ihrem Büro zum ersten Mal gesehen hatte, war ihr natürlich sofort wieder der Bericht über die Reliquien des Klosters Lautenbach eingefallen. Ganz kurz hatte sie sich dem aufregenden Gedanken hingegeben, dieses Kreuz könnte in einer Beziehung zu dem Eifelkloster stehen, doch das war natürlich nicht der Fall. Dort hatte es keinen heiligen Chrysoprasias gegeben, und überdies wäre es einfach ein zu großer Zufall gewesen.

Sylvia konnte ihr tatsächlich einiges über den heiligen Chrysoprasias berichten, der um 900 in Konstantinopel gelebt und etliche Wunderheilungen vollbracht sowie Teufelsaustreibungen vorgenommen haben sollte, und Maud staunte einmal mehr über das enzyklopädische Wissen der Kuratorin. Sie schwamm in ihrem Wissen wie ein Fisch im Wasser. Angeblich habe der heilige Chrysoprasias – der seinen Namen angeblich wegen der grünlichen Farbe erhalten hatte, die seine Haut auf wundersame Weise überzogen hatte – auch eine Geheimschrift erfunden, durch die er mit den Engeln kommunizieren konnte. Das war der Anlass für Sylvia gewesen, sich eingehend mit Geheimschriften zu beschäftigen, die zu einem ihrer liebsten Hobbys geworden waren.

Fasziniert hörte Maud ihr zu. Und ihr kam ein Gedanke, während Sylvia weiter über den heiligen Chrysoprasias, über Kryptographie sowie Reliquien und Reliquiare dozierte. Es war zwar nur der berühmte Strohhalm, aber einen Versuch war es wert.

»Gibt es im British Museum eigentlich auch Reliquiare aus Deutschland?«, fragte sie, als Sylvia zum Ende gekommen war, und knabberte auf dem letzten Stück Naan-Brot herum, während sie auf die Antwort wartete.

»Natürlich«, sagte Sylvia und stützte den Kopf in die Hände. »Eine Menge sogar. Wieso fragen Sie? Haben Sie auch eine Einlieferung von dort?«

Maud schüttelte den Kopf. »Ich … suche lediglich seit einiger Zeit Informationen über die Reliquiare eines bestimmten Klosters in der Eifel – das ist ein Landstrich im äußersten Westen des Landes.«

»Ich bin schon einmal dort gewesen – mit Arthur Gordon Brownes *Rambles and Scrambles in the Eifel* als Reiseführer. Es war sehr amüsant, denn viel hat sich dort seit der Veröffentlichung dieses Buches im Jahr 1898 nicht verändert.« Sylvia lächelte versonnen. »Ich habe eine schöne Zeit in diesem abgelegenen Zipfel der Welt verlebt.«

Auch das Brot war nun vertilgt, und da Maud noch ein wenig Hunger verspürte, pickte sie mit der Gabel die letzten Reiskörner von ihrem Teller und aus der gemeinsamen Schale. Sylvia schien nicht viel zu essen, obwohl sie nicht gerade dürr war. »Waren Sie auf Ihrer Reise auch in Lautenbach?«

Sylvia schüttelte den Kopf und lehnte sich zurück, als der Kellner heiße, in Klarsichtfolie eingeschweißte Handtücher brachte. Mit einer raschen, kundigen Bewegung riss sie die Folie auf und betastete den weißen, dampfenden Stoff.

Maud schaffte es erst nach dem zweiten Anlauf und hätte das Tuch beinahe fallen lassen. »Wie schaffen Sie es, keine Brandblasen dabei zu bekommen?«, entfuhr es ihr.

Sylvia lachte hell auf. »Jahrelange Übung im Umgang mit dem Feuer«, meinte sie. »Stammen die Reliquiare, nach denen Sie suchen, aus Lautenbach?«

Maud nickte und warf das immer noch recht heiße, nicht mehr ganz weiße Tuch auf ihren Teller. »Wenn Sie es wünschen, kann ich in unserer Datenbank einmal nach diesem Ort suchen«, erbot sich Sylvia, während sie den Kellner herbeiwinkte.

Die beiden Frauen bezahlten, und als sie wieder auf der brummenden Bloomsbury Street standen, sagte Sylvia: »Geben Sie mir einfach Ihre Karte. Ich werde mich mit Ihnen in Verbindung setzen, wenn ich etwas herausgefunden habe.«

Rasch kramte Maud aus ihrer geräumigen Handtasche eine Visitenkarte hervor und reichte sie der Kuratorin, die sie sorgfältig in ihrer Brieftasche aus blassblauem Leder verstaute. Dann verabschiedete sie sich von Maud und verlieh dabei der Hoffnung Ausdruck, ein solches gemeinsames Mittagessen einmal wiederholen zu können. Maud sah ihr nach, wie sie die Great Russell Street hinunterging und stellte fest, dass ihre Hände zitterten. In der Tat würde sie Sylvia Morris-Berman gern wiedersehen.

Mit einem Lächeln auf den Lippen ging sie zur Oxford Street, auf der die Touristen wieder einmal so taten, als sei heute der letzte Einkaufstag vor dem Weltuntergang. Es war ein warmer und sonniger Tag, und blanke Haut glänzte und Speck wabbelte überall.

Doch als Maud einmal einen raschen Blick hinter sich warf, sah sie gerade noch, wie jemand in einem schwarzen Mantel mit hochgeschlagenem Kragen sowie einer Sonnenbrille in einem Ladeneingang verschwand. Sie blieb stehen und wartete, während sich der Fußgängerstrom um sie teilte und sie wegzuschwemmen drohte, doch die Gestalt kam nicht mehr hervor. Maud ging weiter.

Sie sah Gespenster.

Sie drehte sich wieder um.

Keine schwarze Gestalt verfolgte sie.

Dennoch war sie froh, als sie ihr Büro in der New Bond Street, ein wenig abseits vom Trubel der hektischen Einkaufsstraße, erreicht hatte. Mit den Informationen, die sie von Sylvia Morris-Berman erhalten hatte, konnte sie sowohl mit der Katalogbeschreibung der eingelieferten Stücke als auch mit der Schätzung fortfahren.

Sie war gespannt, ob sich die Kuratorin bei ihr melden würde.

Doch an diesem Tag hatte sie kein Glück.

* * *

Der nächste Tag verlief überaus hektisch. Es gab eine Abteilungsbesprechung wegen einer anderen Auktion, die in wenigen Wochen stattfinden würde und bei der ein Gemälde aus der Bosch-Schule versteigert werden sollte, das bereits im Vorfeld für heftige Aufregung in der Presse gesorgt hatte, weil es ernstzunehmende Expertisen gab, die dieses Werk Bosch persönlich zuschrieben. Maud zweifelte daran, aber sie war keine Expertin für Alte Meister. Zumindest schlugen die Diskussionen über die Anpreisung und Taxe des Bildes hohe Wellen.

Erst am späten Nachmittag kam Maud wieder in ihr Büro. Gerade als sie auf ihrem knirschenden Polsterstuhl Platz genommen hatte und das übliche Chaos auf ihrem Schreibtisch überblickte wie ein Feldherr seine etwas in Unordnung geratenen Truppen, klingelte ihr Telefon – es »melodierte«, wie sie es immer nannte. Sie nahm ab; Sylvia Morris-Berman war am anderen Ende.

»Ich hoffe, ich störe nicht«, sagte sie mit ihrer hohen, sanften Stimme.

»Keineswegs«, antwortete Maud, und vor Aufregung bildete sich ein Frosch in ihrem Hals.

»Ich rufe wegen Ihrer Reliquiare an.«

»Na ja, es sind nicht *meine* …«, entgegnete Maud und lehnte sich auf ihrem Stuhl zurück.

»Um es kurz zu machen: Unser Museum besitzt keinerlei Gegenstände des Klosters, das Sie erwähnten. Sicherheitshalber habe ich auch im Victoria & Albert Museum nachgefragt, aber dort war es dasselbe. Wie Sie sicherlich wissen, besitzt das V&A die Bleiglasfenster aus dem Kloster Steinfeld in der Eifel, aber bei Reliquiaren haben wir eine komplette Fehlanzeige.«

Na ja, das wäre auch ein allzu großer Zufall gewesen, dachte Maud. Es war ein Herumstochern im Nebel. »Nun gut, ich danke Ihnen jedenfalls sehr herzlich für die Mühe, die Sie sich gemacht haben. Wenn Sie nichts dagegen haben, würde ich Sie dafür gern zum Essen einladen.«

»Angenommen«, entgegnete Sylvia ohne zu zögern.

»Morgen vielleicht?«, fragte Maud.

»Das passt mir nicht so gut. Vielleicht können wir noch eine oder zwei Wochen damit warten. Aber Ihre Einladung verschafft mir den Anlass, Ihnen einen Vorschlag zu unterbreiten, der allerdings etwas gewagt ist.«

Gewagt?, dachte Maud und spürte, wie ihr Herz ein bisschen schneller schlug.

Am anderen Ende der Leitung räusperte sich Sylvia, dann sagte sie: »Vielleicht erinnern Sie sich, dass ich etwas von einer großen Mittelalter-Ausstellung gesagt habe, die das British Museum in einem halben Jahr veranstalten wird. Dafür holen wir gerade Leihgaben aus aller Herren Länder herbei. Wie es der Zufall will, werde ich am kommenden Wochenende nach Schottland reisen und dort persönlich auf Ruthven Hall in der Nähe von Auchterarder ein Reliquiar begutachten, das uns freundlicherweise von einem Mitglied der altehrwürdigen Familie MacGrath zur Verfügung gestellt wird. Heute Morgen habe ich die Unterlagen zu diesem Exponat durchgesehen und festgestellt, dass es tatsächlich aus Deutschland stammt.«

Mauds Mund wurde trocken. Es konnte doch nicht sein, dass …? »Aus der Eifel?«, fragte sie mit heiserer Stimme.

»Das weiß ich nicht; so detailliert sind die Unterlagen, die ich habe, nicht. Ich weiß nur, dass es sich um ein kleines, etwas grobes Kopfreliquiar des heiligen Leodegar aus dem späten 13. Jahrhundert handelt. Leodegar wurde vor allem westlich des Rheins verehrt.«

Leodegar … Das war einer der Schutzheiligen des aufgehobenen Benediktinerklosters gewesen; sie erinnerte sich an den Namen aus der schriftlichen Beichte des Abtes. Nein, das war einfach unmöglich. Wie sollte ein Reliquiar aus Lautenbach nach Schottland gekommen sein? »Befinden sich noch Reliquien darin?«, fragte Maud. Das Sprechen fiel ihr schwer, ihr Mund war vollkommen ausgedörrt.

»Ich habe keine Ahnung. Die Informationen, die wir schon besitzen, sind sehr spärlich. Bei uns arbeitet eine Großnichte von Dunstan MacGrath, die oft auf Ruthven Hall ihre Ferien verbracht hat und dessen vielfältige Kunstschätze recht gut kennt. Sie war schon immer an Altertümern interessiert. Vermutlich hat sie deswegen vor Kurzem einen Mann geheiratet, der zwanzig Jahre älter ist als sie, aber das sei nur nebenbei gesagt. Eigentlich mag ich die gute Trudy sehr gern. Ihr Großonkel wollte das Reliquiar wohl zunächst nicht herausrücken, und mir wäre es auch lieber gewesen, es bliebe im kalten Schottland, denn wir haben schon genug beachtliche Exponate für unsere Ausstellung. Aber da ging es vermutlich auch um die Familienehre, und nun werden wir eine Leihgabe erhalten, die wir zu unserem eigenen Glück und Heil eigentlich nicht brauchen. Wie dem auch sei, ich bin dazu abkommandiert, am Wochenende nach Ruthven Hall zu fahren und das Reliquiar in Augenschein zu nehmen.« Sie zögerte kurz, dann setze sie hinzu: »Wollen Sie mich begleiten?«

Diese Frage kam nach der langen Einleitung völlig unerwartet für Maud. Sie dachte kurz nach und kam zu dem Ergebnis, dass sie an diesem Wochenende keinerlei Verpflichtungen hatte. »Ja, gern«, sagte sie.

»Können Sie sich bereits am Freitagnachmittag freimachen? Ich hole Sie vor Sotheby´s ab; wir fahren mit meinem Wagen. Alles andere wäre zu unbequem, da Ruthven Hall ziemlich abgelegen ist. Am Abend werden wir da sein, und am Sonntag werden wir zurückfahren. Machen wir uns doch einfach ein paar schöne Tage, nicht wahr?« Am anderen Ende wurde aufgelegt.

Maud saß da, hatte das Telefon noch in der Hand und starrte aus dem Fenster auf die Wand des Nachbargebäudes. Als sie allmählich wieder zu sich kam, bestand ihr erster Impuls darin, Victor anzurufen und ihm von dieser unerwarteten Entwicklung zu berichten. Doch sie wusste ja nicht, ob das Kopfreliquiar von Ruthven Hall tatsächlich aus dem Kloster Lautenbach stammte. Wenn sie ihn herlockte und es möglicherweise umsonst war … Es war besser, selbst auf die Suche zu gehen und Victor später davon zu berichten.

Gegen einen Ausflug nach Schottland hatte sie nichts einzuwenden. Es war schon so lange her, dass sie London verlassen hatte. Die Aussicht auf ein wenig Ablenkung kam gerade recht.

Und die Aussicht darauf, ein paar Tage mit Sylvia Morris-Berman zu verbringen, war mehr als verlockend.

* * *

Maud war aufgeregt wie ein Schulmädchen. Sie saß neben Sylvia auf dem Beifahrersitz des Rover 75 und genoss das stille Dahingleiten des dunkelblauen Wagens. Sie fuhren auf der M 1 in Richtung Norden, hatten London schon lange hinter sich gelassen, und die vorbeirollende Hügellandschaft mit ihren Wiesen, Feldern und vereinzelten Baumgruppen wirkte wie ein Gemälde von Constable.

Sylvia fuhr schnell, immer auf der rechten Spur, und sie scheute auch nicht vor dem Gebrauch der Lichthupe zurück, wenn ihr jemand zu langsam erschien. Doch sie war eine routinierte Fahrerin. Auf der Höhe von Birmingham, wo sie auf die M 6 abbog, wurde der Verkehr etwas dichter, doch danach hatte Sylvia die meiste Zeit freie Bahn.

Sie unterhielten sich wenig. Einmal fragte Sylvia, weswegen Maud Reliquiare aus der Eifel suche. Maud gab eine ausweichende Antwort; sie wollte nichts über die merkwürdigen Dokumente erzählen. Diese Frau war ihr zwar sehr sympathisch, doch Maud kannte sie kaum. Und was hätte sie sagen sollen? Sie wusste ja nicht einmal, was diese Quaeriten in Wirklichkeit suchten. Um die Reliquiare selbst konnte es wohl kaum gehen, auch wenn ein Kopfreliquiar aus dem 13. oder 14. Jahrhundert, wie sie es bald auf Ruthven Hall zu sehen hoffte, sicherlich einiges wert war. Doch dafür gründete man keine Sekte. Also teilte sie Sylvia mit, ein Freund aus Deutschland forsche gerade über die Verbreitung von Reliquiaren und anderen Sakralgegenständen aus der Eifel in der Epoche nach der Säkularisierung.

»Ein Freund?«, fragte Sylvia und warf ihr einen raschen Seitenblick zu. »*Ihr* Freund?«

Maud musste lachen. »Nein. *Ein* Freund. Noch aus Studientagen. Ich habe ungefähr zwei Jahre in Köln studiert, und da bin ich ihm begegnet. Allerdings ist sein Fach nicht Kunstgeschichte gewesen, sondern Philosophie. Heute ist er Professor an der Kölner Universität. Wir sehen uns leider nicht mehr oft und sind uns rein freundschaftlich verbunden.« Maud fühlte sich zu dieser wichtigen Klarstellung gedrängt.

Sylvia sah sie noch einmal an. Ein flüchtiges Lächeln spielte über ihre Lippen. »Es hätte mich auch sehr gewundert«, sagte sie leise, fast wie zu sich selbst.

Maud spürte, wie sie rot wurde.

»Ich fahre nicht gern allein«, sagte Sylvia, als wollte sie rasch das Thema wechseln. »Es ist so ermüdend. Ich danke Ihnen sehr für Ihre Gesellschaft. Ich hätte mir niemand anderen gewünscht. Haben Sie vielleicht Hunger?«

Und ob! Kurz hinter Lancaster verließen sie die Autobahn und hielten beim ersten Pub an, der ihnen vertrauenerweckend erschien. Sie waren nun etwa vier Stunden unterwegs. Halbzeit.

Sylvia parkte den großen Wagen schwunghaft, und Maud war dankbar, aussteigen und sich etwas Bewegung verschaffen zu können. Sie reckte und streckte sich und genoss die warme und weiche Luft des heraufziehenden Abends, die vom nahen Meer einen angenehm salzigen Duft mitbrachte. Von der Autobahn war hier nichts mehr zu hören und zu sehen. Amseln sangen die Dunkelheit herbei. Wie lange war es her, dass sie einfach den Koffer gepackt hatte und weggefahren war? Zu lange. Was immer diese Fahrt noch bringen mochte, sie hatte sich schon jetzt gelohnt.

Sogar das Essen war ausgezeichnet. Ein Pint angenehm herben Ciders begleitete das Mahl, nach dem sich Maud doppelt so rund wie vorher fühlte. Nun war es sieben Uhr; sie würden mindestens noch drei Stunden bis zu ihrem Zielort in der Nähe von Auchterarder benötigen. Sylvia rief MacGrath kurz an und entschuldigte sich für die Verspätung; sie habe leider erst viel später losfahren können, als sie geplant hatte. Dabei zwinkerte sie Maud zu. Als sie das Gespräch beendet hatte, sagte sie: »Angeblich ist er etwas merkwürdig. Wir werden in seinem Schloss übernachten. Ich habe Sie als meine Kollegin angemeldet. Seine Großnichte sagt, er sei der schrulligste Mensch, den sie kenne. Und das heißt eine ganze Menge, denn sie ist auch nicht gerade ein Ausbund an Langeweile. Übrigens ist er kleinwüchsig.« Sylvia schloss ihren Wagen auf, und die beiden fuhren weiter.

Es versprach in der Tat ein reizvoller Ausflug zu werden!

* * *

Es war bereits stockfinster, als sie das Ende der Autobahn bei Dunblane erreichten. Über die A 9 fuhren sie an einigen kleineren Orten vorbei, bis sie schließlich in Auchterarder ankamen. Der Ort zog sich einen Hügel entlang; dunkelgraue Häuser aus Granit wurden von den Straßenlaternen und den Scheinwerfern des Rover aus der Finsternis gezerrt und wieder in sie zurückgestoßen. Kaum jemand war auf der Straße zu sehen; der ganze Ort wirkte wie eine Kulisse für einen historischen Spielfilm – herausgefallen aus Zeit und Wirklichkeit. Kleine Sprossenfenster spiegelten das vorbeihuschende Licht des Wagens wider; gelbliche Laternen enthüllten geschwungene Schaufenster, Türen mit schweren Messingklopfern daran und hier und da einen Erker oder ein kleines Türmchen vor der Fassade.

»Kurz hinter dem Städtchen ist eine Tankstelle; ihr gegenüber zweigt eine schmale, asphaltierte Straße ab, die zum Schloss führt«, erklärte Sylvia. »Es gibt keine Hinweisschilder.«

Die angekündigte Straße war kaum mehr als ein besserer Feldweg, der von nachtschwarzen Hecken gesäumt wurde und gerade breit genug für den Wagen war. Inzwischen war der fast volle Mond aufgegangen und warf ein starres Tuch aus Silber über das Land, das den Schatten eine beinahe stoffliche Schwärze verlieh und alle Kontraste verstärkte.

Sie waren bereits einige Meilen gefahren, ohne an einer Abzweigung vorbeigekommen zu sein und fragten sich allmählich, ob es tatsächlich die richtige Straße war. Die hohen Hecken zu beiden Seiten ließen keinen Ausblick auf das Land ringsum zu. Vereinzelt wuchsen Weiden und Ulmen am Rande des Weges und streckten einander ihre Äste zu, sodass sie wie offene, lockende Tordurchgänge wirkten. Unter ihnen zog sich das silberne Asphaltband dahin.

Schließlich wichen die Hecken zu beiden Seiten zurück, und die Straße endete vor einem breiten und hohen schmiedeeisernen Tor. Sylvia bremste und stellte den Motor ab. Sie stiegen aus.

Die Stille überfiel Maud wie ein Schock. Kein Lufthauch regte sich, vom fernen Ort war nichts zu hören und auch nichts von dem Schloss, das irgendwo vor ihnen liegen musste, aber von den hohen, mächtigen Bäumen hinter dem Tor vollkommen verdeckt wurde. Es war kalt geworden; Maud schlang die Arme um sich und sah sich um.

Die Straße, auf der sie hergekommen waren, wirkte im Mondlicht wie eine Schlange, auf deren Kopf sie nun standen. Hinter dem Tor bohrte sich ein Kiesweg in ein Wäldchen, das jedes Licht aufzusaugen schien.

Sylvia trat an das Tor heran und untersuchte die beiden gemauerten Pfosten, auf denen je eine steinerne Ananas hockte. Nach einiger Zeit fand sie einen kleinen Klingelkopf und drückte ihn.

Es dauerte eine Weile, bis die beiden Torflügel quietschend auseinanderschwangen. Sylvia warf Maud ein kleines Lächeln zu, und die beiden stiegen wieder in den Wagen. Maud war froh, das leise Brummen des Motors und das Knirschen der Reifen auf dem Kies zu hören. Die Stille vorhin hatte sie bedrückt.

Hinter dem Wäldchen machte der Weg eine sanfte Biegung nach links und führte schließlich in weitem Bogen unmittelbar vor den Eingang von Ruthven Hall. Der erste Eindruck, den Maud erhielt, war der eines Waldes aus Türmchen, Erkern und Wetterfahnen, aus Spitzdächern und Kaminen, die im Mondlicht badeten. Das Schloss hatte einen L-förmigen Grundriss; dort, wo die beiden Flügel zusammenstießen, befand sich das kleine Rundbogentor unter einem später angefügten, von unpassend wirkenden korinthischen Säulen getragenen Vordach. Das Mondlicht glitzerte in den unzähligen kleinen Butzenscheiben der schmalen Fenster, und dichter Efeu wand sich an den alten Mauern hoch.

Niemand erwartete sie. Aus keinem Fenster drang Licht. Sylvia und Maud sahen sich kurz an und stiegen dann aus.

Als sie klopften, öffnete sich die Tür wie von Geisterhand. Kurz entschlossen ging Sylvia voran, ließ sich von dem schwarzen Schlund des Hauses fressen. Maud beeilte sich, ihr zu folgen. Bald standen sie in einer Halle, die sich über zwei Stockwerke erstreckte.

Hinter ihnen schlug die Tür zu, und Licht flammte auf.

Maud zuckte zusammen und rieb sich die Augen. Vor der Tür stand wie ein Wächter ein hagerer, winzig kleiner Mann in einem groben, dunkelgrünen Tweed-Jackett und einer braunen Cordhose. Eine runde, dünnrandige Brille und ein üppiger, weißer Backenbart verliehen ihm das Aussehen eines Landadligen aus dem neunzehnten Jahrhundert. Das ebenfalls weiße Haupthaar hatte er in dichten Wellen nach hinten gekämmt.

»Sind Sie allein?«, fragte er mit hoher Stimme und einem harten, schottischen Akzent, wie ihn Maud seit ihrer Kindheit nicht mehr gehört hatte.

»Wer sollte denn bei uns sein?«, fragte Sylvia zurück.

Statt einer Antwort drehte sich der kleine Mann um, bei dem Maud annahm, dass es sich um den Schlossherrn Dunstan MacGrath handelte, öffnete die Tür einen Spaltbreit und spähte hinaus in die Nacht. Dann schloss er die Tür rasch wieder und wandte sich mit einem zufriedenen Lächeln seinen Gästen zu.

»Schlechte Zeiten«, sagte er. »Gesindel treibt sich herum.« Er deutete mit ausgestrecktem Zeigefinger auf Sylvia. »Vom British Museum?« Sylvia nickte. Der Finger wanderte zu Maud hinüber. »Begleitung, Assistentin?« Maud nickte ebenfalls. Beide stellten sich vor. »Gut. Oder auch nicht. Kommen Sie. Ihre Zimmer liegen im ersten Stock.« Ohne eine Reaktion abzuwarten, ging er mit den schaukelnden Bewegungen, wie sie bei Kleinwüchsigen normal waren, zu der breiten Treppe, die im hinteren Teil der Halle zu einem kleinen Absatz und von dort aus in die nächste Etage führte. Sylvia und Maud folgten ihm.

Die Steinstufen der Treppe waren in der Mitte ausgetreten und wiesen damit eine Krümmung wie lächelnde Münder auf. In der Tat hatte Maud den Eindruck, jede einzelne Stufe grinse sie an.

Der Hausherr führte sie im ersten Stock durch einen langen, mit altersdunklen Portraits behängten Gang, dessen Teppich an vielen Stellen extrem fadenscheinig und zerschlissen war. Sie bogen um eine Ecke und befanden sich nun vermutlich in dem kürzeren Balken des »L«. MacGrath stieß die erste Tür zur Linken auf und deutete hinein. »Ihr Zimmer, Ms. Morris-Berman. Ihres, Ms. Gwynne, liegt gleich daneben. Bis morgen.« Er machte kehrt und war rasch um die Biegung des Ganges verschwunden. Maud hörte noch seine Schritte auf den knarrenden Dielen und das Klappern seiner Absätze über die Steinstufen der Treppe, dann war wieder alles still.

Die beiden Frauen sahen sich an. »Man fühlt sich so richtig willkommen«, meinte Maud leise und musste grinsen.

Sylvia nickte. »Wir sollten rasch unser Gepäck holen. Ich bin todmüde und will nur noch ins Bett.«

Maud erging es kaum anders, und sie war froh, als sie nach der langen Fahrt und der seltsamen Begrüßung endlich allein in dem ihr zugewiesenen Zimmer auf dem weichen, dick gepolsterten Bett saß und mit leichtem Wippen die Matratze ausprobierte. So hatte sie sich den Aufenthalt in einem Schloss immer vorgestellt: Ein Gästezimmer mit hoher Stuckdecke, verblichenen Damasttapeten, dunklen Landschaftsgemälden und alten Mahagonimöbeln. Maud stand wieder auf und ging ins angrenzende kleine Badezimmer, das von einer frei auf Löwenfüßen stehenden Wanne beherrscht wurde. Sie wusch sich am Becken, das einen langen Riss aufwies, und schaute in den fleckigen Spiegel. Dunkle Ringe lagen unter ihren Augen. Du wirst allmählich alt, sagte sie zu sich selbst. Sie streifte ihr Nachthemd über und ging zurück ins Zimmer.

War in der Zwischenzeit jemand hier gewesen? Beinahe glaubte sie einen seltsamen, leicht stechenden Geruch wahrzunehmen. Sie ging zum Fenster und öffnete es.

Stille drang herein. Maud blieb eine Weile vor dem geöffneten Fenster stehen und atmete die kühle Nachtluft. In der Ferne erstreckte sich ein Wäldchen, und unmittelbar unter ihr befand sich ein kleiner Garten mit Einrahmungen aus Buchsbaum und niedrigen Taxus-Hecken, an die sich eine alte, zerfallende Mauer anschloss.

Und hinter der Mauer, unter einem großen Baum bewegte sich etwas.

Maud kniff die Augen zusammen. Es war eine schwarze Gestalt, die dort durch das hohe, verwilderte Gras lief, und sofort kamen alle Erinnerungen an die Schauermär von den dämonischen Quaeriten und den rätselhaften Reliquiaren zurück. Und der Gedanke an den Grund dieser Reise. Waren sie verfolgt worden?

Die Gestalt war jedoch ungewöhnlich klein; sie wirkte wie ein geducktes, verstohlen sich heranpirschendes Tier. Dann fiel das Mondlicht auf sie.

Es war der Schlossherr, der mit seinen grotesk schwankenden Bewegungen in den Schatten der Mauer hastete.

Maud runzelte die Stirn. Was für ein seltsamer, bedauernswerter und gleichzeitig unheimlicher Mensch. Sie schloss das Fenster wieder und begab sich zu Bett.

Und dachte an Sylvia, die jenseits der Wand schlief.

* * *

Als Maud und Sylvia am anderen Morgen ausgeschlafen die Treppe zur Halle hinuntergingen, wurden sie bereits vom Hausherrn erwartet. Der kleinwüchsige Mann stand mit verschränkten Armen am Fuß der Treppe und schien auf die beiden Frauen gewartet zu haben.

»Ich habe mich anders entschieden«, sagte er mit seinem harten Akzent. »Das Reliquiar bleibt hier. Meine Großnichte hat mich überredet, und es ist nicht so, dass ich Ihnen oder dem British Museum nicht trauen würde, aber ich wollte das Reliquiar von Anfang an nicht hergeben. Es fällt mir bloß so schwer, Trudy etwas abzuschlagen. Sie hat mich regelrecht überrumpelt. Wahrscheinlich wollte sie bloß einmal unseren Namen in einer Ausstellung des British Museum erwähnt wissen. Das Reliquiar bleibt hier.«

»Warum?«, fragte Maud verständnislos, als sie und Sylvia den Fuß der Treppe erreicht hatten.

»Sind Sie Katholikin?«, fragte MacGrath zurück. Seine kleinen, braunen Augen betrachteten sie forschend.

»Ich bin gar nichts«, gab Maud zurück.

MacGrath zog die Brauen zusammen, bis sie fast über der Nasenwurzel gegeneinanderstießen. Nun erinnerte er Maud an einen dieser kleinen Dämonen, wie sie bisweilen in spätmittelalterlichen Handschriften oder an Säulenkapitellen auftauchten. »Dann können Sie es nicht verstehen.«

»Dürfen wir uns das Reliquiar denn wenigstens einmal ansehen?«, fragte Sylvia geduldig. Neben dem Schlossherrn wirkte sie fast wie eine Walküre; er reichte ihr gerade bis zum Bauch. »Wir sind schließlich hier, um eine Entscheidung darüber zu treffen, ob wir es überhaupt in die Ausstellung aufnehmen.«

»Wenn Sie es nicht sehen, können Sie es auch nicht ausstellen«, sagte er.

»Ist es Teil Ihrer Sammlung?«, fragte Maud. »Haben Sie selbst diese Sammlung aufgebaut, oder haben Sie sie geerbt?«

»Das ist keine Sammlung!«, brauste MacGrath auf. »Seit Jahrhunderten war unsere Familie eine glühende Unterstützerin des rechten Glaubens. Nicht wenige von uns sind während der Schreckenszeit des John Knox für Gott gestorben. Wir mussten uns verstecken und unseren Glauben verleugnen. Und wir haben alle heiligen Gegenstände vor dem Zugriff der Ketzer in Sicherheit gebracht!« Er sah Maud böse an. »Das ist keine Sammlung!«, sagte er noch einmal mit Nachdruck.

Sylvia rollte mit den Augen, dann zwinkerte sie Maud zu. Sie räusperte sich und sagte: »Ich bitte um Verzeihung, wenn ich Sie unterbreche, aber ich bin Katholikin.«

MacGrath schaute ungläubig an ihr hoch. »Ach, wirklich? Wann waren Sie denn zum letzten Mal in der heiligen Messe?«

»Am vergangenen Sonntag natürlich.«

»Und wo?«

»In *Our Lady of the Assumption and St. Gregory*, nicht weit vom Piccadilly Circus entfernt.«

MacGrath zog eine Augenbraue hoch. Nun sah er einem kleinen Unterdämon nicht mehr ganz so ähnlich. »Also gut, Ihnen erlaube ich einen Blick auf die heiligen Gegenstände. Ihrer Mitarbeiterin aber nicht!« Er drehte sich um und schickte sich an, die Eingangshalle zu verlassen. Sylvia warf Maud einen kurzen, entschuldigenden Blick zu und folgte ihm.

Maud blieb allein in der riesigen Halle zurück. Sie bemühte sich, ruhig zu bleiben, aber innerlich kochte sie. Was bildete sich dieser

Waldschrat bloß ein! Nun war sie nicht in der Lage, das Reliquiar zu untersuchen, und Sylvia wusste nicht, wonach sie Ausschau halten sollte.

Maud biss sich auf die Unterlippe. Wusste *sie* denn, wonach sie suchte? Was würde sie mit dem Reliquiar anstellen, wenn sie es in die Finger bekäme?

Sie hatte keine Lust, in diesem kalten, ungemütlichen Raum zu bleiben und machte sich auf den Weg zu ihrem Zimmer. Als sie leise die Treppe hochstieg, spitzte sie die Ohren, aber nichts war zu hören; es war, als hätte das Schloss Sylvia und MacGrath verschluckt. Als wäre es mit wattiger Stille ausgestopft.

Eine Stunde später klopfte es an ihrer Tür. Es war Sylvia. »Wie wäre es, wenn wir einen Spaziergang machen?«, fragte sie. »Das Wetter ist einfach zu schön, um in diesen dunklen Räumen zu bleiben.«

Kurz darauf standen sie vor dem Eingang des Anwesens. Maud schaute an der Fassade hoch. Jetzt, im Sonnenschein, erkannte sie die Risse und Spalten sowie die Flechten, die Teile des steilen Daches bedeckten. Sie hatte den Eindruck, dass das ganze Schloss sich selbst nur mit äußerster Kraftanstrengung zusammenzuhalten vermochte. »Ein trauriger Ort«, sagte sie leise.

»Verwelkte Größe ist immer traurig«, meinte Sylvia. »Mal sehen, ob es hier irgendwo einen Weg durch den Garten gibt.«

Sie umrundeten den langen Balken des L, der an der Stirnseite im ersten Stock zwei Spitzbogenfenster mit filigranem gotischem Maßwerk aufwies. Sylvia deutete auf sie und sagte: »Das ist die Kapelle. Darin bewahrt er alle Sakralgegenstände auf, die seine ›Nicht-Sammlung‹ ausmachen.«

Maud blieb stehen und betrachtete die Fenster eingehend. Sie schienen bleiverglast zu sein.

Maud kniff die Augen zusammen. Es war, als liege ein feiner, düsterer Nebel vor den Fenstern. »Wäre das Reliquiar denn etwas für Ihre Ausstellung?«, fragte sie.

»Allerdings. Ich bin ziemlich beeindruckt, wie ich zugeben muss. Es handelt sich um ein kleines, sehr außergewöhnliches Kopfreliquiar, das kaum die Größe eines Apfels hat. Für gewöhnlich sind diese Reliquiare genauso groß wie ein Kopf oder sogar etwas größer, weil sie meistens den gesamten Schädel umschließen. In MacGraths Reliquiar aber hätte höchstens ein Schrumpfkopf Platz gefunden. Es ist übrigens leer – bis auf einen Pergamentstreifen mit dem Namen des Heiligen und einem anderen Zettel mit seltsamen Wörtern.«

»Ist es tatsächlich ein Reliquiar des heiligen Leodegar?«, fragte Maud.

Sylvia nickte. Inzwischen hatten sie den verwilderten Garten betreten und schritten auf überwucherten Kieswegen zu einer Tür in der zerbröckelnden Mauer. Ein leichter Wind war aufgekommen. Sylvia musste sich bücken, um die niedrige, tief in der Mauer steckende Tür zu öffnen. Sie war nicht verriegelt.

Es war wie ein Durchgang in eine andere Welt. Erst als Maud hinter der Mauer stand, bemerkte sie, wie beklemmend die Atmosphäre in dem Schloss und den Gärten gewesen war. Vor ihr erstreckte sich eine sanft abfallende Wiese, die an einem kleinen, von Erlen und Weiden gesäumten Fluss endete, über den eine Holzbrücke zu einem lichtflirrenden Birkenhain führte.

»Sind Sie tatsächlich Katholikin?«, fragte Maud, als sie das andere Ufer erreicht hatten.

Sylvia lächelte sie an. »Ich hätte sogar behauptet, ich wäre verheiratet, wenn mich das meinem Ziel näher gebracht hätte.« Ihr Lächeln wurde noch tiefer. In ihrem dunkelgrünen Rock und der hellen Bluse wirkte sie wie eine seltsame Pflanze inmitten der hellen Birkenstämme.

»Will er es wirklich nicht herausrücken?«, fragte Maud, nachdem sie sich so ins Gras gesetzt hatte, dass sie einen hübschen Blick zwischen den Birkenstämmen hindurch auf das Flüsschen und Ruthven Hall auf der anderen Seite genießen konnte.

Sylvia setzte sich neben sie, zog die Beine an und schlang die Arme um die Knie. »Nein«, sagte sie nur.

»Also war die Reise umsonst?«

»Ich weiß es nicht.« Sylvia sah Maud an. Stumme Fragen lagen in ihrem Blick. »Übrigens hat MacGrath uns erlaubt, bis morgen zu bleiben. Ich finde, wir sollten sein Angebot annehmen. Ehrlich gesagt, habe ich keine Lust, mich gleich wieder auf den Rückweg zu machen. Und wie steht es mit Ihnen?«

Maud spürte, wie ihr die Hitze in den Kopf stieg. Es war nur der warme Tag, es war die Windstille hier zwischen den Bäumen, deren Kronen leise rauschten. »Ich würde gern noch ein wenig mit Ihnen hierbleiben«, sagte sie und fügte vorsichtig hinzu: »Werden Sie versuchen, ihn umzustimmen?«

»Wozu? Soll er seinen Schrumpfkopf doch behalten! Das British Museum ist nicht darauf angewiesen, obwohl er eine bemerkenswerte Ergänzung wäre. Wir können unsere Ausstellung aber auch ohne sein Exponat eröffnen.«

»Und wenn Sie es … mir zuliebe tun würden?«

»Ihnen oder ihrem Freund zuliebe?« Sylvia wandte ihr den Kopf zu.

»Es würde mich glücklich machen, ihm helfen zu können.«

»Also gut.«

Sie blieben noch eine Weile schweigend nebeneinander sitzen und genossen die Aussicht, dann spazierten sie weiter durch die Umgebung von Ruthven Hall.

* * *

Erst am Abend sahen sie Dunstan MacGrath wieder. Er hatte für ein einfaches Mahl aus Käse, Brot, Wein und Whisky gesorgt und wirkte keinesfalls glücklich, als die drei am Abend in dem großen, kalten Speisesaal zusammensaßen. MacGrath präsidierte am Kopf der Tafel, die durch seinen Zwergwuchs noch größer erschien. Er wirkte gehetzt. Bevor er einen Bissen zu sich nahm, schüttete er drei große Gläser Whisky hinunter, und das Zittern in seinen Fingern ließ nach.

»Ich trinke nie«, sagte er.

Maud warf Sylvia einen kurzen, belustigten Blick zu.

»Das habe ich gesehen«, sagte er, doch seine Stimme klang nicht wütend. »Ich kann Ihnen Ihre Schlüsse nicht verübeln, aber ich trinke wirklich nicht. Ich bin nicht wie die meisten meiner Landsleute. Ich bin nicht wie die meisten Menschen. Wir MacGraths tragen einen Fluch mit uns herum, der sich nicht nur in gelegentlichem Kleinwuchs manifestiert. Im Allgemeinen kann ich damit ganz gut umgehen, aber heute …« Er nahm eine Scheibe Brot, schnitt sich ein Stück Käse ab und begann zu essen. »Es hat begonnen, als Sie meine Kapelle betreten haben«, sagte er.

»Sie haben mich dazu eingeladen«, erwiderte Sylvia. Sie nahm ein sehr kleines Stück Käse und nagte daran.

»Ich habe Sie eingeladen, weil Sie mich dazu gedrängt haben«, entgegnete MacGrath. »Und Ihre Gegenwart hat alles Heilige in meinem Haus gestört.« Er senkte den Kopf und schaute sie von unten herauf an. »Sie sind keine Katholikin.«

»Wir werden morgen früh wieder abreisen«, sagte Sylvia. »Wir danken Ihnen sehr für Ihre Gastfreundschaft.«

»Sie können gut lügen«, meinte MacGrath.

Maud spürte, wie ihre Handflächen feucht wurden. Als Schottin war sie zwar durchaus an offene Worte gewöhnt, aber das hier ging zu weit. »Wir sind auf Ihre Einladung hergekommen, Mr. MacGrath«, mischte sie sich ein. »Sie haben uns ein Exponat für die Mittelalter-Ausstellung versprochen. Nun haben Sie ihr Wort widerrufen, und wir haben möglicherweise die weite Reise ganz umsonst gemacht. Ist es da so verwunderlich, dass wir ein wenig enttäuscht sind?«

»Ich hätte es von Anfang an ablehnen sollen«, sagte er. »Ich war zu schwach. Aber jetzt bin ich wieder stark.« In seinen Augen loderte es.

»Ich würde Ihr Reliquiar sehr gern präsentieren«, meinte Sylvia, während sie ihr zart angenagtes Stück Käse zurück auf ihren Teller legte. »Wie ich Ihnen schon sagte, ist es wirklich außergewöhnlich. Es würde sich sehr gut in der Abteilung für christliche Kunst machen, und natürlich würde auch Ihr Name deutlich sichtbar in den Angaben zur Provenienz erscheinen.«

»Damit mir irgendwelche selbsternannten Altertumsforscher die Bude einrennen?«, erboste sich MacGrath. »Oder Diebe mich heimsuchen? Nein, nein, nein!« Er goss sich noch einen Whisky aus der Kristallkaraffe ein. »Ich habe es schon viel zu weit getrieben. Ich habe die Heiligen erzürnt. Keine Entweihungen mehr.«

»Ist das Ihr letztes Wort?«, fragte Sylvia und sah ihn traurig an.

»Ja.«

»Ich verstehe Ihren Stimmungsumschwung nicht«, wunderte sich Maud.

»Als ich Ihrer Kollegin das Reliquiar gezeigt habe, hätte ich ihr beinahe doch erlaubt, es mitzunehmen, aber dann ... Warum versuche ich, es Ihnen zu erklären? Sie sind doch eine Atheistin!«

»Dürfte ich Sie bitten, es trotzdem zu versuchen?«, beharrte Maud. »Ich verspreche Ihnen, dass ich nichts Unziemliches sagen werde.«

MacGrath schaute von Sylvia zu ihr. Sein Backenbart zitterte. »Also gut. Es war schon immer etwas Besonderes an diesem einen Reliquiar. Und als ich es vorhin an seinen Platz in dem Sakristeischrank zurückgestellt habe, war es, als würde es zittern, und ich habe ... etwas *gehört*.« Sein Blick verriet Entsetzen. »Es ist rasch vorbeigegangen, aber es war, als hätte der heilige Leodegar zusammen mit allen anderen Heiligen gebrüllt: ›Gib mich nicht weg!‹ Und dann habe ich etwas ... *gesehen*.«

Maud erinnerte sich an das, was der Abt des Klosters Lautenbach über die entnommenen Reliquiare geschrieben hatte. *Jeder, der ihnen zu nahe kommt – auf welche Weise auch immer – wird ihre verderbliche Macht spüren.*

»Was haben Sie gesehen?«, fragte Sylvia.

»Es waren schreiende Menschen, die von Höllenflammen verzehrt werden, es waren gewaltige, unterirdische Höhlen, von deren Decken Feuer herabregnete, es waren die Qualen der Schwefelseen in den tiefsten Pfühlen des Infernos. Und es waren die Dämonen, die aus diesen Höllenschlünden herausgekrochen sind – und nun hier im Schloss lauern!«

Maud glaubte kein einziges Wort davon, dennoch lief es ihr kalt den Rücken herunter. Sie bemerkte, wie Sylvia sich auf ihrem Stuhl kurz umdrehte, als hätte sie hinter sich ein Geräusch gehört. Beide erwiderten nichts auf die Worte des Schlossherrn.

Der Rest des abendlichen Mahles wurde in Schweigen verzehrt.

Als MacGrath die Tafel aufhob und seinen Stuhl verließ, musste er sich an der Tischplatte festhalten. »Bis morgen früh«, sagte er und wankte aus dem Speisesaal.

Inzwischen dämmerte es draußen bereits; erste Schatten krochen durch die hohen Fenster aus dem Garten hinein. Sylvia seufzte und sah Maud an. »Das war wohl ein Reinfall. Es tut mir leid.«

»Das ist doch nicht Ihre Schuld«, meinte Maud und legte ihre Gabel beiseite. »Der kleine Knabe ist ganz einfach krank.« Sie grübelte ein wenig still vor sich hin. Dann traf sie eine Entscheidung. Nein, sie würde nicht ohne jedes Ergebnis abreisen. Sie hatte einen Plan …

* * *

Maud saß auf dem weichen Bett und horchte in das alte Gebäude hinein. Heute war es nicht so still wie in der vergangenen Nacht; verstohlen knackte und knisterte es, einmal ächzte eine Wasserleitung auf, es war beinahe wie das Stöhnen eines verwundeten Tieres. Maud wartete, bis nur noch das Holz arbeitete. Angesichts der Mengen von Whisky, die MacGrath beim Abendessen zu sich genommen hatte, würde er nun tief und fest schlafen.

Sie stand vom Bett auf, ging zur Tür und öffnete sie vorsichtig. Der Korridor lang im Dunkel; die schmalen Fenster an der gegenüberliegenden Wand, die auf den vorderen Hof wiesen, waren kaum mehr als geschwärzte Glasplatten, in denen sich Mauds verschwommene, rundliche Gestalt in seltsam fließenden Bewegungen abzeichnete. Sie blieb eine Weile im Gang stehen, bis sich ihre Augen an die Dunkelheit gewöhnt hatten und sie wenigstens die Schemen der Stühle, der Truhen und der Bilder an den Wänden erkennen konnte. Auf Zehenspitzen schlich sie den Gang entlang, bog vorsichtig um die Ecke, blieb am Treppenaufgang kurz stehen und lauschte.

Das Knacken und Knirschen schien lauter geworden zu sein, aber es kam weder von oben noch von unten. Es kam von vorn.

Maud befand sich nun in dem längeren Flügel des Schlosses, an dessen Stirnseite die Kapelle liegen musste. In der Dunkelheit konnte sie das Ende des Korridors nicht erkennen; sie starrte nur in Schwärze. In eine Schwärze, die sich bewegte. Die dahintrieb und sich wand wie Nebel.

Maud rieb sich die Augen – und ging weiter. Sie musste die Hände ausstrecken, damit sie nicht gegen ein Hindernis lief. Zu ärgerlich, dass sie keine Taschenlampe dabei hatte. Allmählich schälte sich ein etwas hellerer Umriss aus der Finsternis vor ihr. Dies musste der steinerne Türrahmen der Kapelle sein. Nach zwei Schritten stand Maud vor dem altersdunklen Eichenholz und hatte die lange, eiserne Klinke gepackt. Sie fühlte sich feucht an – doch es war nur Mauds Schweiß. Langsam drückte sie die Klinke herunter. Stieß die Tür auf. Ohne das geringste Quietschen glitt sie nach innen. Maud schlüpfte durch den Spalt und schloss die Tür sofort wieder. Jetzt tastete sie nach einem Lichtschalter. Sie fand ihn links neben dem Rahmen. Ein kleiner Kristalllüster flammte unter dem Schlussstein des Kreuzrippengewölbes auf und enthüllte einen leicht erhöhten Altar vor den beiden Spitzbogenfenstern, die Maud am Morgen von draußen gesehen hatte. Ein Ambo und einige Stühle für den Zelebranten und die Messdiener vervollständigten die Ausstattung des Altarraums, der durch eine hölzerne Schranke vom eigentlichen Kirchenschiff abgetrennt war. Hier standen zwei Reihen zu je vier Holzbänken, und in der Mitte des Gangs wuchs eine runde Säule mit floral verziertem Kapitell aus dem Boden, die das Deckengewölbe trug. Maud fühlte sich wie in einer Dorfkirche, allerdings fehlte das in katholischen Kirchen übliche Ewige Licht, das die Anwesenheit der geweihten Hostien anzeigte.

Auf einem Ständer neben dem Ambo erkannte Maud ein Räucherfass sowie ein Schiffchen für die Weihrauchkörner; beides schien mindestens aus dem 15. Jahrhundert zu stammen. Das Fass war wie ein Glockenturm geformt, der nach oben hin immer schlanker wurde, und das Schiffchen hatte tatsächlich die Form einer kleinen Barke. Auf einer Versteigerung würden bereits diese beiden Gegenstände ein kleines Vermögen einbringen. Auch das Kreuz auf dem Altar war nicht viel jünger und bestand vermutlich ebenso aus Silber wie das Räucherfass und das Schiffchen. Doch all das interessierte Maud jetzt nur am Rande.

Als ich es vorhin an seinen Platz in dem Sakristeischrank zurückgestellt habe …

Wo war dieser Sakristeischrank? Maud sah sich um und bemerkte schließlich eine kleine, niedrige Tür an der rechten Seite des Chorraums. Dahinter musste die Sakristei liegen. Sie öffnete die Chorschranke, die in der Mitte ein kleines, reich beschnitztes Türchen aufwies, ging um das steinerne Podest herum, auf dem der Altar stand, und öffnete die niedrige Tür, die ebenfalls nicht verriegelt war.

Eine Wolke aus Finsternis quoll hinaus in die Kirche. Maud prallte zurück und rang nach Atem. Zuerst glaubte sie an einen Schwelbrand, denn es lag auch ein seltsamer Geruch in der Luft, doch nach wenigen Augenblicken roch sie nichts mehr, und die Schwärze hatte sich aufgelöst – wenn sie denn überhaupt da gewesen war.

Hinter der Tür lag die dunkle Sakristei. Auch hier befand sich ein Lichtschalter an der Wand neben dem Rahmen. Maud trat ein.

Es war kaum mehr als ein Alkoven, etwa neun Fuß im Quadrat, mit einem kleinen Tisch und einem in die Wand eingebauten Eichenschrank, dessen Türen altersschwarz waren. Darin musste das Reliquiar verborgen sein. Maud berührte den kleinen, runden Griff aus geschmiedetem Eisen.

Ich habe etwas … gesehen.

Auch sie sah etwas. Glaubte etwas zu sehen. Eine Sekunde lang, eine Ewigkeit lang. Dunkelheit. Wirbelnd. Und in ihr … Gestalten, die nicht einmal dem kranken Hirn eines Dämonenaustreibers entsprungen sein konnten. Und die Schreie … und der Gestank …

Maud zog die Hand zurück.

Atmete tief ein.

Schloss die Augen.

Keine Bilder, keine Gerüche, keine Schreie. Sie öffnete die Augen wieder. Du wirst allmählich hysterisch, meine Liebe, dachte sie und versuchte zu lächeln. Es gelang ihr nicht. Kurz warf sie einen Blick durch die offen stehende Tür in den Chorraum der Kapelle.

Nein, dort hatte sich nichts bewegt, und dort sammelte sich auch keine Schwärze. Niemand lauerte ihr auf. Mit einer beherzten Bewegung öffnete sie den Wandschrank.

Sie öffnete ein Museum.

Das Licht der einfachen, matten Kugellampe dicht unter der Decke enthüllte auf breiten, mit rotem Samt ausgeschlagenen Brettern eine Vielzahl von Kreuzen, Gebetbüchern, gefalteten alten Paramenten, Leuchtern, Kelchen, Patenen und Ziborien. Und ganz rechts, ein wenig abseits, stand das kleine, silberne Kopfreliquiar.

Mit zitternden Fingern nahm sie es heraus. Es fühlte sich – weich an. Fast hatte Maud erwartet, bei der ersten Berührung mit dem alten Metall eine ähnlich entsetzliche Vision wie vorhin zu erfahren, doch nichts dergleichen geschah. Es war, als hätte das Dunkle, das dieses Reliquiar umgab, bereits seine ganze Kraft erschöpft.

Dieser kleine Kopf war nichts anderes als ein etwas unbeholfen gestaltetes Kunstwerk, dessen Augen bloße Löcher waren. Am Hinterkopf gab es eine kleine Klappe. Maud öffnete sie und zog die beiden Zettel heraus, von denen Sylvia gesprochen hatte. Der eine trug eine lateinische Aufschrift, die bezeugte, dass es sich tatsächlich um Reliquien des heiligen Leodegar handelte – die nicht mehr vorhanden waren –, und der andere enthielt eine Buchstabenfolge, die Maud nichts sagte. Kurz überlegte sie, ob sie die beiden Zettel oder sogar das ganze Reliquiar stehlen sollte. Sie betrachtete den Kopf eingehend und stellte fest, dass auf der Innenseite der geöffneten Klappe ein kompliziertes, aus etlichen parallelen Linien bestehendes Zeichen eingeritzt war. Ob das tatsächlich eines der Reliquiare aus dem Kloster Lautenbach war? Nichts deutete darauf hin – nichts außer der Tatsache, dass Leodegar einer der Schutzheiligen des Klosters gewesen war. Wie sollte es aus der fernen Eifel hierher gelangt sein, wo doch die übrigen Sakralgegenstände angeblich aus altem Familienbesitz stammten?

Maud wusste nicht, was sie tun sollte. Sie konnte den kleinen Kopf nicht einfach einstecken und zu Victor bringen. Sie …

Das Licht ging aus.

Nicht nur in der winzigen Sakristei, sondern auch in der Kapelle.

Er hat mich erwischt!, war ihr erster Gedanke. Sie besaß die

Geistesgegenwart, den Kopf und die beiden Zettel rasch wieder in den Schrank zu legen und diesen zu schließen. Dann blieb sie reglos und mit heftig klopfendem Herzen in der Sakristei stehen und lauschte.

Da war etwas. Sie war nicht allein hier. Es musste MacGrath sein, denn sie hörte verhaltenes Atmen. Wahrscheinlich war er von dem Licht angelockt worden und hatte sich angeschlichen. Das Atmen drang aus der Kapelle herbei; es kam näher. Aber nicht das leiseste Geräusch von Schritten begleitete es. Maud kniff die Augen zusammen. Sie stand der offenen Sakristeitür zugewandt und erkannte allmählich undeutliche Umrisse – der Altar, das Ambo. Und noch etwas anderes. Etwas, das nun in der Tür stand. Es war klein – noch kleiner als MacGrath. Schon war es verschwunden.

Und dann hörte sie das lauter und rauer gewordene Atmen *hinter ihr.*

Mit einem Aufschrei stürzte sie in die Kapelle, stieß gegen die erste Bankreihe, Schmerz bohrte sich in ihren Oberschenkel, das Atmen folgte ihr, sie rannte den Mittelgang hinunter, striff an der Mittelsäule vorbei, in das Atmen hinter ihr mischte sich ein Knurren, sie hatte die Tür erreicht, drückte die Klinke herunter, stemmte sich gegen das Holz.

Es gab nicht nach. Die Tür war verriegelt!

Verzweifelt warf sich Maud gegen sie. Aber sie gab nicht nach. Maud trommelte gegen die Tür. Jetzt war ihr alles gleichgültig, sie wollte nur weg von hier. Egal, wenn MacGrath sie fand. Denn das hinter ihr war nicht MacGrath.

Es hatte sie erreicht. Eine Welle des Gestanks überspülte sie, und sie spürte, wie sich etwas gegen sie drückte. Wie rasend schlug sie weiter gegen die Tür. Etwas packte ihre Hände. Etwas Grobes, Haariges.

Die Tür sprang auf, und Maud stolperte in den Korridor. Das Gefühl des Pelzigen fiel von ihr ab. Arme fingen sie auf. Grelles Licht drang in ihre Augen. Sie blinzelte. Erkannte die Gestalt vor ihr. Sylvia.

»Was ist los? Ich habe das Poltern und Ihre Rufe bis in mein Zimmer gehört«, fragte die Kuratorin. Sie trug einen roten, mit weißen Seidenblumen bestickten Morgenmantel, und ihre wundervollen, tiefschwarzen Haare waren ziemlich durcheinander gebracht. Offenbar hatte sie schon geschlafen.

Maud richtete sich mit ihrer Hilfe auf und warf einen raschen Blick hinter sich. Das Innere der Kapelle lag in Dunkelheit gehüllt. Aber es war eine andere Dunkelheit als jene, durch die sie vorhin auf dem Weg herausgestolpert war. Und es war auch keinerlei Gestalt zu erkennen.

Sylvia sah sie fragend an.

»Ich will nur weg von hier«, sagte Maud.

Sylvia ließ sie los, zog die Kapellentür zu und legte den Arm um Mauds Schultern, während sie den Korridor entlanggingen.

Als sie vor Sylvias Zimmer angekommen waren, sagte die Kuratorin: »Ich könnte es gut verstehen, wenn Sie den Rest dieser Nacht lieber nicht allein verbringen wollen, was auch immer in der Kapelle vorgefallen sein mag. Möchten Sie in meinem Zimmer schlafen?«

Maud nickte dankbar.

»Wollen Sie Ihr Nachtzeug holen?«

Maud schüttelte nur stumm den Kopf. Nicht mehr eine einzige Minute wollte sie in dieser Nacht allein sein.

Sylvia führte sie in das Zimmer, dessen Doppelbett über die gesamte Breite zerwühlt war. »Ich liebe es, quer zu schlafen und den ganzen Platz auszufüllen, den ich zur Verfügung habe«, meinte sie mit einem entschuldigenden Lächeln und machte sich daran, die linke Hälfte zu glätten und das Kissen aufzuschütteln. Dann zog sie ihren Morgenmantel aus und setzte sich auf die andere Seite des Bettes. Auch sie schien Nachthemden zu bevorzugen – mit dem Unterschied, dass sie ihr viel besser standen als Maud. Bewundernd warf sie einen flüchtigen Blick auf Sylvias kräftigen Körper, der sich in sanften Linien unter dem weißen, spitzenbesetzten Nachthemd abzeichnete.

Maud legte sich angezogen auf ihre Betthälfte. Als Sylvia die kleine Lampe auf ihrem Nachttisch löschen wollte, bat Maud darum, nicht im Dunkeln liegen zu müssen.

»Es muss ja ganz fürchterlich gewesen sein«, sagte Sylvia mitfühlend und rutschte ein wenig näher an Maud heran. Sanft und gleichzeitig bestimmt strich sie Maud über den Kopf. »Sie haben schönes Haar«, sagte Sylvia. »Weich und geschmeidig. Es ist schön, es zu fühlen.«

»Es ist schön, dich zu fühlen«, sagte Maud, drehte sich um und schlang die Arme um Sylvia, die sich zunächst etwas versteifte, doch dann erwiderte sie die Umarmung mit einer verlangenden Kraft, die Maud den Atem nahm. Ihre Lippen fanden sich.

* * *

Maud erwachte in Sylvias Armen. Sie beide lagen nackt in dem zerwühlten Bett. Sonnenlicht drang durch den Spalt zwischen den zugezogenen Vorhängen, fiel auf die weißen, schweren Laken, das alte Holz des Bettgestells, die Kommode aus Eichenholz und das gedunkelte Gemälde einer arkadischen Landschaft an der Wand darüber.

Maud erwachte in einer anderen Welt.

In einer Welt, in der die Rätsel und Schrecken der Dunkelheit durch den bezaubernden Geist und das betörende Fleisch gebannt waren. Kaum konnte sie die Erinnerung an ihr Erlebnis in der Kapelle zurückholen, denn sie badete noch immer in den Ereignissen, die sich daran angeschlossen hatten.

Sanft machte sich Maud von ihrer neuen Liebe los und ging ins Bad. Was findet sie an mir?, dachte sie, als sie in den Spiegel schaute. Leise pfeifend wusch sie sich. Sie hatte etwas gesucht und gefunden, doch sie durfte es nicht untersuchen. Dafür hatte sie etwas anderes gefunden und zum Geschenk erhalten, was sie gar nicht mehr gesucht hatte. Armer Victor, dachte sie. Er suchte so vieles und fand nichts – außer Büchern.

Maud kehrte ins Zimmer zurück und küsste Sylvia wach.

»Du hast mir immer noch nicht verraten, was am vergangenen Abend in der Kapelle passiert ist«, murmelte Sylvia beim Wachwerden.

»Ich weiß es selbst nicht mehr«, entgegnete Maud. »Ich bin mir nicht sicher. Es waren wohl nur Phantastereien. Ich wollte mir das Reliquiar ansehen, und da … da ist das Licht ausgegangen. Vermutlich ein Kurzschluss – nichts Ungewöhnliches in so alten Gemäuern. Und im Dunkeln habe ich mir einiges eingebildet.« Eingebildet? Sie erinnerte sich deutlich an das Gefühl der Angst und Panik, das sie in der lichtlosen Kapelle überfallen hatte. Und an die Geräusche.

Und an das Gefühl, dass etwas Pelziges sie berührt hatte …

Sie wollte nicht mehr daran denken. Sie war froh, dass sie heute diesem Schloss und seinen Unheimlichkeiten entkommen konnte. Und sie hatte so vieles durch diese Reise gewonnen. Unbegreiflich vieles.

»Na, möchtest du deine Einstellung zu mir im harten und unbarmherzigen Tageslicht nicht noch einmal überdenken?«, fragte Maud leichthin, aber nicht ohne einen Stich der Angst.

Sylvia zog sie zu sich herunter.

* * *

Später begaben sie sich nach unten, nachdem sie ihre Koffer gepackt hatten. Im Speisesaal fanden sie zwar nicht den Hausherrn, wohl aber einen Gegenstand auf dem Tisch, den Maud hier nicht erwartet hatte.

Das Reliquiar.

Neben ihm lagen die beiden Zettel, die Maud darin gefunden hatte, sowie ein Brief:

Ich hoffe, Sie hatten eine angenehme Nacht. Ich jedenfalls hatte sie nicht. Ich weiß nicht, ob es Ihre bloße Gegenwart ist, oder ob es einen anderen Grund dafür gibt, aber in der letzten Nacht musste ich erstmals erfahren, dass die Legenden, die sich in unserer Familie um dieses Reliquiar ranken, der Wahrheit entsprechen. Unter gewissen Umständen vermag es die Hölle zu entfesseln. Die Dämonen sind hier. Nehmen Sie das verfluchte Ding mit. Ich will es nie wieder in meinem Hause sehen.

Gehen Sie mit Gott.

Dunstan MacGrath.

Sylvia und Maud sahen sich verständnislos an. »Komm, wir suchen nach ihm; schließlich müssen wir uns ja von ihm verabschieden«, sagte die Kuratorin, nachdem sie das kleine Kopfreliquiar kurz in die Hand genommen und von allen Seiten betrachtet hatte. Maud glaubte, einen kleinen Schauder bei ihr zu bemerken. Sylvia stellte das Reliquiar zurück auf den Tisch und bedachte es mit einem Blick, in dem sich Verwunderung und Entsetzen mischten, aber sie sagte nichts.

Die beiden Frauen verließen den Speisesaal, schritten durch die stille, hohe Halle und suchten in den angrenzenden Räumen nach MacGrath. Er war nirgendwo aufzutreiben. Alles, was sie fanden, war Staub. Sie warfen einen Blick in ein gewaltiges Wohnzimmer, das eine fein gearbeitete Stuckdecke aufwies und in dem eine ausladende Sitzgruppe aus stark abgeschabtem Leder um einen erkalteten Kamin gruppiert war; ansonsten befanden sich hier nur einige Truhen, ein paar Stühle mit zerschlissenen Bezügen und die unvermeidlichen altersdunklen Gemälde an den Wänden.

Und Staub.

Vor allem auf dem Boden lag er beinahe fingerhoch. Und keinerlei Fußspuren zeichneten sich in ihm ab.

Auch in der Bibliothek, in der der Staub ein wenig verwirbelt war und den Schluss auf eine zumindest zeitweilige Gegenwart menschlicher Wesen in diesem Raum zuließ, stießen sie nicht auf MacGrath. Als sie inmitten der dunklen Eichenregale und der noch dunkleren Lederbände standen, lauschten sie angestrengt.

Wie aus ungeheurer Ferne schien ein leises Jammern aufzusteigen. Maud vermochte nicht zu sagen, ob es von einem Hund oder einem Menschen kam.

»Wir sollten von hier verschwinden«, flüsterte Sylvia, die wohl die Laute ebenfalls hörte.

Zehn Minuten später hatten sie ihre Koffer in dem Rover verstaut, der neben dem Eingang geparkt war. Maud hatte die beiden beschriebenen Streifen zurück in das Reliquiar gelegt und dieses in einem ausgepolsterten Futteral verstaut, das Sylvia eigens zu seinem Transport mitgebracht hatte. Maud hielt das Futteral so vorsichtig in den Händen, als beherbergte es ein lebendes, fühlendes Wesen. Sie hatten bereits die Türen des Wagens geöffnet und schauten noch einmal an der Fassade des Schlosses hoch. Da trieb das Jammern herbei, in das sich ein seltsamer Ton gemischt hatte, den Maud nur als feucht und schleimig bezeichnen konnte. Rasch stiegen sie ein und fuhren davon.

Als Maud noch einmal einen Blick zurückwarf, glaubte sie an einem der Fenster im ersten Stock eine schwarze, winzig kleine Gestalt zu sehen. Zuerst dachte sie, es sei MacGrath. Doch dann sprang die Gestalt durch das geschlossene Fenster hinaus, löste sich auf und glitt über den Boden wie eine dunkle, schillernde Wolke. Sie verblasste, als der Rover das offen stehende Tor passierte.

* * *

Während der Fahrt lag das Reliquiar in seinem kleinen, ausgepolsterten Futteral auf der Rückbank. Maud drehte immer wieder den Kopf und warf einen Blick darauf. Sie fühlte sich in der Gegenwart des Reliquiars unwohl und freute sich schon darauf, es rasch wieder loszuwerden.

Sie warf einen Seitenblick auf Sylvia, die konzentriert auf der rechten Spur der Autobahn fuhr. Wie anders sah sie nun für Maud aus – wie wundervoll, wie nahbar. Eine Welle der Liebe umspülte sie, und sie konnte nicht anders, als Sylvia einen Kuss auf die Wange zu drücken.

Sylvia lächelte, richtete den Blick jedoch weiterhin auf die Straße. »Liebe sollte einen geradewegs in den Himmel führen – aber nicht über den Umweg des Straßengrabens«, meinte sie.

Die lange, schnelle Fahrt verlief ereignislos, und als sie die Außenbezirke Londons erreicht hatten – Watford, Mill Hill, Brent Cross – schlug Sylvia vor, die Nacht gemeinsam bei ihr zu verbringen – natürlich stimmte Maud zu.

Sylvias Wohnung lag in der Cochrane Street in St. John´s Wood, einem recht edlen Stadtteil, der nicht weit vom Hyde Park entfernt lag. Hier lebten eine Menge Musiker und Filmschauspieler.

»Eigentlich mag ich keine neuen Häuser«, sagte Sylvia, während sie den großen Wagen mit der Schnelligkeit langer Übung in die Tiefgarage unter dem Haus fuhr, in dem sie wohnte. »Aber ein eigener Parkplatz ist in dieser Stadt ja mehr wert als eine eigene Wohnung.«

Sylvias Apartment ließ allerdings nichts zu wünschen übrig. Es lag im obersten Stock des hohen, postmodernen Gebäudes, war hell und groß und zeugte von der Liebe der Bewohnerin zu Art-Deco-Möbeln. Maud fühlte sich sogleich heimisch. Sie stellte das Behältnis mit dem Reliquiar, das sie in der Garage an sich genommen hatte, auf einer eleganten kleinen Walnuss-Anrichte mit Elfenbeinbeschlägen ab.

»Glaub nicht, dass ich mir das von meinem Gehalt leisten könnte«, sagte Sylvia mit einem halb schelmischen, halb schuldbewussten Lächeln, während sie in der hochmodern eingerichteten Küche eine Flasche Veuve Clicquot entkorkte. »Mein Vater war Bankier – reich und skrupellos. Seine Frau hat er in die Wüste geschickt, als mein Bruder Algernon elf Jahre und ich selbst erst ein Jahr alt war. Meine Mutter hat später wieder geheiratet und lebt jetzt mit einem anderen Millionär in Kalifornien.« Sie goss den Champagner ein, prostete Maud zu und nippte an ihrem Glas. Dann fuhr sie fort: »Mein Bruder hat Vaters Bank geerbt, nachdem er bei einer sehr teuren Hure einen sehr teuren letzten Orgasmus hatte. Und ich wurde ausbezahlt. Zwar war das Bankhaus eigentlich fast nichts mehr wert, aber mein Bruder ist ein wahres Finanzgenie. Mein Erbe war nach dem Kauf dieser Wohnung aufgebraucht, aber Algernon lässt mir aus seinen inzwischen wieder sündhaft hohen Einkünften eine monatliche Apanage zukommen. Eigentlich arbeite ich nur zum Vergnügen.«

»So gut möchte ich es auch einmal haben«, meinte Maud und nahm einen Schluck, der ihr sofort zu Kopf stieg.

»Ich lade dich ein, es bei mir gut zu haben«, sagte Sylvia und zwinkerte ihr zu.

Sie stießen miteinander an und sanken auf die Couch. Als Maud gegen Sylvias Schulter gelehnt ihrem Herzschlag lauschte, glitt ihr Blick aus dem Fenster auf die gegenüber liegende Häuserzeile. Und auf das, was da über den Dächern schwebte. Es schien so etwas wie eine schillernde Blase mit einem schwarzen Kern zu sein. Auf seiner Oberfläche glitzerte es; es brach die Farben und Formen, löste sie auf, saugte sie ein. Und bildete lange, dünne, im Wind zitternde Fäden aus.

Fäden, die bis in Sylvias Wohnung reichten. Bis zu der Anrichte, auf der das Kopfreliquiar stand.

Maud zuckte hoch und lief ans Fenster.

»Was ist los?«, fragte Sylvia hinter ihr verdutzt.

»Siehst du das nicht?«

»Was?«

Ja: Was? Maud rieb sich die Augen. Es war vermutlich nichts als eine schillernde Wolke gewesen, die hoch über der Stadt lag. Sie drehte sich um und warf einen Blick auf das Reliquiar. Es strömte Finsternis aus. Maud erstarrte. Blinzelte.

»Was ist los?«, fragte Sylvia noch einmal. Inzwischen war sie ebenfalls aufgestanden, hatte die Deckenlampe eingeschaltet und war neben Maud getreten.

»Du solltest dieses Ding so schnell wie möglich loswerden«, sagte Maud und deutete auf das Reliquiar.

»Warum?«

»Es ist mir unheimlich.«

Es war, als hätte der wolkenartige, schillernde Schatten, den sie durch das Fenster im Schloss springen gesehen hatte, seine Beute wiedergefunden. *Seine Beute?* Was waren das für verrückte Gedanken!

»Darf ich von deinem Telefon ein kurzes Ferngespräch nach Deutschland führen?«, fragte sie.

»Aber natürlich, meine Liebe«, sagte Sylvia und holte ihr den Apparat.

Maud wählte Victors Nummer und wartete darauf, dass er abnahm. Was würde diese Nacht noch bringen, fragte sie sich, während sie dem Freizeichen lauschte und beobachtete, wie sich die Schwärze um das Reliquiar zusammenballte.

Zwölftes Kapitel

»Überaus angestachelte Sinne und angereizte Sinnlichkeit mögen gelegentlich dem Verstande Perceptiones zuführen, die kein warhafftiges Abbild der Welt sind.«

Scultetus, *De Veritate Cognitionibus*

In der vergangenen Nacht hatte Victor nicht mehr schlafen können, nachdem er Mauds seltsamen Anruf erhalten hatte. Sofort hatte er über das Internet einen Flug nach London-Heathrow gebucht; es war nur noch ein einziger Patz in der ersten Klasse der Drei-Uhr-Maschine von British Airways frei gewesen. Als er nun in der voll besetzten Piccadilly-Line saß, kräftig durchgeschaukelt wurde und ihm die im Gang stehenden Touristen immer wieder auf die Füße traten, wünschte er sich die geräumigen Sitze und den übrigen Komfort in der ersten Klasse des Flugzeugs zurück.

Er balancierte seinen kleinen Reisekoffer auf den Knien und bemühte sich, niemandem zu nahe zu kommen. Von Zeit zu Zeit drang ein erbärmliches, metallisches Quietschen in das Innere des Zuges, in dessen Fenstern sich die Fahrgäste mit all ihren Farben und Formen vor dem Schwarz der Tunnelwände spiegelten. Es roch nach Schweiß, ungewaschener Kleidung, billigem Essen und zu großzügig aufgetragenem Parfüm. Doch all das bemerkte Victor kaum.

Mauds Anruf hatte ihn zutiefst aufgewühlt und auch ein wenig verängstigt. Sie hatte ihm verworren von dem Auftauchen des zweiten Reliquiars erzählt und ihm aufgetragen, am späten Nachmittag in den Verwaltungstrakt des British Museum zu kommen und dort nach dem Büro einer gewissen Sylvia Morris-Berman zu fragen.

Er hatte versucht, Jansen in seinem Konvent telefonisch zu erreichen, doch der Jesuit war nicht da gewesen, und an der Pforte hatte man Victor nicht sagen können, wo er sich befand oder wann er zurückkommen würde. Wo mochte er stecken? Ob er eine andere Spur verfolgte?

Victor fuhr bis zum Russell Square und mühte sich durch die Menschenmassen ans Tageslicht. Heute war ein bewölkter Tag, und es war ein wenig drückend – als ob ein Gewitter bevorstehe. Schwarze Wolken zogen über der Stadt dahin, und in Victors Kopf machte sich ein Gefühl der Benommenheit breit.

Eine schwarze Limousine fuhr an ihm vorbei, als er die Southhampton Row entlangging, ein Bentley oder Daimler oder etwas Ähnliches. Die Fenster waren getönt. Victor bemerkte den Wagen erst, als dieser auf einer Höhe mit ihm war und im Schritttempo neben ihm herfuhr. Victor versuchte in das Innere zu spähen, aber es war nicht möglich.

Victor blieb stehen, auf einmal überkam ihn ein ungutes Gefühl.

Der schwarze Wagen fuhr einige Meter weiter, dann hielt er an.

Victor drehte um, lief mit hastigen Schritten denselben Weg zurück, auf dem er gekommen war. Dabei warf er immer wieder einen Blick hinter sich. Der Wagen blieb noch eine Weile am Straßenrand stehen, dann setzte er sich in Bewegung und fuhr weiter.

Es schien niemand ausgestiegen zu sein, doch Victor hatte das seltsame Gefühl, dass sich irgendetwas zwischen den Passanten befand – eine Art Fremdkörper, dem sie auswichen, eine leere Stelle auf dem Bürgersteig, durchsichtig und doch irgendwie stofflich. Victor lief schneller.

Das Ding folgte ihm. Es war wie eine Blase in der Wirklichkeit, gefüllt mit treibender, wirbelnder Dunkelheit, und bisweilen glaubte Victor, wenn er sich rasch umdrehte, ein Schillern auf ihrer unsichtbaren Oberfläche zu erkennen.

Er wurde immer schneller, bis er schließlich rannte, weg vom Russell Square, in die entgegengesetzte Richtung des British Museum. Rechts vor sich erkannte er ein Marks&Spencer´s-Kaufhaus und flüchtete hinein. Ohne auf die seltsamen Blicke zu achten, die ihm zugeworfen wurden, versteckte er sich hinter einem hohen Ständer mit Anzügen und lugte vorsichtig daran vorbei.

Du wirst verrückt, zischelte es in ihm, *du siehst Phantome.*

Tatsächlich war nichts zu sehen. Die Menschen spielten Normalität. Die Autos, die Platanen vor dem Kaufhaus spielten Normalität. Die Häuser spielten Normalität. Er wagte sich hinter dem Kleiderständer hervor und ging mit tastenden Schritten hinaus in die Schwüle. Schaute die Straße hinauf und hinab. Und atmete tief durch. Seine Nerven waren mit ihm durchgegangen. Er packte den Griff seines kleinen Reisekoffers fester und machte sich wieder auf den Weg zum British Museum.

* * *

Er fragte sich durch, bis er das Büro von Sylvia Morris-Berman gefunden hatte. Er klopfte an, und ein lautes und bestimmtes »*Come in*« antwortete ihm. Er öffnete die Tür und betrat ein zweckmäßiges, nicht sonderlich einladendes Vorzimmer, von dem aus eine offen stehende Tür in das eigentliche Büro der Kuratorin wies. Dort erkannte er Maud und eine große, schwarzhaarige Frau, die gerade einen kleinen Gegenstand auf ihren sehr ordentlichen Schreibtisch legte.

»Victor!« Maud lief ihm entgegen, als er die offene Tür erreicht hatte, und schlang die Arme um ihn. Aus den Augenwinkeln heraus sah Victor, wie die stattliche, geradezu majestätische Frau die dunkel geschminkten Lippen ein wenig verzog. Ihr Blick wirkte beinahe eifersüchtig.

Maud drückte und herzte ihn so ungestüm, dass es ihm wehtat. Ihre Umarmung wirkte verzweifelt. »Wie schön, dass du da bist! Komm, sieh dir das an!« Ohne ihn der Kuratorin vorzustellen, zog sie ihn zum Schreibtisch, auf dem eine kleine Kopfskulptur lag.

»Das ist ein Reliquiar des heiligen Leodegar«, erklärte die Schwarzhaarige in reinstem Queen´s-Englisch. »Ich bin übrigens Sylvia Morris-Berman.« Sie trat neben Maud und legte den Arm um ihre Schulter.

»Es freut mich, Ihre Bekanntschaft zu machen«, sagte Victor langsam und bedächtig und stellte sich ihr vor. Seine Blicke flogen von dem Reliquiar zu den beiden Frauen auf der gegenüberliegenden Seite des Tisches und wieder zurück. Er wusste nicht, was ihn mehr verblüffen sollte: Maud und ihre neue Freundin – Geliebte? – oder das Kopfreliquiar.

Maud sollte eigentlich glücklich wirken; er freute sich für sie. Aber sie war ganz blass, hatte Ringe unter den Augen, die eher von Sorgen und Ängsten als von einer langen Liebesnacht kündeten, und ihr Lächeln wirkte zwanghaft. Auch im Blick der Kuratorin lag etwas Zögerliches, Fragendes, als sie auf Maud herunterschaute.

Nun richtete Victor seine Aufmerksamkeit auf das Reliquiar. Er nahm es in die Hand, hob es dicht vor seine Augen und drehte es hin und her. Da! Da waren winzige Einritzungen wie die, von denen Jansen gesprochen hatte. »Gibt es einen Papierstreifen dazu?«, fragte er.

Hastig nahm ihm Maud die Skulptur aus der Hand und öffnete eine kleine Klappe am Hinterkopf. Dabei zitterten ihre Finger. Victor bemerkte zwei Zettel im Inneren; er holte sie hervor und entrollte sie. Der eine trug die Aufschrift: *Hic sunt reliquiae Sti. Leodegari.* Der andere bestand aus einer Reihe von Buchstaben, die wie der Teil einer magischen Beschwörung wirkten. Ein ähnlicher Zettel steckte in dem Moskauer Reliquiar, wie Jansen ihm berichtet hatte. Eindeutig: Das hier war eines der verschollenen Reliquiare aus dem säkularisierten Kloster Lautenbach in der Eifel.

Das Licht im Zimmer nahm plötzlich ab. Ein feiner Schleier aus Dunkelheit legte sich über den Schreibtisch, über das Reliquiar. Verwirrt warf Victor einen Blick aus dem Fenster des Büros. Vor den Scheiben schwebte etwas wie eine schillernde Blase – ähnlich dem Ding, das er zuvor auf der Straße gesehen zu haben glaubte. Er rieb sich die Augen. Das Schillern blieb.

Ein gewaltiger Schlag ließ das Fenster erzittern; die Scheiben klirrten. Alle im Raum fuhren zusammen. Draußen ballte sich die Dunkelheit wie eine Faust zusammen. Dann setzte der Regen ein, ein Blitz gleißte über der Stadt, und der zweite Donner hallte durch die Straßen. Das Schillern wurde fortgewaschen.

Victor atmete auf. Maud lächelte ihn vorsichtig an. Die Kuratorin schaute nach draußen, als hätte sie dort etwas Unbegreifliches gesehen. Sie blinzelte, wandte sich vom Fenster ab und richtete den Blick wieder auf Victor. »Welches Interesse haben Sie an diesem Reliquiar?«, fragte sie langsam und deutlich, als wollte sie sicherstellen, dass Victor jedes ihrer Worte verstand.

Er wusste nicht, was er darauf antworten sollte. Sogar Maud kannte die Wahrheit noch nicht, wie er plötzlich begriff. Und dieser fremden Frau durfte er das Ziel der Suche keinesfalls offenbaren; der Jesuit hatte ihn zur Verschwiegenheit verpflichtet. »Ich …« Er hatte sich bisher keine Lüge zurechtgelegt. »Ich arbeite an einer Abhandlung über Reliquiare.«

»Ich dachte, Sie sind Professor der Philosophie«, wunderte sich die Kuratorin und verzog leicht die tief dunkelrot geschminkten Lippen.

Victor dachte fieberhaft nach. »Das stimmt. Mir geht es um … die Interdependenzen von Religion, Volksfrömmigkeit und philosophischen Denksystemen«, sagte er und sah Sylvia Morris-Berman forschend an.

»Und dazu ist es notwendig, gewisse Symbole bestimmter Reliquiare zu untersuchen?«, fragte sie und verschränkte die Arme vor der Brust. Ihre Mundwinkel zogen sich noch weiter nach oben. Er war schon immer ein miserabler Lügner gewesen.

»Ich …«, begann Victor, doch er wurde unterbrochen.

Zum einen von dem Geprassel des einsetzenden Regens. Zum anderen von einem Donnerschlag, der das Ende der Welt einzuläuten schien. Und zum Dritten von einer Gestalt, welche die Bürotür heftig aufwarf, ohne vorher angeklopft zu haben, und mit zwei Schritten wie ein Poltergeist in den Raum stürzte. Alles an dieser Gestalt schien in Aufruhr zu sein. Ihr altmodisches Cape raschelte und bauschte sich wie aus eigener Kraft auf, ihre Arme ruderten durch die Luft, als wären sie es, welche die Person antrieben, und das Gesicht leuchtete wie unter elektrischem Strom. Das Bizzarste an ihr aber war ihre Zwergenhaftigkeit.

»Her damit!«, rief der kleine Mann, der Victor kaum bis zur Hüfte reichte. »Sofort her damit!« Sein weißer, buschiger Backenbart zitterte und zuckte, als besäße er eigenes Leben. Mit herrischer Geste deutete er auf das Reliquiar.

Rasch nahm Victor es an sich. Ein Quaerit, war sein erster Gedanke.

»Lassen Sie das Reliquiar los!«, fuhr der Mann Victor an. »Es gehört mir, mir allein, und ich will es wiederhaben.«

Maud und ihre neue Freundin schauten ihn fassungslos an. Da begriff Victor: Offensichtlich handelte es sich bei dieser seltsamen, koboldartigen Gestalt um den schottischen Adligen, von dem Maud ihm am Telefon erzählt hatte.

»Sie haben es dem British Museum zur Verfügung gestellt«, wandte die Kuratorin ein. Nun war ihr Mund eine harte, dunkle Linie.

»Haben Sie das schriftlich von mir?«, fragte der kleine, aufgebrachte Mann.

»Ich habe ihren Brief nicht mitgenommen, in dem Sie uns das Reliquiar ausdrücklich leihweise überlassen haben, aber ...«, begann die Kuratorin.

»Also geben Sie es mir zurück!« Dabei sah er Victor, der das Reliquiar noch immer schützend in den Händen hielt, böse an.

»Warum, Mr. MacGrath?«, fragte Maud.

Er riss den Blick von Victor los und wandte ihn Maud zu. Angst lag darin – Angst und eine verrückte Gier. »Das ist meine Sache.«

»Sie können nicht einfach eine Leihgabe machen und diese dann zurückziehen«, bemerkte die Kuratorin, die auf bewundernswerte Weise die Ruhe behielt.

»Ach, kann ich das nicht?«, brauste der Schotte auf. »Sie werden noch sehen, was ich alles kann!« Er machte einen Schritt auf die schwarzhaarige Frau zu, die keineswegs vor ihm zurückwich. Ein weiterer Donnerschlag ließ alle zusammenzucken, auch MacGrath, der sich krümmte, als ob er eine Peitsche spüren würde. Der Regen prasselte weiterhin gegen die Fensterscheiben und rauschte und gurgelte in unsichtbaren Rinnen und Abflüssen.

»Was ist passiert?«, fragte Maud.

MacGrath drehte sich zu ihr um. »Sie als Atheistin werden das nicht verstehen«, knurrte er. »Das Reliquiar muss zurückkehren. Ich habe den schlimmsten Tag meines Lebens hinter mir.«

Wegen seines gehetzten Blicks, in dem entsetzliche Angst lag, war Victor beinahe geneigt, seiner Aussage Glauben zu schenken.

»Sie waren ruhig, solange es nicht angerührt wurde«, sagte MacGrath. »Aber jetzt sind sie entfesselt. Sie müssen wieder besänftigt werden.«

»Wer?«, fragte die Kuratorin.

»Die Dämonen!«, spie MacGrath aus, machte einen Schritt auf den verdutzten Victor zu und entriss ihm das Reliquiar. Dann packte er die beiden beschriebenen Streifen, die noch auf dem Tisch lagen, und rannte aus dem Zimmer.

* * *

»Welche Dämonen habt ihr da bloß entfesselt?«, fragte Victor, nachdem er in einem von Mauds weißen Ledersesseln Platz genommen hatte. Maud saß auf dem Sofa und starrte die zugezogenen Vorhänge an. Inzwischen war das Gewitter abgezogen, aber der Regen strömte immer noch hernieder, als hätte Gott beschlossen, die nächste Sintflut einzuleiten.

»Ich weiß es nicht«, sagte Maud leise.

Victors Blick fiel auf den Pissarro an der Wand über ihr. Nun sah er das impressionistische Gemälde mit völlig anderen Augen. *Le Jardin de Paradis.* Die Obstbäume. Die Schlange im Gras. Nichts als Farbkleckse – aus der Nähe. Aus der Ferne aber ein Bild der Verheißung und Bedrohung. Der Apfel vom Baum der Erkenntnis …

Maud unterbrach seine Gedanken. »Worum geht es bei dieser Sache? Hat der Jesuit noch etwas herausgefunden? Was ist hier überhaupt los?« Sie saß auf der Kante des Sofas, hatte die Arme vorgestreckt und die Hände gefaltet.

Ein Bild der Abwehr, der Anspannung, der Ungewissheit. Es passte so gar nicht zu der Maud, die Victor kannte. Was sollte er ihr sagen? Die Wahrheit? Was war die Wahrheit? Die wilde

Geschichte etwa, die Jansen ihm aufgetischt hatte? Wahrheit war für ihn nur das, was er erkennen konnte. Und in diesem besonderen Fall bot sich ihm kein klares Bild. Aus der Ferne mochten die Umrisse zwar phantastisch sein, doch wenn man es aus der Nähe betrachtete, löste sich alles in Rätsel und Unverständnis auf – wie auf dem Bild an der Wand vor ihm.

»Wie ich sehe, hast du dich verliebt«, versuchte Victor abzulenken. »Diese Kuratorin ist eine beeindruckende Frau.«

»Ich bin noch ganz benommen und kann es nicht recht glauben«, sagte Maud und senkte den Blick, als ob sie sich schämen würde.

»Wie kommt es eigentlich, dass die interessantesten Frauen immer lesbisch sind?«, fragte Victor.

Maud hob den Blick und lächelte ihn verwirrt an. »Danke für die Blumen«, meinte sie.

»Würdest du nicht jetzt lieber bei ihr sein, anstatt mit mir altem Langeweiler zusammenzuhocken?«

»Es kam alles so schnell«, erwiderte sie. »Da tut ein wenig Abstand ganz gut. Ich muss mir erst einmal über meine Gefühle klar werden.«

»Ich finde diese Sylvia grandios«, sagte Victor aufrichtig. »Sie ist wunderschön und scheint sehr stark zu sein. Gleichzeitig geht etwas Zärtliches von ihr aus.« Victor seufzte. Wenn er nicht um ihre Orientierung wüsste ...

Mauds Lächeln wurde fester, verklärter. »Ja«, sagte sie nur. Dann spitzte sie den heute besonders leuchtend rot geschminkten Mund und setzte hinzu: »Du solltest auch noch einmal von diesem Gefühl kosten. Aber du willst mich nur ablenken. Daraus folgere ich, dass du inzwischen etwas weißt, was ich nicht weiß.« Ihr Gesicht war eine einzige Frage.

»Und du weißt etwas, was ich nicht weiß«, erwiderte er.

»Wie meinst du das?«

»Entschuldige, wenn ich es so offen sage, aber du siehst schrecklich aus. Was ist in Schottland passiert?«

Sie zuckte mit den Schultern. »Ich bin mir nicht sicher.« In knappen, dürren Worten berichtete sie ihm von der gesamten Reise und ihrem seltsamen nächtlichen Erlebnis mit dem Reliquiar. »Aber in der letzten Nacht ist es weitergegangen«, meinte sie. »Ich war bei Sylvia, und obwohl ich eigentlich furchtbar glücklich hätte sein sollen, habe ich einen schrecklichen Albtraum gehabt. Ich will ... ich kann ihn nicht schildern. Er hing mit dem Reliquiar zusammen. Ich bin aufgewacht und habe deutlich gespürt, dass jemand im Schlafzimmer war. Ich habe nicht gewagt, das Licht anzuschalten, und ich wollte Sylvia nicht wecken und mich möglicherweise in ihren Augen als Memme erweisen. Ich glaube, einen Schemen gesehen zu haben, aber er war reglos. *Fast* reglos. Als würde er auf etwas warten. Irgendwann ist Sylvia aufgewacht und hat bemerkt, dass ich nicht mehr schlafe, und dann ... also, dann habe ich doch nicht mehr an diesen Schemen gedacht. Und als wir danach ruhig nebeneinander gelegen haben, war er eindeutig weg. Aber er war da gewesen, ich schwöre es.« Sie seufzte und betrachtete den Boden. »Eigentlich bin ich froh, dass dieses verfluchte Reliquiar wieder auf dem Weg nach Schottland ist. So, jetzt weißt du alles, was ich weiß. Du bist an der Reihe. Keine Ausflüchte mehr!« Sie hob den Blick und sah ihn an

»Also gut.« Noch bevor er die ganze Sache ein weiteres Mal überdenken konnte, hatte er bereits mit dem Bericht begonnen. Er hatte es Nadja erzählt, also konnte er es auch Maud erzählen. Als er endlich fertig war, starrte sie ihn mit offenem Mund an.

»Ein Apfel vom Baum der Erkenntnis? Das ist nicht euer Ernst!«, sagte sie.

»Meiner nicht, aber der von Jansen schon«, gab Victor zurück.

»Das ist doch nichts als Phantasterei«, sagte Maud.

Victor zuckte mit den Schultern. »So ähnlich habe ich das auch ausgedrückt. Aber es sind Menschen für diese Phantasterei gestorben, Maud. Und dem Schwarzen Papst scheint es bitter ernst zu sein. Jansen hat mir sogar verraten, dass er inzwischen ein unbegrenztes Spesenkonto eingerichtet bekommen hat. Wenn diese ansonsten so geizigen Brüder etwas Derartiges tun, dann muss schon etwas sehr Ernstes dahinterstecken.« Er konnte sich ein schwaches Grinsen nicht verkneifen.

»Glaubst du daran?«, wollte Maud wissen.

»Glauben ist etwas für Gläubige, und ich bin keiner«, meinte

Victor. »Allerdings gebe ich zu, dass ich in der letzten Zeit manchmal glaube, Gespenster zu sehen.«

»Gespenster?«

Er dachte an dieses seltsame Schillern. Nein, das musste er sich eingebildet haben. Und auch das beunruhigende, immer wieder auftauchende Gefühl, beobachtet zu werden. »Ach, nichts«, meinte er nur.

»Es ist ein verrückter Zufall, dass dieses Reliquiar des heiligen Leodegar ausgerechnet in Schottland aufgetaucht ist – und zwar genau zu der Zeit, wo offenbar verzweifelt danach gesucht wird«, meinte Maud und stützte sich auf der Couchlehne ab. Nun hatte sie eine etwas entspanntere Haltung eingenommen. »Gibt es überhaupt so etwas wie Zufälle?«

»Vermutlich gibt es nichts anderes«, antwortete Victor. »Warum müssen die meisten Menschen hinter allem Möglichen immer einen Plan und eine Absicht erkennen?«

»Wahrscheinlich weil das Leben sonst allzu beängstigend ist«, meinte Maud. »Allzu kalt und leer.«

»Genau das ist es aber«, bestätigte Victor. »Ich lebe andauernd mit der Angst, mich im Labyrinth meines Lebens zu verlieren, das nach jeder Biegung ins Nichts zu führen droht.«

»Du brauchst entweder eine Psychotherapie oder eine Freundin«, sagte Maud und lächelte schwach.

»Ich hab doch dich«, wandte Victor ein und hielt sich mit beiden Händen an den Lehnen des weißen Ledersessels fest. Die Richtung, die dieses Gespräch nun einschlug, gefiel ihm gar nicht mehr. »Was sollen wir jetzt wegen des Reliquiars unternehmen?«, fragte er zur Ablenkung. Für seinen Geschmack war er in letzter Zeit von zu vielen Frauen umgeben. Das Schlimmste daran war, dass es ihm allmählich gefiel. »Hast du irgendeinen Vorschlag?«

In Mauds Augen blitzte es nun wieder wie in alten Tagen. Sie kratzte sich am Kopf. »MacGrath wird es freiwillig nicht wieder herausrücken. Als guter Katholik scheint er zu befürchten, dass er ein paar Dämonen entfesselt hat. Und so, wie er sich heute in Sylvias Büro aufgeführt hat, könnte man ihm das tatsächlich glauben. Wie dem auch sei, an diesem Ding ist etwas Merkwürdiges.« Sie schüttelte sich. »Ich jedenfalls muss gestehen, dass ich froh bin, es nicht mehr in meiner Nähe zu wissen. Soll der alte Knabe doch damit glücklich werden.«

»Das bedeutet, dass Jansens Suche hier zu Ende ist«, sagte Victor. »Soll ich ihm sagen, wo sich das Reliquiar befindet?«

»Warum nicht?«, fragte Maud zurück. »Dann kann er sich die Zähne an Dunstan MacGrath ausbeißen. Schließlich ist er ein Abgesandter der katholischen Kirche. Vielleicht öffnet ihm das ja die Tür und das Herz des verrückten kleinen Schotten.«

»Du urteilst hart über deinen Landsmann.«

»Wir Schotten sind normal verrückt. MacGrath ist aber durchaus ein besonderer Fall. Ein katholischer Schotte – brrr! Die sind alle so verkniffen. Vielleicht findet er jetzt Frieden, da er sein kleines, altes Köpfchen wiederhat.«

* * *

Nachdem Maud am nächsten Morgen zur Arbeit in die Stadt aufgebrochen war, wählte Victor Jansens Nummer. Diesmal erreichte er den Jesuiten auf Anhieb.

»Sie haben Glück«, sagte Jansen am anderen Ende. »Ich wollte gerade wieder in die Universitätsbibliothek gehen. Ich verfolge eine Spur, aber ich weiß noch nicht, was ich von ihr halten soll ...«

Victor unterbrach ihn und berichtete in knappen Worten von dem schottischen Reliquiar.

»Schottland?«, wunderte sich Jansen. »Das ist ja ... das löst das Rätsel! Ich komme. Ich werde Ihnen mitteilen, wann ich in London bin, und dann sollten wir sofort aufbrechen. Bitte geben Sie mir Ihre Mobilnummer.«

Victor gehorchte verdutzt, und der Jesuit legte auf, noch bevor Victor etwas Weiteres sagen konnte.

Schon eine halbe Stunde später erhielt er einen Anruf des Geistlichen. Er teilte Victor mit, es sei ihm nicht gelungen, noch heute einen Flug zu ergattern; er werde morgen gegen zehn Uhr Ortszeit in Heathrow landen; Victor solle einen Mietwagen bereithalten und ihn abholen; man werde unverzüglich nach Schottland fahren. Damit war das Gespräch wieder einmal beendet.

Victor sah der Reise nach Schottland mit gemischten Gefühlen entgegen. Er konnte nicht behaupten, dass er großen Wert darauf legte, MacGrath erneut zu begegnen.

Dreizehntes Kapitel

»Die völlig verkehrten Perceptiones scheinen uns aus Himmel oder Höll zu stammen. Wenn auch das einzig warhaffte Mittel gegen diese Verkehrung der Verstand ist, so üben die Menschen dennoch mannigfaltigen unsinnigen Gegenzauber aus.«

Scultetus, *De Veritate Cognitionibus*

Jansen betrachtete die hinter dem Wagenfenster vorbeirollende Landschaft. Sanfte Hügel wechselten mit baumbestandenen Tälern ab, hier und dort lag ein Dorf, die Luft war klar wie nach einem mächtigen Gewitter, und es war recht kühl für einen späten Frühlingstag. Kleine, dahintreibende Wolken sprenkelten den tiefblauen Himmel, und rasche Schatten huschten über die Felder, Wiesen und Wälder. Es herrschte nicht viel Verkehr, dennoch wirkte Professor Leclerc, der neben ihm saß, angespannt. Er steuerte den großen, dunklen Leihwagen hart am linken Rand der Fahrbahn, beinahe als wollte er von der Straße verschwinden.

»Was ist das für eine Spur, auf die Sie gestoßen sind?«, fragte der Professor nach einer langen Strecke des Schweigens.

»Eine, die ebenfalls nach Schottland weist«, antwortete Jansen und zog am seinem weißen Kragen, der heute ein wenig zwackte und kratzte. »Ich hatte in unserer Bibliothek ein Buch über den Antiquitätenhandel im neunzehnten Jahrhundert gefunden, in dem ein großes Kapitel dem Geschäft mit Sakralgegenständen in der Folge der linksrheinischen Säkularisierungen gewidmet ist. Darin steht, dass einige französische – und besonders Pariser – Antiquitätenhändler glänzende Geschäfte mit den Monstranzen, Bildern und anderen Dingen machten, die von den abrückenden Franzosen aus den besetzten deutschen Gebieten mitgenommen worden waren. Das ist natürlich etwas, das mir schon lange bekannt war, aber ich habe in diesem Buch einen Verweis auf einige fanatische schottische Katholikenfamilien gefunden, die angeblich etliche dieser Kunstwerke erworben haben, um sie vor den schmutzigen Händen der Un- oder Andersgläubigen zu retten. Darüber gibt es sogar eine kleine Dissertation aus dem Jahr 1963 von einem schottischstämmigen, aber in Deutschland tätig gewesenen Priester namens Gregory Allan, der vor vier Jahren in Regensburg gestorben ist.«

»Und was steht in diesem Buch?«, fragte Victor Leclerc, nachdem Jansen eine Weile geschwiegen hatte.

»Ich weiß es nicht«, gestand Jansen. »Ich hatte am Montag im Katalog der Universitätsbibliothek nachgeschlagen und es dort verzeichnet gefunden. Natürlich habe ich es sofort bestellt. Am Dienstag war es aber noch nicht eingetroffen. Man hegte die Befürchtung, es könnte verschollen sein.«

»Nun, was Schottland angeht, so haben wir durch einen großen Zufall eine Abkürzung Ihrer Nachforschungen erreichen können«, meinte Victor und warf dem Geistlichen einen raschen, freundlichen Blick zu.

»Herr Professor, es gibt keine Zufälle. Hinter unserer Suche steht eine größere Macht. Aber jetzt müssen Sie mir unbedingt verraten, wie Sie auf diesen schottischen Katholiken gekommen sind.«

Leclerc erzählte ihm von Mauds Reise nach Ruthven Hall und dem anschließenden Auftritt MacGraths in Sylvia Morris-Bermans Büro. Außerdem berichtete der Professor von den zarten Einritzungen in dem Silber des Kopfes sowie von den beiden Zetteln darin.

»Eindeutig«, murmelte Jansen. »Das ist das zweite Reliquiar aus Lautenbach. Und alles, was wir brauchen, ist noch da. Wenn ich den Schwarzen Papst recht verstanden habe, dann sind sowohl die Gravierungen als auch die Schriftzeichen notwendig, um das Rätsel zu lösen. Auf alle Fälle muss ich beides untersuchen und die Botschaften kopieren. Am Besten wäre es natürlich, wenn ich alles mit nach Rom nehmen könnte.«

»Das wird möglicherweise schwierig«, wandte Leclerc ein.

»Haben Sie diesen MacGrath von unserem Kommen in Kenntnis gesetzt?«, fragte Jansen.

Der Professor schüttelte den Kopf.

»Wenn er ein so glühender Katholik ist, wie Sie sagen, dann kann ich ihn vielleicht überzeugen«, sagte Jansen, obwohl er noch keine Ahnung hatte, wie er das anstellen sollte.

»Ihr Wort in Gottes Ohr«, meinte Leclerc. Aus den Augenwinkeln sah Jansen, dass sich der Professor ein bübisches Grinsen nicht verkneifen konnte.

* * *

Langsam fuhr der große, blaue Wagen die Auffahrt hoch. Jansen war vorhin ausgestiegen und hatte die Klingel neben dem breiten Tor betätigt, worauf sich das Tor quietschend geöffnet hatte. Doch zuvor hatte er sich umgeschaut und die schmale Straße entlanggeblickt, auf der sie hergekommen waren. Nichts Verdächtiges war auf ihr zu sehen gewesen. Er hoffte, dass die Quaeriten die Spur verloren hatten – oder nicht mehr an ihnen interessiert waren.

Während der Wagen durch ein Wäldchen auf dem Grund und Boden des noch unsichtbaren Schlosses fuhr und die Reifen über den Kies knirschten, fragte Jansen, ob der Professor ihn von einem Festnetzanschluss aus angerufen hatte.

Leclerc nickte und warf Jansen einen raschen, verständnislosen Blick zu.

Jansen spürte, wie ihn etwas durchrieselte, als hätte er einen elektrischen Weidezaun berührt. Also gab es doch eine Möglichkeit, dass man wusste, wo sie waren. Aber Jansen hatte während der langen Fahrt immer wieder versucht, den rückwärtigen Verkehr im Auge zu behalten, und ihm war kein Auto aufgefallen, das ihnen folgte.

Die Dämmerung hatte sich über das Land gelegt, und in dem Wäldchen war Leclerc gezwungen, das Licht einzuschalten. Breite, weiße Finger betasteten die Bäume und den hellen Weg vor ihnen, der nun eine kleine Biegung nach links machte. Die Bäume wirkten bedrängend und einengend auf Jansen. In der Dunkelheit lösten sich alle vertrauten Umrisse auf und wurden zu etwas Anderem, Fremden umgeschaffen. In einer solchen Dunkelheit konnte alles geschehen, es war nichts mehr vorhersehbar und bestimmt.

Endlich hatte der Wagen den Hain verlassen und fuhr die gewundene Auffahrt zu Ruthven Hall hoch. Beeindruckt betrachtete Jansen die Fassade, deren Erker, steile Dächer und Türme auf ihn wie eine Ansammlung halb vollendeter Kirchenbauten wirkten. Zu diesem Bild passten jedoch nicht die schmalen, kleinen Fenster mit ihren schillernden Butzenscheiben, jenen unzähligen Augen aus Dunkelheit, die aus einer seelenlosen Hülle geradewegs in die Seele des Betrachters zu starren schienen.

Als der Wagen vor dem Eingang des Schlosses, der sich dort befand, wo die beiden Flügel des Gebäudes rechtwinklig aufeinandertrafen, zum Stillstand kam, öffnete sich die Rundbogentür unter einem Vordach mit bizarr und unpassend wirkenden korinthischen Säulen. Ein winziger, hagerer Mann in einem grünen, karierten Wolljackett stürmte mit einem Gewehr in der Hand heraus, das fast so groß wie er selbst war. Er richtete das Gewehr auf das Innere des Wagens und brüllte etwas in einem harten schottischen Akzent, das Jansen nicht verstand. Der breite, buschige Backenbart, der bei den Worten des Zwerges auf und ab hüpfte, verlieh ihm das Aussehen eines übel wollenden Trolls.

Der kleinwüchsige Mann umrundete den Wagen mit erstaunlich flinken Schritten, riss die Fahrertür auf und richtete den Lauf seiner Waffe auf den Kopf des Professors. Sofort hob Leclerc die Hände und flehte den Schotten an, ihn und den Geistlichen neben ihm nicht zu erschießen. Darauf senkte der Zwerg das Gewehr und sah Jansen von der Seite an. Sah ihn an mit immer größer werdenden Augen. Dann rannte er zur Beifahrertür, riss sie ebenfalls auf. Jansen versteifte sich und spürte, wie sich Schweißtropfen auf seiner Stirn bildeten.

Doch der Hausherr kniete neben ihm nieder, hielt dabei die Waffe, die ihn nun weit überragte, schützend im Arm, faltete die Hände und dankte Gott in klarerem Englisch dafür, dass er ihm einen katholischen Priester geschickt hatte.

MacGrath kämpfte sich wieder auf die Beine, wobei er sich auf dem Gewehr abstützte, und streckte Jansen auffordernd eine Hand entgegen. Sanft schob Jansen sie beiseite und kletterte aus dem Auto. Er reckte und streckte sich, denn er war von der langen Fahrt ganz steif geworden. Sein Rücken schmerzte höllisch. MacGrath lächelte Jansen mit Irrsinn in den Augen an und ging voraus, auf den Eingang zu. Jansen sah den Professor an, der mit den Schultern zuckte.

Als sie in der Halle standen, die nur von zwei kleinen Wandlampen erhellt wurde und deren Decke sich in der Höhe verlor, drehte sich MacGrath um, legte den Zeigefinger vor die Lippen und hob den Blick in die Finsternis. Die beiden Neuankömmlinge lauschten angestrengt. Tatsächlich hörte Jansen nach einer Weile ein Geräusch. Es drang aus den Tiefen des Hauses herbei, aber er konnte die Richtung nicht bestimmen. Es war ihm nicht einmal möglich zu sagen, ob die Laute von oben oder aus dem Erdgeschoss kamen. Sie brachten eine Empfindung und ein Bild von schleimiger Feuchtigkeit mit.

Jansen sah MacGrath fragend an. Der Schotte hatte die Augen weit aufgerissen, den Finger noch immer vor die Lippen gelegt, und aus seinem Blick tropfte unvorstellbares Entsetzen. Endlich regte er sich; er stellte das Gewehr in einen Ständer an der getäfelten Wand und bat seine Gäste mit einer fahrigen Handbewegung, in den Raum einzutreten, der links von der Halle abzweigte.

Eine mächtige Sitzgruppe stand um einen großen, mit einem Wappen verzierten Kamin aus hellem Sandstein. Jansen wäre erfreut gewesen, wenn ein Feuer in ihm gebrannt hätte, denn es war kalt hier. Kalt und klamm.

Und staubig.

Überall lag der Staub in dicken Schichten: auf den Möbeln, auf den Simsen der halbhohen Holztäfelung, auf den Bodendielen, deren Altersschwärze hier und da durchschien, wo der Staub wie von heftigen Bewegungen aufgewirbelt worden war.

MacGrath wies ihnen das Sofa rechts vor dem Kamin zu, er selbst setzte sich ihnen gegenüber. Vorsichtig ließ sich Jansen auf dem brüchigen, abgeschabten Leder nieder, das unter seinem Gewicht leicht knirschte. MacGrath schaute auf die Stelle des Bodens, wo der Staub verwirbelt war, und sein Gesicht wurde zu einer Maske der Angst. Lange sagte er nichts. Er und seine unverhofften Gäste saßen da und hörten aus der Ferne die seltsamen, unablässigen Geräusche. Ein leises Jammern mischte sich unter sie und wurde beständig stärker. Jansen lief es kalt den Rücken herunter.

Endlich sprach MacGrath. Seine Worte kamen stoßweise – wie Holzblöcke, die ihm aus dem Mund fielen. »Sie hat der Himmel geschickt«, sagte er mit seinem harten, nur schwer verständlichen Akzent zu Jansen. »Ich habe den gestrigen und heutigen Tag mit dem Versuch verbracht, einen katholischen Priester herzubestellen, der …« Der Schotte verstummte und deutete mit ausgestrecktem Arm zur Decke. Dann redete er weiter – so rasch, dass Jansen ihn kaum mehr verstehen konnte. Seine Worte wurden immer schneller, schienen einander zu überholen. »… die Dämonen … niemanden gefunden … entfesselt … sie haben sich geweigert, auch der Bischof …«

»Wozu haben sie sich geweigert?«, fragte Jansen mit knarzendem deutschen Akzent und sah dabei die Schreckensmaske ihm gegenüber an, in die sich allmählich ein Hoffnungsschimmer stahl.

»Den Exorzismus durchzuführen.« MacGrath holte tief Luft und zwang sich sichtlich, langsamer und deutlicher zu sprechen. »Es existieren Beunruhigungen und Störungen in diesem Schloss, deren Ursache ich im Wirken der Dämonen sehe«, fuhr er fort. »Falls Sie bereit sind, diesen Ort zu exorzisieren und die Dämonen zu vertreiben, werde ich Ihnen das Reliquiar und alles, was dazugehört, übergeben. Sie können es behalten und damit anstellen, was Sie wollen.«

»Ich bitte um Verzeihung, aber Sie scheinen etwas abwegige Vorstellungen zu haben«, wandte Jansen ein. Der Gedanke, mit den Mächten der Finsternis zu ringen, gefiel ihm gar nicht. Es gibt sie nicht, die Mächte der Finsternis, flüsterte ihm eine Stimme zu. »Ich bin kein ausgebildeter Exorzist. Außerdem brauchte ich dazu eine bischöfliche Erlaubnis.« Sie wollen dich glauben machen, dass es sie nicht gibt, flüsterte ihm eine andere Stimme zu.

»Das ist alles unwichtig«, widersprach MacGrath ihm. »Es reicht aus, wenn der Exorzist geweiht ist, oder stimmt das etwa nicht?«

Jansen holte tief Luft. »Grundsätzlich ja.« Er rieb sich die Augen und fügte hinzu: »Aber ich habe nicht die dazu notwendigen Dinge dabei: kein Kreuz, kein Weihwasser und vor allem kein *Rituale Romanum*.«

Er hatte geglaubt, damit diesem Ansinnen ein Ende bereitet zu haben, doch es stellte sich heraus, dass MacGrath gut vorbereitet war. Der Schotte besaß sowohl ein Exemplar des *Rituale* als auch Weihwasser, ein Kreuz und sogar ein Priestergewand. Das alles hatte er in der Bibliothek bereitgelegt, weil er, wie er mehrfach ausführte, gehofft hatte, einen ortsansässigen katholischen Geistlichen zu der Durchführung eines Exorzismus überreden zu können.

Doch Jansen war noch nie als Exorzist tätig gewesen. Er redete sich zu, dass er ja nichts weiter zu tun brauchte, als ein wenig Weihrauch zu verbrennen und ein paar lateinische Worte zu lesen, dann würde das Reliquiar ihm gehören. Dann wäre er einen Schritt weiter. Er war zum Gehorsam verpflichtet, sagte er sich. Der Schwarze Papst hätte es von ihm gefordert.

»Also gut«, sagte Jansen schließlich.

* * *

Nur wenige Minuten später stand Jansen in einem altertümlichen Ornat mit reicher Brokatstickerei, einem silbernem Kreuz mit fein gearbeitetem Korpus und einem abgegriffenen *Rituale* vor der Tür zur Kapelle, in der angeblich die Dämonen seit der Nacht von Mauds Besuch ihr Unwesen trieben. Inzwischen war alles still geworden – als würden unsichtbare Mächte den Atem anhalten. MacGrath hatte verlangt, dass Professor Leclerc unten in der Bibliothek blieb, wo Jansen sich umgezogen und das Räucherfass zum Glühen gebracht hatte.

Aus dem Gewand stieg ein muffiger Geruch auf und stach ihm in die Nase. Staub von Jahrhunderten. Plötzlich kam er sich unendlich alt vor.

MacGrath trug einen kleinen Kessel mit Weihwasser und einen silbernen Wedel. Er stieß die Kapellentür auf und bedeutete Jansen mit einer Handbewegung, den heiligen Ort zu betreten, nachdem er dem Geistlichen eine kleine Taschenlampe in die Hand gedrückt hatte. »*There´s no more light in there*«, sagte er. Sobald Jansen in der Kapelle stand, gab MacGrath ihm das Weihwasser und warf die Tür von außen zu.

Jansen atmete tief durch und sah sich um.

Die Nacht lag schwer auf den Fenstern; nicht der leiseste Glanz des Mondes oder der Sterne drang herein. Der schwache Schein der alten Taschenlampe enthüllte die Bänke und den Altar der Kapelle sowie eine rechts abzweigende, offen stehende Tür.

Und dahinter lagerte die Schwärze.

Finstere Wirbel drehten sich um den Altar wie Nebel aus den Abgründen von Raum und Zeit, und nun setzten schlurfende, ziehende, schleifende Geräusche ein – leise und verstohlen. Sie schienen aus der offenen Tür zu der kleinen Seitenkammer zu dringen, in der Jansen die Sakristei vermutete. Von dort, wo er stand, leuchtete er hinein. Die Wirbel schienen sich zusammenzuziehen und einen Kopf zu bilden. Seine Lampe schwankte. Nein, das konnte nur eine Sinnestäuschung sein.

Mit zitternden Händen stellte er den Kessel mit dem Weihwasser und dem Wedel neben der Säule auf den Boden und blätterte in dem *Rituale* herum, bis er die passende Stelle gefunden hatte: Titulus XI, Caput III: *Exorcismus in satanam et angelos apostaticos.* Seine Stimme klang brüchig, als er die ersten Worte sprach: »*In nomine patris, et filii, et spiritus sancti. Amen.*«

Die Geräusche wurden lauter.

Und die schwarzen Schlieren wirbelten schneller. Jansen hatte den Strahl seiner Lampe nun auf das Buch gerichtet und las mit kräftigerer Stimme weiter. »*Princeps gloriosissime caelestis militiae, sancte Michael Archangele, defende nos in praelio adversus principes et potestates, adversus mundi rectores tenebrarum harum, contra spiritualia nequitiae, in caelestibus …*«

Nein, hier war nichts Ungewöhnliches, nichts Dämonisches, redete er sich zu.

»Ecce crucem domini, fugite, partes adversae …« Er hob das silberne Kreuz vor seine Stirn.

Ein Wind setzte ein. Ein Wind, der seinen Ursprung in der kleinen Kammer neben der Kapelle zu haben schien. Faulig und fett blies er herbei und drohte Jansens Worte zu ersticken.

»Exorcizamus te, omnis immunde spiritus, omnis satanica potestas, omnis incursio infernalis adversarii …«

Hast du vergessen, dass du die entsprechende Frömmigkeit, Klugheit und tadellose Lebensführung haben musst?, kicherte eine fremde Stimme in ihm. Betest du immer pünktlich dein Brevier? Bist du gehorsam gegen Gott und deine Oberen? Hältst du dich fern von jedem Trachten nach irdischen Dingen? Bist du demütig? Darf das irgendjemand von sich behaupten? Darf irgendjemand mich zu vertreiben versuchen? Wer bist du? Ich bin die Schlange, die nie stirbt. Ich bin das Wissen, das nie untergeht. Ich bin die Macht und die Fülle, die du nie begreifen wirst.

»…draco maledicte et omnis legio diabolica, adjuramus te per deum vivum …«

Durch den lebendigen Gott willst du mich beschwören? Gott ist nicht halb so lebendig wie ich!

»… cessa decipere humanas creaturas …«

Ich täusche keine menschlichen Geschöpfe. Dein Gott täuscht sie.

»… vade, satana, inventor et magister omnis fallaciae, hostis humanae salutis …«

Ich weiche nicht, weil ich in dir bin.

»… ab insidiis diaboli, libera nos, domine …«

Wenn du wüsstest …

»… ut inimicos sanctae ecclesiae humiliare digneris, te rogamus, audi nos.«

Nachdem Jansen die letzten Worte des Rituals gesprochen hatte, bückte er sich so rasch, dass ihm das Buch aus der Hand fiel. Er riss den Wedel aus dem halbvollen Weihwasserkessel und schleuderte ihn in Richtung der Sakristei.

Nun ertönte das Jammern wieder, zuerst leise, kaum hörbar, doch es wurde rasch lauter. Jansen hob den kleinen Kessel vom Boden auf und warf ihn ebenfalls durch die offene Tür.

Das Jammern wurde zu einem bösartigen Brüllen, zu einer schrecklichen Kakophonie, zu einem ohrenbetäubenden Kreischen, das die Grundfesten des Schlosses zu erschüttern schien.

Das Licht der alten Taschenlampe erlosch.

Etwas quoll aus der Sakristei hervor. Etwas umspülte den Jesuiten. Er roch Grabesgestank, er fühlte Feuchtes, zugleich Pelziges, etwas schillerte in der Schwärze wie eine ungeheure Wolke aus Schmeißfliegen.

»In nomine patris, et filii, et spiritus sancti …«

Die Taschenlampe flammte wieder auf.

Und auch das Deckenlicht.

Und das Licht in der Sakristei.

Verwirrt stand Jansen da und schaute sich um. Das Schillern, die schwarzen Schlieren, das Schlurfen und Kreischen waren verschwunden. Benommen zog er die Kapellentür auf und trat in den Korridor dahinter, in dem MacGrath kniend und mit gefalteten Händen auf ihn wartete. Der Schlossherr sprang auf und küsste die Hände des Geistlichen.

»Bitte … nicht …« Es war ihm peinlich, und sogleich zog er die Hände fort.

In MacGraths Augen blitzte Freude, und sein Backenbart zitterte und hüpfte unter heftigen Kieferbewegungen. *»The demons are gone!«* Er ergriff wieder Jansens Hand, führte ihn abermals in die Kapelle und von dort aus in die kleine, nun hell erleuchtete, mitternächtliche Sakristei.

Was immer hier gewesen war, nun war es verschwunden.

Der leere Weihwasserkessel und der silberne Wedel lagen auf den Granitplatten des Bodens in einer kleinen Lache. MacGrath setzte über sie hinweg, öffnete einen Wandschrank, in dem sich etliche Sakralgegenstände befanden, und zog etwas daraus hervor. Einen kleinen silbernen Kopf.

Das Reliquiar des heiligen Leodegar.

Benno Jansens Hände bebten, als er es entgegennahm.

Vierzehntes Kapitel

»Jener Gegenzauber feiet den Verstand jedoch nicht gegen Ermattung, die widerum einsetzet, wenn er sich arg vielerlei verkehreten Perceptiones augesetzet sieht.«

Scultetus, *De Veritate Cognitionibus*

Was ist in der letzten Nacht passiert?«, fragte Victor, als sie auf das offene schmiedeeiserne Tor zufuhren, hinter dem die heckengesäumte Straße begann.

Der Jesuit drehte sich ihm zu. In seinem Schoß hielt er das Reliquiar des heiligen Leodegar krampfhaft fest; es war in ein dickes Öltuch gewickelt. »Ich weiß es nicht«, sagte er leise, schaute hinunter auf den verhüllten Gegenstand und verzog das Gesicht, als sei er angewidert.

»Ich habe ein Kreischen gehört – und ein Pfeifen und Sausen wie von einem gewaltigen Sturm. Aber draußen war es windstill«, fuhr Victor fort und steuerte den großen Rover auf die Asphaltstraße. Im Rückspiegel sah er, wie sich das Tor hinter ihnen schloss.

»Ich weiß es wirklich nicht«, wiederholte Jansen. Der Jesuit wirkte erschöpft und entsetzt. Er hatte tiefe Ringe unter den Augen, in denen sich rätselhafte Schatten abzeichneten.

»Zumindest scheint MacGrath mit Ihrer Arbeit zufrieden gewesen zu sein«, meinte Victor, während er langsam die unübersichtliche Straße entlangfuhr. »Haben Sie den Exorzismus wirklich durchgeführt?«

»Ja.« Jansen nagte an seiner Unterlippe.

Sie hatten die Nacht im Schloss verbracht, nachdem sich der Aufruhr gelegt hatte, doch Victor hatte kaum schlafen können. Er hatte auf jedes Knarren, jedes Quietschen und Ächzen gelauscht. Wirre Gedanken von Dämonen, Reliquiaren und schemenhaften Quaeriten waren ihm in einer beständigen Prozession durch den Kopf gezogen, und immer wieder hatte er das leise, meckernde Lachen des Bocksgesichts aus dem Londoner East End gehört. Wie gerädert war er bei Sonnenaufgang aus dem Bett geklettert und hatte noch einige Stunden in dem bequemen Armlehnsessel in seinem Zimmer verbracht.

Am späten Morgen waren sie von einem sichtlich erleichterten, ja beinahe fröhlichen Hausherrn mit allen guten Wünschen verabschiedet worden. Eigentlich hatte Victor angenommen, dass der Geistliche nun zufrieden sei, aber er wirkte, als halte er loderndes Feuer zwischen den Händen.

»Was werden Sie jetzt tun?«, fragte Victor.

»Ich werde von Heathrow aus nach Rom fliegen und das Reliquiar abliefern.«

»Sie gönnen sich wohl nie eine Pause, oder?«

»Nicht solange dieses Ding in meinem Besitz ist«, sagte Jansen und schaute dabei starr geradeaus.

»Haben Sie immer noch Angst vor den Quaeriten?«, fragte Victor. »Sie sind schon lange nicht mehr in Erscheinung getreten.«

»Malen Sie den Teufel nicht an die Wand.«

»Wie soll es jetzt mit der Suche weitergehen?«, wollte Victor wissen. »Nun sind zwei der vier Reliquiare im Besitz der Jesuiten. Wie wollen Sie an die beiden anderen herankommen? Einmal hat uns der Zufall geholfen ...«

»Es gibt keinen Zufall«, unterbrach Jansen ihn hart.

Victor ließ sich nicht beirren. »Aber es ist mehr als unwahrscheinlich, dass uns der Zufall ein zweites Mal zu Hilfe kommt.« Uns? Wie sehr hatte er diese Suche schon zu seiner eigenen gemacht? Warum? Weil er Nadja helfen wollte, Peters Mörder zu finden? Aber – was das hier der rechte Weg? Die Reliquiare verschwanden in Rom; sie konnten kaum dazu dienen, die Quaeriten – oder wer sonst Peter umgebracht haben mochte – aus der Deckung zu locken.

Oder ging es ihm inzwischen auch um diesen angeblichen Apfel vom Baum der Erkenntnis? Um diese Chimäre, diese Lüge, diese Unmöglichkeit?

Oder um Nadja?

Oder darum, Maud nahe zu sein? Oder vielleicht sogar ihrer neuen Freundin?

»Es gibt keinen Zufall«, sagte der Jesuit noch einmal. Er hielt das Öltuch mit dem kleinen Kopf darin so fest umklammert, dass seine Knöchel weiß unter der ledrigen Haut hervortraten. »Gott wird uns leiten – wie er es bisher auch getan hat.«

»Sind Sie sicher, dass es Gott war?«, fragte Victor.

Jansen erwiderte nichts darauf.

* * *

Unter einem wunderbar klaren, tiefblauen Vorsommerhimmel fuhren sie dahin, ließen Schottland hinter sich, kamen auf der M 6 bei Lancaster in den ersten Stau und bei Birmingham in den zweiten. Victor wurde immer müder. Die schlechte Nacht hatte deutliche Spuren hinterlassen.

Als sie hinter Birmingham endlich wieder freie Fahrt hatten, fragte Victor den Jesuiten, ob er einen Führerschein habe und das Steuer übernehmen könne, doch der Geistliche wehrte ab.

»Ich besitze zwar eine Fahrerlaubnis«, sagte er, »aber ich habe sie nicht dabei, und seit … einem bestimmten Ereignis fahre ich nicht mehr. Ich muss Sie leider enttäuschen.«

Victor hatte kaum etwas anderes als eine Ablehnung erwartet. Er nahm die eine Hand vom Lenkrad und rieb sich die Augen. Er war völlig erschöpft. »Dann müssen wir jetzt eine Pause machen«, sagte er.

»Bitte nicht«, entgegnete Jansen. »Das dürfen wir nicht wagen.«

»Niemand folgt uns; ich habe den Rückspiegel andauernd im Blick«, erklärte Victor. »Ich kann nicht mehr.«

»Reißen Sie sich zusammen, bitte!«

Hinter einer langgezogenen Kurve hatte sich ein Stau gebildet. Victor sah ihn – und sah ihn nicht. Er war so ausgelaugt, dass er viel zu spät auf das Bremspedal trat. Der Rover schwankte und schlingerte. Kaum eine Handbreit vor dem stehenden Vordermann kam der Wagen zum Stillstand.

Victor legte die Stirn auf das Lederlenkrad und stöhnte auf. Sein Herz raste, und seine Hände waren schweißnass.

»Bitte passen Sie besser auf«, sagte Jansen gepresst.

Victor riss den Kopf hoch und starrte den Geistlichen an. »Verdammt, ich bin es bald leid!«, schrie er. »Ich habe Ihnen gesagt, dass ich am Ende meiner Kräfte bin! Wollen Sie, dass wir einen Unfall bauen? Ich brauche unbedingt eine Pause!«

Jansen schaute sich rasch um, schien nichts Verdächtiges zu bemerken und nickte schließlich. »Also gut. Biegen Sie bei der nächsten Gelegenheit ab.«

Es dauerte noch eine halbe Stunde, bis sie in dem Stau so weit vorwärtsgekrochen waren, dass sie an die nächste Ausfahrt kamen, die nach Rugby führte. Schon nach wenigen Minuten gelangten sie zu einem kleinen Waldgebiet, vor dem Victor den Wagen am Straßenrand abstellte. Inzwischen dämmerte es bereits, und sie waren noch mindestens eineinhalb Stunden von London entfernt. Victor stellte den Motor ab und ließ das Seitenfenster herunter. Die Vögel sangen den Abend herbei, und der Duft von frisch gemähtem Gras drang in das Innere des Wagens. Victor atmete auf, doch Jansen saß verkrampft neben ihm, die Finger hatte er immer noch um das Öltuch und den Kopf darin geschlossen. Er wirkte, als halte er etwas brennend Heißes in den Händen.

»Ich will mir ein wenig die Beine vertreten«, sagte Victor und öffnete die Fahrertür.

»Tun Sie das nicht«, warnte Jansen.

Victor hielt mitten in der Bewegung inne und sah den Jesuiten entnervt an. »Wir sind nicht verfolgt worden!«

»Sind Sie sich sicher?«

»Ja.«

»Ich bin es nicht.«

»Dann bleiben Sie halt hier. Aber im Wagen sind Sie gefangen, falls es tatsächlich jemand auf Sie abgesehen haben sollte.« Victor stieg aus. Die seidige Luft des warmen Abends schmiegte sich um ihn. Er reckte und streckte sich und machte einige Schritte. Hinter sich hörte er das Zuschlagen einer Autotür. Er drehte sich um.

Jansen war doch ausgestiegen, aber er hielt das Reliquiar noch immer so fest, als wäre es sein Innerstes, seine Seele. Victor musste lächeln. Der alte Geistliche war ängstlich. Und das, obwohl er einen Exorzismus durchgeführt und sich seinem Erzfeind gestellt hatte – oder zumindest dem, was er für seinen Erzfeind hielt.

»Was haben Sie eigentlich in der vergangenen Nacht bei dem Exorzismus erlebt?«, fragte Victor, als Jansen ihn erreicht hatte. Sie gingen an einer langen Backsteinmauer entlang, die das Wäldchen vollkommen einzuschließen schien.

»Nichts, was ich beschreiben könnte«, meinte der Jesuit ausweichend. »Nichts, was man nicht als Halluzination abtun könnte. Nichts, was Sie glauben würden.«

Sie kamen an einem eingestürzten Stück der Mauer vorbei. Die Ziegel lagen im kniehohen Gras. Dahinter lockte der Dämmerungswald mit weit auseinander stehenden Kiefern und Birken.

»Kommen Sie, dort drinnen sieht man uns nicht«, sagte Victor und schlüpfte durch das Loch.

»Nicht!«, rief Jansen, doch als er erkannte, dass seine Weigerung nichts ausrichtete, folgte er Victor.

Einige Meter hinter der Bresche in der Mauer blieben sie zwischen den silbrigen Stämmen einiger Birken stehen. Victor atmete tief durch. Tat das gut! Er spürte, wie seine Lebensgeister zurückkehrten. Hier war es still; die Vögel sangen nicht mehr. Victor hielt den Kopf schräg. Flügelschläge waren oben zwischen den Baumkronen zu hören; sie entfernten sich rasch.

Irgendetwas hatte die Abendsänger aufgestört.

Oder irgendjemand.

Raschelte da nicht etwas vor ihnen? Angestrengt spähte Victor in die zusammenfließende Finsternis, die geradewegs von den Bäumen herabzutropfen schien.

Die Stille belebte sich. Da war nicht nur ein unterdrücktes Rascheln und Wispern vor ihnen, sondern auch ein Geräusch hinter ihnen – von dort, wo sie durch die Mauer geschritten waren. Jansen trat ganz nahe an Victor heran, drängte sich beinahe an ihn und sah sich gehetzt um. »Ich hätte Ihnen nicht folgen dürfen«, murmelte er. »Ich hätte es wissen müssen.« Er presste das Öltuch gegen seine Brust.

Schatten sammelten sich in dem Mauerdurchbruch. Es war, als quelle eine Gewitterwolke hindurch, schwärzer als die herankriechende Nacht. »Schnell weg«, zischte Jansen und lief los. Victor warf einen kurzen Blick zurück und folgte ihm. Jansen hastete in den Wald hinein. Nicht dorthin!, wollte Victor rufen, denn er hörte noch immer das verstohlene Rascheln vor ihnen. Doch er setzte dem Jesuiten nach.

Sie kamen nicht weit.

Als hätte sich ein Riss in der Nacht aufgetan, schwirrten plötzlich ledrige Schwingen um sie herum. Schwingen gewaltiger Vögel, größer als Menschen.

Dämonen ... Halbstoffliche Wesen ...

Jansen schrie auf, Victor stockte der Atem. Es ging ungeheuer schnell. Beide wurden zu Boden geworfen, und aus den Augenwinkeln sah Victor, wie Jansen das Öltuch mit dem Kopfreliquiar abgenommen wurde. Eine Waffe blitzte auf, ein Schuss löste sich. Schrecklich laut hallte er durch den Hain.

Wie versteinert lag Victor auf der Erde.

Aber Jansen ging nicht zu Boden. Er taumelte davon, rannte um sein Leben. Ein Ledergeschwirre setzte ihm nach, und plötzlich war Victor allein. Benommen rappelte er sich auf, stand ratlos da, starrte angestrengt in die Richtung, in die sich Tumult und Aufruhr verzogen hatten. Ein weiterer Schuss knallte durch die Nacht. Victor erbebte. Was sollte er tun? Zurück zum Wagen? Jansen helfen?

Er rannte los. In die Richtung, in der Jansen und das, was ihn verfolgte, verschwunden waren.

Victor sah etwas Helles zwischen den Stämmen, und er hörte ein Rauschen und Rascheln, als ob sich die Wipfel der hohen Bäume im Sturme biegen würden. Doch es war beinahe windstill.

Dort vor ihm standen drei Gestalten. Zwei helle und eine schwarze. Victor blieb stehen. Die eine der hellen Gestalten hatte dunkle Flecken in der Körpermitte.

»Victor!«

Das war Jansens Stimme. Der Jesuit lief auf ihn zu.

»Schnell weg von hier. Die beiden haben mir das Leben gerettet. Bloß weg!«

»Wo ist das Reliquiar?«, fragte Victor. Er sah, dass Jansen nichts mehr in den Händen hielt.

»Weg.«

Die hellere der beiden Gestalten näherte sich ihnen und fragte in breitem Midland-Akzent: »Wass´n hier los?«

Jetzt erst erkannte Victor, dass es sich um einen jungen Mann mit sehr weißer Haut handelte. Um einen völlig unbekleideten Mann, allerdings hielt er eine Pistole in der Hand. Das Mädchen hinter ihm hatte ihre Blöße in aller Eile hinter einem zerknitterten Kleid bedeckt.

»Wir sind angegriffen worden«, erklärte Victor auf Englisch. »Was waren das für Gestalten? Wohin sind sie geflohen?«

Der nackte Mann deutete mit seiner Pistole tiefer in den Wald hinein. »Das waren Höllenwesen, Mann. Gut, dass ich immer meine Wumme mitnehm, wenn ich mit Linda hierher komm. Wegen den verdammten Spannern manchmal. Die wollten euch kaltmachen, einfach so.« Das Mädchen stand neben ihm, hielt den Kopf gesenkt, und die unbedeckten Stellen ihrer hellen Haut schimmerten in der Nacht.

Jansen hatte den Blick von den beiden abgewandt und sah Victor flehend an. »Sie haben mir das Leben gerettet«, wiederholte er. »Und Ihnen vermutlich auch. Wenn sie nicht hier gewesen wären, hätten die Quaeriten uns beseitigt.«

»Quae… was?«, fragte der junge Mann.

Victor dankte dem Liebespaar und begab sich mit Jansen rasch zu der Einfassungsmauer zurück. Bald hatten sie den Spalt gefunden, und im Licht des aufgegangenen Mondes liefen sie zum Wagen und verkrochen sich darin. Fast gleichzeitig atmeten sie tief durch. Dann startete Victor den Wagen, und sie rasten zurück zur Autobahn.

»Nun besteht wohl kein Grund zur Eile mehr«, sagte Victor leise und zerknirscht, als er die Auffahrt zur M 6 hochfuhr. »Wenn ich nicht unbedingt eine Pause gebraucht hätte, dann …«

»Für Selbstbezichtigungen ist es jetzt zu spät«, sagte Jansen scharf. »Das Reliquiar ist verloren. Schlimmer noch – jetzt haben es die Quaeriten.«

»Aber sie können nicht viel damit anfangen«, bemerkte Victor, nachdem er sich vorsichtig in den Verkehr auf der Autobahn eingefädelt hatte. »Sie besitzen vermutlich nur dieses eine – falls die seltsamen Wesen überhaupt zu den Quaeriten gehörten.«

»Ja, das waren *sie*. In langen, nachtschwarzen Mänteln. Vermutlich hatten sie schwarze Masken aufgesetzt. Wenn dieses Pärchen nicht gewesen wäre ...« Jansen seufzte auf.

Masken?, dachte Victor. Vielleicht besaßen sie gar keine Gesichter ... »Was kann ich jetzt noch für Sie tun?«, fragte er schuldbewusst.

»Bringen Sie mich wie geplant nach Heathrow. Ich muss dem Schwarzen Papst so schnell wie möglich Bericht erstatten, auch wenn ich mit leeren Händen komme.« Er drehte sich zu Victor hin und sah ihn eindringlich an. »Machen Sie sich keine zu großen Vorwürfe. Ich sehe ein, dass Sie eine Pause gebraucht haben. Sie tragen keine Schuld an dieser Katastrophe.«

»Wenn Sie es sagen ...«

Sie fuhren in die Nacht hinein und schwiegen; jeder hing seinen eigenen, dunklen Gedanken nach.

Es ist meine Schuld, dachte Victor. Ich habe ihm nicht geglaubt. Wir alle, die wir mit dieser Suche in Berührung gekommen sind, befinden uns in Gefahr. Es ist genauso, wie der Bocksgesichtige gesagt hat.

* * *

Nachdem Victor den Jesuiten am Terminal 5 des Flughafens Heathrow abgesetzt hatte, fuhr er ins benachbarte Richmond, suchte den Shene Court, was ihm nicht leicht fiel, da er nie zuvor mit einem Wagen hier gewesen war, und war heilfroh, als er in dem quirligen Städtchen sein Ziel gefunden hatte.

Doch Maud war nicht zu Hause.

Vielleicht verbrachte sie die Nacht bei ihrer neuen Freundin. Victor gönnte ihr diese plötzliche und unerwartete Liebe von ganzem Herzen, doch gerade jetzt hätte er sich gewünscht, mit jemandem über die schrecklichen Ereignisse des Tages reden zu können. Es blieb ihm nichts anderes übrig, als sich ein Hotelzimmer zu suchen.

Am anderen Morgen versuchte er noch einmal, Maud anzutreffen, aber erneut blieb sein Klingeln unbeantwortet. Sicherlich war sie geradewegs von der Kuratorin ins Büro gefahren. Er brauchte sich keine Sorgen zu machen. Bestimmt nicht. Also machte er sich auf den Weg zum Flughafen, gab den Wagen zurück und musste einige Stunden warten, bis er in der Business-Class eines Lufthansa-Fluges einen fürchterlich teuren Platz ergattern konnte. Was soll´s, du bist reich, dachte er. Die Quaeriten hatten dafür gesorgt, dass er sich nie wieder Gedanken um Geld machen musste. Wohltat und Schrecken entsprangen derselben Quelle.

* * *

Am Nachmittag hatte er sein Büro in der Kölner Universität aufgesucht und sofort Besuch vom Dekan erhalten, der ihm bittere Vorwürfe wegen seiner unangekündigten Abwesenheit gemacht hatte. Offenbar hatte Victor den Termin zu den Vorstellungsvorträgen der Anwärter auf den freigewordenen Lehrstuhl verpasst, und die Examinierung hatte zum Ärger aller Beteiligten vertagt werden müssen.

Danach hatte Nadja Kellermann ihn aufgesucht; angeblich hatte sie sich große Sorgen um ihn gemacht, weil er so lange verschwunden gewesen war. In knappen Worten hatte Victor ihr von der Reise nach Schottland und von dem Überfall der Quaeriten erzählt. Sie wollte trotzdem nicht aufgeben, den oder die Mörder ihres Geliebten zu finden, aber auch sie hatte keine Ahnung gehabt, was sie nun tun sollten. Mit Tränen in den Augen war sie wieder gegangen.

Während Victor die Treppe zu seiner Wohnung hochstieg, dachte er an Nadja. Heute hatte sie keinen BH getragen, wie er auf den ersten Blick bemerkt hatte. Er hätte es erst gar nicht bemerken dürfen. Es beunruhigte ihn, dass weibliche Reize offenbar doch wieder imstande waren, seine Aufmerksamkeit zu erregen. Er sollte lieber so bald wie möglich zum Antiquariat Heuberger fahren und sich die Schopenhauer-Erstausgabe kaufen. Das war ungefährlicher.

Gerade als Victor die Wohnungstür aufschloss, klingelte das Telefon und beschleunigte seine Handlungen erheblich.

»Wieso warst du in Schottland?«, fragte eine weibliche Stimme am anderen Ende. Es war Maud. »Seit wann bist du wieder in Deutschland? Warum hast du dich nicht gemeldet? Was ist passiert? Was war das für ein Exorzismus? Habt ihr das Reliquiar? Wann schaltest du endlich mal dein Mobiltelefon ein? Sag schon!«

Victor musste grinsen. Die gute, alte Maud. »Muss ich alle Fragen auf einmal beantworten? Oder darf ich es hintereinander versuchen?«

»Am liebsten alle auf einmal!«

Während er sich die Schuhe auszog und in seine bequemen, etwas ausgelatschten Pantoffeln schlüpfte, berichtete er der Reihe nach, was seit seinem Telefongespräch mit Benno Jansen vorgefallen war.

Maud schwieg, als er geendet hatte. Victor hatte das Gefühl, als bilde sich im Hörer seines Telefons ein Loch, das ihn aufsog. »Maud?«

»Ich muss dir etwas sagen.«

»Was?«, fragte Victor nervös.

»Ich habe es erst heute Mittag erfahren. Von Sylvia. Sie hatte MacGrath noch einmal angerufen, weil sie natürlich nicht wissen konnte, dass du und dieser schwarze Mann ... Sie wollte ihn fragen, ob er es sich vielleicht doch noch anders überlegt hat.« Pause. Stille.

»Und?«, drängte Victor.

»Sie hat MacGrath nicht erreicht. Die Polizei war in seinem Schloss. Er ist tot.«

Victor ließ sich schwer in seinen Schreibtischsessel fallen. Sein

Blick wanderte über die Dächer Ehrenfelds, aber seine Gedanken waren weit, weit weg. »Wie …?«

»Es war kein Unfall, Victor. Es war Selbstmord. Man fand ihn in seiner Bibliothek – erhängt am Fensterkreuz. Sylvia hat eine Menge aus dem Inspektor herausbekommen, der die Ermittlung leitet, denn sie hat ihm von unserem Besuch bei MacGrath erzählt und ist deshalb so etwas wie eine Zeugin. Der Inspektor sagte, es habe eine dicke Staubschicht überall in der Bibliothek gelegen, und nur MacGraths Fußabdrücke seien zu erkennen gewesen, als man ihn fand. Aber in der Außentasche seines Tweedjacketts befand sich ein Zettel mit einer lateinischen Zeile in der Handschrift MacGraths: *Quaerite et invenietis.*«

»Das ist ein Bibelzitat«, sagte Victor.

»Ich habe es nachgeschlagen. Es handelt sich um eine Stelle aus dem neunten Vers des elften Kapitels des Lukas-Evangeliums: *Suchet, und ihr werdet finden.* Ganz schön zynisch in diesem Zusammenhang, nicht wahr?«

»In welche Richtung ermittelt die Polizei?«, wollte Victor wissen.

»In gar keine. Sie halten es für einen Selbstmord, vor allem da der Zettel MacGraths Handschrift trägt.«

Immer wieder dasselbe, dachte Victor. »Sie fühlen sich wohl sehr sicher. Sie hinterlassen Warnungen, die offenbar außer uns keiner erkennt. Das Reliquiar ist weg, und wir haben keine Spur mehr, die uns weiterführen könnte.«

»Das ist der zweite Grund, warum ich dich anrufe«, sagte Maud. »Sylvia hatte einen guten Grund, sich mit MacGrath in Verbindung zu setzen, denn sie hat Post von ihm bekommen.«

»Post?«, fragte Victor verwundert.

»Das Schreiben liegt gerade vor mir; Sylvia hat es mir mitgegeben, da sie nichts damit anfangen konnte und MacGrath ausdrücklich darum gebeten hat, es dem Jesuiten zuzustellen, der seine Kapelle exorzisiert hat. Dadurch habe ich erst erfahren, dass ihr beiden in Schottland wart.«

»Einen Augenblick«, unterbrach Victor sie. »Wovon redest du? Was ist das für ein Schreiben?«

»MacGrath hatte es gefunden, nachdem ihr abgefahren wart. Es steht mit dem Reliquiar in Verbindung. Da er alles loswerden wollte, was ihn an dieses Teufelsding, wie er es im Anschreiben nennt, erinnert, hat er es einfach an Sylvia ins British Museum geschickt, damit sie es weiterleitet. Ich weiß nicht, ob ich es nicht lieber verbrennen soll.«

»Worum handelt es sich denn?«, wollte Victor wissen.

»Möglicherweise um eine weitere Spur. Willst du es wirklich wissen?«

Wollte er es wirklich wissen? »Wie wäre es, wenn du mir das Schreiben vorliest? Dann können wir immer noch entscheiden, wie wir damit verfahren sollen.«

»Dann könnte es zu spät sein«, gab Maud zu bedenken.

»Bitte lies es erst einmal vor.«

»Wenn du es unbedingt willst … Es ist in der Hauptsache ein französischsprachiges Dokument.«

Sie las alles vor, was sie von Sylvia erhalten hatte. Als sie zum Ende gekommen war, bat Victor sie, es noch einmal vorzulesen, und zwar so langsam, dass er mitschreiben konnte.

»Verbrenn das Original sofort«, sagte Victor. Vielleicht hatte sie recht, vielleicht war es schon zu spät.

Als er das Telefon zurück auf die Station stellte, kam ihm der furchtbare Gedanke, soeben einen großen Fehler gemacht zu haben. Waren diese nebelhaften Quaeriten wirklich in der Lage, Telefongespräche abzuhören? Wenn ja, wussten sie dann jetzt auch, was Victor wusste?

* * *

Die Übersetzung bereitete Victor keine Schwierigkeiten. Nun war es endlich einmal vorteilhaft, zweisprachig erzogen worden zu sein. Victor saß an seinem Schreibtisch, hatte die Mitschrift vor sich liegen und betrachtete seine Übersetzung.

Es handelte sich um eine alte Rechnung sowie eine Art Expertise, datiert auf den 16. Mai 1817. Darin versicherte ein Pariser Antiquitätenhändler mit dem klingenden Namen Hippolyte de Chastenay einem nicht näher bezeichneten Käufer, dass ein bei ihm erworbenes Reliquiar des heiligen Leodegar in Gestalt eines kleinen, echtsilbernen Kopfes garantiert aus dem 12. Jahrhundert stamme. Als Provenienz wurde das Kloster Lauterbirch westlich des Rheins angegeben; dabei konnte es sich nur um eine Verballhornung von Lautenbach handeln. De Chastenay versicherte, er habe das Reliquiar einem Abbé abgekauft, der es von einem ungenannten französischen Offizier geschenkt bekommen habe, der gleich vier Reliquiare von dort in seinem Besitz gehabt haben solle.

Victor stand auf und lief in seinem Arbeitszimmer hin und her. Hier war der Beweis, dass die vier Reliquiare zunächst nach Paris gekommen waren. Eines hatte später die Reise nach Moskau angetreten, offenbar zusammen mit Napoleons Feldzug gegen Russland, und eines war von einem Vorfahren MacGraths auf einer Europareise gekauft worden. Doch wo mochten die beiden anderen Reliquiare sein? Noch immer in Paris? Das war sehr unwahrscheinlich, wenn man die bewegte Geschichte der beiden bereits aufgefundenen bedachte. Ob der ungenannte Offizier die Reliquiare vom Lautenbacher Abt geschenkt bekommen hatte, damit sie in die Welt hinausgetragen würden? *Die Körper werden ausgesandt* ... So oder ähnlich hieß es in dem schriftlichen Bericht des Abts. Es war sein Vorsatz gewesen, dass sie Lautenbach verließen. Vieles sprach dafür, dass er kurz vor seinem Tod selbst dafür gesorgt hatte.

Er blieb stehen, betrachtete die langen Bücherreihen in seinem Arbeitszimmer und fragte sich, ob es am Ende dieses Rätsels wirklich etwas zu entdecken gab. Und wenn ja, was es sein mochte. Der Apfel konnte nur ein Symbol sein. Ein Symbol – wofür?

Benno Jansen hatte ein Anrecht auf die neuen Informationen. Also ging Victor zu seinem Telefon und wählte die Mobilnummer des Jesuiten, um ein Treffen mit ihm zu vereinbaren; er würde ihm das, was er herausgefunden hatte, nur persönlich sagen, damit niemand mithören konnte. Doch niemand nahm das Gespräch entgegen.

Victor versuchte es immer wieder – vergeblich. Er lenkte sich mit einem Buch ab, doch immer wieder kehrten seine Gedanken zu der Rechnung des Pariser Antiquitätenhändlers zurück. Er versuchte fernzusehen. Aber auch das half nicht. Er war müde, also ging er zu Bett.

Und träumte von einer Schlange, einem Apfel, einem Paradies. Und von Nadja, die sich ihrer Bluse entledigte. Er stand mit ihr unter einem Baum, und die Schlange flüsterte ihr etwas zu. Sie lächelte ihn an. Er erwiderte ihr Lächeln.

* * *

Auch am nächsten Morgen bemühte er sich, Benno Jansen zu erreichen, aber wiederum hatte er keinen Erfolg. Es war Samstag, und Victor hatte keine Termine in der Universität. Eigentlich sollte er allmählich an einem lange vernachlässigten Artikel über erkenntnistheoretische Ansätze bei Berkeley weiterschreiben, doch als er es versuchte, konnte er sich einfach nicht konzentrieren. Stattdessen suchte er im Internet nach dem Namen de Chastenay.

Natürlich gab es keinen Antiquitätenhändler mit dem Vornamen Hippolyte, aber immerhin fand er ein paar Eintragungen zu dem adligen Nachnamen, jedoch ohne weitere Informationen zum familiären Hintergrund. Es gab einen Makler, einen Anwalt, einen Richter, einen Professor für Indologie und sogar einen Klempner. Sie alle konnten Nachfahren des Hippolyte de Chastenay aus dem 19. Jahrhundert sein. Je mehr Personen dieses Namens er entdeckte, desto unsicherer wurde er. Nein, dieser Weg führte in die Irre.

Immer wieder versuchte er Benno Jansen zu erreichen, doch er hatte keinen Erfolg.

Nachdem er sich zum Mittag eine Tiefkühlpizza gegönnt hatte, setzte er sich wieder an den Computer und suchte nach weiteren de Chastenays.

Nach langer Suche fand er doch noch einen interessanteren Eintrag. In der Rue Gay-Lussac 75a, 75005 Paris betrieb eine Amandine de Chastenay ein Antiquariat. Victor gab ihren Namen in die Suchmaschine ein und erfuhr, dass sie aus einem alten Adelsgeschlecht stammte, das zur Zeit der Französischen Revolution schwer hatte leiden müssen. Nach dem Ende der Schreckensherrschaft war ihr Zweig der Familie gezwungen gewesen, das Wenige, was er in die neue Zeit hatte hinüberretten können, für seinen Lebensunterhalt zu verkaufen. Zwar wurde auch in diesem kleinen Artikel, der einem gewissen *Bulletin des bibliophiles* entstammte, Hippolyte de Chastenay nicht ausdrücklich erwähnt, aber hier wurde die Spur zumindest ein wenig konkreter. Kurz überlegte Victor, ob er Madame de Chastenay anrufen sollte, doch auf ihrer Webseite erfuhr er, dass ihr Geschäft samstags geschlossen war, und heute war Samstag. Seufzend stand er wieder auf und lief in seiner büchervollen Wohnung herum. Was sollte er tun?

Er wählte Mauds Nummer, doch sie war nicht zu Hause.

Er wählte Jansens Nummer, doch er war noch immer nicht erreichbar.

Er wählte die Pforte des Kölner Jesuitenkonvents an, doch man konnte ihm nicht sagen, wo Jansen war oder wann er zurückkehren würde. Es war zum Verrücktwerden.

Victor war allein.

Nicht ganz. Er konnte immer noch Nadja anrufen. Er konnte auch nach Paris reisen und Madame de Chastenay aufsuchen; ein persönliches Gespräch wäre sicherlich besser als ein Telefonat. Aber welche Auskünfte würde sie ihm geben können – vorausgesetzt, sie war tatsächlich eine Nachfahrin Hippolyte de Chastenays? Und wohin würden diese Auskünfte führen? Mit dem Verlust eines der vier Reliquiare war alles sinnlos geworden.

Doch was war, wenn Jansen noch immer in Lebensgefahr schwebte? Und er selbst auch – und Maud und Sylvia – und Nadja vielleicht ebenfalls. Er dachte an die Worte des Bocksgesichtigen in London, an den Überfall in dem Wäldchen und an die Leben, die dieser Wahnsinn schon gekostet hatte. Es musste beendet werden. Darin lag ihre einzige Chance.

Victor fasste einen Entschluss. Diesmal aber würde er seinen Plan nicht gleich wieder mit einem Fehler beginnen.

Er suchte sein Handy, fand es schließlich mit leerem Akku in einer Schublade seines Schreibtischs, lud es eine Stunde lang auf und rief damit Nadja an.

Sie war zu Hause und hob so schnell ab, als habe sie neben dem Telefon gesessen und auf einen Anruf gewartet. Auf *seinen* Anruf? Er berichtete ihr von der alten Expertise und seinen Nachforschungen, und sie war Feuer und Flamme für sein Vorhaben, nach Paris zu fahren. Natürlich wollte sie ihn unbedingt begleiten. In der Universität war nichts Dringendes mehr zu tun, es war Wochenende, es waren Semesterferien, es standen keine Termine an, und sie brannte auf ein Abenteuer.

Nachdem er aufgelegt hatte, stellte er fest, dass er sich auf die gemeinsame Reise mit ihr freute. Ein wenig unbehaglich wurde ihm nur, als er daran dachte, dass Nadja keineswegs bloß aus einer Stimme bestand, mit der man telefonierte.

Fünfzehntes Kapitel

»Eine weitere Täuschung des Verstandes durch nichtige Perceptiones mag darin liegen, daß unsere Sinne nicht alle Perceptiones mit gleichermaßen Wichtigkeit an den Verstand liefern.«

Scultetus, *De Veritate Cognitionibus*

Es war eine Katastrophe.

Nachdem Victor und Nadja mit dem Bus vom Flughafen Charles de Gaulle bis zur Place de l´Opéra gefahren waren, hatten sie ein Hotelzimmer gesucht. Es war wie verhext, alles schien belegt zu sein – als ob ganze Touristenschwärme wie Heuschrecken über die Stadt hergefallen seien. Nachdem sie stundenlang umhergeirrt und den Empfehlungen etlicher Portiers gefolgt waren, riss Victor der Geduldsfaden. In einem teuren Hotel in der Rue de Caumartin nahm er die einzige freie Suite; zwei Einzelzimmer waren hier – wie überall sonst – nicht zu bekommen. Der Portier grinste anzüglich, als Victor sich eintrug. Am liebsten hätte er dem großen, dürren Mann mit den gegelten Haaren die Situation in allen Einzelheiten erläutert, doch zum einen führte das zu weit, und zum anderen war er von dem vielen Herumlaufen zu müde. Er erhielt den Schlüssel – eine moderne Chipkarte –, dazu ein weiteres schmieriges Lächeln, und sie machten sich auf in den fünften Stock, in dem die Suite lag.

Es handelte sich um ein großes Schlafzimmer und ein Wohnzimmer im Louis-Seize-Stil mit geschwungenen Linien und Fenstern, die bis auf den Boden reichten. Von hier aus hatte man einen hübschen Blick in Richtung des Boulevard Haussmann und des nicht sehr fernen Gare Saint-Lazare.

Zum Glück wies das Wohnzimmer ein recht komfortables Sofa

auf, dessen Rundungen Victor Hoffnungen auf eine erträgliche Nacht machten. Natürlich überließ er Nadja das Schlafzimmer. Er packte seinen kleinen Koffer aus, legte seine Wäsche in eine geschwungene Walnusskommode mit goldfarbenen Beschlägen und wartete dann darauf, dass Nadja fertig wurde. Er wollte seinen Rasierapparat, seine Zahnbürste und einiges andere ins Bad bringen, das leider nur vom Schlafzimmer aus zu betreten war, aber es missfiel ihm, Nadja zu stören. Vielleicht zog sie sich gerade um.

Als er in einem der zierlichen Sessel saß, die um einen unbenutzten Kamin gruppiert waren, und allmählich zur Ruhe kam, fragte er sich, was er hier tat. Hier in dieser Stadt. Hier in diesem Hotel. Er warf Geld zum Fenster hinaus und teilte eine Suite mit einer jungen, schönen Frau, die ihm nicht ganz so gleichgültig war, wie er vorgab, und die er deshalb meiden sollte. Er verfolgte eine Chimäre – und wurde möglicherweise von einer Chimäre verfolgt.

»Ich bin fertig.« Nadja stand in der Tür zum Schlafzimmer. Tatsächlich hatte sie sich umgezogen und die Reisejeans gegen einen langen Rock ausgetauscht, der ihr ein beinahe kitschiges Aussehen verlieh. Außerdem hatte sie ihr dickes Make-up erneuert.

Wovor versteckst du dich?, dachte Victor, aber er fragte: »Was machen wir jetzt?«

Ja, was? Heute, am Sonntag, konnten sie bei Madame de Chastenay nichts erreichen, und er hatte keine Lust, den Nachmittag wie ein Tourist zu verbringen. »Ich schlage vor, Sie sehen sich die Stadt an. Einige schöne Geschäfte im Marais haben auch sonntags geöffnet. Ich möchte gern hier bleiben und ein wenig lesen, wenn Sie nichts dagegen haben.«

Sie zog einen Schmollmund wie ein kleines Mädchen. »Ich hatte gehofft, Sie würden mir Paris zeigen.«

»Nein.« Zwar hatte Victor während der gesamten Reise nicht den Eindruck gehabt, dass ihnen jemand folgte, aber nach den Ereignissen in Schottland war er zutiefst verunsichert. Er wollte sich so wenig wie möglich in der Öffentlichkeit zeigen. »Sehen Sie sich die Stadt an. Aber passen Sie auf, dass niemand Sie verfolgt.«

»Glauben Sie, die Quaeriten sind hier?«

»Seit Schottland glaube ich beinahe, dass sie überall sind«, antwortete Victor und sah durch das hohe Fenster hinaus auf die Dächer von Paris. »Sie kommen und gehen wie ein Gedanke in der Nacht.« Es musste lächeln. »Das klingt ziemlich pathetisch, oder?«

»Ja«, sagte Nadja nur und lächelte ihn an. »Aber mir gefällt Ihre Ausdrucksweise.« Sie ging an seinem Sessel vorbei zur Tür der Suite. Ihr sanftes Parfüm wehte hinter ihr her. Veilchenduft. Nadja drehte sich noch einmal um und winkte ihm zu, schüchtern und kokett zugleich. »Bis später.«

Als sie die Suite verlassen hatte, atmete Victor auf. Er hatte noch nicht entschieden, ob er sich in einem Albtraum oder in einem Traum befand.

* * *

Als Nadja zurückkehrte, wirkte sie ein wenig verschwitzt und verstört. Sie hatte die Einkaufstasche einer kleinen Boutique aus der Rue des Francs Bourgeois in der Hand und schaute hinter sich, bevor sie die Tür schloss.

»Ist alles in Ordnung?«, fragte Victor und legte das Buch, in dem er gelesen hatte – Marc Aurels *Selbstbetrachtungen* – auf den kleinen Beistelltisch neben dem Sessel. »Haben Sie etwas Verdächtiges bemerkt?«

Nadja setzte die Tüte ab und strich sich durch die etwas verklebten Haare. »Überhaupt nichts. Kein Quaerit weit und breit. Wollen Sie heute Abend ausgehen?«

Ihr plötzlicher Themenwechsel verwirrte ihn. Ausgehen? Wohin? Warum? Offenbar war sein Gesicht eine einzige Frage, denn sie lachte kurz auf und sagte: »Zum Essen, meinte ich. Nicht zum Tanzen.«

»Ich bin nicht hungrig.«

»Haben Sie denn heute überhaupt schon etwas gegessen?«

Hatte er? Victor hatte es vergessen. Tatsächlich bemerkte er nun, dass sich in seinem Magen ein Gefühl der Leere breitgemacht hatte. Seufzend stand er auf. »Also gut. Kommen Sie, ich lade Sie ein.«

Sie gingen in ein kleines Restaurant wenige Häuser neben dem Hotel, wo ihnen ein ausgezeichnetes Perlhuhn serviert wurde. Zunächst unterhielten sie sich über die Universität, vermieden es dabei peinlichst, Peter Haenseling zu erwähnen, aber schließlich glitt das Gespräch in persönlichere Bahnen. Als Nadja bereits an ihrem zweiten Glas Weißwein nippte, fragte sie nach kurzem Zögern: »Sie waren in der letzten Zeit so oft unterwegs. Sind Sie denn jederzeit abkömmlich? Ich meine, Sie leben doch bestimmt nicht allein …«

Victor senkte den Blick auf seinen Teller, der inzwischen eher wie ein Schlachtfeld *en miniature* aussah. Was sollte er darauf antworten? Die Wahrheit? Er wollte Nadja zu nichts ermuntern.

Er hob den Blick wieder. Gedämpfte Musik perlte aus unsichtbaren Lautsprechern, leise Unterhaltungen wurden in dem vornehmen Restaurant geführt, sanfte Bewegungen zeugten von Eleganz und Stil. Niemand hier war allein. Außer ihm. Und Nadja. In seinem einfachen Jackett und der etwas ausgebeulten Cordhose kam er sich unpassend vor. So unpassend wie seine Gedanken. *Nadja …*

Ihre blassblauen Augen. Ängstlich und neugierig zugleich. Ihre Wangen waren ein wenig gerötet, vielleicht vom Wein, vielleicht von ihrer gewagten Frage. *Sie leben doch bestimmt nicht allein …*

»Doch, ja … und nein«, sagte er schließlich. Ihm gefiel nicht, welche Wendung dieses Gespräch nahm.

»Das nenne ich eine klare Antwort«, meinte Nadja und nahm noch einen Schluck Wein.

»Ich … meine Freundin wohnt in London«, sagte er schließlich.

»Ah, die, bei der Sie kürzlich waren«, folgerte Nadja.

Victor sah sie eingehend an. War sie enttäuscht? Er vermochte es nicht zu sagen. Schweigend aß er die letzten Bissen und legte das Besteck neben die knochigen Überreste des Perlhuhns. Dann bestellte er noch eine Flasche Wein.

»Ihr Französisch ist ausgezeichnet«, bemerkte Nadja. Es war eher eine Frage als eine Feststellung.

»Ich bin zweisprachig aufgewachsen«, erklärte Victor. Nie zuvor hatte er mit seinen Assistenten über Persönliches geredet. Verwirrt stellte er fest, dass es ihm gefiel. Also erzählte er ein wenig aus seinem Leben. Allerdings bot er Nadja nicht das Du an.

Als sie spät am Abend zurück in die Suite des Hotels kamen, hatten sie beide einen kleinen Schwips. Nadja zog sich bereits aus, als sie das Schlafzimmer noch nicht ganz erreicht hatte.

Victor räusperte sich laut, und Nadja hielt inne und wurde rot. Sie stand im Hemdchen vor ihm. Ohne BH, wie eindeutig zu sehen war.

»Schlafen Sie gut«, sagte Victor und legte sich angezogen auf das Sofa.

»Wollen Sie denn nicht noch ins Bad?«

»Ich will nur noch schlafen. Bis morgen.«

Nadja glitt ins Schlafzimmer und schloss die Tür hinter sich.

Die Gefahr war vorüber. Vorerst.

* * *

Die Nacht wurde hart. Der Grund dafür war nicht die mögliche Versuchung, die im Nebenzimmer lauerte, sondern das Sofa, dessen zu feste Polsterung sich als nicht so gut zum Schlafen geeignet erwies, wie es zunächst den Eindruck erweckt hatte. Mehrfach stand Victor in der Nacht auf und lief umher, um seinen Kreislauf wieder in Schwung zu bringen und die schmerzenden Glieder zu strecken. Einmal trat er an eines der großen Fenster und öffnete es leicht. Der Straßenlärm drang gedämpft herein, und eine warme Brise bauschte die zarten Vorhänge auf. In einiger Entfernung vor sich glaubte er eine große Blase schillern zu sehen – eine Blase wie jene, die er in London gesehen hatte. Über den Dächern, mitten in der Luft. Victor rieb sich die Augen. Da war keine Blase, natürlich nicht, genauso wenig wie damals in London.

Er ging zurück zum Sofa. Und schlief weiterhin schlecht.

Am Morgen ging er ins Bad, nachdem Nadja es ausgiebig benutzt und sich angekleidet hatte. Er stand vor dem Spiegel, in seinem zerknitterten Jackett, seinem zerknitterten Hemd, einem schwarzen Bartschimmer auf den Wangen, den er sogleich mit dem Rasierapparat verschwinden ließ. Nachdem er sich geduscht, frische Wäsche angezogen und sich gekämmt hatte, fühlte er sich wieder etwas besser.

Das Bad duftete ganz leicht nach Veilchen. Nach Frühling. Nach Sonne.

Sie begaben sich zum Frühstück in den Speisesaal. Und danach machten sie sich auf den Weg zum Laden der Madame de Chastenay. Sie nahmen die Metro, zuerst die Linie 3, dann stiegen sie bei Réaumur-Sebastopol in die Linie 4 um und verließen diese bei der Haltestelle Odéon. Von dort aus gingen sie zu Fuß. Immer wieder drehte sich Victor um, und bald hatte auch Nadja seine Gewohnheit angenommen. Entweder niemand oder alle verfolgten sie. Entweder Menschen oder Dämonen.

Endlich standen sie vor dem Schaufenster des kleinen Geschäfts in der Rue Gay-Lussac 75a. Bücher über Bücher stapelten sich in der Auslage unter der kleinen, roten Markise. Es waren in der Hauptsache Taschenbücher über Magie, Hexenwesen, Gespenster, Werwölfe und dergleichen mehr.

»Sind wir hier richtig?«, fragte Nadja mit starkem Zweifel in der Stimme.

»Das werden wir gleich sehen«, meinte Victor und drückte die altertümliche Tür mit den kleinen Glasscheiben darin auf. Etliche Glöckchen kündeten sein Eintreten an.

Jemand kam ihm entgegen. Es war ein sehr alt wirkender, hagerer, gebeugt gehender Mann, der trotz der Wärme einen schwarzen, bis zu den abgeschabten Schuhen reichenden Wintermantel und einen schwarzen Hut trug. Unter seinem Arm klemmte ein kleines, in braunes Packpapier eingeschlagenes Paket. Er senkte den Kopf, als er an Victor vorbei durch die Tür stolperte und Nadja beinahe zur Seite stieß. Mit einer gemurmelten Entschuldigung hastete er die Rue Gay-Lussac entlang.

Victor schüttelte den Kopf und sah sich kurz in dem nun leeren Laden um. Bücher in den Regalen, Bücher in Stapeln auf dem Boden, Bücher auf und unter den beiden Tischen in der Mitte des Ladens. Dazwischen hier und da ein kitschiges Heiligenbild. Dann wieder Bücher – gegen die Regale gelehnt, auf einem Kaminsims, auf einem kleinen Tresen, hinter dem ein brauner Vorhang den Blick durch einen Türrahmen versperrte. Dieser Vorhang wurde nun zur Seite geschoben, und eine Dame trat hinter den Tresen.

Eine Dame. Es gab keine andere Bezeichnung für sie. Sie war recht klein, hielt sich aber so aufrecht, als hätte sie einen Stock verschluckt. Ihr braunes Haar war sorgsam in Wellen gelegt, und ihre feinrandige Brille musste ein teures Designerstück sein. Bluse und Rock ähnelten denen, die Nadja bevorzugte, doch man sah ihnen an, dass sie ein Vielfaches gekostet hatten. Zwei große Ringe glänzten an den perfekt manikürten, aber knochigen Fingern, und kleine, diamantene Ohrringe nahmen dieses Glänzen auf.

»*Vous désirez?*«

»Sie handeln mit Büchern über das Irrationale?«, fragte Victor in seinem akzentfreien Französisch.

»Hauptsächlich. Suchen Sie etwas Bestimmtes?«, fragte Madame de Chastenay zurück.

Etwas stimmte hier nicht. Victor konnte es zunächst nicht benennen. Diese Dame, dieser Laden… es passte nicht zusammen. Es war nicht das Thema ihrer Bücher. Es waren die Bücher selbst. Sie waren zu billig.

»Haben Sie auch Werke früherer Jahrhunderte?«

»Aber selbstverständlich, Monsieur. Haben Sie konkrete Wünsche?«

Victor hatte sich nur selten mit dem Irrationalen auseinandergesetzt, aber sein Auftauchen in der Weltgeschichte hatte ihn schon immer fasziniert. Schließlich waren aufgrund seltsamer Gedankengebäude immer wieder zahllose Menschen hingerichtet worden. Er dachte an die furchtbaren Hexenprozesse. »Haben Sie alte Bücher über das Hexenwesen?«, fragte er in der Hoffnung, einen Anknüpfungspunkt für ein Gespräch mit der Antiquarin zu finden.

»Einen Augenblick, bitte.« Madame de Chastenay verschwand hinter dem braunen Vorhang und kehrte nach einigen Minuten mit einem ganzen Stapel alter ledergebundener Bücher zurück. Vorsichtig lud sie diese auf dem Tresen ab und legte Victor einen Schatz nach dem anderen vor. Die *Daemonolatreia* des Remigius, das *De la démonomanie des sorciers* von Bodin, den *Discours exécrable des sorciers* von Boguet, das *Manuale exorcistarum* von Candido Brognolo und etliches andere. Immer mehr Bücher holte sie aus ihrem Verschlag, aus dem nur Dunkelheit drang, wenn sie den Vorhang ein wenig beiseite zog und wieder in ihn eintauchte. Der *Malleus maleficarum* von Institoris, der *Fustis daemonum* von Menghi, *Sadducismus triumphatus* von Glanvill …

Victor betrachtete die Bücher aufmerksam. Die Preise waren jeweils mit Bleistift in die Innenseite des Vorderdeckels geschrieben; keiner der Bände kostete weniger als zweitausend Euro, die meisten sogar wesentlich mehr. All das könnte er sich jetzt leisten, dachte Victor. Nun gelang es ihm endlich, das Bild von Madame de Chastenay mit ihrer Profession in Einklang zu bringen. Diese kostbaren, sorgsam gehüteten Bücher waren ihr eigentliches Geschäft, ihre eigentliche Liebe, denn sie behandelte die Bände mit einer Sorgfalt und Zärtlichkeit, die von großer Zuneigung sprach. Ihr spitzes Gesicht wurde dabei sanfter, die harten Linien um den Mund glätteten sich. Und ihre Augen leuchteten. Wie gut er sie verstand.

»Das sind höchst bemerkenswerte Bücher«, sagte Victor durchaus aufrichtig. »Ich kann gut verstehen, dass Sie sie nicht in Ihrem Laden ausstellen.«

»Das wäre mein Tod«, meinte Madame de Chastenay. »Stellen Sie sich das nur einmal vor. Jeder Kunde würde sie dann in die Finger nehmen, sie womöglich besudeln, sie mit roher Gewalt öffnen, sie grob durchblättern … nein, das könnte ich nicht ertragen. Und wenn ich sie in Vitrinen stelle, verlangen die Kunden den Schlüssel.« Amandine de Chastenay drückte den prächtigen, braunen Lederband der *Disquisitiones magicae* von Martin Delrio wie ein Kind an ihre flache Brust.

Es würde ihm nichts anderes übrig bleiben, als eines ihrer Bücher zu kaufen, wenn er von ihr die Informationen erlangen wollte, um die es ihm eigentlich ging. Er wählte ein etwas günstigeres Werk: den *Tractatus de confessionibus maleficoum et sagarum* des Trierer Weihbischofs Petrus Binsfeld in der Ausgabe von 1604. Es war beinahe so etwas wie Heimatliteratur für ihn. Er gab der erfreuten Madame de Chastenay seine Kreditkarte und seufzte innerlich, als er den Ausdruck unterschrieb, der die Summe von zweitausend Euro aufwies.

Madame de Chastenay wickelte ihm das kleine, schweinslederne Buch sorgfältig in braunes Packpapier ein und sagte dabei: »Sie glauben gar nicht, wie viele Personen in mein Geschäft kommen, sich meine Kostbarkeiten vorlegen lassen und dann doch nichts kaufen. Als wäre ich ein Museum! Vor Kurzem war ein dicklicher, fast kahler deutscher Schriftsteller hier. Schrecklich! Man sah ihm gleich an, dass er sich nichts davon leisten konnte. Aber er musste alles sehen und in seinem furchtbaren Französisch mit mir fachsimpeln.«

»Das ist einfach ungehörig«, meinte Victor und warf Nadja einen kurzen, amüsierten Blick zu.

Madame de Chastenay nickte heftig. »Ich will ja nicht sagen, dass ich die Deutschen nicht mag, aber französische Kunden wie Sie sind mir doch lieber, Monsieur.«

»Ich danke Ihnen für Ihre freundlichen Worte«, erwiderte Victor und machte eine kleine Verbeugung vor ihr, während er das teure Päckchen entgegennahm. Wenn er so weitermachte, würde das Geld aus der Auktion bald verbraucht sein. »Und ich ziehe es vor, bei guten, alteingesessenen Fachleuten zu kaufen. Gehe ich übrigens recht in der Annahme, dass Ihrem Geschlecht schon lange der Handel mit antiquarischen Kostbarkeiten obliegt?«, fragte er wie beiläufig, während er seine Kreditkarte nebst der Quittung einsteckte.

Madame de Chastenay sah ihn fest an. »Mein Geschäft besteht an dieser Stelle seit über dreißig Jahren«, sagte sie stolz. »Und ich bin in der Tat nicht die Einzige meiner Familie, die sich mit der Vergangenheit beschäftigt. Mein Großvater und mein Vater waren Antiquitätenhändler. Sie gehörten zu den Angesehensten ihrer Zunft.«

»Dann ist es sicherlich so, dass Hippolyte de Chastenay zu Ihren geschätzten Vorfahren zählt?«, fragte Victor.

Die Antiquarin sah ihn verblüfft an und verlor für einen Augenblick ihre damenhafte Unnahbarkeit. »Sie kennen meine Familie? Sollte ich darüber erfreut oder erbost sein?«

»Die de Chastenays haben einen gewissen Ruf in den Kreisen der Liebhaber des Alten und Schönen«, sagte Victor vorsichtig.

»Das ist wohl wahr«, bekräftigte die Antiquarin. »Unser Geschäft wurde von Hippolyte begründet. Er war gezwungen, nach der Revolution alles, was noch von den Schätzen der Familie übrig geblieben war, zu verkaufen, und da er einen ausgezeichneten Sachverstand hatte und nicht wollte, dass ein anderer gute Geschäfte mit seinen Kostbarkeiten machte, beschloss er, selbst in den Handel einzusteigen. Seitdem ist in jeder Generation der de Chastenays ein Antiquar gewesen.«

»Hat auch Hippolyte schon mit Büchern gehandelt?«, fragte Victor, der noch immer nicht recht wusste, wie er auf sein eigentliches Anliegen zu sprechen kommen sollte, ohne sich eine Abfuhr einzuhandeln.

»Alle haben mit allem gehandelt«, erklärte die Antiquarin und warf einen kurzen Seitenblick auf die schweigende Nadja. Hoffentlich sprach sie das Mädchen nicht an, denn dann würde das schöne Bild des französischen Paares einen hässlichen Sprung erhalten. »Aber es gab Schwerpunkte. Ich bin die Erste de Chastenay, die sich vorwiegend mit Büchern beschäftigt.«

»Vorwiegend?« Victor spitzte die Ohren.

»Das, junge Dame, ist bestimmt nichts für Sie«, sagte Madame de Chastenay plötzlich, als Nadja ein Buch mit dem bemerkenswerten Titel *Le Musée de la Bestialité* in die Hand genommen hatte. »Das ist keine Lektüre für Mußestunden.«

Nadja wurde rot und legte das Buch wieder auf den Stapel, von dem sie es aufgenommen hatte.

»Wünschen Sie vielleicht etwas weniger Verfängliches? Einen alten Schauerroman vielleicht? Auch so etwas habe ich. Zu erträglichen Preisen – jedenfalls dann, wenn Sie einen Nachdruck wählen.«

Nadja sah sie an; es war deutlich zu erkennen, dass sie die Antiquarin nicht verstand. Victor spürte, wie seine Handflächen schweißfeucht wurden.

»Haben Sie mich nicht verstanden?«, fragte Madame de Chastenay und bedachte Nadja mit einem seltsamen Lächeln.

Plötzlich lag eine ungeheure Spannung in der Atmosphäre. Victor dachte fieberhaft nach. Er musste die Situation retten. Aber wie? Himmel! Gerade erst hatte sie Victor einen Anlass gegeben, das Gespräch in die ihm genehmen Bahnen zu lenken, und nun drohte alles zu scheitern.

»Sie …«, warf Victor ein, bevor Nadja den Mund aufmachen konnte, »… sie ist meine Nichte und kommt aus … Dänemark.«

»Oh, aus Dänemark.« Madame de Chastenays Gesichtszüge entspannten sich wieder ein wenig. »Aber bestimmt versteht sie doch Französisch, wenn sie Ihre Nichte ist?« Sie sah Victor über den Rand ihrer Brille fragend an.

Victor zuckte die Achseln und bemühte sich, Nadja nicht anzusehen. »Leider nicht. Meine Schwester hat einen Dänen geheiratet, und er will nicht, dass in seinem Haus etwas anderes als Dänisch gesprochen wird.«

»Wie dumm. Ich hatte eigentlich einen ganz anderen Schluss gezogen …« Sie schaute von ihm zu Nadja.

Was sie vermutet hatte, konnte sich Victor lebhaft vorstellen. Er warf Nadja einen kurzen warnenden Blick zu und wandte sich wieder an die Antiquarin. »Sie sagten vorhin, dass Sie vorwiegend mit Büchern handeln. Ich sehe in Ihrem Laden aber auch einige Heiligenbilder. Gehören sie ebenfalls zu Ihrem Sortiment?«

Madame de Chastenay machte eine abwehrende Handbewegung. »Pah. Das ist nur Kitsch. Aber ich handle hin und wieder mit sakraler Kunst.«

Zufall? Benno Jansen hatte behauptet, es gebe keine Zufälle. »Haben Sie vielleicht auch ein Reliquiar im Angebot?«

Er wartete so aufgeregt auf die Antwort, dass er die Hände fest um das kleine Päckchen mit dem Buch schloss, damit ihr Zittern nicht so auffiel.

»Hin und wieder kann ich eines ankaufen, aber im Augenblick muss ich Sie enttäuschen.«

Victors Aufregung verebbte. Es wäre auch zu unwahrscheinlich gewesen. Er stieß einen leisen Seufzer aus. »Hippolyte de Chastenay hatte einmal eines nach Schottland verkauft, wie ich … im Laufe meiner Forschungen herausgefunden habe«, sagte er. »Da ich im Augenblick über die Wanderungen von Sakralgegenständen aus dem von Napoleon besetzten Rheinland arbeite, würde mich sehr interessieren, ob dieses Reliquiar – das Reliquien des heiligen Leodegar enthielt – auch von dort stammte.«

»Das also ist der Grund Ihres Besuches!«

»Nein … ja, auch.«

»Warum haben Sie das nicht gleich gesagt? Dann hätten Sie nicht zuvor ein teures Buch kaufen müssen.« Madame de Chastenay lächelte. »Aber ich will mich nicht beschweren. In diesen harten Zeiten macht man nicht jeden Tag ein solches Geschäft. Ich hatte sofort bemerkt, dass Sie kein Sammler sind.«

»Woran?«

»Sie haben keinen Unsinn geredet.«

»Danke. Ich wollte nicht unhöflich erscheinen. Darf ich Sie nun in aller Offenheit fragen, ob Sie – auch wenn es sehr unwahrscheinlich ist – auf irgendeine Weise die Provenienz des Reliquiars herausfinden können? Das würde mir sehr helfen.«

»Wie lautet denn Ihr Forschungsprojekt? Lehren Sie an der Sorbonne?«

»Nein, ich habe im Augenblick einen Lehrauftrag an einer … deutschen Universität.«

Die Antiquarin zog eine dünne, fein geschwungene Augenbraue hoch. Dann zuckte sie mit den Schultern. »Es ist gleichgültig, nicht wahr? Ich glaube, ich sollte Ihnen helfen, wenn Sie in der Fremde leben und arbeiten müssen. Mein Vater hatte die gesamte ererbte Geschäftskorrespondenz aufbewahrt – angefangen mit Hippolyte de Chastenay. Und ich habe es bisher nicht übers Herz gebracht, sie zu vernichten. Meine Wohnung ist groß, ich habe viel Platz und kaum etwas, womit ich ihn füllen könnte – außer mit den Gespenstern der Vergangenheit.« Etwas unendlich Trauriges stahl sich in ihren Blick.

»Wäre es Ihnen vielleicht möglich, die Unterlagen Ihres Vorfahren Hippolyte nach Hinweisen auf solche Reliquiare durchzusehen?«

Madame de Chastenay sah ihn an. »Kommen Sie morgen wieder her, dann kann ich Ihnen nähere Auskünfte geben.« Sie zwinkerte ihm zu. »Vielleicht entschließen Sie sich ja, eine Sammlung alter Occulta anzulegen. Auch dabei könnte ich Ihnen behilflich sein, wie Sie gesehen haben. Werfen Sie einen Blick in den Binsfeld. Sie werden feststellen, dass Sie einen guten Kauf getätigt haben. Der Teufel wird umso interessanter, je mehr man sich mit ihm beschäftigt.«

Victor verneigte sich leicht und verabschiedete sich von der Antiquarin. Gemeinsam mit der noch immer schweigenden Nadja verließ er den Laden; das Klimpern der Glöckchen verhallte hinter ihm.

Als sie einige Meter die Rue Gay-Lussac entlanggegangen waren und der nervöse Pariser Verkehr sie in die Gegenwart zurückgeholt hatte, atmeten Victor und Nadja gleichzeitig auf. Und sie mussten gleichzeitig lachen.

»Was für ein komischer Laden«, sagte Nadja. »Und was für eine komische Frau.«

»Sie gehört in eine andere Zeit«, erwiderte Victor leise. »Sie steckt im falschen Jahrhundert und scheint darunter zu leiden. Sie hat versprochen, in ihren Unterlagen nachzusehen.«

»Glauben Sie, dass sie etwas herausfindet?«

»Ich habe keine Ahnung, aber die Dame hat sich soeben als eine echte Spur erwiesen. Unsere einzige Spur.«

Sie gingen zur Haltestelle der Metro, stürzten sich zusammen mit den anderen Passanten in den Bauch der Erde. Es war unmöglich zu sagen, ob sie beobachtet wurden, allerdings bemerkte Victor kein Gesicht, das ihnen schon früher begegnet wäre. Er dachte an das Schicksal des Dunstan MacGrath und hoffte, dass sie niemanden zu Madame de Chastenay gelockt hatten.

* * *

Der Abend versprach wieder zur Tortur zu werden. Kurz überlegte er, ob sie in ein anderes Hotel ziehen sollten, doch er entschied sich dagegen. Er scheute die Suche und den Aufwand.

Nach einem kleinen Imbiss im hoteleigenen Restaurant saßen sie noch ein wenig im Wohnzimmer der Suite zusammen und plauderten. Victor erfuhr von Nadja, dass ihr Vater sehr früh bei einem Autounfall den Tod gefunden hatte und ihre Mutter, die mit einem neuen Partner in Freiburg gelebt hatte, vor einem Jahr ebenfalls gestorben war. Schon früh hatte sie sich für philosophische Fragen interessiert, aber sie musste zugeben, dass sie noch keine Ahnung hatte, was sie nach dem Studium anfangen sollte. Sie spielte mit der Vorstellung, sich zu habilitieren.

»Wie Sie sehen, lebe ich in eine sehr ungewisse Zukunft hinein«, sagte sie und fuhr nervös mit der Hand über die Lehne ihres Sessels. »Peter hat mir immer zugeraten, eine Universitätslaufbahn einzuschlagen. Aber ich bin mir noch nicht sicher. Ich glaube nicht, dass man Erkenntnis nur in Büchern finden kann. Ich will mehr!« Ein zuckendes Feuer hatte sich in ihre Augen gestohlen. »Genau wie Peter. Er hat mir so viel Halt gegeben.« Ihre Stimme schwankte, das Feuer in ihren Augen erlosch genauso schnell, wie es aufgelodert war, und sie wurden feucht. »Ich bin Ihnen so dankbar, dass Sie mich mitgenommen haben«, fuhr sie fort. »Zu Hause fällt mir in der letzten Zeit regelmäßig die Decke auf den Kopf. Ich habe ein kleines, möbliertes Zimmer in Lindenthal, und als ich mit Peter zusammen war, habe ich alle anderen Kontakte sehr eingeschränkt. Das rächt sich jetzt.«

Victor wusste nicht, was er darauf sagen sollte. Also schwieg er.

»Wollen Sie heute Nacht nicht zur Abwechslung mal im Bett schlafen?«, fragte sie unvermittelt.

Er sah sie mit großen Augen an. »Nein, nein, auf dem Sofa war es ganz bequem«, log er.

»Ein guter Grund für mich, es auszuprobieren«, gab sie zurück und lächelte ihn durch ihre Tränen an.

Nach einigem Zögern willigte er schließlich ein.

Vor allem war er glücklich, duschen zu können. Als er danach in seinen Pyjama gewickelt im Bett lag, öffnete sich die Schlafzimmertür und Nadja stand nur mit ihrer Bluse bekleidet auf der Schwelle.

»Darf ich auch kurz duschen?«

Victor nickte und versuchte, sie nicht anzustarren. Ihre makellosen Beine ... Er drehte sich zur Seite und wartete, bis sie Dusche und Schlafzimmer wieder verlassen hatte.

Mitten in der Nacht kam sie zurück. Zuerst bemerkte er es nicht, denn er hatte für gewöhnlich einen festen Schlaf. Doch als er den Arm auf die vermeintlich leere Seite des Bettes ausstreckte, traf er auf Widerstand. Auf warmen, lebendigen Widerstand. Rasch zog er den Arm zurück, schlug die Augen auf und versuchte in der Dunkelheit etwas zu sehen. Es dauerte eine Weile, bis er Nadjas Umrisse erkannte. Offenbar war ihr das Sofa doch zu unbequem geworden. Er wich so weit von ihr zurück, wie es möglich war, ohne aus dem Bett zu fallen. Von nun an war sein Schlaf sehr unruhig.

Irgendwann am frühen Morgen rückte sie zu ihm und legte den Arm um ihn. Sie schlief tief und fest, und er wollte sie nicht wecken. Also ließ er es geschehen.

Und genoss es still.

* * *

Sobald das Morgenlicht durch die zarten, weißen Gardinen fiel, stand Victor auf. Dabei bemühte er sich, Nadja nicht zu wecken. Sie trug ein Nachthemd, das gefährlich hochgerutscht war. Nachdem er sich einen zweiten Blick erlaubt hatte, huschte er ins Bad und duschte. Als er wieder ins Schlafzimmer kam, schnappte er sich seine Kleidung und zog sich im Wohnzimmer an. Geduldig wartete er, bis Nadja aufwachte und sich eine halbe Stunde später angekleidet, aber etwas verwirrt zu ihm gesellte.

»Es ist mir so peinlich«, sagte sie und richtete verlegen den Blick zu Boden. »Ich muss in der Nacht zu Ihnen ins Bett gekrochen sein. Ich kann mich nicht mehr daran erinnern. Hoffentlich war es Ihnen nicht allzu unangenehm.«

»Ich habe es kaum bemerkt«, log Victor.

»Glauben Sie, die Antiquarin hat nach den Unterlagen gesucht?«

»Ich hoffe es. Wir werden es bald erfahren. Aber jetzt sollten wir erst einmal frühstücken gehen.« Er stand auf und geleitete Nadja aus der Suite, nachdem er sich sein Jackett übergestreift hatte.

Beim Frühstücksbuffet unterhielten sie sich über gemeinsame Vorlieben und Abneigungen. So erfuhr Victor, dass Nadja sich nichts aus Tanzen, Partys und lauter Musik machte, aber gern ins Kino ging, wo sie sich vor allem Horrorfilme ansah. Das erstaunte Victor mächtig. Er selbst hatte für diese Art von Filmen nichts übrig; er bevorzugte Ruhigeres, wenn er ins Kino ging, was selten genug vorkam. Überhaupt schien Nadja ein gewisses Interesse an den dunklen Seiten des Daseins zu haben. Vielleicht erklärte das auch zum Teil ihr brennendes Interesse an der Suche nach dem angeblichen Apfel vom Baum der Erkenntnis. Vielleicht steckte mehr hinter ihrem Tatendrang als nur Peter Haenselings Tod.

* * *

Kurz nach zehn Uhr standen sie vor dem Antiquariat der Madame de Chastenay in der Rue Gay-Lussac. Die Tür war abgeschlossen, im Laden war es dunkel. Das kleine Schild in der Schaufensterscheibe verkündete, das Geschäft öffne montags bis freitags um 9.30 Uhr. In Victors Rücken grollte die Stadt wie ein entfesseltes Tier, doch von jenseits der Scheibe schien eine Stille zu kommen, die ihn in ihren Bann schlug. Die ihm fast den Atem nahm.

Vor Angst. Er dachte an Peter Haenseling, an Dunstan MacGrath.

Angestrengt spähte Victor durch die Scheibe in das Innere des Ladens. Niemand war darin zu sehen. Er trat einen Schritt zurück und schaute die Straße hinauf und hinunter. Dahinhastende Passanten, dahinrasende Autos, dahinfliegende, niedrige Wolken über den Dächern. Es war kalt geworden, kalt und dunkel, grau und düster. *Paris tout gris,* wie Jacques Brel gesungen hatte. Noch einmal versuchte Victor die Tür zu öffnen, aber sie war eindeutig abgeschlossen.

»Was sollen wir jetzt tun?«, fragte Nadja

»Ich weiß es nicht«, sagte Victor.

»Ihr wird doch nichts zugestoßen sein?«

»Hoffentlich nicht. Das könnte ich mir nie verzeihen.«

»Da hinten!«, rief Nadja plötzlich.

Victor sah in die Richtung, in die Nadjas Zeigefinger mit rot lackiertem Nagel zeigte. Tatsächlich, da kam sie. Er atmete auf. Madame de Chastenay eilte mit schnellen Schritten herbei. Trotz der warm-feuchten Luft, die an diesem Morgen herrschte, war sie in einen Pelzmantel eingewickelt, der von vergangener Größe zeugte. Er passte ihr perfekt, zeigte keinerlei Spuren von übermäßigem Gebrauch, aber der zierliche Glockenschnitt war schon seit mehreren Jahrzehnten aus der Mode, wie sogar Victor erkannte.

Die Antiquarin begrüßte Nadja und Victor mit einem kleinen Nicken und lächelte die beiden an. »Ich muss mich für meine Verspätung entschuldigen«, sagte sie. »Ich wurde aufgehalten. Es war eine ganz seltsame Sache …« Sie warf einen raschen Blick hinter sich. »Egal. Ich habe die Informationen, die Sie wünschen.« Sie schloss die Tür auf, und die Glöckchen freuten sich lautstark über die Ankunft ihrer Herrin.

Victor und Nadja betraten hinter ihr den Laden. Nadja schaute sich noch einmal um, bevor sie die Tür schloss.

Madame de Chastenay zog ihren Mantel aus und verstaute ihn in dem fensterlosen Raum hinter dem braunen Vorhang. Sie kam mit zwei altersdunklen, brüchigen Zetteln wieder hervor, die sie auf die Theke legte und mit vorsichtigen Bewegungen glattstrich. »Hier, das ist alles, was ich gefunden habe.« Sie drehte die Zettel, sodass Victor sie lesen konnte, und schob sie ihm entgegen.

Es stand nicht viel darauf. Bei dem einen Schriftstück handelte es sich um eine von Hippolyte de Chastenay ausgestellte Quittung über die Zahlung von fünfzig Francs für ein Reliquiar an einen gewissen Abbé Joséphin Boullain. Und auf dem zweiten Zettel befand sich eine Notiz von anderer Hand, derzufolge der Abbé das Reliquiar des heiligen Leodegar nebst einem anderen, in dem sich früher einmal Reliquien des heiligen Martinus befunden haben sollten, von einem Obersten der französischen Rheinarmee namens Auguste Perreaud unentgeltlich erhalten hatte und somit für deren Authentizität bürgte; sie stammten aus einem linksrheinischen Benediktinerkloster, in dem Perreaud einquartiert gewesen war. Der Abt habe sie dem Obersten mit dem ausdrücklichen Wunsch übergeben, sie so weit wie möglich vom Kloster wegzubringen; gern könne er sie daheim gewinnbringend veräußern. *Qui credet, fortunatus esset*, stand darunter – frei übersetzt: *Wer´s glaubt, wird selig*.

Aber Victor glaubte es tatsächlich. Der Abbé hatte die Hintergründe nicht gekannt und vermutlich angenommen, Perreaud habe die Reliquiare gestohlen – was bedeutete, dass er selbst geglaubt hatte, als Hehler aufzutreten. Wie hatte er das wohl mit seinem Selbstverständnis als Mann Gottes in Einklang bringen können?

Victor notierte sich den Namen des Abbés und des Obersten auf einem kleinen Papierfetzen, den er in seinem Jackett gefunden hatte, und fragte die Antiquarin: »Das ist alles?«

»Ich fürchte, ja.«

»Dennoch danke ich Ihnen von ganzem Herzen.«

»Helfen Ihnen diese Informationen weiter?«, fragte Madame de Chastenay.

»Das kann ich noch nicht sagen«, antwortete Victor ausweichend. »Aber es ist ein sehr interessanter Ansatz für die Forschung, was die freiwillige und erzwungene Verbreitung linksrheinischer Klosterschätze angeht. Ich danke Ihnen nochmals und wünsche Ihnen einen guten Tag.« Er und Nadja verließen den Laden. Dabei spürte Victor die Blicke der Antiquarin im Rücken.

Er hätte schwören können, dass es ängstliche Blicke waren.

Sechzehntes Kapitel

Diese mannigfaltigen Wege mögen bisweilen in Kreißen führen, was aber zur Ausmerzung von Täuschungen dienlich sein mag.

Scultetus, *De Veritate Cognitionibus*

Wenigstens haben wir jetzt den Namen des Abbés, der zwei der Reliquiare in seinem Besitz hatte«, meinte Nadja, als sie wieder in ihrer Hotelsuite saßen.

»Das ist richtig, aber es bringt uns nicht weiter«, meinte Victor erneut und stützte den Kopf in die Hände. Er saß auf dem Sofa und sah Nadja nachdenklich an. »Eines davon – das Reliquiar des heiligen Leodegar – hat er an den Antiquitätenhändler de Chastenay verkauft, und von dem anderen – dem des heiligen Martinus – wissen wir nicht, ob er es behalten oder ebenfalls zu Geld gemacht hat. Selbst wenn er es behalten hat, wird Boullain wohl kaum legitime Nachkommen gehabt haben; schließlich war er katholischer Geistlicher. Falls er ein Kind gezeugt und es als seinen Erben eingesetzt hat, wird es nicht seinen Namen getragen haben. Wenn er also das Reliquiar vererbt hat, werden wir den Namen des Erben oder der Erbin niemals herausfinden können. Und wenn er es noch zu Lebzeiten veräußert oder verschenkt hat, sind wir sowieso aufgeschmissen – genauso wie in dem Fall, dass sein Erbe oder seine Erben das Reliquiar nicht behalten haben. Wir müssen der Tatsache ins Auge sehen, dass wir jetzt ans Ende gekommen sind.«

»Nicht ganz.«

Victor lehnte sich auf dem Sofa zurück und sah sie fragend an.

»Gib niemals auf, bevor du das Internet befragt hast«, meinte Nadja. »Bestimmt existiert in diesem vornehmen Hotel ein Internetzugang für die Gäste. Kommen Sie, wir fragen an der Rezeption nach.« Sie sprang auf, ganz begeistert von ihrer eigenen Idee. Die Spitze ihrer hübschen, kleinen Nase zeigte abenteuerlustig nach oben.

Victor folgte ihr hinunter in die Lobby. Als sie vor dem Portier standen – einem äußerst zuvorkommenden Mann, dessen Wurzeln vermutlich im Nahen Osten lagen – stupste Nadja Victor leicht in die Rippen und flüsterte: »Na, sagen Sie es schon. Ich kann es doch nicht.«

Und Victor fragte.

Ja, es gab einen Internet-Zugang, und, ja, er sei im Augenblick verfügbar, am anderen Ende der Lobby, hinter der großen kannelierten Säule mit dem Kapitell aus Arkanthus-Blättern. Victor führte Nadja dorthin, und tatsächlich stand dort ein kleiner Tisch, der hinter der Säule vollständig verschwand und auf dem ein Bildschirm und eine Tastatur hockten.

»Kennen Sie sich damit aus?«, fragte Victor. »Ich bin noch immer ziemlich hilflos, was diese Dinge angeht.«

Sofort setzte sich Nadja auf den Hocker vor den kleinen Tisch und tippte auf den Tasten herum. Mehrfach musste sie fehlerhafte Eingaben löschen, da auf der französischen Tastatur die Buchstaben anders verteilt waren als auf der deutschen, doch schließlich hatte sie die Seite einer Suchmaschine geöffnet.

»So. Mal sehen, was es zu Joséphin Boullain gibt«, meinte sie, während sie langsam den Namen eintippte.

Es erschienen etwa hundert Eintragungen in der Suchmaschine, von denen die meisten lediglich eine sinnlose Zusammensetzung der beiden Namen waren. Doch einer der Einträge erwies sich als interessant. Es handelte sich um eine französische Webseite, die der Geschichte des Okkultismus gewidmet war und vor allem die Beziehungen zwischen den Okkultisten und der Kirche beleuchtete. In einem Abschnitt über den Magier Eliphas Lévi wurde ein Abbé Joséphin Boullain erwähnt, der Lévi in einige Geheimnisse der praktischen Magie – insbesondere in die Beschwörung der Geister nach dem *Claviculae Salomonis* und dem *Grimoire du Pape Honorius* – eingeweiht haben und 1852 unter schrecklichen, nicht näher bezeichneten Umständen verstorben sein sollte.

»Bemerkenswert«, meinte Victor, nachdem er den Artikel für Nadja übersetzt hatte. »Auf die eine oder andere Weise scheinen alle Personen, die mit den Reliquiaren in Berührung gekommen sind, ein seltsames Schicksal erlitten zu haben.«

»Wirklich?«, fragte Nadja mit Zweifeln und Angst im Blick.

Victor zuckte mit den Achseln. »Ich glaube nicht an das Übersinnliche und bin sicher, dass es eine rationale Erklärung dafür gibt, die wir bloß nicht erkennen können, aber merkwürdig ist es schon. Dieser Boullain scheint ja eine sehr zwielichtige Gestalt gewesen zu sein. Ob er das schon war, bevor er die beiden Reliquiare erhalten hat – falls er wirklich unser Boullain ist?«

»Wie soll es jetzt weitergehen?«, fragte Nadja und schaute sich plötzlich rasch um.

»Was ist los?«, wollte Victor wissen.

Nadja wandte sich ihm wieder zu. »Ich dachte ... ich hätte etwas ... gesehen.« Sie schüttelte den Kopf. »Nein, es war nichts.«

Auch Victor warf vorsichtig einen Blick über die Schulter. Vor dem Empfangstresen stand ein Pärchen und erhielt soeben die Zimmerschlüssel; ansonsten war außer dem Portier niemand in der Lobby. Seit sie in Paris waren, hatte er nicht mehr das Gefühl, beobachtet zu werden. Doch das hatte er auch auf der Reise nach Schottland nicht gehabt. Was waren Gefühle? Sie bildeten keine Wirklichkeit, sondern nur innere Welten ab. Und nichts war trügerischer als diese inneren Welten. Er zwang sich, wieder auf den Bildschirm zu sehen.

Ein weiterer Eintrag etwas tiefer setzte den Namen Boullain mit einem anderen in Verbindung, und gleich dahinter erschien dieser neue Name noch einmal.

Arthur Bois.

»Klicken Sie diesen Namen bitte an«, verlangte er.

Es erschien ein etwa ein Jahr alter Artikel über einen Schriftsteller namens Arthur Bois, der seine düsteren, phantastischen, surrealistischen Erzählungen in kleinen Magazinen wie der *Visage Vert* veröffentlichte und lediglich ein einziges Buch mit dem Titel *Contes deliriques* in dem Verlag *Terre de Brumes* aus der Bretagne vorweisen konnte. Offensichtlich hatte Bois eine ergebene Anhängerschaft, doch der große Erfolg mied ihn wie der Teufel das Weihwasser. In dem Artikel, den er offenbar selbst verfasst hatte, schrieb er von seinen Misserfolgen bei großen Verlagen, die ihn entweder gar nicht erst wahrnahmen oder ihm Versprechungen machten, die sie nicht einhielten. Und dann kam das, wonach Victor gesucht hatte. Bois erwähnte voller Stolz den Bruder seines Urgroßvaters, der als Geistlicher ebenfalls gegen den Strom der Zeit geschwommen sei und den Schleier, der über unserer Wirklichkeit liege, mit allen Mitteln zu durchdringen versucht habe. Er sei bei einer Dämonenbeschwörung gestorben; man habe ihn, zur Unkenntlichkeit verbrannt, inmitten eines magischen Kreises aufgefunden. Der Name des Ahnen lautete Joséphin Boullain.

»Vielleicht besitzt dieser Schriftsteller das zweite Reliquiar Boullains«, sagte Nadja aufgeregt. »Er könnte es geerbt haben. Diese Spur ist zumindest viel aktueller als die des alten Abbé.«

»Falls Boullain es tatsächlich behalten und nicht an einen anderen Antiquitätenhändler verkauft hat«, wandte Victor ein. »Und falls er es überhaupt an seinen Bruder oder dessen Kinder vererbt hat. Und falls es überhaupt so lange in der Familie geblieben ist. Und falls …«

»Es ist einen Versuch wert«, unterbrach Nadja ihn. »Sehen Sie nur! Da am Ende des Artikels. Ist das nicht seine Adresse und seine Telefonnummer?«

Gemeinsam gingen sie zurück zu ihrer Suite, und dort wählte Victor auf seinem Mobiltelefon die Nummer von Arthur Bois. Sofort erhielt er die Auskunft einer automatischen Stimme, dass dieser Anschluss stillgelegt sei.

»Er scheint nicht mehr dort zu wohnen«, sagte Victor.

»Vielleicht hat er nur die Telefonrechnung nicht bezahlt«, gab Nadja zu bedenken. »Für einen armen Schriftsteller wäre das doch gar nicht so ungewöhnlich. Wir sollten zu der Adresse gehen.« Sie lächelte ihn an.

* * *

Als sie auf die Straße traten, ertönte der erste Donnerschlag. Ein Platzregen setzte ein, es blitzte, der Himmel wurde düster, schwefliggelb und schwarz; das Gewitter, das schon eine Weile gedroht hatte, war endlich gekommen. Victor und Nadja flüchteten sich in den nahe gelegenen Eingang der Metro und waren trotzdem bereits durchnässt, als das Erdmaul sie verschluckte. Nadjas blonde Haare hingen ihr in langen Strähnen vom Kopf, und ihre Bluse schmiegte sich atemberaubend um den Körper.

Sie blieben im Gewühl des Gangs kurz stehen und lauschten dem schrecklichen Donnern, das über die Stadt hinwegrollte. Der Geruch von feuchtem Asphalt drang bis in die Unterwelt.

»Hoffentlich ist es vorbei, wenn wir wieder an die Oberfläche müssen«, sagte Nadja etwas atemlos. Ihre Brust hob und senkte sich.

»Hoffentlich«, bekräftigte Victor nicht ganz aufrichtig.

Nach mehrmaligem Umsteigen gelangten sie mit der Linie 4 zur Porte de Clignancourt. Als sie aus den Eingeweiden der Erde stiegen, hatte sich das Gewitter verzogen; die Stadt roch, als sei sie gewaschen worden und liege nun zum Trocknen in der zurückgekehrten, milchigen Sonne. Tief im Osten zog die schwarz-gelbe Gewitterfront ab.

Auf den Straßen brodelte es. Der Flohmarkt war nicht weit, auf dem vorwiegend farbige Händler billige Kleidung, Modeschmuck, selbstgebrannte CDs und DVDs sowie Seltsamkeiten aller Art anboten und damit unzählige Touristen anlockten. Von fern schrien Händler, Kauflüsterne hasteten mit Rucksäcken und riesigen Leinenbeuteln hin und her, eine Kakophonie aus den unterschiedlichsten Musikstilen drang herbei, Bässe wummerten, dazwischen hupten die Autos auf dem Boulevard Ney. Victor war nur selten hier gewesen, und er mochte diesen Ort nicht. Die Rue Belliard, in der ihr Ziel – die Wohnung des Schriftstellers Arthur Bois – lag, befand sich unmittelbar links von ihnen.

Hier war nichts mehr vom eleganten Paris zu erkennen. Die drei- und vierstöckigen Häuser wirkten zum größten Teil heruntergekommen und verwahrlost, Müll lag in den Eingängen, Gardinenfetzen hinter den fleckigen Fenstern wirkten wie lose

Hautlappen, und auf den Dächern wogte ein Meer aus alten Fernsehantennen und bröckeligen Schornsteinen. Auf der Straße standen verbeulte Autos, und Mopeds brummten wie wild gewordene Hummeln umher.

Die Nummer 39, in der Arthur Bois wohnte, hatten sie bald gefunden – sie lag nicht weit vom Eingang zur Metro entfernt. Auf den Klingelschildern befanden sich handgeschriebene Namen, die größtenteils unleserlich waren; nur ganz oben hatte jemand in bemüht sauberen Buchstaben den Namen *Bois* gemalt.

Victor drückte auf den Klingelknopf. Nichts tat sich. Er drückte noch einmal. Wieder nichts. Er sah Nadja an. Sie nickte in Richtung der Haustür, vor der einige leere Bierdosen und eine Plastiktüte mit rötlich heraustropfendem Inhalt lagen. Victor beugte sich vor und drückte gegen die Haustür. Sie war offen. Er machte einen großen Satz über den Müll und streckte Nadja die Hand entgegen. Sie ergriff sie dankbar, und er zog sie in das dunkle Treppenhaus hinein.

Sie stiegen die knarrende Treppe des alten Hauses hoch. Hinter den Türen waren Babygeschrei, Erwachsenenstreit und laute Musik zu hören, und abgestandene Kochdünste zogen durch die Luft. Unter dem Dach stank es nach Schweiß und Angst. Zwei Türen, alt, abgeschabt, steckten in der abblätternden Wand. Hier gab es keine Namensschilder mehr. Victor sah Nadja fragend an, und sie zuckte mit den Achseln. Also versuchte Victor es bei der Tür, die ihm am nächsten lag, und klopfte. Eine Klingel war nicht zu sehen.

Eine alte Frau öffnete; ihr vogelartiges Gesicht lugte durch den Spalt, den die schwere, gespannte Kette zuließ. »Was wollt ihr?«

»Wir suchen Arthur Bois«, antwortete Victor.

»Der wohnt hier nicht mehr.« Sie wollte schon die Tür schließen, und Victor setzte rasch nach:

»Können Sie uns sagen, wo er ist? Es ist wichtig.«

»Auf dem Friedhof.« Die Tür fiel laut ins Schloss.

Victor und Nadja sahen sich an. Victor wollte schon wieder gehen, doch Nadja drückte sich auf dem engen Podest an ihm vorbei und hämmerte gegen die Tür der alten Dame. Er roch das Veilchenparfüm seiner Assistentin und wünschte sich, er läge mit ihr auf einer Sommerwiese irgendwo in der Eifel. Unter einem Apfelbaum.

Nadja gab nicht auf. Endlich wurde die Tür wieder einen Spaltbreit geöffnet. »Wenn Sie nicht gleich verschwinden, hole ich die Polizei!«, drohte die Vogelfrau. »Gesindel, ihr! Könnt ihr eine alte Frau denn nicht in Ruhe lassen? Habe ich denn nicht schon genug Schwierigkeiten mit diesem verdammten Haus?«

»Ich bitte sehr um Verzeihung, wenn wir Sie belästigen, aber es geht um wichtige Dinge. Um wissenschaftliche Dinge«, sagte Victor schnell. »Ich bin Professor und möchte …«

»Er ist tot, das habe ich Ihnen doch schon gesagt.«

»Wann ist er gestorben? Und wie?«, fragte Victor.

»Aus dem Fenster gesprungen, der Verrückte!«, keifte die alte Dame. »Hat immer entsetzlich geschrien da drüben. Ehrlich gesagt, ich bin froh, dass endlich Ruhe ist. Es war ein schreckliches Geräusch, als sein Körper da unten aufgeschlagen ist. Ich hab ihn sogar fallen sehn. Und die Miete hat er mir auch nicht mehr bezahlt. Schon seit ein paar Monaten nicht. Hat immer nur an seinem großen Buch gearbeitet. Pah. Es waren bloß ein paar Blätter, die ich danach gefunden hab. Hab alles verkauft, was er hatte, damit ich wenigstens seine Mietrückstände eintreiben konnte.«

Die Kakophonie von unten wurde immer unerträglicher. Das Babygeschrei übertönte alles andere, und nun hatte sich auch noch eine Fernsehshow dazugesellt.

»Befand sich darunter vielleicht auch ein Reliquiar?«, fragte Victor.

»Ein … was?« Die alte Dame schüttelte ihren spitzen Kopf. »Keine Ahnung, was das sein soll. Er hatte fast nur Müll, ein paar Bücher, ein paar eigene Werke und ein bisschen Krimskrams. Ich hab alles an eine Freundin von mir verkauft.«

»Darf ich fragen, an wen diese Sachen gegangen sind?«, meinte Victor vorsichtig.

»Wieso? Sie kennen sie ja doch nicht. Meine Freundin hat einen kleinen Laden, wo sie komische Bücher und Sachen verkauft. Ich kenne sie noch von früher, als es mir besser ging und unsere Familien regelmäßigen Kontakt hatten.« Die Alte zog die Brauen hoch.

»Ich stamme aus einem alten Geschlecht, und ich habe es nur den Sozialisten zu verdanken, dass ich jetzt hier hausen muss.«

»Besäßen Sie trotzdem die Güte, uns den Namen Ihrer Freundin zu nennen?«, beharrte Victor. »Es ist möglich, dass wir ihr ein sehr vorteilhaftes Angebot machen können, was den Nachlass von Jules Bois angeht. Und seien Sie versichert, dass auch Sie in diesem Falle nicht leer ausgehen werden.«

Die Alte dachte nach, sah Victor und Nadja eingehend an und sagte schließlich: »Meinetwegen. Aber vergessen Sie mich nicht. Meine Freundin heißt Amandine de Chastenet.«

* * *

Für heute war es zu spät, nochmals den Laden der Madame de Chastenet aufzusuchen. Also lud Victor Nadja wieder zum Essen ein, und als sie in ihre Hotelsuite zurückgekehrt waren, fragte er sich, was wohl die kommende Nacht bringen mochte.

»Wollen wir es uns wieder so unbequem wie möglich machen?«, fragte Nadja, als sie beide – er im Schlafanzug und sie im Nachthemd – im Wohnzimmer der Suite standen und Victor sich bereits wieder auf das Sofa legen wollte. »Wir sind doch erwachsene Menschen.«

»Eben darum«, erwiderte Victor und schlug das Kopfkissen auf, das er von der einen Seite des Bettes genommen hatte.

»Ich tue Ihnen nichts. Warum wollen Sie sich denn unbedingt selbst kasteien? Das Bett ist doch breit genug für uns beide.«

Victor seufzte und sah sie lange an. Das konnte nicht gut gehen. Das war zu gefährlich. Darauf durfte er sich nicht einlassen.

»Sehen Sie es einmal von der anderen Seite«, meinte Nadja. »Ich vertraue Ihnen so sehr, dass ich Ihnen dieses Angebot mache.«

Verrückte Welt. Sie hatte recht. Es musste ja nichts passieren. Es würde nichts passieren. Er nahm sein Kopfkissen und folgte ihr ins Schlafzimmer. Wieder legte er sich so nah wie möglich an den Rand seiner Bettseite, und Nadja rückte so weit wie möglich von ihm ab. Bald war sie eingeschlafen, und er hörte ihre gleichmäßigen Atemzüge. Erleichtert schlief er ebenfalls ein.

Irgendwann in der Nacht aber erwachte er mit einem Ruck. Nadjas Arm hatte sich wieder um ihn gelegt. Aber diesmal schlief sie nicht. »Bitte halt mich fest«, flüsterte sie. »Halt mich in deinen Armen.« Es klang verzweifelt.

»Es geht nicht.« Victor spürte, wie seine Verteidigungswälle bröckelten. Da half auch kein Denken an atemberaubende Pergamenteinbände mehr. Es half gar nichts mehr.

Er wirbelte herum und drückte sie an sich. Ihre Lippen fanden sich, und er versank in einem meerestiefen Kuss. Wie ein Ertrinkender hielt er sich an ihr fest – und sie sich an ihm.

Das Licht der Stadt und der Sterne fiel durch einen Spalt zwischen den Gardinen und malte zwei Körper, die sich liebten, vor den Laken ab.

* * *

Am Morgen, als das Tageslicht hereindrang und Victor wieder am äußersten Rand seiner Bettseite lag, glaubte er zunächst an einen verstörenden, wunderbaren Traum. Doch als Nadja sich regte, verschlafen die Augen öffnete, zu ihm heranrückte und ihn umarmte, wusste er, dass er sich in der Wirklichkeit befand. Er erwiderte ihre Umarmung, ihren Kuss, ihre fordernden, verlangenden Liebkosungen, und bald waren sie in einer erneuten Liebesraserei befangen.

Als Nadja unter der Dusche stand, zog Victor, der noch im Bett lag, das Laken über sich, als wollte er seinen Körper ausblenden und verneinen. Er dachte über die Entwicklung der letzten Tage nach. Was man suchte, war nicht das, was man fand. Er hatte Liebe gefunden, nach so langer Zeit, obwohl er sie nicht gewollt hatte, doch er war sich ihrer nicht sicher. Noch vor Kurzem hatte Nadja Kellermann ein Verhältnis mit Peter Haenseling gehabt, und jetzt war sie mit seinem Kollegen ins Bett gegangen. Trauerte sie noch um ihn? Oder war er ihr schon gleichgültig? Und was war Victor für sie? Zugegeben, er war etwas jünger als Peter, aber er könnte noch immer Nadjas Vater sein. Benutzte sie ihn nur? Vielleicht um die Leere in ihr zu füllen? Oder um sich abzulenken?

Sie kam aus dem Bad, hatte ein Handtuch um sich geschlungen. Kein Make-up, strähnige, nasse Haare – und doch war sie das Wundervollste, was er je gesehen hatte. In der Nacht hatte er andere Augen geschenkt bekommen.

»Leg keine Schminke auf«, sagte er und war erstaunt über seine eigenen Worte.

Sie blieb stehen und sah ihn fragend an.

»Du bist schön und brauchst dich nicht hinter einer Farbschicht zu verstecken.«

»Wohinter soll ich mich denn sonst verstecken? Wer bin ich?«

Das hatte sie keineswegs leichthin oder spielerisch gesagt. Sie wirkte plötzlich verloren.

»Ich bin genauso überrascht wie du, Nadja.« Die intime Anrede ging ihm kaum über die Lippen. Nie hatte er auch nur im Traum daran gedacht, mit einer seiner Studentinnen eine Liaison zu beginnen.

Sie kniete sich zu ihm aufs Bett, beugte sich herunter, sodass ihre feuchten Haarspitzen sein Gesicht kitzelten. »Ich verstehe mich selbst nicht«, sagte sie leise. »Ich habe Peter so geliebt, und sein Tod war so … so … und jetzt …« Sie schüttelte den Kopf. »Das ist mir noch nie passiert. Das Gefühl, das ich für dich hege … ich gehe auf den Wolken schöner Gedanken.«

Sie wandte sich ab, aber er hatte das Tränenglitzern in ihren Augen gesehen. Behutsam nahm er sie in seine Arme. Halt, Trost, gegenseitige Sicherheit. Er küsste sie auf die Stirn.

* * *

Später frühstückten sie im Restaurant des Hotels und hatten Mühe damit, sich nicht andauernd zu berühren und sich auf diese Weise der Gegenwart des anderen zu vergewissern.

»Ist das das Ziel unserer Suche?«, fragte Victor schließlich, als sie sich an den Croissants und dem starken Kaffee gütlich getan hatten. »Ist es das von Anfang an gewesen?«

»Liebe?«, fragte Nadja zurück. »Vielleicht gibt es nie ein anderes Ziel.«

»Was sollen wir jetzt tun? Was ist mit den Reliquiaren? Und der Suche nach Peters Mörder?«

Nadja sah ihn an, als würde sie eben erst aufwachen. »Wir müssen es zu Ende bringen«, sagte sie, »damit wir uns nichts vorzuwerfen haben. Damit kein Schatten über unserer Beziehung liegt. Zumindest müssen wir alles in unserer Macht Stehende tun. Und das heißt, dass wir diese komische Antiquarin gleich noch einmal besuchen sollten.«

Victor nickte, nahm einen Schluck Kaffee und legte die weiße Stoffserviette beiseite. Vorhin hatte er an der Rezeption die Suite auf unbestimmte Zeit verlängert und die bisherige Rechnung bereits mit seiner Kreditkarte bezahlt. Er wollte gar nicht daran denken, wie der Dekan seine Abwesenheit in Köln bewerten würde. Es war ihm egal, wie er erstaunt feststellte. Nun gab es Wichtigeres. Das Leben zum Beispiel.

Victor überlegte kurz, ob er den Jesuiten Benno Jansen anrufen und ihn über den Stand der Dinge unterrichten sollte, aber er beschloss, damit zu warten, bis sie noch einmal bei Madame de Chastenay gewesen waren.

Sie standen vom Frühstückstisch auf – es war schon beinahe zehn Uhr – und machten sich abermals auf den Weg in die Rue Gay-Lussac.

* * *

An diesem Tag machte das Antiquariat einen ganz anderen Eindruck auf Victor. Die Bücherstapel, die Heiligenbilder, die elegante und unnahbare Eignerin – dies alles wirkte hell und fröhlich auf ihn. Nach dem Gewitter des gestrigen Tages war die Luft angenehm kühl, und der Himmel hatte sein bestes Liebesblau angelegt. Nichts Drohendes lag mehr über dem Tag, über der Suche, über der Stadt. Die Quaeriten waren weit weg, waren in die Unwirklichkeit zurückgesunken, aus der sie gekommen waren, in ein anderes Leben, eine andere Welt.

»Arthur Bois?«, fragte Madame de Chastenay. »Wer soll das sein?« Sie sah Victor über ihre zarte Brille hinweg eindringlich an, als ob sie herauszufinden versuchte, ob er sie auf den Arm nahm oder einfach nur etwas verrückt war.

»Wir haben erfahren, dass Sie vor nicht langer Zeit den kleinen Nachlass eines eher unbekannten Schriftstellers dieses Namens übernommen haben, in dem sich möglicherweise auch ein Reliquiar befand.«

»Ah, jetzt erinnere ich mich. Ich hatte vergessen, wie er hieß. Es stimmt, Berthe Dupin hatte mir etliche phantastische und dämonologische Bände gegeben, in der Hauptsache billige Taschenbücher und ein paar unbedeutende Manuskripte, aber es war auch ein recht altes Reliquiar dabei. Ich habe mich gefragt, wie es in den Besitz dieses Autors gekommen war. Vielleicht war es ein Familienerbstück, oder er hat es irgendwo preiswert erstanden.«

»Konnten Sie erkennen, welchem Heiligen dieses Reliquiar gewidmet war?«, fragte Victor.

»Es lagen zwei alte Zettel darin. Wenn ich mich recht erinnere, war es ein Reliquiar des heiligen Martinus.«

»Haben Sie es noch? Ich würde es Ihnen gern abkaufen«, sagte Victor, den nun doch wieder das Jagdfieber befallen hatte. Nicht auszudenken, wenn …

»Tut mir leid, aber es ist bereits verkauft worden. Vorgestern, um genau zu sein.«

»Vorgestern? Am Montag?« Das durfte doch nicht wahr sein! Da waren sie schon in Paris gewesen! Da hatten sie zum ersten Mal bei Madame de Chastenay vorgesprochen. »Warum haben Sie es mir nicht angeboten?«

»Erstens hatten Sie mich nur nach meinem Vorfahren, dem Antiquitätenhändler Hippolyte de Chastenay und nach einem Reliquiar des heiligen Leodegar gefragt«, sagte die Antiquarin und sah

Victor streng an. »Und zweitens hatte ich es da bereits nicht mehr. Kurz bevor Sie hereinkamen, hatte ich es zusammen mit einem Manuskript des verstorbenen Arthur Bois an einen meiner Stammkunden verkauft. Bei dem Manuskript hat es sich um eine unvollendete Novelle gehandelt, in der dieses Reliquiar des heiligen Martin eine wichtige Rolle spielt.«

Victor erinnerte sich an den schwarz gekleideten Mann mit dem in braunes Packpapier eingeschlagenen Paket unter dem Arm, der das Antiquariat in dem Augenblick verlassen hatte, als Victor und Nadja es zum ersten Mal betreten hatten. Das durfte einfach nicht wahr sein! »Wer ist dieser Stammkunde? Vielleicht können wir uns mit ihm in Verbindung setzen und ihm das Reliquiar abkaufen oder es wenigstens untersuchen – für meine Arbeit, wissen Sie?«

Madame de Chastenay sah ihn missbilligend an. »Ich kann mir nicht vorstellen, dass er das gutheißen würde. Er lebt äußerst zurückgezogen und ist ein sehr, sehr ängstlicher Mensch.«

»Können Sie uns denn seinen Namen und seine Adresse geben?«

»Seine Adresse kenne ich nicht, und ich weiß, dass er keinen Telefonanschluss hat. Er kommt jeden zweiten oder dritten Monat in mein Geschäft und fragt, ob ich etwas für ihn zurückgelegt habe. Er interessiert sich für alles Absonderliche, Beängstigende, Albtraumhafte. Sie sehen, ich kann Ihnen nicht weiterhelfen.«

Victor ließ die Schultern hängen. Vergessen war das frische, aufregende Gefühl der Liebe, das Gefühl des Schwebens, das Gefühl des neuen Lebens angesichts dieses so schrecklich knappen Scheiterns. Wenn sie am vergangenen Montag nur eine Stunde früher …

Er sah Nadja an, die von diesem auf Französisch geführten Gespräch offensichtlich nichts mitbekommen hatte. »Schlechte Neuigkeiten?«, fragte sie leise, als würde sie sich ihrer Sprache schämen.

»Mehr als das«, antwortete Victor genauso leise.

»Sind Sie mit dem Binsfeld zufrieden?«, fragte die Antiquarin.

»Pardon?«, fragte Victor zurück und schaltete wieder auf Französisch um. »Ah, ja, vielen Dank. Ein wundervolles Buch.«

»Wie Sie wissen, habe ich noch weitere außergewöhnliche Stücke …«

Es war ihm klar, was sie damit andeuten wollte. »Was können Sie mir denn empfehlen?«, fragte Victor gepresst.

Sie empfahl ihm Pierre de Lancres *Tableau de l´inconstance des mauvais anges* mit der großartigen Kupfertafel eines Hexensabbats von Jan Ziarnko aus dem Jahre 1613 zum Vorzugspreis von achttausend Euro. Ihm wurde schwindlig. Kein Zweifel: Madame de Chastenay würde den Namen erst herausrücken, wenn er diesen Band erwarb. Aber so viel Geld für einen einzigen Namen? Warum? Warum erledigte er hier Jansens Aufgabe? Warum rief er den Jesuiten nicht einfach an, damit dieser das teure Buch aus dem Fundus seines Ordens kaufte?

Madame de Chastenay sah ihn auffordernd an.

Du bist reich. Du bist verliebt. Du bist in Paris. Willst du wirklich Benno Jansen hier haben?

Victor holte die Kreditkarte aus seiner Brieftasche und legte sie auf den Tresen. Es war so leicht mit diesem verfluchten Plastikgeld.

Madame de Chastenay legte ihm den Beleg zur Unterschrift vor, dann wickelte sie das Buch behende in ihr übliches braunes Packpapier ein. Als sie ihm den Band hinüberreichte, sagte sie: »Ich kenne seine Adresse wirklich nicht. Ich glaube, niemand kennt sie. Er ist wie ein Phantom. Immer schwarz gekleidet, immer bleich, immer scheu, immer wortkarg, immer ängstlich. Es wundert mich, dass er überhaupt manchmal nach draußen geht. Aber ich kenne seinen Namen. Er heißt David Sepulchre.«

Victor verzog das Gesicht, nickte, nahm das Buch entgegen und verließ mit Nadja das Antiquariat.

Als sie einige Schritte gegangen waren, fragte Nadja: »War es das wert?«

»Ich weiß es nicht«, gestand Victor. »Aber irgendwie kommt mir der komische Name bekannt vor.« Er ging wie in eine Wolke des Nachdenkens eingehüllt. »Ich weiß nicht …«, murmelte er. »Irgendwo …« Plötzlich blieb er stehen. »Aber natürlich!«, rief er aus. »Jetzt weiß ich, wo ich ihn schon einmal gehört habe!«

Dann hastete er los.

Siebzehntes Kapitel

Eine weitere Krafft neben der Neugierde, die den Verstand beeinflusset, ist die Angst. Lässt er ihr völligen Lauf, so überreitzet sie ihn.

Scultetus, *De Veritate Cognitionibus*

Maud befand sich gerade auf dem Rückweg von einer Abteilungsbesprechung zu ihrem Büro, als ihr Handy klingelte. Es war Victor. Eine große Erleichterung überkam sie. »Wo steckst du?«, fragte sie. »Ich habe schon mehrfach versucht, dich anzurufen. Verdammt, ich habe mir Sorgen gemacht!«

»Wir sind auf eine Spur gestoßen. In Paris. Ich brauche deinen Rat«, sagte Victor am anderen Ende der Leitung. Er klang völlig atemlos und aufgeregt.

»Wir? Ist dieser Jesuit bei dir?«

»Nein. Das erkläre ich dir später. Zuerst will ich wissen, was dir der Name David Sepulchre sagt.«

Schweigen floss durch das Telefon. Dann antwortete Maud: »Von ihm habe ich meinen Pissarro gekauft.«

»Persönlich?«

»Ja.«

»Weißt du, wo er wohnt?«

»Nein.«

»Er besitzt jetzt das Reliquiar des heiligen Martinus. Wir müssen ihn finden.«

»Das wird schwierig sein. Ich habe ihn damals auf dem Père Lachaise in Paris getroffen und dort den Kauf sowie die Einlieferungen für die Auktion mit ihm verabredet. Aber das Bild hat er mir vor seinem Haus übergeben.«

»Wo war das?«

»Ich habe mir die Adresse nicht gemerkt.«
»Würdest du es wiedererkennen, wenn du es siehst?«
»Auf alle Fälle.«
»Dann komm sofort her.«
»Wie soll ich das meinem Chef erklären?«
»Ich bin sicher, dir wird etwas einfallen.«
Maud beendete das Gespräch und dachte angestrengt nach. Das Jagdfieber packte sie sofort. Sie durfte keine Zeit verlieren. Schon kam ihr eine Idee …

* * *

Maud hatte ihrem Vorgesetzten erklärt, sie habe einen Anruf von David Sepulchre erhalten; er sei bereit, sich von weiteren Bildern aus seiner Impressionistensammlung zu trennen. Da die Auktion von Sepulchres Gemälden damals einen großen Erfolg für Sotheby´s dargestellt hatte, war es nicht schwierig gewesen, auf Kosten des Hauses ein Hotelzimmer in Paris sowie den nächsten verfügbaren Flug dorthin zu buchen. Nachdem sie Victor über ihre Ankunftszeit am Flughafen Charles de Gaulle informiert hatte, brach sie auf und befand sich am frühen Nachmittag bereits über dem Ärmelkanal.

Und als sie mit ihrem Gepäck die Ankunftshalle betrat, stellte sie erfreut fest, dass sie abgeholt wurde. In der Ankunftshalle wartete Victor auf sie. In Gesellschaft einer jungen Frau, die Maud nicht kannte.

Und die Victor anhimmelte – sie ihn und er sie. Das war offensichtlich.

Maud konnte sich ein Grinsen nicht verkneifen, als Victor auf sie zutrat und sie in den Arm nahm.

»Wie ich sehe, hast du den Apfel vom Baum der Erkenntnis bereits gefunden«, meinte Maud und nickte in Richtung der jungen, blonden Frau. »Du erstaunst mich immer wieder.«

»Ich kann es selbst noch nicht glauben«, gestand Victor und stellte ihr die junge Dame als Nadja Kellermann vor. Dann nahm er Mauds kleinen Koffer – ganz der Gentleman, der er schon immer gewesen war – und geleitete die beiden Frauen zum Taxistand.

Sie fuhren zu Mauds Hotel in der Gegend des Gare Saint-Lazare, und nachdem sie dort eingecheckt hatte, setzten sie sich in die moderne, nüchterne Lobby und berieten sich. Victor erzählte ihr von den bisherigen Ereignissen in Paris und der Beinahe-Begegnung mit Sepulchre und dem Reliquiar. Immer wieder stahl sich Victors Hand zu der von Nadja.

Als er zum Ende gekommen war, berichtete Maud, wie sie David Sepulchre zum ersten Mal begegnet war. »Er wollte seine Bilder, die er von seinen Eltern geerbt hatte, nicht in Frankreich verkaufen, damit hier niemand auf ihn aufmerksam wird«, erklärte sie. »Er ist ein unglaublich ängstlicher Mensch. Wenn ich ihn richtig verstanden habe – denn mein Französisch ist nicht viel besser als sein Englisch –, dann hat er als kleines Kind mitansehen müssen, wie seine Eltern von den Nazis deportiert wurden. Er ist Jude. Er konnte sich verstecken und ist somit der Ermordung entgangen. Später wurde er von einem älteren französischen Ehepaar aufgezogen, das im Nachbarhaus wohnte, und als er volljährig war, erbte er das gut versteckte und gehütete Vermögen seiner Eltern. Das Meiste hatten sie bereits vor dem Krieg in die Schweiz ausgelagert. Der größte Teil war in Kunstwerken angelegt – eine sehr weise Entscheidung. Seitdem hat er keine finanziellen Sorgen mehr, aber den Schock aus seiner Kindheit hat er nie überwunden.«

Nadja schlang die Arme um sich. »Der arme Kerl«, sagte sie. »Eine schreckliche Geschichte. Können Sie ihn beschreiben?«

»Als ich ihn auf dem Père Lachaise getroffen habe, hatte er einen langen, schäbigen, schwarzen Mantel und einen schwarzen Hut getragen. Er ist ziemlich hager und wirkt älter, als er tatsächlich ist. Er müsste inzwischen etwa siebzig Jahre alt sein.«

»Wo liegt sein Haus?«, wollte Nadja wissen.

Die Kleine war doch ziemlich eifrig, fand Maud. Victor sah das Mädchen an, als sei sie ein rosafarbener Elefant mit Flügeln. Verzaubert, verblüfft, begeistert, erstaunt, hingerissen, ein wenig lächerlich. Verliebt eben. Bei ihr und Sylvia war es bestimmt nicht anders. »Hm, ich weiß noch, dass es sich neben einer großen Buchhandlung befindet.«

»Kannst du dich an den Stadtteil erinnern?«, fragte Victor, der anscheinend doch noch zur Artikulierung zusammenhängender Wörter fähig war. Er riss den Blick von Nadja los und sah Maud an.

»Es war im Marais«, sagte sie. »Und die Buchhandlung hieß …« Der Name wollte ihr einfach nicht mehr einfallen. Sie erinnerte sich lediglich daran, dass es ein Wortspiel gewesen war. »Sie lag nicht weit vom *Musée Carnavalet* entfernt.«

Victor stand auf. »Kommt, wir suchen die Gegend ab.«

Nadja stand ebenfalls auf. Maud blieb sitzen und sah die junge Frau von unten herauf an. »Es wäre besser, wenn Sie nicht mitgehen«, sagte sie.

Nadja sah sie verständnislos an und strich sich hektisch eine blonde Haarsträhne hinter das Ohr. »Warum nicht?«, fragte sie recht schnippisch.

»Weil Sepulchre, wie ich eben bereits gesagt habe, ein sehr ängstlicher Mensch ist. Falls wir sein Haus finden, wird er nicht begeistert sein, gleich drei fremden Personen gegenüberzustehen.«

Victor öffnete den Mund, als wollte er widersprechen, doch dann nickte er. »Ich fürchte, Maud hat recht, Nadja. Sobald wir etwas herausgefunden haben, sage ich dir Bescheid. Vielleicht wartest du besser im Hotel auf uns.«

Es war eindeutig zu sehen, dass Nadja mit diesem Vorschlag gar nicht einverstanden war, aber nach einem kurzen, giftigen Seitenblick auf Maud gab sie sich geschlagen und verließ die Lobby des Hotels ohne ein weiteres Wort. Victor sah ihr besorgt nach.

Maud stand nun ebenfalls auf und ergriff seinen Arm. »Mach dir keine Sorgen um sie. Sie kommt schon allein zurecht.«

»Ja, ja …«

»Es hat dich ziemlich erwischt, was?«

Er sah sie an. »Ich begreife es selbst nicht.«

»Ich auch nicht. Hauptsache, du bist glücklich. Das gönne ich dir nämlich wirklich. Es ist lange überfällig.«

Er nahm sie in den Arm und drückte sie dankbar. »Komm, wir gehen.«

Mit der Metro fuhren sie bis zur Haltestelle St. Paul und wandten sich von dort aus nach Norden. Sie gingen die Rue Pavée hinunter – eine enge Straße, hohe Häuser aus dem siebzehnten Jahrhundert, heimelig, laut, eine Welt, die so ganz anders war als die der großen Boulevards.

Sie liefen eine Zeitlang umher. Maud blieb immer wieder stehen und durchwühlte ihre Erinnerungen. Dann plötzlich erkannte sie die Stelle wieder: »Da! Da ist es!«

Links vor ihr hing das Schild einer Buchhandlung über den Bürgersteig, und ein kleiner Kasten mit Büchern stand vor einem schmalen Fenster. *Mona Lisait*. Sie musste lächeln. Wie hatte sie das vergessen können? Mit schnellen Schritten näherte sie sich dem Laden, der zunächst nur die Breite eines Hausflures hatte und sich erst im hinteren Teil weitete. Und rechts neben dem engen Fenster mit dem Bücherkasten davor befand sich eine schmale Holztür – Nummer *17bis* – mit drei Klingelschildern und einer Videokamera darüber.

»Vielleicht schaust du dich ein wenig in dem Buchladen um?«, schlug Maud vor. »Wenn er uns beide durch seine Kameraanlage sieht, wird er vermutlich erst gar nicht reagieren. Mich kennt er wenigstens.«

Victor nickte und verschwand in den engen Bücherschlauch links neben ihr.

Sie betrachtete die Klingelschilder – *Joseph Douleur, Margarète Supplice, Émile Peur* – und versuchte sich zu erinnern, welchen Knopf er ihr damals zu drücken empfohlen hatte. Sie versuchte es einfach der Reihe nach, aber es erfolgte keine Reaktion.

Als sie sich schon wieder umdrehen und resigniert gehen wollte, schob sich eine brüchige, hohe Stimme wie ein dürres Stöckchen aus dem Lautsprecher. *»Oui?«*

»Monsieur Sepulchre, c´est moi. Maud Gwynne d´Angleterre. De Sotheby´s.«

Schweigen. Dann ein leises Räuspern wie das Rascheln alten, vergilbten Papiers. *»Oui?«*

»Je voudrais parler avec vous.« Mauds Französisch war furchtbar, das wusste sie. Sie hätte sich gewünscht, Victor stehe neben ihr

und besorge das Reden für sie, aber das war zu gefährlich.

»Pourquoi?«

»Parce que … c´est important.«

»Non.«

Sie fiel ins Englische, auch wenn sie nicht wusste, ob er sie überhaupt verstehen konnte. »Ich muss mit Ihnen reden. *Seulement parler. S´il vous plait.«*

»Entrez dans la librairie.«

Am anderen Ende knackte es, das Gespräch war beendet. Maud trat von der Tür zurück und tat, was ihr aufgetragen worden war. Hinten, in dem weiten, mit groben Steinplatten gepflasterten Raum voller Regale und Büchertische stand Victor und war in einen Kunstband über die bildliche Darstellung des Gartens Eden vertieft. Als er sie kommen sah, legte er das Buch auf einen Stapel und lächelte ihr wie ein Schuljunge zu. Sie hoffte für ihn, dass ihn das Glück nicht so schnell wieder verließ. Diese Nadja war so … jung. Und trotz ihrer unbestreitbaren Schönheit so unscheinbar. Sie hätte sich eine andere Frau für ihn gewünscht.

»Hast du etwas erreicht?«, fragte er sie, und sie schaltete wieder auf Deutsch um.

»Er hat mir befohlen, hierher zu kommen. Ich halte mich etwas fern von dir, damit er nicht noch mehr verschreckt wird.« Sie ließ ihn bei dem Büchertisch stehen und tat so, als interessiere sie sich für einige der preisreduzierten Kunstbücher in den meterlangen Regalen.

»Oui?«

Das war kaum noch eine Stimme. Das war ein zerbrochenes, im Tode zitterndes Schilfrohr. Langsam drehte Maud sich um.

Schwarzer Mantel, schwarzer Hut. Darunter ein blasses, spitzes, runzliges Gesicht. Wie damals. Und doch hätte sie ihn beinahe nicht wiedererkannt. Es lag an seinen Augen.

Kohlen, eingebrannt in das Fleisch der Verzweiflung. Kaum war die Iris zu sehen, Schwärze überall. Maud riss sich zusammen. »Monsieur Sepulchre …«

Aus den Augenwinkeln sah sie, wie Victor sich ihnen näherte.

Sepulchre bemerkte es ebenfalls. Mit einem leisen, spitzen Aufschrei rückte er von Maud ab, wirbelte herum, sodass sein Mantel ihn wie ein treibender schwarzer Nebel umfloss, und verschwand durch den engen Bücherschlauch, diesen Geburtskanal des Geistes, hinaus auf die Rue Pavée.

Maud und Victor sahen einander erstaunt an, dann rannte Victor los. »Komm«, rief er zu Maud zurück. »Wir dürfen ihn nicht verlieren!«

Als sie auf der Straße standen, war von Sepulchre nichts mehr zu sehen. Sie schellten an der Tür seines Hauses, aber natürlich reagierte niemand. Vielleicht war er gar nicht zurückgelaufen; vielleicht versteckte er sich irgendwo in den angrenzenden Straßen.

Victor zuckte mit den Achseln. »Es hat keinen Sinn«, sagte er.

Maud hielt den Kopf nahe an das Schloss. Feine Spinnweben verbanden es mit dem Stein der Türeinfassung. »Die ist schon lange nicht mehr geöffnet worden«, sagte sie.

»Wo ist er dann hergekommen?«, fragte Victor verblüfft.

»Ich habe nicht die leiseste Ahnung. Den Pissarro hat er mir damals hier auf der Straße übergeben; er hatte bereits auf mich gewartet.«

Victor fasste sie am Arm. »Komm, wir sehen uns ein wenig im Viertel um. Oder hast du eine bessere Idee?«

Maud hatte keine. Schweigend gingen sie nebeneinander her, auf das *Musée Carnavalet* zu, durch die lebhafte, enge Rue des Francs Bourgeois mit ihren unzähligen, eleganten Modeläden, durch die ruhigere Rue St. Paul und die Rue Charlemagne. Sie spähten in jeden Hauseingang, hinter jede Ecke, in jedes mögliche Versteck, aber natürlich war es sinnlos.

»Das ist meine Schuld«, sagte Victor schließlich zerknirscht. »Ich hätte mich ihm nicht nähern dürfen. Ich war zu ungeduldig …«

»Wer hätte denn ahnen können, dass er so panisch reagiert?«, fragte Maud. »War das wirklich der Mann, den ihr in dem Antiquariat gesehen habt?«

Victor nickte zögerlich. »Ich habe ihn ja kaum bemerkt. Er wirkte … anders. Nicht so entsetzlich schreckhaft. Aber die Kleidung war die gleiche.«

»Bist du wirklich sicher, dass er eines der Lautenbacher Reliquiare in seinem Besitz hat?«

»Ja – wenn wir Madame de Chastenay glauben können.«

Auf Umwegen waren sie wieder in die Rue Pavée gekommen, ohne es zu bemerken. »Wir sind im Kreis gelaufen«, stellte Maud schließlich fest, als sie links vor sich das Schild der *Librairie Mona Lisait* erkannte. Sie gingen am Eingang vorbei und warfen erneut einen Blick auf die Haustür der Nummer *17bis*.

Nun stand sie einen Spaltbreit offen; die Spinnweben waren zerrissen.

Achtzehntes Kapitel

»Jene Objekte, die uns Perceptiones der Sinnlichkeit bieten, scheinen uns offt so werthvoll, daß die Gier nach ihnen die Angst überwindet.

Scultetus, *De Veritate Cognitionibus*

Ein Hausflur, unauffällig, von Schritten aufgewirbelter Staub, eine Holztreppe, ebenfalls staubzertreten, Türen, geschlossen. Licht fiel nur durch ein Fenster in der Tür am Ende des Korridors, die vermutlich zum Hof führte. Schatten hatten sich mit dem Staub vermischt, verklebt, verbündet.

Victor sah Maud fragend an. Sie deutete auf die Treppe, auf der mehrere Trittspuren die Staubschicht zerrissen hatten. Vorsichtig setzte Victor einen Fuß auf die erste Stufe und hoffte, dass sie nicht knarrte.

Sie knarrte entsetzlich.

Laut, wie ein gequältes Tier. Es war beinahe wie ein hoher Schrei.

War er überhaupt von der Treppe gekommen? Oder von oben? Victor hastete los, achtete nicht mehr darauf, möglichst leise zu sein. Er hörte, wie Maud hinter ihm herlief.

Im ersten Stock stand eine Tür weit offen. Sie führte in einen vollkommen leeren Raum. Nichts als Staub gab es hier. Die alten Tapeten mit Blumenmustern lösten sich an den Rändern der Bahnen, die beiden Sprossenfenster waren beinahe blind, und der Staub auf den Dielen war unberührt.

Im nächsten Raum war es nicht anders.

Victor rannte wieder zur Treppe und stieg sie rasch weiter hoch. Im zweiten Stock bot sich das gleich Bild.

Fast das gleiche.

In einem der beiden Zimmer, die sich in nichts von den anderen Räumen unterschieden, war der Staub auf dem Boden verwirbelt wie unten im Korridor und auf der Treppe. Die undeutlichen Spuren endeten vor der Wand.

Maud hatte ihn inzwischen eingeholt. »Das ganze Haus scheint leer zu sein«, keuchte sie außer Atem. »Es sei denn … er wohnt im Keller.«

»Wohin führen diese Spuren?«, fragte Victor und deutete auf den Boden.

Maud schüttelte den Kopf. »Ich verstehe das nicht.« Sie tastete die Wand ab, befühlte die an den Rändern der Bahnen aufgebogene Tapete, kratzte sich am Kopf. Allmählich wurde ihr Atem wieder langsamer.

Er hämmerte gegen die Wand. Klang es nicht hohl? Er runzelte die Stirn. Noch einmal schlug er mit der Faust dort gegen die Wand, wo auf dem Boden die Spuren verschwanden. Dann klopfte er sie rechts und links ab. Hier hörte es sich viel fester an als in der Mitte, wo Victors Schläge dumpfe Geräusche verursachten. Maud hatte es offenbar ebenfalls bemerkt und begann mit spitzen Fingern nach Fugen zu suchen.

Doch weder sie noch Victor fanden eine.

Victor lehnte sich gegen die Wand und warf einen Blick zurück in das leere Zimmer. Hinter dem Fenster in der rechten Wand sah er auf der anderen Straßenseite verschwommen einige Bäume in einem ummauerten Garten, neben dem sich zu beiden Seiten schmale, alte Häuser mit steilen Dächern und hohen Schornsteinen anschlossen; leiser Verkehrslärm drang herbei, Wolken zogen in einem graublauen Himmel, doch das alles wirkte wie eine Fassade, wie ein Bühnenbild in einem vollkommen leeren Theater. Alles war unwirklich, eine Spiegelung von Ungreifbarem.

Nur das Knarren war greifbar. Das Knarren in seinem Rücken. Ihm wurde schwindlig.

»Victor!«

Flinke, starke Hände packten seine Arme. Verblüfft warf er einen Blick auf die Wand in seinem Rücken. Ein Stück von ihr stand leicht vor; der Rand einer abgelösten Tapetenbahn war wie eine hungrige Zunge in den Raum hineingeglitten. Victor drehte sich rasch um, fuhr mit den Fingern in den kleinen Spalt unter der Tapete, ertastete eine schmale Kante und zog daran. Die verborgene Tür öffnete sich ganz. Ein wenig Licht fiel vom Zimmer in einen schmalen, nach rechts abzweigenden Gang dahinter. Victor huschte hinein. Maud folgte ihm; er hörte, wie sie sich ächzend abmühte, den furchtbar engen Schlauch zu passieren. Schon nach etwa einem Meter konnte er kaum mehr etwas vor sich erkennen. Er streckte die Arme aus und spürte eine Wand; der Gang folgte ihr nach rechts. Dann kam eine Treppe. Beinahe wäre er gestolpert, denn er hatte die Stufen nicht bemerkt. Er fing sich, rief »Vorsicht!« und tastete mit dem Fuß nach unten.

Am Ende der ungeheuer schmalen und steilen Treppe führte der Gang in ein Zimmer, das genauso aussah wie jene, die sie vorhin auf ihrer Suche nach Sepulchre betreten hatten. Doch dieses hier war voller Möbel, Bücher und Bilder.

Aufatmend schlüpfte Victor aus dem engen Gang durch eine offen stehende Tür in einen hell erleuchteten Raum, dessen anheimelnde Atmosphäre auf Victor beruhigend wirkte. Den Holzfußboden bedeckte ein dicker Perserteppich, um einen kleinen, kalten Kamin standen ein zierliches Sofa im Regency-Stil und zwei dazu passende Sessel mit gestreiftem Bezug. Über dem Kamin hing ein Ölgemälde.

»Ein Manet«, sagte Maud, die inzwischen wieder zu Victor aufgeschlossen hatte, leise und ehrfürchtig.

An den Wänden befanden sich Regale mit Büchern. Ein kleiner, brennender Kristalllüster hing von einer Stuckrosette an der hohen Decke herab. Der größte Teil des Fensters wurde von dichten, schweren Vorhängen aus rotem Samt verborgen; hinter dem üppigen blutfarbenen Stoff war es kaum mehr als ein weißer Fleck mit verschwommenen Bäumen in der Ferne. Auf einem dieser Bäume schien etwas Schweres zu hocken, sich um ihn zu winden, mit einem lang gestreckten Körper, beinahe wie eine gewaltige Schlange.

In diesem Raum war es viel stiller als in den anderen, leeren Zimmern; vermutlich dämpften die Stoffe und Bücher alle Geräusche.

Maud ging auf das Fenster zu. Schob den rechten Vorhang ein

wenig zur Seite. Legte die Fingerspitzen der linken Hand an die Scheibe.

Sie wölbte sich leicht.

Victor kniff die Augen zusammen. Trat neben Maud. Die Bäume dort hinten blieben undeutlich, vage wie fliehende Gedanken. Sie waren aufgemalt. Genau wie das schemenhafte Ungeheuer in einer der Kronen. Das Fenster bestand aus Leinwand. Es war ein Gemälde.

»Richard Pickman«, sagte Maud. »Ein amerikanischer Maler der vorletzten Jahrhundertwende, bekannt für seine Trompe-l'Oeil-Bilder. Heute ist er sehr gefragt.«

»Wo sind wir hier?«

Maud deutete auf eine weitere Tür in dem Raum, der etwa fünf Meter im Quadrat maß. Im Gegensatz zu der geschickt in die Linien des Tapetenmusters eingepassten Tür, durch die sie hergekommen waren, war die andere Tür offenbar und altehrwürdig. Sie bestand aus sanft glänzendem, rötlichem Holz und hatte eine schwere Messingklinke. Victor trat auf sie zu, drückte die Klinke herunter und zog die Tür auf.

Dahinter befand sich eine unverputzte Ziegelmauer.

Nachdem Maud und Victor sie eingehend untersucht und abgeklopft hatten, mussten sie erkennen, dass dies kein Durchgang war. Also schritten sie durch die offen stehende Tapetentür zurück in den unerträglich schmalen Gang. Er führte noch etwa einen Meter weiter voran und endete abermals vor einer Ziegelmauer.

»Sie muss einen Mechanismus haben«, brummte Victor. »Bestimmt sind in diesem Gemäuer noch weitere Zimmer versteckt.« Er warf sich gegen die Wand, bis seine Schulter schmerzte. Sie gab um keinen Millimeter nach.

»Inzwischen haben wir schon so viel Lärm gemacht, dass Sepulchre uns bestimmt gehört hat und geflohen ist«, gab Maud hinter ihm zu bedenken.

Unverdrossen versuchte Victor weiterhin, einen Mechanismus in der Mauer zu finden.

Und er fand ihn.

Victor konnte nicht sagen, was er getan hatte, denn als er einen Schritt zurückgetreten war und dabei Maud beinahe umgerempelt hatte, glitt plötzlich ein Teil der Mauer wie eine Schiebetür in die Wand zurück. Hinter ihr befand sich ein weiterer Raum.

Mit einem Gemälde als Fenster, einer imaginierten Weite und Freiheit, einer sanften, sich in der Ferne verlierenden Landschaft aus Bäumen und Wiesen. Mit einem Sessel, mit Regalen an den Wänden. Mit einem Kamin. Und einem kleinen Tisch mit Walnussplatte und messingfarbenen Löwenfüßchen. Auf ihm lagen zwei Gegenstände. Ein in schwarzes Leder gebundenes Buch und ein rundes, flaches, golden schimmerndes Gefäß. Victor machte ein paar hastige Schritte hinüber zu dem vorgegaukelten Fenster. Das goldene Gefäß mit einem eingelassenen Kreuz aus Beryllen und Amethysten besaß ein kleines Scharnier und bestand aus einem unteren und einem oberen Teil, der etwas eingedellt war. Ein wenig erinnerte es Victor an eine überdicke Taschenuhr mit Klappdeckel. Victor versuchte es zu öffnen, aber ein undurchsichtiger Mechanismus hielt es fest zusammen.

»Wo ist er?«, fragte Maud leise hinter ihm.

Victor war es gleichgültig. Er hatte das nächste Reliquiar gefunden. Rasch steckte er es in die Außentasche seines Jacketts und nahm das in schwarzes Leder gebundene Buch auf, das ebenfalls auf dem Tisch lag. Es handelte sich um ein Tagebuch. Victor las die letzte Eintragung. Dann hob er den Blick. Betrachtete die Bücher in den Regalen dieses Zimmers. Sie alle waren in das gleiche schwarze Leder gebunden. Es waren hunderte. Tausende vielleicht. Tausende Tagebücher. Maud trat neben ihn, und er las ihr Sepulchres übersetzte Worte vor:

»*Wie eine Schlange ist es durch mein Leben gekrochen. Wie eine Schlange hat es nach mir gesucht, und dabei habe ich geglaubt, dass ich es sei, der es sucht. Ich habe dieses Haus im Haus gebaut, um mich vor den Häschern zu verstecken, und jahrzehntelang habe ich geglaubt, es sei mir gelungen. Damals sind die Schatten in unser Haus gekommen und haben meine Eltern mitgenommen, und jetzt sind die Schatten wieder da. Sie sind mir gefolgt, an dem Tag, an dem ich das Manuskript von Arthur Bois´ unvollendeter Novelle* La Cité des Ombres *gekauft habe. Und dieses andere dazu. Diese … Inspiration. Dieses Ding, das mir sein Geheimnis preisgegeben hat. Aus dem die schillernden Schatten kamen, die mit ihren Tentakeln nach mir gegriffen haben und sich mit denen vereinigten, die mir gefolgt sind. Jetzt lauern sie mir auf, und alles ist schlimmer denn je zuvor. Meine Worte können sie nicht bannen. Was ihnen damals nicht gelungen ist, wird ihnen jetzt gelingen, denn ich habe ihnen die Tür geöffnet. Ich brauche Hilfe. Vielleicht schickt das Schicksal sie mir. Da! Jemand klingelt an der Tür. Hoffnung?«*

Das war die letzte Eintragung.

»Wo ist er?«, fragte Maud noch einmal.

»Nicht hier«, sagte eine leise Stimme auf Französisch hinter ihnen. Victor und Maud zuckten zusammen und drehten sich rasch um. Zwei Gestalten standen in dem Zugang zu dem verborgenen Zimmer. Victor erkannte sie sofort. Die breitkrempigen Hüte, die fast bis auf den Boden reichenden, schwarzen Mäntel – sie erinnerten fern an Sepulchre, aber ihnen haftete etwas weitaus Bedrohlicheres an. Sie waren wie gestaltgewordene Finsternis, wie Fetzen, die aus der Nacht herausgerissen worden waren. Um sie herum lag etwas wie eine Aura – etwas Schillerndes wie die Oberfläche einer Seifenblase.

Die Stimme sprach wieder. Victor konnte nicht herausfinden, zu welcher der beiden schwarzen Umrisse sie gehörte; ihre Gesichter waren nicht zu erkennen – als gäbe es sie gar nicht. »Sie haben etwas an sich genommen, das uns gehört«, sagte sie. Sie klang seltsam verzerrt, wie durch ein altes Telefon hindurch.

Victor kniff die Augen zusammen. Unter den Hüten zeichneten sich allmählich schwache Umrisse ab, doch es war, als hätten diese Personen – diese Wesen? – ihre Gesichter geschwärzt. »Es gehört Ihnen nicht.«

Schweigen. Nur leise raschelnder Stoff war zu hören. Schließlich sagte dieselbe Stimme: »Was wollen Sie denn damit?«

»Und Sie?«, fragte Victor zurück.

»Erkenntnis, Wahrheit und Weisheit erlangen.«

»Und dafür morden Sie?«

»Wir morden nicht. Unsere menschlichen Helfer haben die Gegenwart des Unnennbaren nicht ertragen – genauso wenig wie unsere Feinde. Für das große Gute müssen Opfer gebracht werden.«

»Sie sind nichts anderes als Verbrecher!«

»Waren es nicht die Jesuiten, die den Grundsatz aufgestellt haben, dass der Zweck die Mittel heiligt? Dass es nur darauf ankommt, etwas zur höheren Ehre Gottes zu tun?«

»Was wollen Sie mit Ihrer gestaltlosen Erkenntnis anfangen, wenn Sie sie tatsächlich finden sollten?«, wollte Victor wissen, der dieses Gespräch als beinahe grotesk empfand. Er diskutierte hier theologische Grundsatzfragen mit einer dunklen Gestalt, von der er nicht mal mit Sicherheit sagen konnte, ob sie menschlich war!

»Erkenntnis ist immer nur dann gestaltlos, wenn sie keine praktische Anwendung findet«, lautete die geflüsterte Erwiderung. »Seien Sie versichert, dass wir sie anwenden werden.«

»Und wozu?«

»Zum Wohle der Welt – oder des besten Teiles von ihr.«

Dies war die akustische Entsprechung eines Blickes in die Hölle.

»Sie sind wahnsinnig!«, rief Victor.

Die Stimme lachte leise; es klang wie das ferne Kratzen einer Gabel über einen Topfboden. »Weil wir die Dinge so sehen, wie sie wirklich sind? Wollen Sie das denn nicht? Warum sonst wären Sie das, was Sie sind? Sind Sie kein Strebender mehr? Haben Sie sich eingemauert in dem Gefängnis Ihrer Vorstellung von der Wirklichkeit? Von Wahrheit?«

»All das ist Irrsinn!«

»Nein, die Welt, wie Sie sie kennen, ist Irrsinn, geschaffen von der Wesenheit, die Ihr Freund Benno Jansen *Gott* nennt. Es existierte von Anfang an ein Gegenmittel, das die Feinde der Erkenntnis eifersüchtig gehütet haben. Die Macht der Kirche würde sofort zusammenbrechen, wenn die Erkenntnis den Menschen zur Verfügung stehen würde. Ihre Angst davor ist so groß, dass bis zum Verschwinden des sogenannten Apfels vom Baum der Erkenntnis kaum ein Papst es gewagt hat, sich ihm zu nähern, mit Ausnahme von Alexander VI., Coelestin V. und Honorius IV.«

»Ich glaube Ihnen kein Wort«, sagte Victor und tastete mit der Hand nach dem Reliquiar in seiner Jacketttasche.

»Wir sind die Abgesandten der Dunkelheit«, fuhr die Stimme fort, während die beiden Gestalten weiterhin reglos vor dem Eingang des Zimmers standen. »Wir sind die Hoffnung für die Dunkelheit. Wir werden ihr zum Licht verhelfen. Und das Licht wird leuchten in der Finsternis.«

»Lassen Sie uns gehen«, sagte Victor mit heiserer Stimme.

Wieder ertönte das leise Lachen. »Sie haben es nicht verstanden.« Plötzlich lag ein ungeheures Bedauern in der fremdartigen Stimme. »Sie werden es nie verstehen. Ihr eingebildetes Licht hat Sie blind gemacht. Wir hatten es befürchtet. Dennoch müssen wir Sie bitten, uns das Reliquiar herauszugeben. Mehr noch – wir bitten Sie, fortan mit uns zusammenzuarbeiten.«

»Wie bitte?«

»Wir suchen dasselbe, also sollten wir unsere Kräfte vereinen. Nur aus diesem Grund haben wir Ihnen und Ihren Freunden das Leben noch nicht genommen. Das letzte Reliquiar muss aufgestöbert werden. Dazu kommt, dass sich eines in der Obhut des Schwarzen Papstes befindet. Für uns ist es aus verschiedenen Gründen schwierig, danach zu greifen, aber Ihr Freund Benno Jansen könnte es schaffen.«

»Das würde er niemals tun!«

»Wir hatten angenommen, dass Sie das sagen«, meinte die Stimme durch ein erneutes leises Rascheln hindurch. »Deshalb haben wir vorgesorgt.«

Es war ein bizarrer Anblick. In einer ausgestreckten, behandschuhten Hand lag nun ein Mobiltelefon, als wäre es aus der Schwärze herausgewachsen. Es wirkte völlig fehl am Platze inmitten dieser uralten Finsternis. Auf dem kleinen Bildschirm des Telefons zeichnete sich etwas ab. Eine Person.

»Sehen Sie genau hin«, sagte die Stimme.

Vorsichtig trat Victor auf sie zu. Das Bild wurde klarer. Es war Nadja. Gefesselt, geknebelt; mit völlig verängstigtem Blick schaute sie in die Kamera, die dieses Bild übertrug. Victor fühlte sich, als werde ihm der Boden unter den Füßen weggezogen. »Was haben Sie mit ihr gemacht?«

»Noch nichts. Aber wir werden mit ihr genauso verfahren wie mit David Sepulchre, und ich glaube nicht, dass Sie wissen wollen, auf welche Weise wir uns um ihn gekümmert haben. Bei Ihrer Nadja hingegen wird es noch viel länger dauern. Sie können mir vertrauen, wenn ich Ihnen sage, dass die Hölle ein freundlicher und angenehmer Ort im Vergleich zu dem ist, was das arme Mädchen schon hier auf Erden wird durchleben müssen. Und Sie können uns vertrauen, dass wir wissen, wovon wir reden. Jetzt bitte ich Sie um das Reliquiar. Sie haben keine Wahl.«

Victor zog es aus der Tasche und hielt es den Fetzen der Finsternis entgegen. Es flog geradezu aus seiner Hand und verschwand in den Falten der Dunkelheit – als wäre es glücklich heimgekehrt.

»Sie werden nun in Ihr Hotelzimmer zurückgehen. Dort werden Sie etwas vorfinden, das Ihre Nachforschungen befördert. Sie werden zusammen mit ihrem Jesuitenfreund nach Rom reisen müssen – in das Herz der Finsternis hinein. Seien Sie versichert, dass wir jeden Ihrer Schritte überwachen – wie wir es auch bisher schon getan haben.«

»Lassen Sie Nadja frei!«

»Erst, wenn Sie uns die beiden anderen Reliquiare überreichen. Dann werden wir alle gemeinsam durch die Dunkelheit zum Licht gehen.«

Die beiden Schatten machten eine gleichzeitige Bewegung, flossen durch die Tür, waren verschwunden, zusammen mit dem Schillern, das sie die ganze Zeit über umgeben hatte.

Verzweifelt wollte Victor ihnen nachsetzen, doch Maud packte ihn unsanft am Arm. »Lass das! Es hat keinen Sinn.« Er drehte sich zu ihr um. In ihren Augen schimmerte blankes Entsetzen. »Wir haben soeben die Macht verloren, über unser weiteres Schicksal selbst zu entscheiden.«

* * *

Das war nicht mehr die Maud, die er kannte. Das Erlebnis in Sepulchres Haus hatte sie endgültig erschüttert. Und das entsetzte Victor noch mehr als die schwarzen Gestalten. Stumm lief sie neben ihm her, als sie endlich dem labyrinthischen Gebäude entkommen waren, und stumm saß sie neben ihm, während sie mit der Metro zu Victors Hotel fuhren. Insgeheim hoffte er, dort Nadja wohlbehalten anzutreffen und herausfinden zu dürfen, dass alles nur ein böser Traum gewesen war.

Doch als er mit zitternden Fingern die Tür zu seiner Suite aufschloss und einen ersten Blick hineinwarf, wurde er eines Besseren belehrt. Hier hatte eindeutig ein Kampf stattgefunden: Möbel waren verrückt, ein Sessel war umgeworfen, und ein wenig Blut klebt an der Kante des niedrigen Couchtisches. Victor wurde übel vor Angst, als er es sah.

Sachte schloss Maud die Tür hinter ihm und legte ihm einen Arm um die Schulter, wobei sie sich auf die Zehenspitzen stellen musste. Sie bebte; er spürte es deutlich. Sie hielten einander fest, dann setzten sie sich auf das Sofa, hielten sich weiterhin in den Armen, waren versunken in ihre Ängste, während draußen die Dunkelheit über der Stadt lag wie das Innere einer geschlossenen Faust.

Lange saßen sie da, starrten auf den umgestürzten Sessel und auf den roten Fleck an der Tischplatte. Victor glaubte Nadjas sanftes Veilchenparfüm zu riechen. Alles an ihm schrie nach ihr. Und doch konnte er nichts tun. Er fühlte sich gelähmt, paralysiert.

»Sie werden etwas vorfinden, das Ihre Nachforschungen befördert«, sagte Maud tonlos. Es war, als hätte die Begegnung mit den Quaeriten sie verbrannt. Verschwunden waren ihre fröhliche Art, ihr sanfter Spott, ihre ruhige Überlegenheit.

Sie werden etwas vorfinden …

Victor stellte fest, dass er schon seit einiger Zeit auf die Tischplatte schaute. Erst jetzt begriff er, dass auf ihr etwas lag, das vor ihrem Aufbruch zu Monsieur Sepulchre dort noch nicht gelegen hatte. Es handelte sich um eine sehr alte, vergilbte und etwas zerknitterte Zeitungsseite. Er beugte sich vor und zog das großformatige Blatt heran.

Es stammte aus dem Pariser *Journal des débats politiques et littéraires* vom Mittwoch, dem 3. April 1816. Auf der Rückseite, gleich hinter der Ankündigung, Lord Steward, außerordentlicher englischer Botschafter am österreichischen Hofe, sei aus Mailand kommend in Rom eingetroffen, befand sich die Notiz, ein französischer

Offizier namens Auguste Perreaud sei auf seiner Wallfahrt nach Rom dortselbst unter mysteriösen Umständen ums Leben gekommen. Man berichte, er habe in der heiligen Stadt gegen den Satan gekämpft und diesen ewigen Kampf selbstverständlich verloren. Sehr zum Leidwesen seiner Angehörigen habe er seine letzte Ruhestätte in Rom gefunden.

»Was steht da?«, fragte Maud matt.

Victor sagte es ihr. »Die Quaeriten müssen den Artikel hierher gelegt haben. Offenbar wollen sie, dass wir uns nach Rom begeben und dort weitersuchen.«

»Dein Jesuitenfreund sollte uns begleiten«, sagte Maud tonlos. »Er kann uns einige Türen öffnen.«

»*Uns?* Willst du mitkommen?«, fragte Victor erstaunt und schob die Zeitungsseite von sich, als sei sie vergiftet.

»Glaubst du, ich lasse dich mit diesen Dämonen allein?«, fragte sie zurück und lächelte schwach. »Jetzt ist es bereits zu spät, aber gleich morgen früh werde ich im Büro anrufen und ein paar Tage Urlaub nehmen. Und jetzt werde ich Sylvia von den neuen Entwicklungen berichten.« Sie zog ihr Mobiltelefon aus der Jackentasche.

»Und ich melde mich bei Jansen«, meinte Victor und holte sein eigenes Handy hervor.

Maud begab sich ins Schlafzimmer. Victor telefonierte mit dem Jesuiten und setzte ihn über die Geschehnisse in Kenntnis.

Jansen drängte Victor, sich mit ihm in Rom zu treffen.

Und als Maud aus dem Schlafzimmer kam, teilte sie Victor mit, Sylvia habe schreckliche Angst um sie, werde sich ebenfalls ein paar Tage Urlaub nehmen und morgen bereits in Rom sein. Über ihrem Lächeln lag ein schwerer Schatten aus Wehmut und Furcht.

Gemeinsam würden sie das letzte Reliquiar suchen – und versuchen, Nadjas Leben zu retten.

* * *

In der Nacht konnte Victor nicht schlafen. Er lag im Doppelbett der

Suite neben Maud, die tief und regelmäßig atmete und hin und wieder ein wenig schnarchte, und dachte an Nadja und an die vergangene Nacht mit ihr.

Vergangen.

Er stand auf und schaute aus dem Fenster.

Paris lag vor ihm, unter ihm glommen die Lichter des Boulevard Haussman und des Gare Saint-Lazare wie ein niedergesunkener Sternenteppich. Wie ein Sternenteppich, der durch eine schillernde Seifenblase hindurch leuchtete.

Victor wich vom Fenster zurück. Es war, als befinde er sich selbst in dieser Blase – als würde die Welt um ihn herum immer verschwommener und unwirklicher. Alles rückte von ihm ab, alles ging verloren: zuerst das Reliquiar, dann Nadja, dann seine Freiheit. Er schaute auf das Bett, in dem Maud erstaunlich friedlich schlief. Victor war froh über ihre Gegenwart; er war froh, dass er in dieser schrecklichen Situation nicht allein sein musste. Morgen würden sie nach Rom aufbrechen – und sie würden nicht unbeobachtet sein. Sie waren es vermutlich auch jetzt nicht. Waren es nie gewesen. Die ganze Zeit schon lag ihr Leben in anderen Händen. In wessen Händen?

Diese Quaeriten waren so unwirklich und allgegenwärtig wie eine Macht aus der Hölle. Sie schienen tatsächlich einer anderen Wirklichkeit anzugehören, so wie es das Bocksgesicht in London behauptet hatte – einer Wirklichkeit, die der menschlichen Erkenntnis entzogen war. Sie hatten versucht, die Bedeutung von Gut und Böse zu verdrehen. Und dennoch …

Hatten sie nicht recht? Was würde die Kirche mit diesem seltsamen Gegenstand tun, falls er denn tatsächlich existierte? Würde er wieder im Vatikan verschwinden? Würde er untersucht werden? Würde er ein Gegenstand der Verehrung werden wie das Turiner Grabtuch oder der Trierer Rock Christi? So mochte er vielleicht tatsächlich etwas bewirken: die Erkenntnis des eigenen Lebens im Lichte einer einengenden Frömmigkeit.

Victor schüttelte den Kopf. Konnten Dämonen etwas Heiliges bewachen – vorausgesetzt, beides existierte? Würde das nicht bedeuten, dass Heiliges und Unheiliges nur verschiedene Aspekte desselben Phänomens waren? Er musste feststellen, dass er froh war, Sepulchres Reliquiar nicht mehr zu besitzen. Als er es in der Hand gehalten hatte, war er so aufgeregt und entsetzt gewesen, dass es ihm kaum aufgefallen war. Aber nun glaubte er sich an ein seltsames Gefühl zu erinnern, das ihn durchrieselt hatte: eine angstvolle Stärke. Ein Hin- und Hergerissensein zwischen diesen beiden Polen. Wie mochte es sein, wenn man einem solchen Einfluss zu lange ausgesetzt war?

Das alles war Wahnsinn. Das alles war irreal.

Das alles – bis auf eine Ausnahme: Nadja war in Gefahr. Liebe gewonnen, Liebe verloren. Er musste sie retten. Er musste kämpfen. Zum ersten Mal in seinem Leben. Zum ersten Mal in seinem Leben spürte er in aller Deutlichkeit, wie rätselhaft, fremd und schrecklich die Welt war. Und wie wenig man an und in ihr begreifen und erkennen konnte, aller klugen Philosophie zum Trotz. Wir armselig doch der sich ständig im Kreis drehende Geist war. Jeder Weg, der scheinbar voranführte, führte in Wirklichkeit zurück; jede Gerade war in Wirklichkeit ein Kreis.

Neunzehntes Kapitel

»Jene Kreiß-Schlüße, die den Verstand auf seine eigenen Erkänntniße hinweisen, können ausgelöset werden durch neue entstandene Resumationes von zuvor gehabeten und neuen Peceptiones.«

Scultetus, *De Veritate Cognitionibus*

Jansen schaute in die Runde. Vor ihm auf dem Sessel mit dem abgeschabten Gobelinstoff saß Victor und blickte in Fernen, die nicht von dieser Welt waren. Er hatte Jansen bereits von seiner Beziehung zu Nadja und von deren Entführung berichtet. Und links neben ihm lehnten sich auf dem ebenfalls etwas fadenscheinigen Sofa des kleinen Aufenthaltsraumes Maud und jene Frau aneinander, die offenbar ihre Geliebte war und die man ihm als Kuratorin des British Museum vorgestellt hatte. Jansen hatte von sich immer behauptet, er sei kein Moralapostel, und bei den Sandinisten hatte er gelernt, dass lose Sitten nicht immer gleichbedeutend mit moralischer Verderbnis waren. Dennoch fühlte er sich ein wenig seltsam inmitten dieser Gruppe. Sie saßen in einem kleinen, abgeschiedenen Raum in der Pensione Barrett gegenüber der Piazza Argentina und versuchten zu entscheiden, wie es weitergehen sollte.

Jansen war zunächst entsetzt gewesen, dass Mauds Freundin ebenfalls anwesend war; der Kreis der Mitwisser wurde immer größer. Vor ihnen auf dem kleinen Walnusstisch mit den feinen Einlegearbeiten in der Platte lag das Blatt aus dem *Journal des débats politiques et littéraires*. Jansen hatte den Artikel über den Offizier Auguste Perreaud nun schon dreimal gelesen. Der Kampf gegen den Satan in Rom … Wo mochte der Offizier begraben liegen?

»Wir haben uns überlegt, dass es doch sicherlich auch in den römischen Zeitungen einen Artikel über diesen Todesfall gibt«, sagte Maud Gwynne und sah Jansen auffordernd an.

»Wir sollten die Nationalbibliothek aufsuchen«, schlug Victor Leclerc vor, der den Blick nun auf Jansen richtete.

Jansen erkannte die abgrundtiefe Angst in den Augen des Professors. Die Angst um seine Geliebte. »Werden das die Quaeriten nicht schon getan haben?«, wandte er ein und strich sich über die buschigen Augenbrauen. Das Gefühl der widerspenstigen Haare unter seinen Fingerspitzen verschaffte ihm ein wenig Beruhigung; es war wie eine Vergewisserung seiner selbst.

»Sie werden sich von nun an im Hintergrund halten«, sagte Maud leise. »Sie beobachten uns und überwachen jeden unserer Schritte, aber bei unseren Nachforschungen lassen sie uns freie Hand.«

»Ich werde mir vom Schwarzen Papst ein Empfehlungsschreiben ausstellen lassen und die Zeitschriftenarchive der *Biblioteca Nazionale* durchforsten – allein!«, sagte Jansen mit großer Bestimmtheit. Er konnte den Gedanken nicht ertragen, mit einem ganzen Tross durch Rom zu ziehen und nach Hinweisen auf das letzte Reliquiar zu suchen. Rasch nahm er das alte Zeitungsblatt vom Tisch, faltete es und steckte es in die Innentasche seines schwarzen Jacketts. Dann stand er auf. »Ich werde mich telefonisch bei Ihnen melden, Herr Professor, sobald ich etwas herausgefunden habe.«

Leclerc nickte; er schien mit den Gedanken wieder irgendwo anders zu sein.

Jansen verließ den kleinen Raum voller verblichener Pracht und trat nach draußen auf die Via di Torre Argentina. Die Sonne schien herab auf die weißen Häuser, auf die antiken Überreste des eingezäunten Platzes ihm gegenüber, auf den flirrenden Asphalt. Jansen kam sich vor, als stecke er in einer schillernden Blase aus Hitze und Lichtspiegelungen. Der Schweiß tropfte ihm von der Stirn. Mit langsamen Schritten begab er sich abermals zum Palast des Schwarzen Papstes. Noch hatte er dem Jesuitengeneral nichts von der Auffindung und dem Verlust des dritten Reliquiars erzählt. Es war ein schwerer Gang.

Und noch schwerer wurde er durch das Wissen, dass die Quaeriten jeden von Jansens Schritten überwachten, auch wenn er keine verdächtige Gestalt auf der Straße bemerkte. Es war, als befänden sie sich nicht bloß auf seiner Spur, sondern schon in seinem Inneren.

* * *

Maud beobachtete, wie Victor nervös sein Mobiltelefon aus der Jacketttasche nestelte, als dieses plötzlich seine elektronischen Lockrufe ausstieß. Sicherlich war das der Jesuit, der irgendetwas in der Nationalbibliothek herausgefunden hatte.

Sie saßen gerade in einem kleinen Straßencafé unweit der Pension, wo sie alle vier untergekommen waren. Für Maud und Sylvia war noch ein Doppelzimmer frei gewesen – beide empfanden es als ein kleines Geschenk des Himmels.

»Ja? Hallo?«, rief Victor in das Telefon.

Maud legte den Löffel ihres Eisbechers beiseite und sah, wie Victor erstarrte. Dann hielt er das Telefon so weit von sich, dass auch Maud auf das Display sehen konnte. Es zeigte die gefesselte Nadja Kellermann, die die Augen vor Angst weit aufgerissen hatte. Sie saß auf einem Plastikstuhl; im Hintergrund war eine unverputzte Betonwand zu sehen. Nadja war gefesselt und geknebelt und wand sich hin und her, dann brach die Verbindung ab; der kleine Bildschirm wurde schwarz. Es war schon der zweite Bild-Anruf an diesem Tag. Victor steckte das Gerät zurück in die Tasche und sah Maud voller Verzweiflung an. Er hatte einen Espresso vor sich stehen, der allmählich kalt wurde. Um sie herum tobte der römische Verkehr. Vespas und Kleinwagen knatterten umher, eine Straßenbahn bog quietschend um die Ecke und zog eine schillernde Hitzewolke hinter sich her. Die wenigen Bäume auf der anderen Straßenseite schienen unter der Hitze zu stöhnen und die Äste hilfesuchend in den milchig blauen Himmel zu strecken. Die Sonne war schon hinter den Häusern versunken, aber die Stadt war noch immer so heiß wie ein Backofen.

Victor wirkte, als habe er in die Hölle geblickt. Mauds Hand stahl sich unter dem Tisch in die von Sylvia, die sie beruhigend drückte. Maud hatte so großes Mitleid mit ihm; sie konnte sich vorstellen, wie er sich fühlte. »Der Jesuit wird etwas herausfinden«, sagte sie. Es hatte beruhigend wirken sollen, aber selbst in ihren Ohren klangen die Worte hohl und leer. Sie kam sich so verlogen vor. Sie selbst war glücklich, und Victor litt. Doch auch ihr Glück war nicht ohne Angst.

Sie sah sich kurz um. Dort hinten, in Richtung ihrer Pension, flirrte die heiße Luft so stark, dass Maud Säulen aus schimmernder Luft zu sehen glaubte – wie kleine Windhosen aus einer schillernden, durchsichtigen Substanz. Wie lebende Wesen.

Sie blinzelte; die Windhosen lösten sich auf.

Den ganzen Tag waren sie wie verwirrte Touristen durch Rom gestolpert, hatten Kirchen und Museen besucht, hatten kaum begriffen, was sie sahen, waren mit den Gedanken ganz woanders. Sie waren sich bewusst, dass sie beobachtet wurden, aber sie sahen niemanden, der sie verfolgte.

Maud nahm ihren Löffel wieder auf und rührte in dem fast flüssig gewordenen Stracciatella-Eis herum. Dieses Warten war unerträglich. Gerade als sie verkünden wollte, dass sie es nicht mehr aushielt und wieder ein wenig in der Gegend herumstreunen wollte, klingelte Victors Telefon erneut. Er nahm es hervor und sah es an, als wäre es ein giftiges Insekt. Ganz vorsichtig hielt er es an sein Ohr.

Maud sah, wie er erleichtert ausatmete. Er hörte angestrengt zu, drückte nach einiger Zeit den roten Knopf und sah die beiden Damen an. »Das war Jansen«, sagte er. »Er holt uns vor der Pension ab. Offenbar hat er etwas entdeckt.«

* * *

Eine Stunde später saßen die vier wieder in dem kleinen Aufenthaltsraum der Pensione Barrett. Benno Jansen hatte die große, braunlederne Tasche, die Pater Izogiro ihm vorhin gegeben hatte, neben seinen Sessel gestellt und einige Kopien entnommen, die nun auf seinem Schoß lagen. Er sah zunächst den Professor an, der neben ihm in dem anderen Sessel saß, und ließ den Blick dann zu Maud Gwynne und deren Geliebter schweifen, die nebeneinander auf dem Sofa saßen.

Ein Kreis, dachte er. Wieder ein Kreis. Wir sitzen im Kreis, wir gehen im Kreis, wir leben im Kreis. Wir hätten die Suche abkürzen können, wenn wir *gewusst* hätten.

Er senkte den Blick und schaute auf die Kopien. Sie stammten aus der *Gazzetta Romana* vom 26. März 1816 und behandelten den Fall Perreaud, der hier in Rom offensichtlich große Wellen geschlagen hatte – zumindest größere als in Frankreich. »Ich möchte Ihnen kurz mitteilen, was ich in diesem Artikel gefunden habe«, sagte Jansen. »Anscheinend machte Perreaud eine Pilgerreise in die Heilige Stadt; er scheint Anfang März in Paris aufgebrochen zu sein. Zwei Wochen war er unterwegs, und er erlitt fast alle Unbilden die einen damals auf einer solchen Reise ereilen konnten. Wenn er zu Fuß ging, dann stürzte er immer wieder, wenn er ritt, dann hielten die Pferde nicht durch, wenn er eine Kutsche nahm, dann brach ein Rad, oder das Gefährt wurde überfallen. Dazu scheint das Wetter höchst widrig gewesen zu sein, und so kam Perreaud mehr tot als lebendig in der Ewigen Stadt an. Er quartierte sich in einer Pilgerherberge in der Via Celsa ein – nur drei Parallelstraßen von hier entfernt.«

»Was für ein Zufall«, meinte Maud, die die Hand ihrer Freundin ergriffen hatte.

»Es gibt keine Zufälle«, entgegnete Jansen und fuhr fort: »In dieser Herberge kam es zum Kampf Perreauds gegen den Teufel, der ihm angeblich in Gestalt einer gefiederten Schlange erschien. Tagelang rang der Offizier mit dem Widersacher, und man holte schließlich einen Geistlichen aus der nächstgelegenen Kirche. Das war Il Gesù, die Stammkirche der Jesuiten. Der Name des Paters, der Perreaud half und schließlich den Teufel mit einem mächtigen Exorzismus bannen konnte, lautet Giuseppe Palati. Zum Dank schenkte ihm der französische Offizier einen ›heiligen Gegenstand‹, wie es in dem Artikel heißt.«

»Das letzte Reliquiar?«, unterbrach ihn der Professor.

Jansen sah ihn eindringlich an. »Ja, ich glaube, ich bin ihm auf der Spur.«

Nun hingen seine Zuhörer gebannt an seinen Lippen. Jansen erzählte ihnen von seinen Nachforschungen in der *Biblioteca Nazionale*, von der Auffindung des Artikels und von seinem Besuch bei einem der gegenwärtigen Priester, der in der Kirche Il Gesù tätig war. Dieser hatte ihm ohne weitere Umstände Einblick in die Kirchenbücher des Jahres 1816 gegeben, und schnell war Jansen fündig geworden. Er raschelte mit seinen Kopien und zog ein weiteres Blatt hervor.

»Aber die Geschichte des französischen Offiziers ist noch nicht zu Ende. Ich habe den folgenden Eintrag im Kirchenbuch von Il Gesù gefunden. Unter dem Datum des 27. März schreibt Pater Palati, er sei wieder in die Pilgerherberge gegangen, in der er den Exorzismus durchgeführt hatte, und dort habe er den Franzosen mit umgedrehtem Hals unter seinem Bett liegend gefunden; offenbar hatte niemand Perreauds Todeskampf bemerkt. Dieser aber muss schrecklich gewesen sein, denn Palati schreibt, das Gesicht des armen Teufels sei ganz schwarz angelaufen, die Zunge habe angeschwollen aus dem Munde gehangen, und die Pupillen seien vollkommen schwarz gewesen. Palati sorgte dafür, dass der Offizier rasch in ein Leichentuch gewickelt wurde, damit niemand ihn mehr sehen konnte. Wo er beerdigt wurde, schreibt Pater Palati nicht.«

Professor Leclerc seufzte verzweifelt auf. »Woran ist er gestorben?«, fragte er.

»Palati schreibt: *Visitatio diaboli*«, antwortete Jansen.

»Durch die Heimsuchung des Teufels also«, murmelte Maud Gwynne. Sie sah Jansen eindringlich an. »Haben Sie herausfinden können, was der Jesuit mit dem ›heiligen Gegenstand‹ gemacht hat, den er von Perreaud erhalten hatte?«

Jansen zuckte die Achseln. »Es war eindeutig ein Reliquiar, und zwar eines des heiligen Johannes. Palatis Eintragungen zufolge handelte es sich um einen kostbaren Silberzylinder mit einem großen, geschliffenen Bergkristall, durch den man in das Innere des Behältnisses sehen konnte. Palati scheint es ein Bedürfnis gewesen zu sein, Einzelheiten über diesen seltsamen Fall mitzuteilen. So schreibt er unter anderem, er habe in Gegenwart des Reliquiars keineswegs heilige Verzückung, sondern eher höllische Verzweiflung verspürt. Er berichtet von Albträumen, wie er sie nie zuvor gehabt hatte.«

»Das klingt ganz nach unserem Reliquiar«, meinte die Auktionatorin.

Jansen sah, wie sie die Hand ihrer Freundin fester drückte. Er wischte die Schweißtropfen auf der Stirn ab.

Draußen wanden sich allmählich die ersten Fäden der Dämmerung um die Häuser und die römischen Ruinen, und der schwere Damast der zurückgezogenen Vorhänge verlieh dem Zimmer eine blutrote Färbung.

Jansen räusperte sich und fuhr fort. »Padre Giuseppe Palati starb in der Nacht zum 1. April. Von anderer Hand ist in das Kirchenbuch eingetragen, er sei unter schrecklichen Schmerzen verschieden und habe immer wieder ›die Schlange, die Schlange‹ gerufen. Schon am nächsten Tag wurde er beerdigt, da der Leichnam angeblich wegen der extremen Wetterbedingungen bereits ins Verwesungsstadium übergegangen war.«

»Und das Anfang April?«, wandte Maud Gwynne ein. »Das muss ja eine enorme Hitzewelle gewesen sein.«

»Ich habe mir nicht die Mühe gemacht, nach den Temperaturen des betreffenden Tages zu forschen«, meinte Jansen entschuldigend, »aber ich gehe ebenfalls davon aus, dass das Wetter nur eine Schutzbehauptung war. Wie dem auch sei, Palatis gesamter Nachlass wurde ins Jesuitenarchiv verbracht.«

»Nun spannen Sie uns doch nicht so auf die Folter«, warf der Professor ein. »Hier geht es um ein Menschenleben. Haben Sie dieses verdammte Ding gefunden?«

Jansen schenkte Leclerc einen düsteren Blick. Er seufzte und antwortete schließlich: »Nein.«

»Haben Sie denn schon in diesem Archiv nachsehen können?«, fragte Maud Gwynne und beugte sich vor. Sie hatte die Hand ihrer Freundin losgelassen und schien wieder die Witterung aufgenommen zu haben.

»Ja«, antwortete Jansen. »Es befindet sich unweit des Palastes meines Generals. Ein Reliquiar ließ sich nicht finden, obwohl ich ein Empfehlungsschreiben von Pater Breitenbach vorlegen konnte und mir alle Türen – und Schränke – offen standen. Aber ich habe etwas anderes gefunden, das uns vielleicht einen Hinweis geben könnte.« Jansen bückte sich zur Seite, öffnete die große, braune Tasche neben seinem Sessel und holte ein in ebenfalls braunes Leder gebundenes, altes Buch im Oktavformat hervor. Er schlug es auf und sagte erklärend: »Das sind die *Exercitia Spiritualia* unseres Ordensgründers Ignatius von Loyola. Diese mit vielen Kupfern versehene Ausgabe wurde 1676 in Antwerpen gedruckt und gehörte Padre Palati.« Der Bibliothekar hatte ihm das Buch nach kurzer Rückfrage bei Pater Izogiro mitgegeben und Jansen dabei so ehrerbietig angesehen, als sei er vom Himmel persönlich geschickt. »Ich habe in den letzten Eintragungen des Padre Palati den Hinweis gefunden, das Tor zur Hölle sei nunmehr sicher verwahrt, doch er wolle seinen Mitbrüdern verschweigen, wo es sich befindet. Allerdings habe er eine Spur gelegt, damit ein verständiger, gläubiger Mensch es zu finden vermöge und zu gegebener Zeit vernichten solle. Ich gehe davon aus, dass er mit diesem Tor das Reliquiar des heiligen Johannes gemeint hat. Er habe den Ort, an den er es verbracht hat, dem göttlichen Meister anvertraut. Das ist eine übliche Anrede für den heiligen Ignatius gewesen, und sie findet sich auch unter dem Frontispiz dieser Ausgabe.« Er hielt das kleine Buch hoch.

»Steckt darin so etwas wie ein geheimer Hinweis?«, fragte Leclerc und kratzte sich an der Stirn, auf der hektische, rote Flecken blühten.

»Bisher hatte ich keine Zeit, das Buch daraufhin zu untersuchen«, sagte Jansen. »Deshalb habe ich es mitgebracht. Acht Augen sehen schließlich mehr als zwei.«

Er reichte den Band dem Professor hinüber, der vor ihm auf der Kante des Sessels hockte. Mit fahrigen Fingern durchblätterte dieser das Buch, betrachtete die eine oder andere Illustration, zuckte mit den Schultern und gab den Band an seine Freundin weiter, die auf dem Sofa saß. Sie schaute zusammen mit der Kuratorin hinein. Diese kniff die Augen zusammen, betrachtete das Frontispiz und das Titelblatt eingehend und deutete dann mit dem Finger auf eine Stelle, die Jansen von seinem Platz aus nicht erkennen konnte. Sie flüsterte Maud Gwynne etwas zu, worauf sie den Kopf tief über das Buch beugte, die Augen zu schmalen Schlitzen zusammenkniff und schließlich nickte.

»Das wäre möglich«, murmelte sie. Dann stand sie auf und hielt das Titelblatt Jansen unter die Nase. »Sehen Sie diese kleinen grauen Punkte hinter einigen Buchstaben? Auf den ersten Blick sehen sie so aus, als seien sie eingedruckt, aber sie ergeben keinen Sinn. Sylvia und ich glauben, dass sie handschriftlich eingefügt wurden.«

Jansen sah genau hin. *EXERCITIA SPIRITUALIA S. P. I. GN.ATII LOYOLAE* stand dort. Die letzten beiden Punkte teilten den Vornamen des heiligen Ignatius, die ersten beiden kürzten vermutlich die Worte SANCTI PATRIS ab. Nun betrachtete Jansen angestrengt jeden einzelnen weiteren Buchstaben auf dem Titelblatt. Und er wurde fündig.

F.undatoris Ordinis Societatis IESV, stand in einer neuen Zeile unter dem Namen des Heiligen.

Dem E und dem R aus dem Druckort ANTVERPIAE folgte ebenfalls je ein Punkt. Mehr hingegen fand er nicht.

»Also haben wir – der Reihenfolge nach – S. P. I. N. F. E. R.«, sagte Jansen. »Wenn wir die beiden ersten Buchstaben streichen, da es sich bei ihnen tatsächlich um Abkürzungen handelt, bleibt I. N. F. E. R. übrig.« Nach einer letzten Überprüfung klappte er das Buch zu und legte es in seinen Schoß. »*Infer* ist ein Imperativ und heißt so viel wie *trage herein* oder *bringe herein*«, dachte Jansen laut und auf Deutsch nach. »Was soll das in unserem Zusammenhang bedeuten?«

Die Kuratorin, die kein Deutsch verstand, sah ihn fragend an. Rasch verdolmetschte Maud Gwynne Jansens Überlegungen. Sylvia schürzte die dunkelrot – beinahe schwarz – geschminkten Lippen. Sie sagte in ihrem glockenklaren Englisch, dass diese Buchstaben sie an etwas völlig anderes erinnerten.

Infer.

Infernus.

Hölle.

»Sie müssen bedenken«, fuhr die Kuratorin fort und faltete die Hände im Schoß, »dass Padre Palati vermutlich wenig Zeit hatte, einen Hinweis auf das Reliquiar auszuarbeiten. Darf ich das Buch noch einmal haben?«

Jansen reichte es ihr hinüber.

Sie schlug das Titelblatt auf und nickte. »Die fehlenden Buchstaben N, U und S befinden sich nicht als Großbuchstaben auf der Titelseite. Sicherlich ging Palati davon aus, dass derjenige, der das verhängnisvolle Reliquiar sucht, des Lateinischen mächtig ist, denn es würde sich ja sicherlich um einen Geistlichen handeln.«

»Das ist möglich«, warf Leclerc ein, »aber was bringt uns das? Wie soll uns das Wort *Hölle* oder *Infernus* den Weg zu dem Reliquiar weisen? Sollen wir etwa in die Hölle hinabsteigen?«

Dort bist du doch schon, dachte Jansen, während er den Professor beobachtete. Sorgenfalten kräuselten Leclercs hohe Stirn. Sein Blick war ein Sinnbild der Angst. »Wären Sie so freundlich, mir das Buch kurz zurückzugeben?«, bat Jansen die Kuratorin. »Vielleicht müssen wir gar nicht so weit gehen.« Er blätterte herum, suchte ein bestimmtes Kapitel, hatte es schnell gefunden. »Jeder Jesuit kennt dieses Büchlein in- und auswendig. Die geistlichen Übungen des heiligen Ignatius beziehen sich auf Betrachtungen der unterschiedlichsten Gegenstände, und einer davon ist die Hölle.« Er warf einen Blick auf die Illustration, die der fünften Betrachtung – der über die Hölle – beigegeben war. Sie zeigte einen Schlund, der mit einem Gitter und zwei gekreuzten Schwertern bedeckt war und unter dem das Höllenfeuer loderte, in welchem die armen Seelen auf ewig gequält wurden. Eine Gewitterwolke schwebte über diesem Höllenschlund, und in der weiteren Entfernung tat sich die Erde auf und spuckte Skelette aus. Eine höchst eindringliche Darstellung!

Jansen versank in den lateinischen, ihm wohlbekannten Text. Bereits in der dritten Zeile fand er etwas. Diesmal war es kein Punkt, sondern ein kleines Dach über einem H – ähnlich einem französischen *Accent circonflexe*. Ihm wurde heiß, sie waren auf die Spur gestoßen. Vorhin, im Jesuitenarchiv, hatte er den Band mehrfach ratlos durchblättert und nicht gewusst, wonach er suchen musste.

Wie so oft in letzter Zeit.

Dreimal las er das gesamte Kapitel, dann machte er sich Notizen auf der Rückseite einer der Kopien. Und schließlich glaubte er, alle Buchstaben mit einem hinzugefügten Dach gefunden zu haben.

Q R H S T D D B L

»Wenn es einen Sinn ergibt, dann ist es eine Chiffre«, sagte die Kuratorin.

»Verstehen Sie etwas von Chiffren und Geheimschriften?«, fragte Jansen.

»Sie sind zu einem meiner Hobbys geworden, nachdem ich mich mit ihnen einmal im Rahmen einer Ausstellung des British Museum über vergessene Heilige beschäftigt habe.«

Jansen gab ihr das Buch und das Blatt mit der Chiffre, und sie studierte beides lange, machte einige Aufzeichnungen, schüttelte immer wieder den Kopf, während Maud Gwynne ihr interessiert zusah.

Leclerc saß auf der Kante seines Gobelinsessels und nagte an seiner Unterlippe. Er steckte bereits im Höllenfeuer.

Jansen stand auf und schaltete das Deckenlicht ein. Inzwischen war es draußen fast ganz dunkel geworden, und der Straßenlärm versank allmählich in den Falten der seidigen Nacht. Er setzte sich wieder und beobachtete die beiden Frauen, die immer wieder miteinander flüsterten, einzelne Buchstaben durchstrichen und andere aufschrieben.

Schließlich sah Maud Gwynne auf. »Wir haben es.«

»Eigentlich war es ganz einfach«, sagte die Kuratorin und strich sich mit dem Stift eine schwarze Haarsträhne aus dem Gesicht. »›Infer‹ deutet nicht nur auf das Kapitel über die Hölle hin, sondern stellt gleichzeitig auch das Schlüsselwort für die Lösung der Chiffre dar.« Nun sprach sie so schnell, dass Jansen Mühe hatte, sie zu verstehen. »Wenn man das Alphabet aufschreibt und unter die ersten Buchstaben ›Infer‹ setzt, dann mit den Buchstaben fortfährt, die nicht in dem Schlüsselwort enthalten sind – also dem B, dem C etc. – erhält man die Verschlüsselung. Dann muss man nur noch in der unteren Reihe die Buchstaben suchen, die man herausgefunden hat, und dafür die Buchstaben der oberen Reihe, also des regulären Alphabets einsetzen. Daraus ergibt sich das folgende: RELSTIIGN.«

»Hm. Das sieht mir nicht nach einer Lösung aus«, bemerkte Jansen in seinem etwas eingerosteten Englisch.

»Erkennen Sie es denn nicht?«, fragte die Kuratorin.

»Drei Abkürzungen«, sagte Victor. »Von hinten nach vorn: IGN steht für Ignatius, STI für Sancti, und REL für Reliquiae. Die Reliquien des heiligen Ignatius.«

Jansen seufzte. Warum hatte er das nicht bemerkt? Natürlich! Der beste Ort, ein Reliquiar zu verstecken, war in der Nähe eines anderen Reliquiars! In der Nähe des Reliquiars, das die Gebeine des heiligen Ignatius enthielt. In der Kirche Il Gesù. Im Altar, der Ignatius von Loyola geweiht war.

Vor dem Jansen bereits mehrfach gebetet hatte.

Zwanzigstes Kapitel

»Mancherley Erkänntniß kann nur dann gewonnen werden, wenn der Suchende auf dem Wege zu neuen Perceptiones über das sittliche und übliche Maaß hinausgehet, um Confirmatio zu erlangen.«

Scultetus, *De Veritate Cognitionibus*

Die braune Ledertasche des Jesuiten war so ausgebeult, als befände sich ein kleines Kind in ihr. Für Victor sah es tatsächlich bisweilen so aus, als ob sie sich wie aus eigener Kraft bewegte.

Die beiden Männer schritten durch das Hauptschiff von Il Gesù und wandten sich unter der gewaltigen Kuppel nach links, deren Fresken von Giovan Battista Gaulli, genannt Il Baciccia, stammten. Bald standen sie vor dem monumentalen Altar, der dem heiligen Ignatius geweiht war.

Als ihre Schritte verhallt waren, senkte sich nächtliche Stille über die Kirche. Die Lichtbalken der Taschenlampen bohrten sich in den barocken Altar des Ordensgründers und zerrten farbigen Marmor, Alabaster, Gold, Silber und Lapislazuli aus der Finsternis. Beherrscht wurde der Altar von der riesigen Statue des Heiligen, der die Arme wie zum Empfang der ganzen Welt ausgebreitet hatte. Und unter der Mensa lag sein Grab: ein mächtiger, bronzener Sarkophag, dessen bauchige Rundungen sich am Rande im Dunkel verloren.

Jansen stellte seine braune Aktentasche ab, bückte sich und öffnete sie. Victor erkannte den Stiel eines Hammers sowie etliche andere Werkzeuge. Als der Jesuit zu ihm hochschaute und seinen verblüfften Blick bemerkte, musste er lächeln. »Keine Angst, wir werden nicht die ganze Kirche auseinandernehmen«, meinte er in einem

Anflug von ungewohntem Humor. »Pater Izogiro hat mich nur für alle Eventualitäten ausgestattet. Woher der alte Knabe zu so später Stunde all diese Dinge besorgt haben mag!« Er schüttelte den Kopf.

»Wo müssen wir suchen?«, fragte Victor leise. Die unzähligen Barockengel an den Altären, den Säulen und der Decke schauten aus dem Zwielicht und den hoch droben schwebenden Schattenpfühlen auf ihn herunter, als beobachteten sie jede seiner Bewegungen. Als könnten sie sich jederzeit auf ihn niederstürzen.

»Wo?«, fragte Jansen zurück und erhob sich wieder. In den Händen hielt er eine Brechstange und einen Schraubenzieher. »Im Sarg des Heiligen natürlich.«

»Sie wollen einen Sarg aufbrechen?«, fragte Victor entsetzt.

»Das ist der Grund, warum ich die beiden Damen gebeten habe, draußen zu warten«, meinte Jansen. »Und warum ich Sie gebeten habe, mich zu begleiten, denn ich kann den Deckel sicherlich nicht allein abnehmen.«

Jansen legte die Lampe auf seine Tasche, sodass der Strahl den unteren Teil des Seitenaltars beleuchtete, in den der Sarkophag des heiligen Ignatius eingelassen war. Dann öffnete er die kleine, reich verzierte und geschwungene Schranke, die den Altarbereich vom Rest des Seitenschiffs abtrennte, und untersuchte zunächst eingehend die Grablege.

Derweil schaute sich Victor um. Immer wieder glaubte er, in den Schatten des großen Gotteshauses Bewegungen wahrzunehmen, doch wenn er die Augen zusammenkniff und angestrengt auf die betreffende Stelle starrte, geronnen sie zu erfrorener Schwärze. Die großen Portale, die in der finsteren Ferne kaum erahnbar waren, wirkten so fest verschlossen wie die Pforten des Paradieses. Sie waren nicht durch diese Tore eingedrungen, sondern durch eine kleine Tür, die von draußen geradewegs in die Sakristei führte. Offenbar hatte auch dieser Schlüssel zur Ausrüstung des Jesuiten gehört.

»Kommen Sie bitte einmal her?«, drang Jansens Stimme vom Altar zu ihm.

Victor riss sich zusammen und trat in den Lichtkegel der Taschenlampe.

»Sehen Sie das?«

Victor sah nichts. Zumindest erkannte er nichts Besonderes. Der Sarkophag schien unberührt zu sein; eine dicke Staubschicht bedeckte ihn, überzog die vielen verspielten Ornamente, Putten und Symbole wie Mehltau.

»Der Staub«, sagte Jansen. »Es sieht so aus, als wäre er schon seit Jahrhunderten nicht mehr fortgewischt worden. Dabei bin ich mir sicher, dass hier regelmäßig geputzt wird.«

Victor erinnerte sich an den Staub in MacGraths Schloss. Und an den Staub in David Sepulchres Haus. Überzug der Vergessenheit. Verneinung der Existenz. Zudecken des Seienden. Er schüttelte den Kopf und rieb sich die Augen.

Jansen wischte den Staub an einigen Stellen weg und untersuchte den Sarkophag. Dann setzte er vorsichtig die Brechstange an. Victor trat neben ihn und bemühte sich, die Finger unter den Deckel des Sarges zu bekommen, aber es gelang ihm nicht, der Deckel bewegte sich keinen Millimeter. Beide keuchten und schwitzten. Schließlich gaben sie fürs Erste auf und wichen zurück.

Es war unerträglich heiß in dieser Seitenkapelle, obwohl es inzwischen bereits Mitternacht sein musste. Jansen setzte sich auf die Stufen des Altars, lockerte seinen Kragen und atmete schwer. Victor ließ sich neben ihm nieder und dachte an Nadja, die zu dieser Stunde in der Hand der Quaeriten war. Wenn sie nicht erfolgreich waren, würde sie sterben, das war ihm klar. Diese Abgesandten des Grauens machten ihre dunklen Versprechungen wahr. Victor schloss die Augen, und sah sofort wieder das Bild der gefesselten und geknebelten Nadja auf dem Display seines Handys. Er spürte, wie ihm der Schweiß von der Stirn tropfte.

»Ich weiß nicht, wie wir das schaffen sollen«, sagte Jansen neben ihm.

Victor öffnete die Augen wieder. Er hatte nicht bemerkt, dass er seine eigene Taschenlampe, die Jansen ihm beim Eintritt in die Kirche gegeben hatte, beinahe senkrecht hielt; der Lichtschaft strebte zur Decke, verlor sich aber und löste sich auf, bevor er die Fresken erreichte, sodass dort oben nichts als Schattenumrisse schwebten.

Umrisse, die sich niederzusenken schienen.

Victor schüttelte den Kopf. Fast glaubte er ein Rascheln zu hören, wie von ledrigen Schwingen, und der muffige Geruch des Staubes drang ihm in die Nase und kitzelte ihn. Er musste niesen. Es hallte fürchterlich durch die Kirche. Erschrocken hielt er sich die Hand vor das Gesicht. Der Hall wollte kein Ende nehmen. Entschuldigend schaute Victor den Jesuiten an. Dessen Haut wirkte aschfahl, und seine blassblauen Augen waren groß geworden; die Pupillen verschluckten die Iris beinahe.

»So nah vor dem Ziel …«, murmelte der Jesuit.

»Es muss einen Weg geben«, flüsterte Victor, der den Nachhall seines Niesens noch immer zu hören glaubte. »Ich kann mir nicht vorstellen, dass Padre Palati einen Helfer bemüht hat, denn das würde bedeuten, dass er einen Mitwisser hatte. Ich glaube nicht, dass ihm das angenehm gewesen wäre, wo doch das verschlungene Rätsel seine Vorliebe für Geheimniskrämerei beweist.«

»Das klingt einleuchtend«, sagte Jansen, stand von den Altarstufen auf und wandte sich wieder dem Sarkophag zu. »Vielleicht muss man den Deckel gar nicht abnehmen. Möglicherweise gibt es einen Mechanismus oder so etwas wie eine Klappe.«

Victor stellte sich neben ihn, und gemeinsam entfernten sie den Staub um die silbernen und goldenen Ornamente. Victor hatte den Eindruck, dass er sich sofort wieder legte – als werde er von dem Sarg angezogen.

Schließlich entdeckten sie an der Seite, wo der Altar die Grablege überwucherte, einen kleinen Hebel, der zunächst wie eine weitere Verzierung wirkte. Victor versuchte ihn zu bewegen, denn er stach in einem seltsamen Winkel aus dem dunklen Untergrund hervor, wie ein einzelner Finger, der in den Himmel wies. Und tatsächlich ließ sich dieser Finger nach unten drücken.

Zunächst geschah nichts. Es ertönte lediglich ein leises Knirschen, als habe sich irgendwo ein Räderwerk festgefressen. Victor sah Jansen verblüfft an. Der Jesuit macht einige Schritte zurück zu seiner Tasche, nahm die Lampe von ihr und leuchtete mit ihr jeden Zoll des Sarkophages ab.

An der Stirnseite hatte sich ein kleiner Spalt geöffnet. Sofort nahm Jansen wieder seine Brechstange auf und schob das abgeflachte Ende in die Öffnung. Mit vereinten Kräften gelang es ihnen, den Spalt zu vergrößern. Ein muffiger Geruch drang daraus hervor. Endlich war der Spalt so breit, dass Jansen hineinleuchten konnte.

Über seine Schulter warf Victor einen Blick in den Sarkophag. Ein Totenschädel grinste ihn an. Umgeben war er von einer goldgesäumten Brokatmütze. Das gesamte Skelett steckte in einem reich bestickten Priestermantel, und an den Fingerknochen befanden sich kostbare Ringe. All dieser Reichtum hatte den Tod überdauert.

Jansen stand auf, dann zögerte er, kniete nieder und betete. Es musste ein besonderer Moment für ihn sein, sich in so großer Nähe zu den Gebeinen des Gründers seines Ordens zu befinden. Victor schritt die Stufen hinunter und ließ Jansen allein. Er richtete den Strahl seiner Lampe auf die Bänke im Hauptschiff. Schatten stoben wie auffliegende Fledermäuse davon, stiegen hoch in den Kuppelhimmel, falteten dort ihre Schwingen zusammen und warteten.

Sicherlich wussten die Quaeriten, was Jansen und Victor gerade taten. Waren sie hier in der Kirche? Der Lichtstrahl strich über die Bänke zum Hochaltar. Dort schien die Luft im weißen Licht regelrecht zu flirren. Zu schillern. Als habe sich eine glitzernde Blase über das Altarbild gelegt. Wie in London. Wie in Paris.

Etwas zischte hinter ihm. Victor wirbelte herum. Der Strahl seiner Lampe saugte sich an Jansen fest, der wieder aufgestanden war und etwas in der rechten, hochgereckten Hand hielt.

Victor schritt auf ihn zu. Was er da hochhielt, schien ein silberner Zylinder zu sein. Victors Herzschlag beschleunigte sich. Er erinnerte sich an die Beschreibung Palatis. Nach wenigen Schritten stand er vor dem Jesuiten. Ja, dies war eindeutig das Reliquiar. Durch den Bleikristall konnte man in das Innere sehen. Zwei Papierstreifen befanden sich darin, aber keinerlei Knochen. Wortlos übergab Jansen ihm das Reliquiar und schloss den Sarkophag an der Stirnseite wieder.

Fast hätte Victor das Behältnis fallen gelassen. Es schien zu brennen, so wie Eis auf der Haut brannte. Und obwohl es in dieser Seitenkapelle immer noch unerklärlich heiß war, kühlte das Reliquiar mit jeder Sekunde ein wenig ab, bis Victor nur noch den sanften Druck in seiner Handfläche spürte.

»Vielleicht gibt es doch noch Hoffnung für Nadja«, murmelte er.

»Vielleicht gibt es doch noch Hoffnung für die Welt«, gab Jansen zurück.

»Was sollen wir jetzt tun?«, fragte Victor und schloss die Finger enger um das Reliquiar.

»Wir müssen es dem Schwarzen Papst aushändigen«, antwortete Jansen und streckte die Hand danach aus.

Victor drückte es an sich. Sein Herz raste. Er durfte es nicht weggeben. Damit würde er jede Hoffnung für Nadja fahren lassen.

Jansen schien seine Entschlossenheit zu bemerken und zog die Hand zurück. »Kommen Sie, wir gehen nach draußen.« Er verstaute die Brechstange in seiner Tasche, verschloss sie mit langsamen, unsicheren Bewegungen und deutete mit dem Strahl seiner Lampe in Richtung der Sakristei.

Victor hielt das Reliquiar fest und überlegte fieberhaft, wie er Jansen dazu bringen konnte, es den Quaeriten zu überlassen, damit sie Nadjas Leben verschonten. Sie betraten die Sakristei, schlossen die Tür hinter sich. Victor atmete auf. Auch die Sakristei war weit und hoch, aber nicht ganz so unheimlich wie die Kirche. Allerdings war es hier noch heißer und stickiger. Rasch liefen sie an den Schränken mit den Paramenten vorbei. Vorsichtig zog Jansen die Tür nach draußen auf und schaute sich um. Auf dem kleinen Platz neben Il Gesù war alles still; kein Lüftchen regte sich. Sie schlüpften hinaus, und Jansen verriegelte die Tür hinter sich sorgfältig.

»Herzlichen Glückwunsch.«

Sie drehten sich hastig um; beinahe wäre Victor das Reliquiar entglitten.

Er kniff die Augen zusammen. Es war kaum mehr als ein Schillern in der Nacht, das den Häuserzug gegenüber ein wenig verzerrte.

»Bringen Sie das Reliquiar morgen zum Schwarzen Papst, Benno Jansen«, sagte die fremdartige, fast metallische Stimme, die kaum mehr als ein Flüstern war. »Sagen Sie ihm, Sie wollen es mit dem Reliquiar vergleichen, das bereits in seinem Besitz ist. Und dann entwenden sie beide und bringen sie uns.«

»Niemals!«, rief Jansen.

Es entstand ein Schwirren und Rascheln, und das Flirren war verschwunden. Stille setzte ein. Entfernt war ein Hupen zu hören, doch hier, an dieser tagsüber so belebten Stelle Roms, hatte sich das Schweigen wie ein Leichtuch über den Asphalt gelegt.

»Geben Sie es mir«, sagte Jansen. »Ich werde es zum Schwarzen Papst bringen, wie es ursprünglich geplant war.«

Victor zögerte.

»Vertrauen Sie mir«, sagte Jansen. »Ich werde nicht zulassen, dass diese Dämonen alle Reliquiare erhalten.«

»Und was wird aus Nadja?«, fragte Victor besorgt.

»Vertrauen Sie mir«, wiederholte Jansen und schenkte ihm ein schiefes Lächeln.

Mit schwerem Herzen und dem Gefühl völliger Verzweiflung händigte Victor im das Reliquiar aus. »Was werden Sie jetzt tun?«, fragte er vorsichtig.

»Das, was ich für richtig halte.«

* * *

Am anderen Morgen brach Benno Jansen früh von der Pensione Barrett auf. Das Reliquiar hatte er in die braune Ledertasche gesteckt. Dort ruhte es nun, eingewickelt in Unmengen von Toilettenpapier; etwas anderes hatte Jansen nicht zur Hand gehabt.

Nun ging er zum Palast des Schwarzen Papstes. Der Morgen war heiß, die Luft war wie der Atem eines Vulkans, und die Stadt schien sich ein klein wenig langsamer zu bewegen als sonst. Doch immer noch war sie laut und rüpelhaft. Selbst in Nicaragua war es stiller gewesen – wenn man von den gelegentlichen Maschinengewehrsalven absah. So viel Finsternis in der Welt …

Im Augenblick hatte Jansen den Eindruck, als trage er die Quintessenz dieser Finsternis mit sich herum. Dabei war es etwas Heiliges, das er in Sicherheit brachte. Doch das, was da in seiner Tasche lauerte, war keine heilige Dunkelheit. Es war ein Tor in den Abgrund; er spürte es genau. In der Nacht hatte er entsetzliche Albträume gehabt.

Jansen hatte um das Reliquiar des heiligen Leodegar in Schottland gekämpft, und er hatte es eine Zeitlang in der Hand gehalten. Es war ihm zuwider gewesen, aber er hatte es ertragen. Doch dieses Reliquiar hier war etwas anderes. Es war, als verhöhne es ihn – als spiele es mit ihm. Er war froh, wenn er es abgeliefert hatte. Wenn er nichts mehr damit zu tun hatte.

Als ob dieser Dämon besonders schrecklich sei.

Er war bei der Kirche angekommen, überquerte den Platz davor, dachte an die Ereignisse der letzten Nacht, vor allem an den Befehl der körperlosen Stimme und musste sich eingestehen, dass er nicht die geringste Ahnung hatte, was er tun sollte.

Was er tun würde.

Was er tun musste.

Mit einem Herzen, das schwer wie ein Todesgedanke war, stieg er die breiten Stufen zum Palast des Schwarzen Papstes hinauf. Er drückte die hohe Tür auf; seine Kraft reichte kaum aus; es war, als würde sie abgesaugt, als fließe sie dem Gegenprinzip zu, das ihn in seinem Bann hielt.

Im Foyer wartete auf einem der Stühle gegenüber der Pförtnerloge Pater Izogiro auf ihn. Der alte Priester wirkte müde, und sein schwarzer Anzug war ein wenig zerknittert – als hätte er die ganze Nacht auf diesem Stuhl verbracht. Die Pförtnerloge war leer.

»Ich freue mich, Sie zu sehen«, sagte der Japaner in seinem makellosen, akzentfreien Deutsch. »Waren Sie erfolgreich?«

Jansen nickte und blieb vor seinem Ordensbruder stehen. »Wie soll es jetzt weitergehen?«, fragte er.

»Das ist eine schwierige Frage«, antwortete Pater Izogiro. »Das wissen nur Sie und der Schwarze und der Weiße Papst.«

»Sind Sie nicht eingeweiht?«, wollte Jansen erstaunt wissen.

Der japanische Jesuit schüttelte den Kopf. »Das wäre zu gefährlich. Ich habe den Auftrag, Sie zu unterstützen, aber ich weiß nicht, worum es geht.«

»Interessiert Sie das denn nicht?«

»Ich bin genauso wie Sie zum Gehorsam verpflichtet. Und daran halte ich mich genauso wie Sie.«

Jansen spürte, wie ihm die Schweißtropfen am Rücken hinunterrannen. Er hatte sich keineswegs daran gehalten. Er hatte Victor eingeweiht, und nun wussten auch seine Freundin, deren Geliebte und diese Nadja Kellermann davon. Und wie viele sonst noch ... So deutlich wie nie zuvor wurde ihm bewusst, dass er versagt hatte. Schlimmer noch, er hatte seinen klaren Befehlen zuwidergehandelt. Aus Schwäche. Und aus Schwäche waren ihm zwei Reliquiare entwendet worden.

Zwei Reliquiare, auf deren Spur er ohne seine Schwäche und seine Mitteilungen an andere Menschen nie gekommen wäre.

»Ich ...ich möchte ...«, begann er.

Pater Izogiro stand auf. »Bitte kommen Sie mit nach oben. Dort wartet etwas auf Sie.« Er ging voran.

Jansen folgte ihm mit müden Schritten. Etwas? Nicht *jemand*? Nicht der Ordensgeneral?

Als hätte der Japaner seine Frage erahnt, sagte er, während er die Treppe hochstieg: »Pater Breitenbach ist heute nicht abkömmlich, denn er hat eine Audienz bei unserem Heiligen Vater, aber er hat mich gebeten, Sie in sein Arbeitszimmer zu geleiten, da er vermutete, Sie würden gern einige Nachforschungen anstellen.«

Im ersten Stock geleitete er Jansen durch das Vorzimmer in den Saal, in dem der General seine Besucher hinter dem ausladenden Schreibtisch zu empfangen pflegte. Auf der makellos aufgeräumten Platte lag ein in schlichtes braunes Packpapier eingewickelter Gegenstand.

»Bitte nehmen Sie Platz«, bat Izogiro und deutete zunächst auf den Sessel hinter dem Schreibtisch und dann auf das altmodische, elfenbeinfarbene Telefon darauf. »Wenn Sie etwas brauchen, wählen Sie bitte nur die Nummer 13. Dann werde ich sofort zur Stelle sein.« Ohne ein weiteres Wort drehte er sich um, verließ das Zimmer und zog die Tür hinter sich zu.

Jansen war allein.

Er umrundete den Schreibtisch und nahm auf dem gepolsterten, reich beschnitzten Barocksessel Platz. Kaum schaffte er es, ihn an den Schreibtisch heranzuziehen, so schwer war er. Als es ihm endlich gelungen war, nahm er das kleine Paket in die Hand. Es war leicht. Jansen wusste, worum es sich handelte. Rasch wickelte er es aus. Es war das Moskauer Reliquiar.

Er öffnete seine Ledertasche, holte das Reliquiar des heiligen Johannes hervor und legte es neben das andere auf den Schreibtisch.

Er bemerkte eine ganz dünne Staubschicht auf der Platte, als ob seit drei oder vier Tagen niemand mehr hier gearbeitet hätte.

Jansen wusste nicht, was man von ihm erwartete. Er betrachtete die beiden Reliquiare, öffnete sie, untersuchte die schwachen Einritzungen, holte die Zettel mit den unverständlichen Botschaften heraus.

Oriel pean aphorsy chamersyn peanos penarizo ianothiel uriel. Das war der Text aus dem Moskauer Reliquiar. Der aus dem Johannes-Reliquiar lautete: *Eschiran xartan irgiel gaelto friato.* Ihn fuhr es kalt über den Rücken, als er diese Worte las.

Er begriff die Worte nicht, aber er hatte den Eindruck, dass sie zu einer Beschwörung gehörten, zu einem Ritual. Ob es das Ritual war, das der Lautenbacher Abt an seinen Mitbrüdern vollzogen hatte? War es das Ritual, mit dem er angeblich die Dämonen herabgerufen hatte?

Jeder, der ihnen zu nahe kommt – auf welche Weise auch immer – wird ihre verderbliche Macht spüren.

Es war heiß in diesem hohen Zimmer. Staub trieb in dem Licht umher, das durch die Fenster hereinfiel. Jansen musste husten.

Warum war er hier? Er hatte seine Aufgabe erledigt – zu einem kleinen Teil. Mehr war ihm nicht mehr möglich.

Du sollst die beiden Reliquiare entwenden und sie zu den Quaeriten bringen.

Warum?

Weil du damit ein Leben retten kannst. Das Leben einer jungen Frau.

Aber es stand noch mehr auf dem Spiel. Wenn es diesen Apfel gab … wenn ihn die Quaeriten in die Finger bekämen …

Ehrfurchtsvoll hob er das Reliquiar des heiligen Johannes hoch und betrachtete es. Es schillerte und verschwamm vor seinen

Augen. Es prickelte in seinen Fingern. Er legte es zurück auf den Schreibtisch.

Der Apfel vom Baum der Erkenntnis.

Welche Erkenntnis? Würden die Quaeriten Nadja Kellermann freilassen, wenn er ihnen die beiden Reliquiare brachte?

Sein Auftrag musste unerfüllt bleiben, denn er kam nicht an die anderen, fehlenden Reliquiare heran.

Oder doch? Konnte im Ungehorsam Gehorsam liegen? Konnte Schwarz Weiß sein?

Jansen seufzte. Es war Wahnsinn. Aber es war der einzige Weg. Der Weg des Todes, der zum Leben führte.

Er nahm den Hörer des elfenbeinfarbenen Telefons in die Hand und wählte Pater Izogiros Nummer.

* * *

Victor hätte den Jesuiten am liebsten umarmt, als dieser ihm sagte, er habe die beiden Reliquiare entwendet. Dabei klopfte der Geistliche sanft auf die braune Aktentasche in seiner linken Hand. Er stand in der Tür zu Victors Pensionszimmer, war soeben aus dem Palast des Schwarzen Papstes gekommen.

»Jetzt werden wir wohl warten müssen«, sagte Victor und wollte Jansen hereinbitten, als laute, klappernde Schritte auf der knarrenden Holztreppe hochflogen.

»Signore, Signore, presto …« Es war die Stimme der Pensionswirtin. Sie zitterte am ganzen Körper, als sie im ersten Stock ankam und den Flur bis zu Victors Zimmer entlanghastete. *»Presto, presto!«* Sie schleuderte einige Stakkato-Worte von sich, und Jansen sah Victor erstaunt an.

»Sie sagt, die beiden Damen seien irgendwo dort unten«, teilte er Victor mit. »Wir sollen ihnen helfen, denn die eine – die Kleinere – sei verletzt!«

»Maud!« Victor drückte Jansen zur Seite und folgte der Wirtin, die bereits wieder auf der Treppe nach unten verschwunden war.

Er hörte, wie der Jesuit zuerst zögerlich, doch dann immer schneller hinter ihm herlief.

Nicht auch noch Maud, dachte Victor, während er die Stufen hinunterhastete.

Verblüfft bemerkte er, dass die Wirtin nicht im Erdgeschoss anhielt, sondern weiterlief – bis in den Keller. Hier klapperte sie mit ihren Schlappen einen Betongang entlang, der von vergitterten Glühbirnen erhellt wurde. Die Wände bestanden aus Ziegeln, die zuerst rot waren, doch immer brauner wurden, und der Beton auf dem Boden wurde ebenfalls zu Ziegelwerk.

Zu lang, dachte Victor. Dieser Gang war zu lang. Sie konnten sich nicht mehr unter der Pensione Barrett befinden. Schon lange nicht mehr. »Halt!«, rief er der stämmigen Wirtin nach. »Bleiben Sie stehen! Wohin führen Sie uns?« Aber sie hielt nicht an. Vermutlich verstand sie ihn gar nicht.

Hinter ihm hörte er Jansens Absätze auf dem Ziegelpflaster. Der Gang machte eine Biegung, inzwischen war die Decke höher geworden und trug ein gemauertes Kreuzrippengewölbe. In einigen Metern Entfernung endete der Schacht vor einer offen stehenden Tür, Schwärze kauerte dahinter. Victor taumelte durch den Rahmen und in die Finsternis hinein. Nach einigen unsicheren Schritten blieb er stehen. Hinter ihm wurde es still, Jansen schien ebenfalls angehalten zu haben. Die Wirtin war verschwunden. Stand etwa auch sie im Sold dieser Teufel?

Es war nicht ganz so dunkel hier unten, wie es zuerst den Anschein gehabt hatte. Irgendwo in der Ferne flackerten zwei Kerzen auf hohen Ständern. Und vor ihnen hockten zwei Klumpen in der Finsternis.

»Maud?«, rief Victor. Es hallte ungeheuer in dieser unterirdischen Kaverne. Allmählich gewöhnten sich seine Augen an die Dunkelheit.

Die beiden Klumpen waren in der Tat zwei Menschen. Zwei zuckende, auf Stühlen festgebundene Menschen. Maud und Sylvia. Sie versuchten zu rufen, aber sie waren geknebelt. Victor lief auf sie zu. Kurz bevor er sie erreicht hatte und als er bereits die Angst in ihren Augen erkennen konnte, gebot ihm eine Stimme Einhalt.

»Keinen Schritt weiter!«, sagte sie. Sie war hell und zischend – als hätten alle Schlangen der Welt die Worte gleichzeitig ausgespuckt.

Victor erstarrte. Drehte sich um. Schaute dorthin, von wo die Stimme gekommen war. In der Nähe des Eingangs zu diesem gewaltigen, unterirdischen, von schlanken Säulen getragenen Raum kauerten vier Schemen, vier Löcher abgrundtiefer Schwärze vor dem düstergrauen Hintergrund. Jansen stand rechts neben ihnen. Aus einem der Schemen wuchs ein Fortsatz hervor, streckte sich dem Jesuiten entgegen. »Sie waren gehorsam. Das ist gut. Geben Sie uns die Reliquiare.«

»Nein!«, schrie Victor. »Tun Sie es nicht! Zuerst sollen sie Nadja freilassen! Und Maud und Sylvia losbinden!«

Einer der Schemen löste sich aus der Gruppe, schlich an den Wänden entlang, und eine Kerze nach der anderen wurde entzündet. Allmählich war das Gewölbe deutlicher zu erkennen. Nicht aber die Schemen.

»Ein Jedes hat seine Zeit«, sagte die zischende Stimme. »Fürchtet euch nicht.«

Victor musste zusehen, wie Jansen überwältigt wurde. Der Schemen, der die Kerzen entzündet hatte, war hinter ihn geschlichen und umgab ihn nun wie eine schwarze Wolke. Die Ledertasche fiel mit einem dumpfen Geräusch zu Boden. Rasch floss ein anderer Schatten darauf zu, öffnete sie, und die Reliquiare glänzten inmitten seiner Schwärze. »Dies sind meine Leiber, die für euch hingegeben wurden«, sagte dieselbe Schlangenstimme.

Victor sah sich um. Rechts neben Maud und Sylvia standen zwei weitere Stühle, leer, sie wurden von einer Säule flankiert. Bevor Victor einen klaren Gedanken fassen oder etwas tun konnte, war er von moderig riechender Schwärze umzingelt. Die Hände wurden ihm auf den Rücken gerissen und dort gefesselt, und ein stinkender Knebel wurde ihm in den Mund gedrückt. Rasch presste man ihn auf einen der beiden Stühle, und Jansen wurde unsanft neben ihm auf dem letzten leeren Stuhl angebunden. Er hatte keine Gegenwehr geleistet.

Nun standen die vier Schatten vor ihnen. Jeder hielt eines der vier Reliquiare hoch wie ein Priester die Hostie bei der Wandlung.

Sie stimmten einen unverständlichen, gutturalen Gesang an, bei dem es Victor kalt den Rücken hinunterlief, und ließen die gleißenden Gegenstände wieder in den Falten ihrer Schwärze verschwinden. Einer von ihnen huschte in den hinteren Teil des unterirdischen Raums, und sogleich drangen leise, schabende Geräusche von dort herbei. Er kam wieder vor und stellte etwas in einiger Entfernung vor die vier Gefangenen.

Es war ein rechteckiger, alter Eichentisch. Nun legten sie gleißende Dinge darauf: ein Kruzifix, ein Messer, eine Säge, einen Sporn. Victor schloss die Augen, öffnete sie wieder, richtete sie auf die Decke. Er erkannte, dass die Säule neben ihm ein Kapitell aus Knochen trug. Aus gemeißelten Knochen: Oberschenkelknochen, Armknochen, Rippen.

»Es ist eine Ironie des Schicksals«, sagte die Schlangenstimme. Victor konnte nicht herausfinden, zu welcher der vier vermummten Gestalten sie gehörte. »Wir befinden uns hier unter dem Palast des Schwarzen Papstes, der von diesem Kellergewölbe nichts weiß. Und genau hier werden uns die Wächterdämonen nach dem Ritual den Weg zum Apfel vom Baume der Erkenntnis weisen. Doch zunächst müssen sie beschworen werden.«

Einer der vier holte aus seinem Umhang etwas leuchtend Weißes hervor. Victor kniff die Augen zusammen und versuchte es im Kerzenschein zu erkennen. Es war etwas länger als ein Finger und schien aus sich selbst heraus zu schimmern. Die Gestalt bückte sich und gestikulierte über dem Boden. Zumindest wirkte es so. Endlich erkannte Victor, dass es sich bloß um ein Stück Kreide handelte. Mit ihm zeichnete der Quaerit Buchstaben und Kreise auf den geziegelten Fußboden; einer dieser Kreise führte um die Opfer, ein anderer um die Täter, dann folgten Kreise innerhalb der Kreise. Die Buchstaben ergaben für Victor keinen Sinn, die Zeichen auch nicht.

Dabei murmelte der Quaerit: »Den ersten Kreis mache ich durch die Gewalt des allmächtigen Gottes des Vaters, durch seine göttliche Gewalt, und verbinde denselben dadurch.

Den zweiten Kreis mache ich durch Gott den Sohn, der für mich und die ganze Welt am Stamme des heiligen Kreuzes gestorben, durch seine Erlösung und bittern Tod uns erlöset hat, und verbinde denselben dadurch.

Den dritten Kreis mache ich durch den heiligen Geist, durch seine göttliche Gnade, Gewalt und Feuersflammen, aus Liebe gegen uns Menschen, und verbinde denselben dadurch; so sind alle drei Kreise geschlossen durch die Gewalt Gottes des Vaters, der uns erschaffen hat, durch die Gewalt Gottes des Sohnes, welcher das menschliche Geschlecht erlöst hat, und durch den heiligen Geist, der uns alle geheiliget hat durch alle heiligen Werke Gottes, durch die allmächtige Barmherzigkeit Gottes des Vaters, des Sohnes und Gott des heiligen Geistes.

Vier heilige Gegenstände, vier Dämonen, vier Opfer. Ihr seid auserwählt, durch eure Hingabe der Welt das Licht und die Erkenntnis zu schenken.«

Einer der Schemen trat vor und nahm den Stachel in die Hand. In die Hand?

Diese Hand war nichts als Schwärze, nicht einmal Finger waren zu erkennen. Ein Klumpen aus Finsternis, wie ein Strickhandschuh, wie ein mit Stoff überzogener Huf. Der Stachel wuchs gleich einem einzelnen Finger daraus hervor. Schwebte in der Schwärze. Der Quaerit trat auf Jansen zu, der wie die anderen mit hinter der Lehne gefesselten Händen dasaß und die Augen weit aufgerissen hatte. Der Stachel zeigte auf Jansens Herz, kam seiner Brust ganz nahe, als wolle der Mörder Maß nehmen, dann hob sich das Werkzeug langsam, langsam, langsam.

Aber es fuhr nicht nieder. Es schwebte in der Luft, sank in die Schwärze ein, wurde von ihr aufgesogen, war verschwunden. Der Schemen trat zurück in den Kreis der Zelebranten und intonierte mit seltsam singender Stimme:

»Höret, ihr Dämonen! Wir berufen und beschwören euch per das allerheiligste Gebet und Geburt Jesu Christi, per sein rosenfarbenes Blut, so er in seiner zarten Kindheit vergossen hat, durch die drei Weisen aus dem Morgenland, durch die Wahrheit, so Jesus Christus im Tempel geprediget und gelehrt hat, durch sein Leiden und Tod, durch seine allerreinste und geheimste Gottheit, durch die allerschrecklichsten Worte die da folgen.«

Ein Rascheln setzte ein, die vier Reliquiare kamen wieder zum Vorschein, wurden geöffnet, und die Pergamentzettel mit den seltsamen Buchstabenfolgen wurden herausgeholt.

Die Stimme fuhr fort: »*Oriel pean aphorsy chamersyn peanos penarizo ianothiel uriel.*«

Eine andere, tiefere, aber zerbrechlichere Stimme fiel ein: »*Quabor yriel usemy yamodyn seuear.*«

Eine dritte: »*Quediel ilco madysyn ymiel irgiel jabrun.*«

Und die vierte: »*Eschiran xartan irgiel gaelto friato.*«

Um die körperlichen Schatten schwebte plötzlich jene schillernde Blase, die Victor schon so oft gesehen hatte. Sie war stärker, glänzender geworden.

Einer der Schemen – Victor konnte sie nicht auseinanderhalten – hatte von irgendwoher ein Räucherpfännchen geholt. Er entzündete es mit schnellen Bewegungen und warf getrocknete Kräuter hinein. Sofort entwickelte sich ein stechender Gestank. Dann begann die Litanei der Vier von Neuem.

»*Oriel pean aphorsy chamersyn peanos penarizo ianothiel uriel!*«

»*Quabor yriel usemy yamodyn seuear!*«

»*Quediel ilco madysyn ymiel irgiel jabrun!*«

»*Eschiran xartan irgiel gaelto friato!*«

Und es geschah etwas.

Die schillernde Blase platzte. Stäubchen aus zarten Farben schwebten unter der dunklen Decke und vergingen. Schwärze stieg wie auf riesigen Schwingen hinab.

Victor hörte, wie sich seine drei Mitgefangenen neben ihm regten und zu befreien versuchten. Er spürte die Gänsehaut, er spürte das Elektrisierende, das plötzlich in der Luft lag, und er spürte, wie sich die Haare an seinem ganzen Körper aufrichteten. Die Dunkelheit schien zu wirbeln, von den Körpern der Quaeriten auszugehen, die Atmosphäre zu vergiften.

Nein, das gibt es nicht, das kann es nicht geben, das darf es nicht geben.

Ein Aufruhr entstand. Hinter den Schemen. Da kam etwas heran. Von draußen. Den Gang entlang.

Victor sah, dass etwas in der schwarzen Luft über den Köpfen der Quaeriten schwebte. Ganz kurz hatte Victor den Eindruck einer Mönchsprozession. Vier flatternde Kutten senkten sich auf die Quaeriten herab. Legten sich um sie. Nun wirkten sie wie uralte, aus dem Grabe auferstandene Patres.

Die Geräusche kamen näher. Was hastete da heran? Welche Dämonen spie die Hölle da aus?

Die Quaeriten wirbelten herum. Ein Schwirren erfüllte die Luft wie von klingenden Schwertern. Dann krachte es. Schüsse. Die flirrenden, flatternden, wogenden Schemen verdeckten Victor die Sicht. Er spürte, wie er im Angesicht des Todes völlig ruhig wurde. Aus. Alles aus. Nadja war bestimmt schon tot, Maud, Sylvia und Jansen würden jetzt sterben, und er selbst natürlich auch. Ausgang. Ausweg. Der einzige.

Weitere Schüsse donnerten. Schreie stachen in die Finsternis.

Seit wann benutzen Dämonen Schusswaffen?, dachte Victor benommen. Neben ihm prallte eines der Kuttenwesen gegen die Säule mit dem Knochenkapitell.

»Die junge Frau wird ... jetzt ... sterben«, zischte eine hohle, kaum mehr menschliche Stimme aus dem zusammenbrechenden Schatten.

Victor schloss die Augen. Versagt. Vertan. Er hörte die Rufe, es klang italienisch, er hörte die Schreie, es klang nach Tod. Kampf. Raschelnde Bewegungen, ersterbend.

Stille.

Vollkommene Stille.

Erst nach einiger Zeit wagte er die Augen zu öffnen. Einige Kerzen waren erloschen; das Licht in dem Gewölbe war schwächer, zaghafter, ungewisser geworden. Vier Polizisten lagen auf dem Boden, in Uniform, Blutlachen breiteten sich unter ihnen aus. Und drei Schatten, wie Tümpel, wie Pfühle, kaum dreidimensional. Einen entsetzlichen Gestank ausströmend. Etwas verschwand, versickerte in der Atmosphäre des unterirdischen Gewölbes.

Victor drehte den Kopf und erkannte, dass Maud ihn mit weit aufgerissenen Augen ansah. Dann richtete sie den Blick nach vorn, in Richtung des Gangs, durch den sie alle hierher gekommen waren.

Es war noch nicht vorbei.

Drei Schatten. Einer der Quaeriten war noch übrig.

Jemand näherte sich. *Etwas* näherte sich.
Langsam. Bedächtig.
Siegessicher.

Einundzwanzigstes Kapitel

»Auf dem Wege zur Erkänntniß mag das Überschreiten sittlicher Grentzen von Übel seyn, nicht aber das Brechen von Ketten der Gefangenschafft.«

Scultetus, *De Veritate Cognitionibus*

Seit zwei Tagen versuchte er zu begreifen. Seit zwei Tagen starrte Victor die grauen Mauern mit dem abblätternden Anstrich an, hob den Blick sehnsuchtsvoll zu dem vergitterten Fenster und zum bewölkten Himmel dahinter, dachte daran, dass er Nadja nie wiedersehen würde, und befürchtete, dasselbe könnte ihm auch mit Maud passieren.

Er stand von der Pritsche mit dem grauen Laken auf, lief in der kleinen Zelle auf und ab – mehr als drei Schritte konnte er nicht tun – und dachte an die Ereignisse, die ihn in dieses Loch geführt hatte. Es war, als laufe er durch die wattigen Nebel eines Traumes. Nadja – tot. Maud, Sylvia, Jansen …

Er dachte an jenes ungeheure Kellergewölbe, das angeblich genau unter dem Palast des Jesuitengenerals lag. An die drei Schatten, unter denen sich kaum menschliche Wesen hatten verbergen können, an die vier getöteten Polizisten und an das, was danach geschehen war.

Die Geräusche. Schritte. Die Gestalt in dem helleren Gang. Schwarz. Wieder schwarz. Immer schwarz. Nichts als Schwarz.

Aber ihr Kopf war unbedeckt. Es war der Kopf eines alten Mannes, eines Japaners. Eines Jesuiten. Dann war der verbliebene Schatten, der wie eine Fledermaus unter dem Deckengewölbe geklebt zu haben schien, auf ihn herabgesunken, und es hatte ein Kampf eingesetzt, vor dem Victor die Augen verschlossen hatte.

Noch immer hörte er die Schreie – menschliche und nichtmenschliche. Er hatte die Augen erst wieder geöffnet, als Jansen neben ihm gerufen hatte: »Befreien Sie uns! Alle! Schnell!«

Der Japaner hatte sich des Schemens entledigen können, aber sein Blick war erloschen. Weder Schrecken noch Erleichterung lagen darin. Nichts als – nichts.

Zunächst erlöste er Jansen von seinen Fesseln, der sich sofort auf den Boden warf und in den Schemen herumwühlte, die am Boden lagen. Fast schien es, als klebte ihre Schwärze an seinen Händen, als er sie endlich wieder zurückzog. Er hatte die Reliquiare gerettet – und auch die Pergamentstreifen, auf denen die Beschwörungen standen.

»Sie kommen«, hatte der alte japanische Jesuit tonlos gesagt. »Wir müssen uns beeilen.« Jansen hatte die Reliquiare beiseite gelegt und geholfen, Maud, Sylvia und Victor loszubinden.

Victor blieb vor der Wand mit dem vergitterten, kleinen Fenster hoch oben stehen und hob den Blick. Er sah nur ein kleines Himmelsquadrat, von hellerem und dunklerem Grau, einen eingesperrten Himmel jenseits der inneren Unendlichkeit seiner Zelle. Die Hitze war drückend; jede Bewegung war ein Kampf mit Zähe und Klebrigkeit.

Es war alles so schnell gegangen.

Kaum als sie alle befreit gewesen waren, hatte ein weiterer Polizistentrupp das unterirdische Gewölbe gestürmt. Die Männer hatten Befehle gebrüllt, die Pistolen im Anschlag gehalten, und Jansen, Victor und die beiden Frauen hatten die Arme gehoben. Der Japaner hatte wie abgeschaltet dagestanden. Die Uniformierten waren so nervös gewesen, dass sich ein Schuss löste. In der darauf einsetzenden Verwirrung hatte Jansen ins Nichts gebrüllt: »Schnappt euch die Reliquiare!« Es war ein Aufruhr entstanden, jemand hatte Victor zu Boden geschleudert, und er war mit der Stirn hart auf den Ziegeln aufgeschlagen. Dann hatte ihn das Bewusstsein verlassen, und er war in dieser Zelle aufgewacht.

Dreimal täglich schob man ihm Essen durch einen Schlitz in der schweren Eisentür, aber niemand sprach mit ihm. Er nahm an, dass er sich in einem Gefängnis befand, dass er vielleicht sogar des Mordes für verdächtig gehalten wurde, aber warum wurde er nicht verhört? Dauerte es so lange, einen Dolmetscher für ihn aufzutreiben? Und wo war Jansen? Wo waren Maud und ihre Freundin? War es ihnen oder dem Jesuiten gelungen, die Reliquiare an sich zu bringen? Hatte der Japaner sie verraten? Oder gerettet? War das hier überhaupt eine Rettung?

Das vergitterte Fenster besaß offenbar eine dicke Scheibe, denn nicht das leiseste Geräusch drang durch es herein. Und von jenseits der schweren Eisentür hörte er ganz fern Gerassel und Rufe, die immer dann lauter wurden, wenn sich die kleine Klappe in der Tür öffnete und sein Essen hindurchgeschoben wurde.

War er den Quaeriten vielleicht gar nicht entkommen? Waren das hier ihre Folterkammern? Victor mühte sich an einem gequälten Lächeln ab. Unmöglich. Aber was war nicht alles möglich? Er ging zurück zu seiner Pritsche, setzte sich und stützte den Kopf in die Hände. Die frischen Bartstoppeln kratzten in seinen Handflächen. Er schloss die Augen. In der Schwärze vor seinen Lidern sah er die Bilder der gefesselten Nadja, die ihm die Quaeriten in regelmäßigen Abständen zugeschickt hatten, um ihn anzutreiben. Was mochten sie ihr angetan haben? Hatten sie Nadja gefoltert? Oder gleich umgebracht? Hatte sie starke Schmerzen erleiden müssen? Er spürte, wie ihm Tränen aus seinen Augen tropften.

Der Schlitz in der Tür wurde aufgerissen. Victor hob den Kopf. Ein Teller mit einer undefinierbaren Masse darauf wurde von einer groben Hand mit dreckigen Fingernägeln auf die kleine, an der Innenseite der Tür angeschraubte Platte geschoben. Rasch schloss sich die Klappe wieder. Victor stand auf und schnupperte an dem Essen. Es mochte eine Tomatensoße sein, aber was sie verdeckte, war unmöglich herauszufinden – vielleicht Pasta. Victor hatte schrecklichen Hunger, doch der Geruch drehte ihm den Magen um. Er fühlte sich schwach, hatte in den letzten beiden Tagen kaum etwas gegessen, nur hin und wieder ein Glas Wasser getrunken, das ihm in einer Karaffe zweimal täglich hereingereicht wurde. Seine Hose schlotterte, und das Jackett war verknittert. Er nahm wieder auf der Pritsche Platz.

Er musste weg von hier. Italien war ein Rechtsstaat. Er war Bürger der EU. Man musste ihn anhören. Victor stand wieder auf und hämmerte mit den Resten seiner Kraft gegen die Eisentür. »Aufmachen!«, rief er. »Ich will hier raus!« Ihm war klar, dass niemand ihn verstand. Aber er hoffte, wenigstens Aufmerksamkeit zu erregen. Er schlug gegen die unnachgiebige Tür, bis seine Hände schmerzten. Nichts geschah. Er brach in Schweiß aus, die Hitze hüllte ihn wie ein zu enger Tauchanzug ein.

Er legte sich wieder auf die Pritsche. Das Himmelsgeviert hoch droben wurde düsterer. Wolkenschlieren legten sich über das dunkelnde Grau des verhangenen Abendhimmels, und die nackte Glühbirne in der Mitte der hohen Decke flammte auf. Von irgendwoher war eine Fliege in Victors Zelle gedrungen. Sie umschwirrte nun das Licht. Noch eine. Vielleicht kamen sie aus dem Essen, das noch unberührt auf der Türplatte stand.

Victor verschränkte die Arme hinter dem Kopf und zwang sich, ruhig zu bleiben. Irgendwann würde man ihn schon hier rausholen. Sicherlich steckte er nur in einem Untersuchungsgefängnis, und er hatte keine Ahnung, wie lange man ihn hier ohne Gerichtsbeschluss festhalten konnte. Bestimmt nicht mehr lange. Alles würde sich aufklären.

Alles – bis auf Nadjas Schicksal. Er befürchtete, dass er nie wieder etwas von ihr hören würde. Sie würde einfach verschwunden bleiben. Er wusste nicht einmal, in welchem Land, in welcher Stadt sie gestorben war. Was mochten ihre letzten Gedanken gewesen sein? Hatte sie erwartet, dass er sie rettete? Hatte sie auf ihn vertraut und bis zur letzten Sekunde gehofft? Oder hatte sie ihn ob seiner Unfähigkeit verflucht? War sie mit Liebe zu ihm gestorben? Wie sehr wünschte er sich, all das zu wissen. Erkenntnis. Aussichtslose Hoffnung auf Erkenntnis.

Es klapperte an der Tür. Victor ruckte hoch, stützte sich mit den Ellbogen auf der Pritsche ab. Ein Schlüssel wurde im Eisen herumgedreht. Die Tür wurde quietschend aufgedrückt – zum ersten Mal hörte er dieses Geräusch. Sie öffnete sich einen Spaltbreit, und der Lärm vom Gang drang herein: Scheppern, Rufe, Stiefelschritte. Im Türspalt erschien eine Gestalt. Als die Tür weiter aufschwang, erkannte Victor sie.

Der Japaner, der sie im Gewölbe gerettet hatte.

Gerettet?

Hinter ihm stand ein bulliger Wächter in einer abgetragenen Uniform. Eine seiner Schulterklappen war halb abgerissen. Er trug einen schwarzen Vollbart, und seine kleinen Augen waren stechend und betasteten abwechselnd den japanischen Jesuiten und Victor.

»Bitte kommen Sie«, sagte der Geistliche in vollendetem Deutsch, aber so tonlos wie ein Apparat. Als wären alle Gefühle aus ihm herausgesaugt worden. »Kommen Sie schnell.«

Victor sprang von der Pritsche herunter und durchquerte die Zelle mit zwei springenden Schritten. Der Wächter und der Jesuit machten ihm Platz. Draußen auf dem Gang schien die Hölle los zu sein. Ein Trommelkonzert aus Blechnäpfen begleitete die drei auf dem Weg durch den Gang und eine Treppe hinunter, deren Stufen aus Gitterstäben bestanden und einen Blick in die Tiefe ermöglichten. Sie hasteten einen weiteren Gang entlang. Der Wächter zeigte einem anderen Wächter an einer verschlossenen Tür einen Passierschein, und die Tür öffnete sich für die drei.

»Was geht hier vor?«, fragte Victor leise, der hinter dem kleinen Japaner herlief.

»Nicht jetzt«, antwortete er, während er den Kopf so weit wie möglich drehte und sich die Falten an seinem Hals dehnten. »Nicht hier.«

Sie überwanden Tür nach Tür und Tor nach Tor, bis sie schließlich im Freien standen. Der Wächter war in der Sicherheit hinter der Wachmauer geblieben. Auf dem staubigen Vorhof zu dem großen, von Stacheldraht zugewucherten Gefängnis stand ein kleines Taxi mit geöffneter hinterer Tür. Im Fond saß jemand.

»Ich wünsche Ihnen viel Glück«, sagte der Japaner und verneigte sich leicht. »Sie müssen sich beeilen. Sie haben noch eine Chance – im Gegensatz zu mir.« Ohne ein weiteres Wort drehte er sich um, lief an der ockerfarbenen Mauer entlang und verschwand im Zwielicht der römischen Dämmerung.

Das Taxi blinkte und hupte. Zögernd näherte sich Victor dem offenen Schlag und bückte sich, sodass er ins Innere sehen konnte. Dort saß Jansen und bedeutete ihm mit einer knappen Handbewegung, er solle einsteigen. Victor gehorchte sofort, und das Taxi fuhr hüpfend an.

Auch Jansen hatte Bartstoppeln, die sein Gesicht stark veränderten. Nun wirkte es sehr markant und entschlossen. Die Stoppeln waren so grau wie sein Haupthaar und verliehen ihm im Zusammenspiel mit den buschigen Brauen eine Aura des Verwegenen.

»Was ist hier los?«, fragte Victor, während der Wagen hupend und ruckartig wie ein aufgescheuchtes Huhn seinen Weg durch die römische Dunkelheit nahm.

»Pater Izogiro hatte die Polizei geholt, wie ich es mit ihm verabredet hatte. Die Beamten hatten die Bedrohung nicht ernst genommen und waren daher nur mit vier Mann angerückt. Als Izogiro das Massaker sah, forderte er Verstärkung an, und die hat Sie verhaftet. Izogiro hat Ihnen das Leben gerettet. Und auch mir sowie den beiden Damen.«

»Wo sind sie?«

»Geflohen – hoffe ich. Ich habe gesehen, dass die Freundin Ihrer Freundin die Reliquiare an sich gebracht hat. Wir können nur beten, dass sie keine Verräterin ist. Ihre Freilassung, Herr Leclerc, geschah an den offiziellen Stellen vorbei. Es gibt auch in der Gefängnisverwaltung einige Personen, die uns einen gewissen Dank schulden. Das bedeutet, dass man Sie und mich suchen wird, sobald Ihre Flucht offenbar wird. Und die beiden Damen werden ebenfalls auf der Fahndungsliste stehen. Ich hoffe dass die beiden bereits außer Landes sind.«

Die Lichter der Stadt flogen vorbei; Lärm und Hitze drangen durch die geöffneten Fenster. Victor hatte keine Ahnung, wohin die Fahrt ging. Jansen verstummte, schien in sich selbst hineinzusinken.

»Wohin fahren wir?«, fragte Victor nach langem Schweigen.

»Ins Nichts«, antwortete Jansen, ohne ihn anzusehen.

Zweiundzwanzigstes Kapitel

»So manche Erkänntniß ist dem Verstande ohnmittelbar zugänglich durch das Studium neuer Combinationes des Wortes.«

Scultetus, *De Veritate Cognitionibus*

Der Zug zischte in die Nacht hinein, nordwärts, von Roma Tiburtina aus über Orvieto, Arezzo und Bologna bis Verona, wo er pünktlich um 6.10 Uhr am folgenden Samstagmorgen einlief und sie umsteigen mussten. Maud und Sylvia taumelten schlaftrunken aus dem Abteil und suchten auf dem stillen Bahnhof nach dem Eurocity in Richtung München.

Immer wieder schauten sie sich um. Niemand folgte ihnen. Sie hatten kein Gepäck dabei, waren nach ihrer Befreiung aus der Gewalt der Quaeriten sofort ins Freie gelaufen, hatten sich ein Taxi zu dem Bahnhof genommen, von dem aus der nächste Zug in Richtung Norden fuhr. Glücklicherweise trug Sylvia ihre Geldbörse immer in der Innentasche ihrer Jacke, und so hatten sie keine kostbare Zeit damit verschwenden müssen, einen Umweg über die Pensione zu machen. Außerdem waren ihnen zwei der Polizisten aus der Nachhut auf den Fersen gewesen. Sie konnten nur hoffen, dass sie die Staatsmacht abgeschüttelt hatten.

Nun standen sie auf dem leeren Gleis und warteten. Sie hatten noch etwa eine Dreiviertelstunde Zeit. In Mauds weiten Hosentaschen steckten zwei Reliquiare, die anderen beiden hatte Sylvia in ihrer Jackentasche untergebracht. Sie lehnten gegeneinander, hielten sich fest, versicherten sich so der Gegenwart des anderen. Maud fühlte sich, als befände sie sich inmitten einer von Dämonen belebten Finsternis, ausgeliefert und begeifert. Sie fürchtete die Polizei nicht so sehr wie das *Andere*. Wenn sie mit der Hand von außen über ihre ausgebeulten Hosentaschen strich, hatte sie den Eindruck, ein elektrisches Feld zu berühren. Oder einen knisternden Brand. Es war, als habe die Beschwörung in dem unterirdischen Gewölbe etwas Ungreifbares, aber dennoch äußerst Gegenwärtiges freigesetzt. Und als sei es an die Reliquiare gebunden.

Während der Bahnreise hatten Maud und Sylvia still ihren Gedanken nachgehangen. Obwohl das Abteil, in dem sie gesessen hatten, leer gewesen war, hatten sie sich nicht getraut, über das Unbegreifliche zu sprechen, das hinter ihnen lag.

Hinter ihnen?

Maud fühlte sich, als sei sie durch eine unsichtbare Barriere von der Wirklichkeit getrennt. Sie hatte den Eindruck, sich inmitten einer schillernden Seifenblase zu bewegen.

Außer ihnen hielt sich niemand auf dem Bahnsteig auf. In einiger Entfernung, an einem anderen Gleis, wartete ein Rucksackpärchen, das hin und wieder zu den beiden Frauen herüberschaute. Nirgendwo war eine Polizeiuniform zu sehen.

Immer wieder hatte Maud an Victor gedacht, hatte ihn vor sich gesehen, wie er auf den geziegelten Fußboden gestürzt und bewusstlos geworden war. Nur bewusstlos? Bestimmt, hatte Sylvia ihr versichert, so schnell stirbt man nicht. Dennoch – was war nun mit ihm? Und mit dem Jesuiten? Sie waren keine Mörder, alles würde sich aufklären. Hoffentlich ging es Victor gut – so gut wie möglich, wo er seine junge Liebe auf so grausame Weise verloren hatte.

Sie klammerte sich enger an Sylvia. Das Reliquiar in ihrer rechten Hosentasche stach ihr ins Bein wie eine siedende Nadel.

* * *

Der Zug nach München kam pünktlich. Maud und Sylvia suchten sich ein leeres Abteil, und ließen sich in die Polster fallen. Sylvia lehnte den Kopf an Mauds Schulter und schlief rasch ein. Doch Maud zwang sich, wach zu bleiben. Immer wenn jemand den

Gang vor dem Abteil entlanglief, zuckte sie zusammen und befürchtete, es könnte ein Polizist sein.

Oder eines dieser … *Wesen*.

Aber es folgte ihnen niemand. Zumindest bemerkte Maud niemanden.

Das Rattern und Rumpeln des Zuges machte auch sie schläfrig. Und das tiefe, gleichmäßige Atmen ihrer Freundin übte einen hypnotischen Zwang auf sie aus. Irgendwann musste sie ebenfalls in den Schlaf hinübergeglitten sein, denn sie erwachte mit einem Ruck, als der Zug anhielt. Inzwischen gleißte die Sonne. Verwirrt warf Maud einen Blick auf ihre Armbanduhr – 10.20 Uhr – und schaute aus dem Fenster. *Matrei* stand in großen Lettern am Bahnsteig. Sie mussten sich an der Landesgrenze befinden, irgendwo am Brenner. Natürlich gab es hier wie überall in der EU keine Grenzkontrollen; sie hatten nichts zu befürchten.

Nichts von Grenzpolizisten.

Jemand betrat ihr Abteil. Es war ein junger Mann in dunkelblauem Anzug, weißem Hemd und blau-golden gestreifter Krawatte. Er hatte einen Aktenkoffer dabei, dessen Schlösser er sofort mit einem lauten Schnappen öffnete. Er holte eine Zeitung hervor und vertiefte sich in die Lektüre. Der Zug setzte sich wieder in Bewegung.

Berge zogen in der Ferne vorbei, staubig wirkende Bäume säumten die Trasse, der Himmel hatte sich aufgeklart, und weiße Wölkchen segelten im Blau.

Immer wieder sah Maud den jungen Mann an, der ihr gegenüber Platz genommen hatte. Sylvia war ebenfalls aufgewacht und ein wenig von Maud abgerückt, als sei ihr die Nähe in der Gegenwart des neuen Fahrgastes unangenehm. Sie schwiegen.

Nach knapp zwanzig Minuten hatte der Zug Innsbruck erreicht. Niemand stieg in ihrem Abteil zu. Der junge Mann hingegen verließ den Zug. Maud atmete auf. Seltsam – er hatte keinen Meter von ihr entfernt gesessen, aber sie hatte den Eindruck gehabt, durch Welten von ihm getrennt zu sein. Sie fühlte sich – entrückt.

Es waren erneut zwanzig Minuten vergangen, als der Zug in einem kleinen Ort namens Jenbach hielt. »Jenseitsbach«, hatte Maud zuerst gelesen. Dann kam eine Durchsage in breitestem

Österreichisch, das Maud zunächst nicht verstand. Als aber der Schaffner kurze Zeit später die Tür ihres Abteils aufriss und dabei »Aussteigen, aussteigen!« rief, reimte sie sich zusammen, dass die Fahrt aufgrund einer Gerölllawine vorerst hier zu Ende war.

»Was jetzt?«, fragte sie Sylvia.

Ihre Freundin zuckte mit den Schultern. »Wir steigen aus. Etwas anderes bleibt uns ja wohl kaum übrig.«

Eine Minute später standen sie in dem kleinen Bahnhof, und Maud versuchte, aus den Schaffnern Informationen herauszubekommen. Mit diesem harten Dialekt kam sie nicht gut zurecht, und niemand konnte Englisch, aber zumindest erfuhr sie, dass in den nächsten Stunden nicht an eine Weiterfahrt zu denken sei, eine Lawiene schien die Strecke zu blockieren.

»Wir sollten nicht hier auf dem Bahnhof bleiben«, meinte Sylvia flüsternd, als Maud sich wieder zu ihr gesellte. »Wir stehen hier wie auf dem Präsentierteller.«

»Was gibt denn deine Kreditkarte noch her?«

»Genug – falls man hier Plastikgeld nimmt.«

»Wie wäre es mit einem Hotelzimmer?«, fragte Maud.

Sylvia lächelte, ergriff kurz Mauds Hand und drückte sie. »Komm.«

Nicht sehr weit vom Bahnhof entfernt fanden sie ein kleines Hotel im typischen Tiroler Landhausstil mit dem Namen *Zum Brennerwirt*. Die junge Dame an der Rezeption, die in ihrem Dirndl wie aus einer anderen Zeit – auf alle Fälle aber aus einer anderen Welt – wirkte, staunte nicht schlecht, als die beiden Damen einerseits erklärten, sie wollten ein Doppelzimmer haben, und andererseits angaben, sie hätten keinerlei Gepäck dabei. Sylvia musste die Rechnung im Voraus begleichen, zum Glück akzeptierte man ihre Kreditkarte. Sie bezogen ihr Zimmer, wagten es aber nicht, die Reliquiare hier zu belassen, während sie durch den Ort schlendern wollten. Sie brauchten unbedingt frische Kleidung und etliche andere Dinge wie Zahnbürsten und weitere Kleinigkeiten.

Nachdem Sylvia mit ihrer Karte ein wenig Bargeld an einem Bankautomaten gezogen und sie ihre Einkäufe erledigt hatten, zogen sie sich wieder auf das Zimmer zurück. Erschöpft und müde legten sie sich ins Bett, kuschelten sich aneinander, und irgendwann verdrängten die Zärtlichkeiten die Müdigkeit.

Danach schliefen sie ein.

* * *

Als sie aufwachten, fielen die Sonnenstrahlen bereits schräg ins Zimmer. Vom Fenster aus konnte man die hohen Berge erkennen, die den im Inntal liegenden Ort flankierten. Sie hatten etwas Anheimelndes – wie Wächter vor einem unbegreiflichen, feindlichen Draußen.

Maud holte die beiden Reliquiare aus ihren Hosentaschen und stellte sie auf den Schreibtisch aus Birkenholz, der unter dem Fenster stand. Sie stellte fest, dass sie Angst vor diesen beiden Gegenständen empfand. Sylvia stand ebenfalls auf und legte die beiden anderen Reliquiare, die sie an sich genommen hatte, daneben.

»Da liegt die Lösung des Rätsels, das der Abt von Lautenbach gestellt hat«, meinte Maud leise. »Und wir werden sie nie erfahren.«

»Warum nicht?«, fragte Sylvia zurück, während sie sich langsam anzog. Maud beobachtete sie dabei und spürte, wie ihr Verlangen bereits wieder erwachte.

»Hast du etwa eine Ahnung, was das Ganze bedeuten soll?«

»Die Worte der Beschwörung in dem Kellergewölbe haben mich an irgendetwas erinnert«, sagte Sylvia, nachdem sie in ihren Rock geschlüpft war.

»Kennst du dich etwa auch mit schwarzer Magie aus?«, fragte Maud, die sich nun ebenfalls anzog.

»Nein, aber in Kryptographie, wie du weißt«, erwiderte Sylvia und schlug die Ärmel ihrer Bluse um. Dann stieg sie in ihre schmalen, hochhackigen Schuhe und war damit noch ein wenig größer als Maud. »Es war der Klang dieser unverständlichen Worte. Mir ist, als hätte ich sie schon einmal gehört oder gelesen.« Sie trat auf den Schreibtisch zu, entnahm den Reliquiaren die Pergamentstreifen und legte sie nebeneinander auf die Tischplatte.

»Vergiss nicht, dass die Reliquiare auch noch seltsame Zeichen haben«, meinte Maud. »Bestimmt gehören sie zu dem Rätsel.«

»Möglich«, meinte Sylvia, setzte sich an den Schreibtisch und untersuchte die winzigen, eingeritzten Linien. Dann betrachtete sie eingehend die Beschwörungslitaneien. Immer wieder hob sie den Kopf und sah durch das Fenster auf die Berggipfel, die im Abendlicht zu flüssigem Feuer wurden. Die Zeit vertropfte, verrann, verfloss. Sylvia stützte den Kopf in die Hände, kratzte sich an der Schläfe, drehte die vier Zettel hin und her, zuckte mit den Achseln. »Ich habe so etwas schon einmal gesehen«, murmelte sie.

»Wo?«, fragte Maud.

»Wenn ich das wüsste ... Ich interessiere mich eigentlich nicht für die Geschichte der Magie und für Teufelsanbetung, aber hier und da gibt es einen Zusammenhang zu dem Komplex der Geheimschriften ...« Sie starrte die Zettel an, als wollte sie deren Geheimnis aus ihnen mit Blicken heraussaugen. Dann verwandelte sich ihre düstere Miene in ein strahlendes Lächeln. »Jetzt weiß ich es!«, rief sie. »Das sind Wörter aus der *Steganographia* des Trithemius!«

»Aus der ... was?«

»Die *Steganographia* schrieb der Abt Johannes Trithemius um das Jahr 1499. Auf den ersten Blick ist es eine Anleitung zum Beschwören von Dämonen, auf den zweiten Blick aber ein Kompendium der Geheimschriften. Es wurde erst 1676 von dem Juristen Ernst Heidel aus Worms entziffert. Die Beschwörungen, die Trithemius benutzte, glichen keinen gängigen Höllenzwängen und anderen Zauberbüchern. Sie sind in der Tat einmalig – vor allem deshalb, weil sie bestimmten Verschlüsselungen folgen mussten. Das ist ein eindeutiger Hinweis darauf, dass wir es hier tatsächlich mit einer Geheimschrift zu tun haben!«

Sie holte ein Blatt Papier aus einer der Schreibtischschubladen, nahm den hoteleigenen Kugelschreiber, der in einer kleinen Schale auf der Tischplatte lag, und machte sich Notizen.

Maud hatte sich inzwischen vollständig angekleidet und lugte ihrer Freundin über die Schulter. Sie beobachtete, wie Sylvia Buchstabenreihen hintereinanderschrieb, die genauso wenig Sinn ergaben wie die unheimlichen Litaneien. Immer wieder schüttelte Sylvia den Kopf. Schließlich sagte sie: »Komm, wir gehen essen.«

Sie steckten die Reliquiare ein, verließen das Hotel und suchten sich ein gemütliches Restaurant, in dem Tiroler Spezialitäten serviert wurden, die für die beiden Engländerinnen mindestens so fremdartig waren wie die Küche auf Neuguinea oder in Kasachstan. Der Wein, ein kräftiger, roter Zweigelt, betäubte ein wenig Mauds dunkle Gefühle. Immer wieder hatten sie sich auf dem Weg zum Lokal umgeschaut, ob sie verfolgt wurden. Ihnen war nichts Verdächtiges aufgefallen.

»Ich habe mich vor einiger Zeit eingehend mit Trithemius und seinen kryptographischen Werken beschäftigt«, sagte Sylvia zwischen zwei Bissen des Nachtischs – süß gefüllter Palatschinken – und fuhr fort: »Natürlich kenne ich nicht alle Verschlüsselungsweisen auswendig, aber ein paar Standardarten habe ich gespeichert. Einige davon habe ich vorhin schon anzuwenden versucht, aber ohne Erfolg. Wenn man bedenkt, dass der Lautenbacher Abt – wie du mir gesagt hast – nicht allzu viel Zeit zum Verschlüsseln hatte, muss es sich um eine verhältnismäßig einfache oder wenigstens weiter verbreitete Art der Geheimschrift handeln. Aber ich habe noch keine Ahnung, um welche es geht.«

»Und wie passen diese seltsamen Zeichen auf den Reliquiaren dazu?«, fragte Maud.

Aus unsichtbaren Lautsprechern drang Zithermusik, die zusammen mit den Speisen eine beängstigende Atmosphäre der Fremdartigkeit erschuf. Es war schummerig in dem Gastraum. Über jedem Tisch hing eine Lampe mit einem dunkelroten Keramikschirm, die nur die Platte unmittelbar unter ihr beleuchtete; die übrigen Tische waren kaum mehr als eine Ahnung. Lediglich das leise Klappern von Besteck verriet, dass der Gastraum gut besetzt war.

»Die Zeichen?«, fragte Sylvia, die sich kurz in ihren Gedanken verloren zu haben schien. »Ich weiß es nicht. Es sind eindeutig keine Buchstaben. Vielleicht stellen sie den Schlüssel zu der Geheimschrift dar. Aber dazu müsste man wissen, was sie bedeuten. Es ist notwendig, sie zunächst in Buchstaben oder eine Buchstabenfolge zu übersetzen. Magst du deinen Salat nicht mehr?«

Maud blinzelte und senkte den Blick. Zu ihrem Gröstl hatte es einen recht faden Salat gegeben, an dem sie bisher nur lustlos genagt hatte. Ohne ein Wort schob sie ihn zu Sylvia hinüber.

Diese probierte und meinte: »Reich mir doch bitte einmal die Vinaigrette.«

Maud gab ihr die kleine Flasche, und gedankenverloren schüttete sich Sylvia einiges davon über ihre grünen Blätter. Mehr und mehr. Sie schien gar nicht hinzuschauen. Plötzlich setzte sie die Flasche mit einem lauten Geräusch ab. »Das ist es! Vinaigrette! Vigenère! So eine Assoziation kann nur eine Verrückte wie ich haben. Bestell die Rechnung!« Sie sprang auf.

Verdattert winkte Maud dem Kellner. Rasch bezahlte sie, während Sylvia bereits zwischen den Tischen hindurch nach draußen lief.

An der Rezeption des Hotels fragte Sylvia in ihrer Hast auf Englisch, ob es hier einen öffentlichen Internetzugang gab. Die junge Frau am Empfang verstand sie nicht, und Maud, die schwer atmend hinter Sylvia hergelaufen war, übersetzte. Die junge Frau nickte und zeigte ihnen ein Zimmer neben dem Aufzug, in dem ein Computer und ein Drucker auf einem mit Blumenmotiven bemalten Tisch standen.

»´s hobn a hoalbe Stund«, sagte die junge Frau und verließ das Zimmer. Kurz darauf wurde der Bildschirm lebendig.

»Was suchst du?«, fragte Maud, die immer noch etwas kurzarmig war, während Sylvia bereits auf dem Stuhl vor dem Tisch Platz genommen hatte.

»Die Bedeutung der Symbole auf den Reliquiaren«, erklärte Sylvia. »Sie bilden die Schlüsselworte für das Vigenère-Quadrat. Sie erinnern mich an astrologische oder alchimistische Symbole. Mal sehen.«

Maud verstand kein Wort.

Sylvia durchsuchte eine Website nach der anderen und war schließlich auf einer gelandet, die sich mit magischen Symbolen beschäftigte. Mit zitternden Fingern holte sie die beiden Reliquiare hervor, die sie wieder in ihren Jackentaschen bei sich getragen hatte, und Maud zog die ihren aus den Hosentaschen. Rasch hatten sie gefunden, was sie gesucht hatten. Die seltsamen Linien stellten Planetengeister aus dem *Claviculae Salomonis* dar, einem alten Zauberbuch, das erstmals im Jahr 1686 auf Deutsch in einem kleinen Ort namens Wesel gedruckt worden war.

»Das Internet ist doch ein magisches Ding«, sagte Sylvia zufrieden. »In einer Bibliothek hätten wir sehr lange danach suchen können, ohne fündig zu werden – und keineswegs zu dieser Uhrzeit.«

Schließlich hatten sie alle Entsprechungen gefunden. Die vier Zeichen standen für ARATRON, den Geist des Saturn, für BETHOR, den Geist des Jupiter, für PHALEG, den Geist des Mars, und für OCH, den Geist der Sonne.

»Da haben wir unsere Schlüsselwörter. Ohne sie wäre das Rätsel nicht zu lösen. Darum – und nur darum – waren die Reliquienbehälter so wichtig. Die Pergamentzettel sind ohne sie nicht entzifferbar.« Sie schaltete den Computer aus, sprang auf und stopfte sich alle vier Streifen sowie zwei der Reliquiare wieder in die Jackentaschen. »Ich erkläre es dir auf unserem Zimmer.«

Maud nahm die restlichen beiden Reliquiare und folgte Sylvia, die bereits den kleinen Computerraum verlassen hatte und an der Rezeption vorbei die Treppe hoch in den ersten Stock eilte, in dem ihr Zimmer lag.

Dort schrieb sie auf ein leeres Blatt Papier zunächst alle sechsundzwanzig Buchstaben des Alphabets hintereinander, und unter das A ein B, ein C, ein D und so weiter bis zum Z, sodass die horizontale und die senkrechte Buchstabenreihe je eine Seite eines Quadrats bildeten. Hinter jeden dieser Buchstaben schrieb sie den Rest des Alphabets und begann nach dem Z wieder mit dem A, bis die Zahl sechsundzwanzig erreicht war. So war jede Zeile im Verhältnis zur vorangehenden um einen Buchstaben versetzt.

»Es ist ganz einfach«, erklärte Sylvia. »Fangen wir mit unserem ersten Schlüsselwort, nämlich ARATRON an. Ich gehe davon aus, dass in allen vier Beschwörungsformeln in jedem Wort nur ein einziger Buchstabe von Bedeutung ist. Der Abt von Lautenbach konnte nicht wissen, wann sich für ihn die Möglichkeit ergab, die Reliquiare auf die Reise zu schicken; also wird er sich mit der Erfindung des Rätsels sicherheitshalber beeilt haben. Außerdem ist nicht davon auszugehen, dass er ein Meister der Kryptographie war. Nehmen wir also jeweils den ersten Buchstaben. Dann erhalten wie vier scheinbar bedeutungslose Wörter: QYVYS, QIMYIJ, OPACPPIU und EXIGF. Nun müssen wir bei allen vier die Schlüsselwörter ausprobieren. Nehmen wir erst einmal das kürzeste.« Sie schrieb OCH unter das Buchstabenquadrat. »Wir haben kein ‚Wort', das nur drei Buchstaben hat, also wiederholen wir unser Schlüsselwort einfach: OCHOCHOCH. Setzen wir es unter das erste Wort, also QYVYS. Jetzt suchen wir für den Geheimbuchstaben Q in der Tabelle die Zeile, die mit dem ersten Buchstaben des Schlüsselwortes beginnt, also O, und folgen ihr, bis wir zum Q kommen. Dann fahren wir die Spalte nach oben bis zum Klartextalphabet und schauen uns an, welcher Buchstabe dort steht. In unserem Fall ist es ein C. Wenn wir so weitermachen, erhalten wir das Wort … CWOKQ.«

»Faszinierend«, meinte Maud nicht ganz ohne Spott. »Was bedeutet das denn?«

Sylvia runzelte die Stirn. »Das bedeutet, dass wir der Beschwörung das falsche Schlüsselwort zugeordnet haben. Also müssen wir es mit den drei anderen versuchen.«

Als Sylvia das Schlüsselwort BETHOR zugrunde legte, ergab sich PUCRE.

»Pucre … klingt wie eine Krankheit – oder wie ein Gericht«, meinte Maud. »Kannst du etwas damit anfangen?«

Sylvia schüttelte den Kopf. »Versuchen wir es mit dem nächsten Schlüsselwort: PHALEG.«

Das Ergebnis lautete: BRUNO!

Nun waren die beiden mit Feuereifer bei der Sache. Inzwischen hatte auch Maud das System verstanden, und schon nach ungefähr einer halben Stunde hatten die das gesamte Rätsel entschlüsselt. Die Lösung bestand in vier Namen.

Bruno.

Petrus.

Egino.

Antonius.

»Du hattest recht, was diese unverständlichen Worte angeht«, sagte Maud, während sie die Hände auf Sylvias Schultern legte und diese sanft massierte. »Es sind keine Beschwörungsformeln. Es ist ein Rätsel. Aber …«

»Aber … was?«

»Was war es, das sich bei dem Ritual dort unten in dem Kellergewölbe zusammengebraut hatte?«

* * *

Die Nacht war ein verzweifelter Rausch. Maud und Sylvia liebten sich so heftig, als gäbe es kein Morgen. Ihre Ekstasen hielten die Dämonen in Schach und drängten die schillernde Schwärze zurück, die sie wie eine Blase zu umgeben schien. Kurz vor Anbruch der Dämmerung kletterten sie müde, verwirrt und verängstigt aus dem Bett. Sie sprachen nicht miteinander; sie wussten, was sie tun würden. Was sie tun mussten. Maud nahm die Zettel und die Lösung des Rätsels und verbrannte sie im Waschbecken. Sylvia steckte sich zwei der Reliquiare ein, Maud nahm die andere beiden. Leise verließen sie ihr Zimmer.

Hinter einer Tür am Ende des Korridors ertönte lautes Schnarchen, ansonsten war alles still. Maud und Sylvia huschten hinunter zur Rezeption, die so früh am Morgen noch unbesetzt war, und hinaus auf die Straße. Im Osten lag ein roter Schleier über dem Himmel, und die letzten Sterne kämpften gegen den heraufziehenden Tag an.

Sie wussten nicht, welche Richtung sie einschlagen mussten; sie wussten nur, dass sie ins Gebirge wollten. Also gingen sie auf die Berge zu, über den Ortsrand hinaus, fanden bald einen Wanderweg, der zunächst durch die duftenden, betauten Wiesen und vorbei an Kiefernwäldchen führte und schließlich immer steiler hinauf verlief, zwischen moosbewachsenen Felsen hindurch, über Wiesen voller Veilchen und Kleeblumen, bis der Pfad so schmal wurde, dass er kaum mehr zu erkennen war. In regelmäßigen

Abständen zeigten rote Farbkleckse auf den Steinen an, dass es noch immer ein Weg war.

Sylvia und Maud hatten nicht das passende Schuhwerk, und immer wieder mussten sie sich aneinander festhalten, um nicht zu stolpern und zu stürzen. Maud fühlte sich schrecklich; ihr war, als wandere sie durch eine Traumwelt voller klebriger Spinnennetze, die sie vom Weg herunterziehen wollten. Jeder Schritt war schwer; jeder Schritt war ein Kampf gegen die gleißende Welt, die sie gefangen hielt. Es raunte und summte und sirrte in ihrem Kopf, als tobe dort ein Mückenschwarm. *Weiter*, zwang sie sich, *weiter, weiter, weiter*.

Sie warf einen verstohlenen Blick auf Sylvia. Die große Kuratorin schien geschrumpft zu sein; sie ging mit gesenkten Schultern, als sauge jeder Schritt ihr die Kraft aus den Gliedern. Sie schaute starr vor sich hin und hatte die Lippen zu einem schmalen, dunklen Strich zusammengepresst. Plötzlich knickte ihr der Fuß um, und mit einem Schrei warf sie die Arme in die Luft. Sofort fing Maud sie auf. Sylvia stützte sich schwer auf sie und verzog das Gesicht vor Schmerzen.

»Ist es schlimm?«, flüsterte Maud.

Sylvia schüttelte nur den Kopf und biss die Zähne zusammen. Sie blieben kurz stehen, Sylvia atmete mehrmals tief durch und versuchte ihr Gewicht auf den verletzten Fuß zu verlagern. Ihr entfuhr ein gequälter Schrei. »Ich kann nicht mehr weitergehen«, stieß sie durch die zusammengebissenen Zähne aus. »Du musst es allein zu Ende bringen.« Mit diesen Worten zerrte sie die beiden Reliquiare aus den Taschen ihrer Jacke und gab sie Maud. Diese setzte Sylvia vorsichtig auf einen breiten, halbwegs bequem wirkenden Stein ab, sah sich kurz um und ging allein weiter.

Wohin?

Eine Felsspalte, ein See, irgendein Ort in der Unwirtlichkeit, den kein Mensch je betreten würde: eine Einöde, der bevorzugte Wohnort der Dämonen.

Inzwischen war es schon recht hell geworden, auch wenn die Sonne noch nicht über den Kamm der Bergkette vor ihr gekrochen war. Immer wieder blieb Maud stehen und sah sich um. Hier wuchs kein

Baum mehr, der Blick ging weit hinunter ins Tal, hinauf zu den Gipfeln, die Hänge entlang. Niemand war zu sehen, niemand konnte sich hier verstecken. Sie waren erfolgreich vor allen geflohen. Nur nicht vor dem, was in diesen Reliquiaren lebte und webte.

Ja, es war eindeutig. Die beiden, die Maud in den Händen hielt, waren warm. Heiß sogar. So heiß, dass Maud sie kaum mehr tragen konnte. Aber sie wollte sie nicht loslassen.

Jeder weitere Schritt war wie ein Schritt in eine Hölle hinein – in eine von unzähligen Höllen. Schwärze, Wispern, undeutlich wahrgenommene, huschende Schatten. Nichts davon war real; nichts davon existierte an diesem Berghang, unter diesem Gipfel, der nun im Glanz der hinter ihm verborgenen Sonne aufstrahlte wie das Haupt eines uralten Heiligen.

Maud schloss die Augen. Die Schatten wurden nur noch deutlicher. Ihre Umrisse verbanden sich zu amorphen, ungeheuerlichen Wesen, die sich nicht einmal in das kranke Hirn eines Bosch oder Höllen-Brueghel hätten schleichen können. Maud riss die Augen wieder auf, das strahlende Morgenlicht ließ die Schrecken ein wenig verblassen.

Ungeheuer vorsichtig setzte sie einen Fuß vor den anderen und betete – *zu wem betest du eigentlich?* –, dass sie ihr Ziel erreichte. *Welches Ziel?*

Den Ort.

Sie erkannte ihn sofort, als sie ihn sah. Keuchend und schweißnass von der Anstrengung des gefahrvollen Aufstiegs stand sie endlich vor einer Senke zwischen zwei völlig kahlen Bergen, die wie Hörner in den Himmel ragten. Und in der Senke lag ein schwarzer See, dessen unbewegte, unberührte Oberfläche wie ein gewaltiger Obsidian wirkte. In ihm spiegelten sich die Berge zu seinen Seiten; es erweckte den Eindruck, als würden sie sich geradewegs in die unauslotbare Tiefe des Sees stürzen.

Vorsichtig kletterte Maud in die Senke. In ihr tobte und schrie es; Schwingen wie von Fledermäusen schossen auf sie zu, sie duckte sich, Fäulnisgeruch schlug ihr entgegen. Hinter ihr hörte sie ein Schlurfen und Rascheln. Sie wirbelte herum. Dort oben, auf dem Kamm über der Senke, stand jemand und schaute auf sie herunter.

Zuerst glaubte sie, es sei ein Quaerit, doch er wirkte älter und bedrohlicher. Er sah aus wie ein Mönch. Nein, nicht nur einer, drei. Vier jetzt. Sie glitten über den Rand der Senke, schwebten auf Maud zu. Sie drehte sich um und rannte über Geröll und Felsen bis zum Ufer des Bergsees. Schaute wieder hinter sich.

Die Mönche waren verschwunden.

Nein, sie waren nicht verschwunden, sie waren durchscheinend geworden. Ihre Umrisse schwebten über dem See. Maud machte einen weiteren Schritt voran, streifte den linken Schuh ab, durchstieß mit einem Fuß den Wasserspiegel.

Die Kälte durchfuhr sie wie ein Schlag. Sie hatte den Eindruck, als erstarre ihr Fuß zu Eis. Sofort zog sie ihn wieder hervor. Das ist der richtige Ort, erkannte sie. Solche Seen waren oft sehr tief, und niemand würde je in ihnen tauchen.

Mit zitternden Händen hob Maud das erste Reliquiar. Und hätte es beinahe fallen lassen. Sie wusste nicht, was stärker brannte: das Eis in ihrem Körper, das von dem nassen Fuß aufstieg, oder das Feuer des kleinen Silberkopfes, den sie nun hoch über ihrem eigenen Kopf hielt. Sie musste sich zwingen, weit auszuholen und das Ding geradewegs bis zur Mitte des Sees zu schleudern. Hinter ihr schrie etwas auf. Der Silberklumpen verursachte einen seltsam schmatzenden Laut, als er auf die schwarze Wasseroberfläche traf. Maud glaubte eine kleine Wolke aufsteigen zu sehen, doch im nächsten Augenblick war sie bereits zerstoben.

Die Mönchsschatten fuhren durch sie hindurch. Maud riss den Mund auf, wollte schreien, war wie erstickt. Eine Welle unvorstellbaren Hasses, unendlicher Kälte und Angst durchspülte sie. Dann schwebten die Phantasmen wieder über dem Wasser.

Sofort schleuderte Maud die anderen drei unheiligen Artefakte in den Bergsee. Erneut schien das Wasser zu zischen und Dunst in Fäden sich zu erheben. Die einzelnen Fäden verharrten nun länger in der Luft, verbanden sich mit den schemenhaften Kutten und erschufen einen Umriss, der sie entfernt an einen Widderkopf erinnerte. Der Kopf bewegte sich, die Nüstern blähten sich auf, das Maul war ein Loch, und ein Schrei gellte zwischen den Bergflanken wider.

Es war Mauds Schrei.

Tausend Fliegen summten nun über dem Wasserspiegel und stürzten sich schließlich hinein. Stille kehrte wieder ein. Die Oberfläche des Sees zitterte noch ein wenig wie in halb überstandener Angst, dann lag er wieder ruhig und unbewegt da.

Lange saß Maud reglos am Ufer des Bergsees. Sie wartete, bis die Sonne hoch am Himmel stand. Schließlich zog sie ihren Schuh wieder an, verließ die Senke und machte sich an den Abstieg. Noch immer war weit und breit niemand zu sehen. Je tiefer sie kam, desto freier konnte sie atmen.

Maud seufzte erleichtert, als sie weit vor sich Sylvia auf dem Felsen sitzen sah. Die Kuratorin blickte in ihre Richtung und winkte ihr zu, als sie Maud erkannt hatte. Maud beschleunigte ihre Schritte und fiel ihr in die Arme, als sie Sylvia endlich erreicht hatte.

Nach einiger Zeit fragte Sylvia: »Ist es vorbei?«

Maud nickte.

Dreiundzwanzigstes Kapitel

»Die Überwindung sittlicher Grentzen zur Confirmatio der eignen Verstandes-Inhalte mag erschreckend seyn, jedoch ist es ein Schritt auf dem Wege zur Erkänntniß.«

Scultetus, *De Veritate Cognitionibus*

Sie waren die ganze Nacht hindurch gefahren. Andauernd hatte Victor an Nadja denken müssen. Und an Maud und ihre Freundin. Nadja war nun tot, das stand wohl fest. Und Maud? Und Sylvia?

Er und Jansen hatten sich angeschwiegen. Sie waren entkommen. Der römischen Polizei und hoffentlich auch den Quaeriten. Aber sie hatten auf der ganzen Linie versagt. Die Reliquiare waren verloren – es sie denn, Maud und Sylvia besaßen sie noch und hatten sich mit ihnen in Sicherheit bringen können. Der verrückte Apfel war verloren, denn das Rätsel, das auf ihn wies, war verloren. Victors Liebe war verloren. Alles verloren. Alles aus.

Victor trieb in den Schlaf, trieb wieder daraus hervor, sah eine Ahnung von Landschaft hinter den hellen Fenstern des Zuges durch die Nacht gleiten. Lichter, Zypressenschatten unter verwaschenem Mondglanz, Felszähne, dann und wann ein Gegenzug, der die Luft vor sich herschob, die mit einem Knall an ihrem Zug platzte.

Benno Jansen starrte vor sich hin, nagte manchmal an seiner Unterlippe, versuchte immer wieder in der Zeitung zu lesen, die er sich am Bahnhof Roma Tiburtina gekauft hatte, legte sie immer wieder beiseite; versuchte zu schlafen, regte sich unruhig, stieß tiefe Seufzer aus. Aus. Alles aus, auch für ihn, dachte Victor. Auch er hatte versagt. Andererseits: Wie hatte er hoffen dürfen, dass das, was seit so vielen Jahrhunderten gesucht worden war, gerade von ihm gefunden wurde?

Mondlicht auf silbernen Hängen, schwarze Bergfinger, die sich in den Sternenhimmel bohrten, Dunkelheit, die nie wieder zu weichen schien.

Die Erkenntnis würde ihnen verschlossen bleiben, dachte Victor und lächelte dabei grimmig. Das war es, was ihn diese ganze Suche gelehrt hatte. Ohne Wissen gab es keine Erkenntnis. Es gab keine Abkürzung, keinen Katalysator. Es gibt nichts, das über sie selbst hinausweisen würde.

Schlaf, unruhig. Flüstern in der Nacht des Traumes.

Es ist noch nicht zu Ende. Es ist niemals zu Ende.

Erwachen von dem Luftknall eines entgegenkommenden Zuges. Victor sah sich benommen um. Sie befanden sich allein in einem Abteil. Die Tür zum Gang war erzittert wie unter dem Schlag eines gewaltigen Gongs. Kurze Zeit später hielt der Zug in einem Ort, dessen Name Victor auf dem abblätternden Emailleschild nicht entziffern konnte. Allmählich wurde es hell, ein neuer Tag in der Erkenntnis des Versagens.

Ich erkenne, dass ich nichts wahrhaft erkennen kann.

Der Zug setzte sich wieder in Bewegung. Ein Mann in einem dunklen Anzug schritt den Gang vor den Abteilen entlang, blieb vor dem von Victor und Jansen kurz stehen, schien zu überlegen, ob er es betreten sollte, entschied sich dann aber glücklicherweise dagegen und ging weiter.

Feinde überall. Rätsel überall. Schrecken überall.

Victor schlief wieder ein.

Aufruhr. Bewegungen, Stimmen.

»Victor.«

Es war ihm, als hätte jemand seinen Namen gerufen. Auf einer Sommerwiese, im Hintergrund die schneebedeckten Berge.

»Victor!«

War das Nadja?

»Victor!« Vorhin war die Stimme noch weiblich gewesen, jetzt war sie männlich. Der Traum hielt Victor mit klebrigen Fingergespinsten fest. Victor schlug mit den Armen um sich, zerriss das Gewebe, schlug die Augen auf.

Jansen.

Und Maud.

Und Sylvia.

»Sehen Sie sich das an!«, rief Jansen.

Maud saß ihm gegenüber, hatte die Hände auf seine Knie gelegt und bewegte sie aufgeregt nach rechts und links. »In welches Traumland hast du dich denn verirrt?«, fragte sie.

»In eines, aus dem es keine Wiederkehr geben sollte«, antwortete er matt. »Was ist los? Wo kommt ihr her?« Er war wie betäubt, begriff gar nichts mehr.

»Du scheinst dich ja mächtig zu freuen, uns zu sehen«, meinte Maud und zwinkerte ihm zu.

»Wo…her?«, fragte er noch einmal.

»Das ist ein unglaublicher Zufall«, sagte Maud. »Wir …«

»Es gibt keinen Zufall«, unterbrach Jansen sie. »Es gibt nur Gottes Wirken.«

»Wie dem auch sei«, fuhr Maud fort, »wir hatten Glück … bis Jenbach. Das ist der Ort, an dem der Zug vorhin planmäßig gehalten hat.« Mit kurzen Worten erzählte sie von ihrer Flucht, die aufgrund einer Geröllawine in dem kleinen Tiroler Ort geendet hatte. Jetzt aber schien die Strecke freigeräumt zu sein.

Wieder unterbrach Jansen sie. »Wo sind die Reliquiare?«

»In den Tiefen eines eiskalten Bergsees«, antwortete Maud.

Victor sah, wie Jansen neben ihm blass wurde und die Augen aufriss. Allmählich wurde auch er selbst wach.

»Was?«, rief der Jesuit. »Was haben Sie getan!« Zorn sprühte aus seinen Augen.

»Sie … wir konnten sie nicht mehr behalten«, verteidigte sich Maud. »Ich kann es nicht erklären, denn eigentlich glaube ich an diesen ganzen Hokuspokus nicht, aber als wir sie bei uns hatten … also, wir mussten sie einfach loswerden.« Leise fügte sie hinzu: »Wenn es das Böse gibt, dann steckte es in diesen Dingern.«

»Wissen Sie, was Sie damit getan haben?«, erboste sich Jansen.

»Sie haben die letzte Möglichkeit vernichtet, an den Apfel heranzukommen!«

»Sehen Sie es einmal von der positiven Seite«, meinte Maud mit einem Lächeln. »Auch die Quaeriten stehen nun mit leeren Händen da.«

»Mit blutbefleckten Händen«, warf Victor ein. Mauds Lächeln verwirrte ihn. Er kannte sie gut genug, um zu wissen, dass das nicht das Ende der Geschichte war.

»Ich hatten Ihnen beiden die Reliquiare anvertraut – im Namen der ganzen Menschheit!«, fuhr Jansen sie an.

»Das sind große Worte«, sagte Maud, die nun wieder ganz ernst geworden war. »Ich glaube, von uns behaupten zu dürfen, dass wir Ihr Vertrauen nicht missbraucht haben.«

»Sie haben die Hinweise auf das Rätsel vernichtet!«, schimpfte Jansen. Der Zug ratterte durch die bizarre Bergwelt Tirols; die Sonne hatte sich hinter Wolken verborgen, und Schwärze ballte sich um die Berge herum zusammen. Bald fielen erste Tropfen, und ein mächtiges Gewitter entlud sich. Blitze verbanden die Gipfel wie ein Netz von ungeheuren Lichtspinnen. Und der Donner rollte die Hänge hinunter zu Tal.

»Das mag sein«, sagte Maud, deren Stimme durch den plötzlichen Aufruhr der Elemente ganz leise geworden war. »Aber dafür haben wir das Rätsel gelöst.«

Jansens Gesicht war eine Maske des Erstaunens, und auch Victor zog verblüfft die Brauen hoch.

»Allerdings hat die Lösung nur zu einem weiteren Rätsel geführt.«

Victor wurde an die Matrjoschka-Figuren erinnert: eine in der anderen in der nächsten … »Was ist das für ein Rätsel?«, fragte er.

Maud bat Sylvia, die Verschlüsselung zu erklären. Sie tat es langsam und geduldig und sprach ein so akzentfreies Englisch, dass auch Victor und Jansen es begriffen.

»Also sind vier Namen das Ergebnis«, sagte Victor schließlich. »Vier Namen von Heiligen.«

»Wir wissen auch nicht, was das bedeuten soll«, gestand Maud und lehnte sich in die Polster ihres Sitzes. »Haben Sie vielleicht eine Ahnung?«, fragte sie Jansen.

»Mit dem heiligen Bruno könnte entweder der jüngste Sohn Kaiser Heinrichs I. gemeint sein, der in Köln das Pantaleonskloster gründete, oder es ist der Sohn des Herzogs von Kärnten, der im frühen 11. Jahrhundert Bischof von Würzburg war«, erklärte Jansen. »Zu Petrus muss ich wohl nichts sagen. Und was Egino angeht, so muss ich passen. Den Namen Antonius haben mehrere Heilige getragen; der Bekannteste war Antonius von Padua aus dem frühen 13. Jahrhundert. Er war Franziskaner und ein außergewöhnlicher Prediger.« Er hielt inne, runzelte die Stirn und sagte schließlich: »Ich sehe keinen Zusammenhang zwischen ihnen – und auch nicht zwischen ihnen und den Reliquiaren.«

»Vier Heilige«, dachte Victor laut nach und kratzte sich an den Bartstoppeln. »Vier Reliquiare, die vier anderen Heiligen geweiht waren. Vier Dämonen. Vier ermordete Mönche ... Wäre es möglich, dass es die Namen der Mitbrüder sind, die der Abt von Lautenbach bei seinem Ritual getötet hat?«

Jansen drehte ihm den Kopf zu. »Vier Patres, vier Gräber! Das wäre möglich! Dieser Fuchs von Abt hat den Apfel in ... in ...« Er geriet ins Stocken. »Aber wieso vier Gräber?«

Victor zuckte die Achseln. »Vielleicht befinden sich in allen vier nur wieder weitere Hinweise.«

»Das scheint mir eine unendliche Geschichte zu sein«, stöhnte Jansen. » Das würde allerdings bedeuten, dass wir damals, als wir den Friedhof von Lautenbach besucht haben, vor der Lösung des Rätsels standen, ohne es zu wissen.«

»Ja«, gestand Victor. »Uns fehlte einfach das notwendige Wissen.«

* * *

Wieder eine Fahrt in die Eifel, wieder ein Leihwagen. Victor schaute in den Rückspiegel. Und sah Maud und Sylvia; ihre Hände ruhten ineinander. Er betete still, dass sie nicht auch noch in die Hölle eintreten mussten. Und gab Gas.

Er dachte an ihr Ziel. Und an das, was sie dort vorhatten. Wenn er sich recht erinnerte, trug jedes Grab eine kleine, verwitterte Tafel mit dem Namen des dort Beerdigten. Im Kofferraum des großen Wagens lagen einige Spaten, Taschenlampen, Brechstangen, Hämmer, Meißel, Schraubenzieher. Und wenn er recht hatte, dann würden sie Gräber mit denjenigen Namen finden, die Sylvia und Maud aus dem Rätsel hervorgeholt hatten. Und dann würden sie diese Gräber öffnen müssen.

Ihn schauderte, als er daran dachte. Eigentlich wünschte er sich, dass sie die falschen Schlüsse gezogen hatten. Was mochten die Quaeriten nun tun? Sie besaßen keines der Reliquiare mehr; sie hatten keine Spur mehr, die sie verfolgen konnten.

Keine Spur außer Victor, Jansen, Maud und Sylvia.

Wenn er einer der Quaeriten wäre, dann würde er sich an ihre Fersen hängen in der Hoffnung, dass sie ihn zu dem Versteck des angeblich größten Rätsels der Menschheit führten. Doch Victor war auf der ganzen Reise von Italien nach Deutschland niemand Verdächtiges aufgefallen. Auch Maud und Sylvia hatten sich nicht verfolgt gefühlt. Entweder hatten sie die Quaeriten wirklich abgehängt – oder diese waren ihnen so übermenschlich meisterhaft auf der Spur, dass niemand etwas bemerkte.

Jansen befand sich seit der Lösung des Rätsels in einem seltsamen Zustand. So wütend er vorher gewesen war, so sprunghaft war seine Laune seitdem. Manchmal lachte er ohne besonderen Anlass, manchmal brütete er vor sich hin. Er war nervös, hatte auf einen zeitigen Aufbruch gedrungen, damit ihnen niemand zuvorkam, und wirkte wie ein kleines Kind, das sich der größten Überraschung seines jungen Lebens gegenübersieht. Es war, als zerreiße ihn die Spannung und Erwartung. Angst und Hoffnung waren die beiden Seiten der taumelnden Münze, die sich wie wahnsinnig drehte und nicht fallen wollte.

Victor warf einen kurzen Seitenblick hinüber zu Jansen, der auf dem Beifahrersitz saß. Er hatte die Arme vor der Brust verschränkt, war zusammengesunken, als hätte er sich in sein eigenes Innerstes zurückgezogen, hielt den Kopf gesenkt und nagte unablässig an der Unterlippe.

Die Fahrt verlief ereignislos, wie beim letzten Mal. Als sie Wittlich erreicht hatten, war keine Spur des Tages mehr am samtschwarzen Himmel zu erkennen. Auf gewundenen Landstraßen tasteten sie sich tiefer in die Eifel vor. Nur wenige Autos begegneten ihnen, und keines folgte ihnen. Der Mond warf ein silbernes Tuch über die Felder und die Straße, die sich wie eine Schlange um die Hügel wand. Bald tauchte vor ihnen die gotische Ruine der Klosterkirche von Lautenbach auf.

Victor parkte den Wagen in einiger Entfernung an einem Feldweg, dessen Eingang hohe Eichen säumten. So fiel der Wagen nicht sofort auf. Sie nahmen das Werkzeug aus dem Kofferraum und machten sich zu Fuß auf den Weg.

Das zerbrochene Maßwerk der hohen Spitzbogenfenster hob sich wie eine feine Tuschezeichnung vor dem Mondlicht ab, und einige Fledermäuse umflatterten die ausgezackten Mauern.

Aufkommender Wind zauste Victors Haare und bog die Äste der vereinzelten Eichen am Wegesrand. Der Wald in der Ferne war eine schwarze, schwankende Masse. Einige Wolken durchtrieben den Himmel, angestrahlt vom Mondauge, silbern an den Rändern, schwarz im Inneren.

Die vier stapften über den Feldweg auf die Ruine zu, und immer wieder schauten sich Jansen und Victor um. Kein Auto näherte sich, weit und breit war niemand zu sehen, nur das Rauschen des stärker werdenden, launischen Windes klang in Victors Ohren. Er hatte sich einen Spaten über die Schulter gelegt und trug in der anderen Hand eine Brechstange und einen Hammer. Der Pfad mit der Grasnabe in der Mitte lief in einer leichten Biegung auf die Klosterkirche zu und badete in nachtlichtigem Schein.

Sie umrundeten die Kirche und standen bald auf dem Friedhof mit seinem sauber gemähten Rasen, den schmucklosen Grabsteinen und den Emailleschildern mit den Namen der Toten darauf. Es war ein Ort der Verehrung; die Bewohner von Lautenbach und den anderen umliegenden Dörfern wussten nicht, was sie hier pflegten und welche Gräuel diese Gräber verbargen.

Die vier teilten sich auf und suchten die Reihen nach den Namen ab, die Sylvia und Maud herausgefunden hatten. Die Taschenlampen brauchten sie dazu nicht, der Mond spendete sein kaltes Licht in ausreichender Fülle.

Als Victor einmal aufschaute und die schwarz vor dem nächtigen Silberschein ausgestanzte Apsis der Klosterkirche betrachtete, glaubte er in einem der Fenster eine Mönchskutte schweben zu sehen, wie schwarzes, von Blei umrahmtes Glas in einem gotischen Kirchenfenster. Er dachte an die Sage vom Lautenbacher Abt, der in der Ruine spukte, und plötzlich fand er diese Vorstellung keineswegs mehr albern. Er spürte, wie ihm das Herz kalt wurde, als hätte eine eisige Hand danach gegriffen. Victor rieb sich die Augen; der Umriss löste sich auf, aber nun war es, als hätte er in Victors frierendem Herz Zuflucht gefunden. Verzweifelt bemühte er sich, in der Suche Ablenkung zu finden.

Bald hatten sie die Gräber entdeckt. Sie befanden sich alle nebeneinander in der letzten Reihe.

Victor seufzte auf. Seine Vermutung war richtig gewesen. Er legte Stange und Hammer ins hohe Gras, setzte den Spaten ab und stützte sich auf den hölzernen Griff. Er erinnerte sich daran, wie er mit Jansen auf diesem Friedhof gestanden hatte, auch damals in der Dunkelheit, doch ohne die geringste Ahnung, dass die Lösung im Boden vor ihnen gelegen hatte.

Die Lösung?

Die Lösung eines Problems, das er nie gehabt hatte. Eines Problems, in das er an einem Frühlingsmittag bei einem italienischen Essen in Gesellschaft seines Kollegen Peter Haenseling hineingezogen worden war und das seitdem sein Leben bestimmte. Eines Problems, dessen Lösung ihn zu Liebe, Verlust und Tod geführt hatte.

Bring es hinter dich, dachte er und rammte den Spaten unter dem Grabstein des Mönchs Bruno Weiler in den Grasboden.

* * *

Sie arbeiteten nebeneinander; jeder grub einen Leichnam aus. Der untergehende Mond spendete gerade noch genügend Licht, die Erde war weich; kein Wurzelwerk behinderte die Spaten. Jeder

Stich förderte braune, satte, fettige Erde zutage und vertiefte die Wunden in dem geschorenen Gras. Morgen würde für jedermann sichtbar sein, dass diese Gräber geschändet worden waren.

Jansen verausgabte sich vollkommen. Victor hörte, wie der Jesuit neben ihm den Spaten ächzend in den Erdenleib rammte.

Der Wind hatte noch mehr aufgefrischt und schien sich gegen das zu wehren, was die kleinen Menschen unter ihm trieben. Die Pappeln neben der Ruine rauschten, als ob in ihrem aufgewühlten Gezweig die Luft zu Regen geronnen sei. Und tatsächlich fühlte sich Victor, als befinde er sich in einem Regenschauer, der ihm durch Mark und Bein fuhr.

Jansen war als Erster am Ziel. Er stieß einen Laut aus, von dem Victor nicht sagen konnte, ob er Freude, Zufriedenheit oder Erschrecken bedeutete. Victor legte seine Schaufel kurz beiseite, stieg aus dem Loch, das er bereits ausgehoben hatte, und stellte sich vor die tiefere Grube, in der Jansen hockte, der von Kopf bis Fuß mit Erde und Gras bedeckt war und wie ein schrecklicher Naturgeist wirkte.

Unter ihm befanden sich braun-graue Fetzen aus grobem Leinen, und ein Schädel grinste daraus hervor. Victor half Jansen, das in Stoffreste eingewickelte Skelett behutsam freizulegen, während Maud und Sylvia ihre Arbeiten ebenfalls eingestellt hatten und mit den Taschenlampen in das Grab leuchteten.

»Ja, das ist einer der ermordeten Mönche«, sagte Jansen schließlich, als er seine Schaufel am Rand des ausgehobenen Loches abstellte. »Der Schädel liegt in einem ziemlich seltsamen Winkel zum Rest der Knochen. Vermutlich ist er der Bruder, dem der Abt bei dem Ritual den Kopf abgetrennt hatte.«

»Wonach suchen wir eigentlich?«, fragte Maud von oben.

Jansen zuckte mit den Achseln. »Die Reliquien, wie ich hoffe«, sagte er heiser. Langsam und vorsichtig entfernte er die Stoffreste von dem Skelett und tastete im Schein der Taschenlampen, die wie zwei winzige Monde über dem Grab schwebten, zwischen den Knochen herum. Er wirkte wie ein leichenfressender Dämon, wie der gestaltgewordene Geist der Erde. Victor war wieder aus der Grube geklettert, weil er Jansen nicht im Weg stehen wollte, und sah nun von oben zu. Immer wieder glitt sein Blick hinüber zu der Apsis der Kirchenruine, und einmal glaubte er tatsächlich erneut den Umriss einer Mönchskutte in einer der Fensteröffnungen zu erkennen. Er stieß Maud an, die neben ihm stand, und bat sie, das Licht ihrer Lampe auf das Maßwerk des Fensters zu richten. Sie tat es, und sofort löste sich der Umriss auf. Doch es war deutlich zu sehen, dass Maud ebenfalls etwas erkannt hatte. Sie warf Victor einen fragenden Blick zu, in dem sich Unsicherheit und Angst spiegelten. Das war kaum mehr die Maud, die er gekannt hatte. Aber auch er selbst war nicht mehr derjenige, der er früher einmal gewesen war.

»Nichts«, sagte Jansen; seine Stimme klang gedämpft und müde.

»Das kann nicht sein«, meinte Victor. »Alle Zeichen und Spuren deuten auf diese vier Gräber hin.«

»Vielleicht hat er die Reliquien nur in einem der Gräber versteckt, und die Erwähnung der anderen dient der Irreführung«, gab Maud zu bedenken.

»Möglich«, brummte Jansen und stieß einen erdigen Laut der Enttäuschung aus. Mit erstaunlicher Behendigkeit sprang er aus der Grube, ging geschmeidig in die Hocke, zog seinen Spaten heraus und machte sich beim Nachbargrab an die Arbeit. Die Erdbrocken flogen nur so durch die Luft. Er schuftete wie ein Berserker, hatte viel mehr Kraft, als Victor ihm zugetraut hätte. Bald hatte er das Skelett auch dieses Mönches freigelegt und suchte jeden Zentimeter ab – mit demselben Ergebnis wie zuvor.

Eigenhändig grub er auch die beiden anderen Leichen aus. Er arbeitete sich in eine Raserei hinein und wurde wieder und wieder enttäuscht. Schließlich gesellte er sich zu den anderen und schaute auf die vier Löcher im gepflegten Rasen.

Es sah schrecklich aus. Wunden klafften in der Erde, die wie gestaltgewordene Schmerzensschreie waren. Jansen kratzte sich am Kopf. »Nichts, nichts, nichts«, murmelte er. Plötzlich hob er den Kopf, als hätte er etwas gehört.

Ein Rascheln, ein Schwirren. Von der Klosterkirche her.

Victor hatte es auch gehört. Die Lichtkegel der Taschenlampen richteten sich beinahe gleichzeitig auf den zerfallenen Chor. Victor glaubte etwas davonflattern zu sehen. Vielleicht eine Fledermaus. Eine *große* Fledermaus. Es war, als packe der Wind sie und schleudere sie hinfort wie ein welkes Blatt im Herbst.

»Wir *müssen* es finden«, murmelte Jansen und stieg wieder in eines der Gräber – es war das des Mönchs Egino. »Taschenlampe!«, rief er. Maud trat an den Rand der Grube und reichte ihm die ihre entgegen. Victor beobachtete, wie der gleißende Kegel hin und her fuhr. Hoffentlich wurden sie nicht bemerkt; aus der Ferne musste es wirken, als erhöben sich die Gespenster aus den Gräbern.

»Hier! Hier!«, rief Jansen plötzlich. Victor stellte sich neben Maud und schaute hinunter. Der Jesuit deutete auf die Schädeldecke des ermordeten Mönchs. »Ein Zeichen!«

Victor kletterte in das Loch und betrachtete das, worauf Jansen im Schein der Taschenlampe zeigte. Mitten auf der Stirn war tatsächlich etwas in den Schädel eingeritzt. Mit ein wenig Phantasie erkannte Victor darin ein B.

Noch während er mit dem Finger zögernd und widerwillig über die Einkerbung fuhr, sprang Jansen bereits aus der Grube und hastete zum nächsten Leichnam. »Ja!«, rief er aufgeregt. »Ein S.«

Es kamen noch ein B und ein weiteres A hinzu.

»Mein Gott«, meinte Victor, dem es kalt den Rücken hinunterlief. »Der Abt muss seine Opfer regelrecht skalpiert haben, um an den Schädel zu kommen. Das muss ein schreckliches Blutbad gewesen sein.«

»Es war für ihn die beste Möglichkeit, die Zeichen so anzubringen, dass die Zeit ihnen kaum etwas anhaben konnte«, erwiderte der Jesuit mit erregter, krächzender Stimme.

»Nicht schon wieder ein Rätsel!«, stöhnte Maud. »Hat das denn nie ein Ende? Wohin werden wir jetzt wohl geschickt?«

»Zwei A, ein B, ein S«, murmelte Jansen, der von oben bis unten grün und braun war.

»Saba?«, kam Victor in den Sinn. »Aber was hat die biblische Königin von Saba mit alldem zu tun?«

»Nein, das kann es nicht sein«, meinte Maud. »Welche Möglichkeiten gibt es sonst noch? Basa. Sinnlos. Bsaa. Sinnlos. Aabs. Ebenfalls sinnlos. Genau wie Aasb. Sbaa. Desgleichen. Baas. Unmöglich. Saab. Eine Automarke, aber die gab es damals noch nicht. Abas. Auch sinnlos. Und das war es.«

»Halt!«, rief Jansen. Dann lachte er. Er lachte laut, brüllend, krähend. Wie jemand, der plötzlich das Wesen der Welt erkannt hat. »Ja, das war es! Wir hätten es ahnen müssen! Wir hätten es von Anfang an ahnen müssen!« Mit dem Spaten in der Hand lief er los.

Victor sah, wie er zu der Reihe der Abtsgräber unmittelbar vor der Apsis rannte und vor dem letzten Grab stehen blieb. Vor dem Grab des Abtes Ludolf von Germersheim. Jetzt verstand Victor. Abas. Man musste nur das B verdoppeln. Abbas. Abt. Noch bevor Victor ihn eingeholt hatte, hatte Jansen bereits mit dem Graben begonnen.

Victor half ihm, während Maud und Sylvia ein wenig abseits standen und mit ihren Taschenlampen Licht spendeten. Über ihren Köpfen brauste der Wind; die Pappeln rauschten wütend, und das Licht des Mondes verschwand hinter einer herbeitreibenden Wolke.

Bald hatten sie den Leichnam des Abtes freigelegt. Sein Totenschädel grinste sie an. Wie bei den anderen Leichen war auch hier alles Fleisch gewichen, und nur die elfenbeinfarbenen Knochen waren übriggeblieben. Keiner der Mönche war in einem Sarg beerdigt, was die Arbeit ein wenig erleichterte.

»Wo hast du ihn?«, zischte Jansen den Toten an und wühlte ohne jegliche Pietät zwischen den Knochen herum. Aber hier war nichts. Gar nichts. »Das kann doch nicht sein!«, stöhnte der Jesuit. »Das kann nicht sein! Das darf nicht sein! Wo hast du ihn versteckt, du Bestie?« Die Knochen flogen aus der Grube. Victor dreht es beinahe den Magen um.

»Mir fällt da etwas ein«, sagte Maud von oben. Victor drehte sich zu ihr um und hob den Blick. Das Licht der Taschenlampe erschuf groteske Schatten auf ihrem Gesicht. »In der Beichte des Abtes stand, dass sein Grabstein schon errichtet sei. Wäre es möglich, dass er die Reliquien in dem Fundament – oder darunter – versteckt hat?«

Nun drehte sich auch Jansen zu ihr um. Dann betrachtete er den

Grabstein, der über ihm aufragte. Er schloss die Augen, als wollte er meditieren, dann rammte er den Spaten in die Erdwand unter dem Stein.

Es dauerte nicht lange, und der Spaten klirrte laut und heftig gegen etwas Eisernes. Jansen warf den Spaten beiseite, grub mit den Händen weiter im lockeren Erdreich und hatte bald eine etwa dreißig Zentimeter lange eiserne Schatulle hervorgeholt, die er nun in den Händen hielt wie ein Priester die Hostie. Victor sah, wie seine Augen im Schein der Lampen und des wieder hinter der Wolke hervorgekrochenen Mondes irre glänzten.

»Das ist es«, flüsterte er gegen die raunenden Pappeln an. »Das ist das Wissen und das Gewissen der gesamten Welt!«

In diesem Augenblick erloschen die Taschenlampen.

In diesem Augenblick erlosch der Mond.

In diesem Augenblick erkalteten die Sterne.

* * *

»Die Suche ist vorbei.«

Eine dunkle, tiefe, unbekannte Stimme hatte diese Worte ausgesprochen – eine Stimme, wie sie der rauschbärtige Gott so vieler Gemälde haben mochte.

Victor kniff die Augen zusammen. Es war pechschwarz geworden; kaum konnte er die Gestalten oben am Rande des ausgehobenen Grabes erkennen.

Zwei wanden sich, zwei standen dahinter, hielten die anderen beiden fest. Die Pappeln brummten, brüllten, schwarzes Gewoge; schwarzes Gewoge auch im Kampf, zwei gingen zu Boden. Reglos standen die Sieger da.

»Maud!«, entfuhr es Victor. Er konnte sich nicht bewegen, genauso wenig wie Jansen, der wie erfroren mit der Schatulle in den erhobenen Händen dastand. »Sylvia!«

»Es ist zu Ende, Victor«, sagte die Stimme des zweiten Schattens.

Victor fühlte sich, als tue sich die Erde unter ihm auf, als sauge ihn das Grab in sich hinein. Diese Stimme kannte er. Zu gut.

Nadjas Stimme.

Sie schob die Kapuze von ihrem Kopf. Dann quoll das Licht des am Horizont versinkenden Mondes hinter der Wolke auf. Da stand sie. In ihrem blonden Haar verwoben sich die Silberfäden der Nachtsonne, und unter dem schwarzen Umhang, der wie ein Theaterkostüm wirkte, lugten das altmodische, blaue Kostüm und ihre leicht gerüschte Bluse hervor, die sie getragen hatte, als er ihr zum ersten Mal begegnet war.

»Es tut mir leid«, sagte sie.

Victor fiel. Fiel. Fiel. Der innerliche Sturz raubte ihm den Atem. Er dachte daran, wie sie sich geküsst hatten. Wie sie einander Liebe gegeben hatten. Wie sie miteinander geschlafen hatten. »Schlange!«, zischte er.

»Ist das nicht passend?«, sagte sie höhnisch.

»Du warst die ganze Zeit eine von ihnen!«

»Nein, denn ich bin nicht wie sie. Kein Mensch ist wie sie. Aber ich helfe ihnen. Ich war es, der Peter den Auftrag zur Ersteigerung der Dokumente gegeben hat.«

»Und du hast ihn umgebracht!«, fuhr Victor sie an.

»Nein, das war ich nicht. Allerdings habe ich seinem Mörder den Nachschlüssel zu Peters Büro gegeben. So konnte er es nach der Tat abschließen, damit es nach Selbstmord aussah – auch wenn wir nicht erwartet hatten, dass Peter vor Entsetzen durch das *geschlossene* Fenster springen würde.«

Das konnte nur ein Albtraum sein. »Deine Entführung …«

»Natürlich fingiert.«

»Genau wie deine Liebe zu mir.«

Darauf erwiderte sie nichts.

»Es ist genug«, sagte die andere, gottväterliche Stimme mit ihrer trügerischen Sanftheit. »Alter Mann, gib uns das, was uns zusteht, damit die Welt erlöst wird.«

»Was euch zusteht?«, kreischte Jansen und drückte die Schatulle an sich. »Tod und Verdammnis stehen euch zu!«

In Windeseile schwebte einer der Schatten hinunter in das Grab. Mit spielerischer Leichtigkeit entwand er Jansen das eiserne Kästchen und stand bereits wieder oben am Rande des Grabes, als Victor gerade einmal geblinzelt hatte. Nun war die Wolke vollends weitergesegelt, und unter dem Silbermond öffnete der Quaerit das Behältnis.

Nadja stand neben ihm und hielt die Arme wie im Gebet ausgebreitet. Ihr Gefährte warf einen halben Armknochen mit gesplitterter Bruchstelle, einen Fingerknochen und ein Stück Stoff heraus und hielt dann den Kopf über die Schatulle, als wolle er deren Duft einsaugen. In der Schwärze seiner Kutte glitzerte es.

Ein Sirren und Schwirren lag in der Luft, wie von tausend Fledermäusen. Flämmchen schlugen überall aus dem Boden, Funken tanzten über dem Gras, und Victor spürte, wie ihm die Luft aus der Lunge gepresst wurde und sich jedes einzelne Haar an seinem Körper aufrichtete. Es knisterte in der Schwärze der Nacht, und die unerträgliche Spannung entlud sich in einem unmenschlichen, gellenden Schrei, der über die Felder und Wiesen hallte und noch den fernen Wald zum Erzittern zu bringen schien.

Alles war erstarrt, jede Bewegung wie unter einer dicken Eisschicht erstickt. Dann regte sich etwas in der Grube.

Jemand.

Fetzen flatterten im Wind, Leichengeruch entströmte dem Erdreich, ein Aufruhr erhob sich aus dem Grab.

Jansen war an den Rand der Böschung gesprungen. Seine Wut, seine Verzweiflung verliehen ihm Kräfte, die Victor niemals in ihm erahnt hätte. Mit einem Satz war er zwischen den Quaeriten, hatte dem verdutzten Schatten die Schatulle aus den Fingern gerissen, griff hinein. Ein Handkantenschlag von Nadja schickte ihn jedoch zu Boden, und ihrem Gefährten gelang es gerade noch, den Sturz des Behältnisses zu verhindern – er fing es im freien Fall ab.

Jansen lag reglos auf der Erde. Von Victors Position aus wirkte er wie ein Teil dieser Erde, wie ein Gewächs, geformt aus Erde und Blattwerk, wie ein gefällter Baum, dessen Früchte verdorrt waren.

Nun stand nur noch Victor aufrecht. Er wusste nicht, ob die anderen überhaupt noch lebten. Sie waren still wie verworfene Gedanken. »Warum?«, fragte er Nadja. »Warum tust du das?«

»Weil ich etwas suche, das weder du noch irgendein anderer

Philosoph mir geben kann«, sagte sie leise; ihre Stimme war im Rauschen der Pappelblätter kaum hörbar.

»Und dafür lässt du es zu, dass Menschen sterben?«, fragte Victor ungläubig.

»Opfer müssen gebracht werden«, erwiderte Nadja. »Das Kleine und Schwache muss vor dem Großen und Starken weichen.«

»Was haben sie dir erzählt? Das sind Bestien, Nadja! Ein Menschenleben zählt für sie nichts. Das Gute kann man nicht erreichen, indem man das Böse tut!«

»Du bist klein und schwach«, entgegnete Nadja und schob sich eine mondensilberne Haarsträhne hinter das Ohr. Ihre Stimme klang nicht mehr ganz so fest und bestimmt.

»Nein, Nadja, du bist klein und schwach. Du hast dich von ihnen klein und schwach machen lassen. Aber du hast das nicht nötig. Du kannst alles, was zwischen uns war, nicht gespielt haben! Das weiß ich.«

»Victor, du bist ein guter Mensch, aber du weißt nicht, worum es hier geht«, sagte Nadja.

»Es geht hier darum, dass du deine Liebe verrätst. Unsere Liebe.« Er sah den leisen Zweifel in ihren Augen.

»Es ist gut«, sagte ihr Begleiter mit seiner gottvaterartigen Stimme zu niemand Besonderem. Dann aber sprach er Nadja direkt an. »Du hast uns so gut gedient. Dir ist es zu verdanken, dass wir an das Ziel unserer jahrhundertelangen Suche gekommen sind.« Er stellte die Schatulle ab, etwas regte sich in seinem schattenhaften Umhang, stülpte sich über Nadja, und ihr aufkeimender Schrei wurde erstickt. Leblos sackte sie zusammen.

»Nein!«, schrie Victor. Nun sprang auch er aus dem freigelegten Grab. Es scherte ihn nicht, dass er das nächste Opfer des Quaeriten sein würde. Nichts mehr scherte ihn etwas. Er wollte nur noch Rache.

Aus den Augenwinkeln sah er, wie sich hinter dem Mörder eine Gestalt aufrichtete, die noch schwärzer als die Nacht war, schwärzer als alles Irdische. Sie schien eine Kutte zu tragen, die sie wie Fledermausflügel ausbreitete. Victor stand vor dem Quaeriten. Noch hatte er sich nicht geregt. Doch Victor fühlte sich so leicht. So unwirklich. Blitzschnell bückte er sich, griff in das am Boden liegende eiserne Behältnis. Dann war der Quaerit über ihm. Etwas hielt ihn fest. Er spürte, wie jemand ihn packte. Finger – Finger? Oder waren es biegsame Tentakel? – legten sich um seinen Hals, während sich seine eigenen Finger um einen kleinen, steinharten Gegenstand schlossen, der in der Schatulle lag. Seine Wahrnehmung verzerrte sich. Wahrnehmung. Wahnnehmung. Plötzlich befand er sich meilenweit von seinem Angreifer entfernt, sah ihn in der Finsternis der stürmischen Nacht stehen, spürte aber immer noch den Druck um seinen Hals. Es ertönte ein krachendes Geräusch, wie das Brechen eines Knochens. Victor konnte wieder freier atmen. Sah auf das, was er zwischen den Fingern hielt. Was er aus der Schatulle hervorholte.

Schwarz.

Walnussgroß.

Es konnte alles Mögliche sein. Der Quaerit war zusammengebrochen, lag im Gras, sein Umhang – oder was immer es sein mochte – bedeckte ihn vollständig. Ein leises Schillern überspielte ihn, hob sich in den Nachtwind und verwehte. Das, was sich unter dem Umhang befunden hatte, sackte zusammen.

Victor verspürte ein Gefühl von Wärme. Von Elektrizität. Die Welt wurde weiter. Heller. Keine Sonnenhelle.

Über dem Quaeriten stand Benno Jansen. Er betrachtete seine eigenen Hände und lachte. Es waren keine Hände. Es waren Klauen. Mit einem Sprung hatte er Victor erreicht. Rührte das Schwarze an. Das Schillern und Glitzern in den Augen des Jesuiten explodierte. Sein Kopf wurde zur Wolfsschnauze. Dann zum Schlangenmaul, aus dem eine gespaltene Zunge hervorschoss. Auf Victors Hände zu. Entreißen wollte sie ihm das Unnennbare.

Nicht mehr Jansen, nicht mehr Jesuit, nicht mehr Mensch. Schale nach Schale fiel von ihm ab. Brannte ab. Schale für Schale versengte. Nicht vorbereitet. Sie kämpften um die Schwärze.

Victor sah den Baum, sah die Schlange, sah die Worte, die ihr aus dem Munde tropften. »O nein, auf keinen Fall werdet ihr sterben! Vielmehr weiß Gott, dass euch, sobald ihr davon esset, die Augen aufgehen, und ihr wie Gott sein werdet, indem ihr Gutes und Böses erkennt.« Die Worte wanden sich im Gras wie Würmer, paarten sich, gebaren, neue Bäume aus Worten wuchsen, einer giftiger als der andere. Bald hatten sie die gesamte Welt zugewuchert und mit ihrem Gift angesteckt. Es gab nur einen einzigen Weg.

Er musste das Wort essen.

Rasch steckte sich Victor den steinharten Gegenstand in den Mund und biss zu.

Der Jesuit – Jesuit? Gehäuteter, Worthülse? – schrie wie ein Wahnsinniger auf, lachte, tanzte, weinte, riss sich die Haare aus.

Das Harte in Victors Mund wurde weich, wurde zu süßer Luft, barst, entsandte tausend Samen, die allesamt in seinen Rachen eindrangen. Aus den Augenwinkeln heraus – Augenwinkeln? Er konnte alles um sich herum gleichzeitig sehen, vor sich, hinter sich, neben sich – erkannte er, wie fern ein verwitterter, alter Mensch einen mechanischen Rasenmäher fallen ließ und floh. Dieser kleine, zufällige Mann hatte alles gesehen. Ein einziger Same ging hinaus in die Welt.

Und die Welt ging hinein in Victor. Er spürte, wie er barst, platzte, sich verströmte, alles in sich aufnahm.

Er schwebte.

Die gleißende Helligkeit der Nacht wurde unerträglich.

Der Kreis hatte sich geschlossen.

Er *wusste.*

Epilog

»Die Erkänntniß der gesammten Schöpfung wäre dem Menschen nur dann zugänglich, wenn er eine Resumatio sämmtlicher möglicher Perceptiones vollziehen könnte. Deren Confirmatio wäre so klar wie sonst nur eines: das Wort.«

Scultetus, *De Veritate Cognitionibus*

Ich weiß auch nicht, was er will«, sagte Schwester Renate. »Man kann ihn ja nicht verstehen. Keine Ahnung, woher er kommt.«

»Und nie kriegt er Besuch, den man fragen könnte«, meinte Oberschwester Sabine. »Aber wir müssen irgendwas unternehmen. Er ist so unruhig, und es geht ihm gar nicht gut.«

Schwester Renate nickte. Sie saßen beim Kaffee im Schwesternzimmer. Sabine hatte dem Patienten auf Zimmer 306 gerade einen neuen Tropf angehängt, und der alte Mann hatte ihren Arm mit seinen runzligen Händen gepackt und ihr wieder etwas zugeflüstert, das sie nicht verstanden hatte. In seinen Augen hatte eine herzerweichende Dringlichkeit gelegen. Er würde die Nacht vermutlich nicht überleben, und Sabine hätte ihm gern seinen letzten Wunsch erfüllt, um was es sich auch immer handeln mochte.

»Ich hab da eine Idee«, sagte Schwester Renate plötzlich und drückte ihren Zigarettenstummel im Aschenbecher auf dem Tisch zwischen ihnen aus. »In der Palliativabteilung haben sie einen neuen Pfleger, der mit unserem Enrique gesprochen hat.«

»Mit dem Leberkrebs?«, fragte Sabine.

Renate nickte. »Genau. Dieser Pfleger sieht zwar auf den ersten Blick so aus, als ob er nicht zwei und zwei zusammenzählen könnte, aber er kann offenbar Spanisch. Enrique hat vorgestern Nacht mit ihm gesprochen, und am nächsten Morgen war er tot. Astrid hat es mir gesagt; sie hat ihn als Erste gesehen. Er scheint ganz friedlich gestorben zu sein, und der Neue hat ihr gesagt, Enrique wollte sich seine Schuld von der Seele reden. Er scheint einen Sohn zu haben, mit dem er keinen Kontakt mehr hat, weil er ihn damals in Spanien ziemlich schlecht behandelt hat. Pater David spricht ja leider kein Spanisch. Aber der Neue hat Enrique das Sterben erleichtert.«

»Meinst du den mit dem Rauschebart und dem silbergrauen Haarzopf?«, fragte Schwester Sabine.

»Ja. Ein seltsamer Typ. Gestern ist auf derselben Station ein Vietnamese gestorben. Der Neue war auch bei ihm.«

»Spricht er etwa auch Vietnamesisch?«

»Anscheinend.« Renate fingerte an der Schachtel auf dem Tisch, zog mit spitzen Fingern eine weitere Zigarette heraus, steckte sie an und nahm einen tiefen Zug.

»Ist der Vietnamese auch gestorben?«

»Ja.«

»Das wird doch wohl kein Todesengel sein?«

Renate blies eine kleine Rauchwolke in die bereits blaudunstige Luft und schüttelte den Kopf. »Astrid war dabei, als der Vietnamese gestorben ist. Er hat mit dem Neuen gesprochen, dann selig gelächelt und war tot.«

»Brr!«, machte Sabine und drehte nervös an ihren schwarzen Haarlocken. »Das klingt unheimlich.«

»Astrid sagt, in seiner Gegenwart wird einem ganz schön seltsam zumute. Kribbelig. Aber gar nicht unangenehm. Er sieht auch ganz gut aus, sogar mit dem Zopf. Ich würde gern auch mal von ihm etwas ins Ohr geflüstert kriegen.«

Die beiden Schwestern lachten. Es klang fragend, unecht.

»Wo ist er jetzt?«, fragte Sabine.

»Drüben, nehme ich an.«

»Dann hol ihn. Ein Versuch kann nicht schaden.«

Renate legte die erst halb aufgerauchte Zigarette in den Aschenbecher und stand auf.

* * *

Als er das Sterbezimmer betrat, wusste er. Er kannte den alten Mann. Er hatte ihn schon einmal gesehen. Damals, in der Nacht, bei der Klosterruine. Mit einem Lächeln trat er an das Bett des Mannes und nahm behutsam dessen rechte Hand in seine Hände.

Der Mann lächelte ihn an. »Ich kenne dich«, sagte er.

Victor nickte. »Ich kenne dich auch.«

Erleichtert seufzte der alte Mann auf. »Du sprichst meine Sprache.«

Victor nickte.

»Das erstaunt mich nicht. Du weißt, was ich gesehen habe. Du weißt, dass es wahr ist. Der Himmel schickt dich zu mir. Sag mir, was ist mit ihm passiert? Mit dem Priester?«

»Er wurde am nächsten Morgen in einem der ausgehobenen Gräber gefunden. Lebend.«

»Und die zwei schwarzen Gestalten?«

»Die eine, eine junge Frau, lag ebenfalls in einem Grab. Sie war tot. Die andere … Der Geistliche wurde in eine geschlossene Anstalt eingeliefert; er ist seit jener Nacht jenseits von Gut und Böse.«

Der alte Mann nickte. »Armer Priester. Und die beiden Frauen?«

Victor griff unter seinen weißen Kittel, holte aus der Brusttasche seines weißen Hemdes eine etwas zerknitterte Fotografie hervor und hielt sie dem alten Mann entgegen. »Das sind Maud und Sylvia auf einer Reise durch Frankreich.« Das Foto zeigte die beiden, wie sie verliebt und eng umschlungen vor Schloss Chambord an der Loire in die Kamera schauten.

»Schöne Frauen. Triffst du dich manchmal mit ihnen?«, fragte der alte Mann.

Victor seufzte. »Sie leben weiter.«

»Ich verstehe.«

Beide schwiegen lange. Dann sagte der Ukrainer: »Ich danke Gott, dass er mir den neuen Adam gezeigt hat. Und dass ich nicht lang und breit erklären muss, was ich gesehen habe, denn der neue Adam hat es ebenfalls gesehen. Das ist das größte Geschenk meines Lebens.« Er lächelte. Sein Kopf rollte zur Seite, die Augen brachen.

Victor schloss sie mit einer sanften Bewegung.

Er ging und nahm die frohe Seele mit.

Danksagung

Herzlichen Dank schulde ich Frau Dr. Silke Urbanski, Historikerin der Universität Hamburg, für die Überlassung der deutschen Übersetzung des Textes von Petrus Scultetus, die ihr Vorfahr Caecilius Urban im Jahre 1742 während seiner Zeit als Lateinlehrer in Konin anfertigte und die 1708 in Greifswald bei Wolfgang Fickweiler gedruckt wurde. Das Buch scheint eine kleine Auflage gehabt zu haben und ist heute in keiner öffentlichen Bibliothek mehr vorhanden. Überdies hat Frau Dr. Urbanski die Auswahl der Zitate besorgt. Außerdem möchte ich mich bei ihr für viele anregende philosophische Gespräche im Zusammenhang mit den in diesem Roman angesprochenen Themen bedanken.

Außerdem gilt ein großer Dank meinem Lektor Volker Maria Neumann, dessen unermüdlicher Arbeit es zu verdanken ist, dass der Roman die vorliegende Form erhielt.

Überdies gebührt mein großer Dank Dorothée Engel vom Hamburger Buchkontor für all ihre Mühen, die sie für dieses Buch auf sich genommen hat

KBV PHANTASTIK

Ralf Kramp und
Manfred Lang (Hg.)
ABENDGRAUEN

Taschenbuch, 350 Seiten
Großformat
ISBN 978-3-934638-43-3
15,90 EURO

Ein sprödes Land, zerfurcht von tobenden Vulkanen und vom harten Winter. Für viele Hundert Jahre ein Landstrich, wie er ärmer nicht sein konnte. Hier steckt hinter jeder der vielen Burgen, die schroff in den Himmel ragen, ein garstiges Geheimnis. Hexen, Werwölfe, Irrlichter und andere Erscheinungen versammeln sich hier zu einem Reigen, den Erzähler aus der Vergangenheit und der Gegenwart gesponnen haben. Ob in den finsteren Gewölben der Klöster oder auf nächtlichen Autofahrten übers karge Land, überall lauern hier Gestalten, die nichts anderes im Sinn haben, als Angst und Schrecken zu verbreiten.

Ralf Kramp und Manfred Lang haben eine Sammlung geschaffen, die mit Schauergeschichten aus der Eifel von 48 Autoren, wie z.B. Jacques Berndorf, Michael Siefener, Caesarius von Heisterbach, Angelika Koch, Elisabeth Minetti, Tilman Röhrig, Theodor Seidenfaden und Clara Viebig, einen Querschnitt durch das Genre der Gruselliteratur bietet.

»Eine Schatztruhe für alle Gruselfans.« (egotrip.de)

KBV PHANTASTIK

Michael Siefener

SOMNIFERUS

Taschenbuch, 250 Seiten
ISBN 978-3-937001-37-1
9,90 EURO

Er glaube nicht an Gespenster, bekennt Ralf Weiler, ein erfolg- und mittelloser Schriftsteller aus Köln zu Beginn der ganzen Sache, er glaube nicht an Übersinnliches und Unerklärbares, doch was er erlebt hat, sei so rätselhaft und verstörend, dass es ihn nun drängt, die ganze Geschichte niederzuschreiben.
Er erhält den Brief einer Anwaltskanzlei aus der Eifel, worin ihm das beträchtliche Erbe eines verstorbenen Onkels in Aussicht gestellt wird. Sofort reist Weiler in das Burgstädtchen Manderscheid und wiegt sich eine Woche lang in dem Glauben, in den Genuss eines großen Vermögens und zu einem sorgenfreien Leben gekommen zu sein.
Doch das unverhoffte Glück steht auf wackligen Füßen, denn der zwielichtige Anwalt scheint vor dem Ableben des Onkels ein obskures Mandat angenommen zu haben: Ralf Weiler wird im Auftrag des Verstorbenen auf die Suche nach einem wertvollen Buch geschickt, in dem die grauenhafte antike Gottheit Somniferus ihre mächtigen Arme nach den heute Lebenden auszustrecken scheint. Für Ralf beginnt ein Albtraum, der ihn nie wieder loslassen wird.

»Eine sinnliche Angelegenheit, die der Autor da ausbreitet und dennoch dafür Sorge trägt, dass Schauer und Entsetzen wohl dosiert zur Sprache kommen, während der Ekel draußen bleiben muss.« (Rhein-Zeitung)

KBV PHANTASTIK

Michael Siefener

DAS SCHATTENBUCH

Taschenbuch, 281 Seiten

ISBN 978-3-937001-69-2

9,90 EURO

Der ehemalige Priester Arved Winter erhält von der Trierer Antiquarin Lioba Heiligmann ein Buch mit drei grotesken Erzählungen geschenkt, die ihn sehr beeindrucken. Als er herausfindet, dass der Name des Autors ein Pseudonym ist, versucht er es aufzuschlüsseln, um etwas mehr über den Verfasser zu erfahren.

Lioba Heiligmann unterstützt ihn bei dieser Suche, die sie in abgelegene Gebiete der Eifel und zu seltsamen Personen führt, deren Lebenswege sich irgendwann einmal mit denen des rätselhaften Autors gekreuzt haben.

Doch je tiefer sie in das Geheimnis um den Autor und seine bizarren Geschichten eindringen, desto deutlicher spüren sie, dass das »Schattenbuch« - so lautet der Titel des Werkes - auf verhängnisvolle Weise in ihr Leben eingreift. So werden aus den Jägern plötzlich Gejagte, die sich einer schrecklichen Bedrohung aus der Vergangenheit stellen müssen ...

»... nicht nur spannend, sondern zudem stilistisch sehr ansprechend.« (Kölnische Rundschau)

»Dieses Buch stellt ein Muss für Leute dar, die einen Sinn für das Phantastische haben.« (media-mania.de)

KBV PHANTASTIK

Michael Siefener

HINTER DER MASKE

Taschenbuch, 296 Seiten

ISBN 978-3-937001-91-3

9,90 EURO

Arthur Dreyer hat sein ganzes Leben mit seiner früh verwitweten Mutter in Köln verbracht. Nach ihrem Tod zieht er in ein Eifeldorf, weil er der Trauer und den Erinnerungen entfliehen will.

Bald muss er erfahren, dass es in dem Haus, das er sehr günstig erworben hat, angeblich spukt. Er glaubt nicht daran, doch rasch mehren sich Anzeichen dafür, dass mit dem Haus tatsächlich etwas nicht stimmt. Dreyer spricht mit niemandem darüber, weil er Angst hat, ausgelacht zu werden. Er zieht sich immer mehr von den Leuten im Dorf zurück und wird von ihnen bald als Sonderling betrachtet.

Nur Daphne, eine junge Frau, die ihr Geld mit Heilkräutern, Horoskopen und allerlei anderen esoterischen Dingen macht, gewinnt sein Vertrauen, und gemeinsam versuchen sie, den Spuk zu ergründen. Dabei stoßen sie auf schreckliche Geheimnisse aus der Vergangenheit, und plötzlich ist nichts mehr so, wie es vor kurzem noch schien ...

»... ein Schmuckstück, das Michael Siefeners Ausnahmestellung unter den deutschen Autoren der Phantastik ein weiteres Mal untermauert.« (phantastik-news.de)

»Auch Siefeners neuestes Werk ist nichts für Gemüter mit schwachen Nerven. Wer sich allerdings gruseln möchte, der kommt voll auf seine Kosten.«
(Kölner Stadt-Anzeiger)

KBV PHANTASTIK

Erika Kroell

DUNKLE SCHWESTERN

Taschenbuch, 322 Seiten
ISBN 978-3-937001-77-7
9,90 EURO

Noch immer leiden die Geschwister Theresa, Boris und Natascha unter dem Verlust der Mutter, die bei einem Autounfall ums Leben gekommen ist. Da verschwindet plötzlich ihr Vater spurlos. So sehr sie ihre verzweifelte Suche auch vorantreiben, was immer sie auch unternehmen, um ihn zu finden, er bleibt wie vom Erdboden verschluckt. Überraschende Hilfe finden sie bei einer Nachbarin. Irgendeine tief verwurzelte, alte Beziehung scheint zwischen ihr und der verstorbenen Mutter zu bestehen.
Nach und nach offenbart sich den Kindern ein Familiengeheimnis, das für sie faszinierend und erschreckend zugleich ist. Es beginnt vor langer Zeit im Ermland und findet seinen gleichermaßen glücklichen wie erschreckenden Abschluss im Ahrtal. Oder ist diese Familiengeschichte noch gar nicht zu Ende?

»Sehr empfehlenswert!« (Heidelberg aktuell)

»Ein hervorragend geschriebener Roman.« (Media-Mania.de)

KBV PHANTASTIK

Georg Miesen

WOLFSHERBST

Taschenbuch, 215 Seiten
ISBN 978-3-937001-45-6
9,90 EURO

Eine Serie grausamer Mordfälle erschüttert die Öffentlichkeit in der Nordeifel. Ein Team von Spezialisten der Mordkommission versucht den Täter zu fassen, der mit bis dahin nicht gekannter Brutalität zu Werke geht. Außer der Tatsache, dass allen Bluttaten eine bizarre Art der Inszenierung zu Eigen ist, deutet nichts darauf hin, dass es sich hierbei um etwas anderes als einen gewöhnlichen Kriminalfall handelt. Aber genau das ist es nicht. Es sind verborgene Kräfte am Werk, die alles andere als natürlichen Ursprungs sind. Sie führen die Ermittler immer wieder auf fatale Art und Weise in die völlig falsche Richtung. Routinierte Polizeibeamte, die eigentlich damit beschäftigt sind, den Täter zu suchen, verwischen plötzlich wichtige Spuren, weil sie selber nicht mehr wissen, auf welcher Seite sie eigentlich stehen.
Und aus den schwärzesten Tiefen der menschlichen Geschichte nähert sich schleichend aber unaufhaltsame eine Gefahr, von der bislang noch niemand etwas ahnt ...

»Der Roman ist gut, gänsehauterzeugend gut.«
(Der phantastische Bücherbrief)

»Miesen schreibt ungeheuer fesselnd und entwickelt im Grunde sehr authentisch wirkende Personen.«
(Wochenblatt Baden/Pfalz)

KBV PHANTASTIK

Uwe Voehl

DER KUSS DER MEDUSA

Taschenbuch, 237 Seiten
ISBN 978-3-940077-58-5
9,90 EURO

Eigentlich scheint Malte Wallbusch bereits in jungen Jahren alles erreicht zu haben, was man sich nur erträumen kann: Die eigene Firma, den Porsche, die ehemalige Miss Eifel an seiner Seite und ein romantisches altes Haus auf dem Lande.
Seine Werbeagentur erhält einen lukrativen Auftrag, seine Verlobte verrät ihm zu seiner Freude, dass er Vater wird, jedermann sucht seinen Rat und seine Freundschaft, und im Keller seines Hauses entdeckt er sogar einen alten Goldschatz. Aber unmerklich kriechen finstere Schatten über Wallbuschs Leben. Die Nachbarn sprechen plötzlich häufig von einer rothaarigen Hexe, die sich im Eifelwald unweit seines Hauses verborgen halten soll. Sie erschreckt vorbeirasende Autofahrer. Eines Tages fordert die geheimnisvolle Fremde sogar ihr erstes Todesopfer: Der Wagen von Wallbuschs Nachbarn überschlägt sich bei dem Versuch, ihr auszuweichen.
Als Malte die Balken seines alten Hauses streicht, macht er einen interessanten, wenn auch beunruhigenden Fund: Eine geheimnissvolle Medusenplakette. Als er sie entfernt, verwandelt sich sein Leben in eine Hölle.

»Bemerkenswert und nachvollziehbar. ... Empfehlenswert!« (deutsche-krimi-autoren.de)

»Spannender Okkult-Thriller mit deutschem Lokalkolorit. Freunde atmosphärischer Gruselliteratur und Leser von Hugh Walker werden mit diesem Roman bestens bedient.« (Media-Mania)